KB126017

죄와 벌

저승 공화국 신들의 재판

죄와 벌

저승 공화국 신들의 재판

강평원 지음

1

iB 인터북스

강평원麥醉 1948

현재: 소설가협회 중앙위원
사단법인: 한국문인협회 회원
사단법인: 한국가요작가협회 회원
재야사학자 · 上古史학자
공상 군경: 국가유공자

장편소설 · 16편 ↔ 22권
인문 교양집 · 1권
소설집 · 2권
시집 · 3권
시 선집 · 1권
수필집 · 1권

장편소설 : 『애기하사. 꼬마하사. 병영일기-전 2권』 1999년 · 선경
신문학 10년 대표소설
『저승공화국TV특파원-전2권』 2000년 · 민미디어
신문학 100년 대표소설
『쌍어속의 가야사』 2000년 · 생각하는 백성→베스트셀러
『짬밥별곡-전3권』 2001년 · 생각하는 백성
『늙어가는 고향』 2001년 · 생각하는 백성
『북파공작원-전2권』 2002년 · 선영사→베스트셀러
『지리산 킬링필드』 2003년 · 선영사→베스트셀러
『아리랑 시원지를 찾아서』 2004년 · 청어
『아리랑 시원지를 찾아서』 2005년 · 한국문학: 전자책→베스트셀러
『임나가야』 2005년 · 뿌리→베스트셀러
『만가輓歌』 2007년 · 뿌리
『눈물보다 서럽게 젖은 그리운 얼굴하나』 2009년 · 청어
『아리랑』 2013년 · 학고방→베스트셀러
『살인 이유』 2015년 · 학고방→베스트
『콜라텍』 2020년 · 인터북스
『중국』 2021년 · 인터북스
『죄와 벌 ❶,❷』 2021년 · 인터북스

소설집 : 『신들의 재판』 2005년 · 뿌리
『묻지마 관광』 2012년 · 선영사→특급셀러
중 단편소설 : 19편

인문 교양집 : 『매력적이다』 2017년 · 학고방→베스트셀러

수필집 : 『길』 2015년 · 학고방→베스트셀러

시집 : 『잃어버린 첫사랑』 2006년 · 선영사
『지독한 그리움이다』 2011 · 선영사→베스트셀러
『보고픈 얼굴하나』 2014년 · 학고방→베스트

시선집 : 『슬픔을 눈 밑에 그릴뿐』 2018년 · 학고방

출간된 책 중

베스트셀러↔Best seller: 9권
스테디셀러↔Steady seller: 11권
비기닝셀러↔Beginning: 5권
그로잉셀러↔Growing: 3권
특급샐러↔8권
신문학 100년 대표소설: 4권

대중가요 : 87곡 작사 발표→CD제작
여자가수 7명 남자가수 3명

한국 교육 학술정보원에 저장된 책

『눈물보다 서럽게 젖은 그리운 얼굴 하나』
『늙어가는 고향』
『병영일기 전 2권』
『북파 공작원 전 2권』
『아리랑』
『아리랑 시원지를 찾아서』
소설집 『신들의 재판』
시집 『잃어버린 첫사랑』
시집 『보고픈 얼굴하나』
『임나가야』
『살이 이유』
『만가』
『지리산 킬링필드』
『짬밥 별곡 전 3권』
소설집 『묻지 마 관광』
시집 『지독한 그리움이다』

국가지식포털에 저장된 책

역사소설
『아리랑 시원지를 찾아서』
『쌍어속의 가야사』
국사편찬위원에서 자료로 사용

한국과학 기술원에 저장된 책

신문학 100년 대표소설인
『애기하사 꼬마하사 병영일기 전 2권』
『저승공화국 TV특파원 전 2권』
시집 : 『지독한 그리움이다』

문화체육관광부에서 엄선하여 선정된 책

우수전자 책 우량전자책 특수기획 책으로 만들어둠
출간 된 책 26권 중 19권이 데이터베이스 되었음

책 관련 방송 출연과 언론 특종보도와 특집목록

『KBS 아침마당 30분 출연』
『서울 MBC초대석 30분 출연』
『국군의 방송 문화가 산책 1시간출연』
『교통방송 30분 출연』
『기독방송 30분 출연』
『마산 MBC 사람과 사람 3일간출연』
『2002년 2월 13일 KBS 이주향 책 마을산책 30분 설날특집 방송출연』
『KBS 1TV 정전 60주년 특집 다큐멘터리 4부작 DMZ 2013년 7월 27일 1부 휴전선 고엽제 살포사건 증언자로 출연 저녁 9시 40분 1시간 7월 28일 2부 북파공작원 팀장 증언자로 출연 저녁 9시 40분 1시간』
『마산 MBC행운의 금요일 출연』
『SBS TV 병영일기 소개』
『현대인물 수록』
『2000년 1월호 월간중앙 8페이지 분량 특집』
『주간뉴스매거진 6페이지 분량 특집』
『경남 도민일보특종보도』
『1999년 9월 19일 중앙일보특종보도』
『국방부홍보영화 3부작 휴전선을 말한다. 박정희대통령을 죽이려 왔던 남파 공작테러부대 김신조와 같이 1부에 출연』
국방부 홍보원 3부작 휴전선은 말한다. 이 다큐멘터리는 sbs 3일간 방영을 했고 일본 DVD로 만들어 2003년 7월에 일본 야마타에서 열린 국제 다큐멘터리 영화에 출품 되었다.
『연합뉴스 인물정보란에 사진과 이력등재』

저자는 법인체 대표이사와 중소기업 등 2개의 기업체를 운영 중이었으나 승용차 급발진 큰 사고로 인하여 병원에 입원 중에 책을 집필하여 언론에 특종과 특집을 비롯하여 방송출연 등으로 전망 있는 기업을 정리하고 51세 늦은 나이에 문단에 나와 21년이란 기간에 대한민국에 현존하는 소설가 중 베스트셀러를 가장 많이 집필한 작가임

2021년 6월 현재

■ 목차

나는 1948년 11월 6일생입니다. 만으로 16세인 1966년 11월 20일에 18세 어린 몸으로 2명 마을 형 입영환송식에 갔다가 논산행 열차를 타고 논산 훈련소에서 자원自願 입대를 하였습니다. 당시 나는 158센티미터의 키군 생활 중 커서↔160센티미터에 52킬로의 몸무게의 소년! 이었습니다. 28연대장의 면담에 **"너무 어리니 3년 더 젖 먹고 오라"**고 하였지만 군번11678685이 찍혀 나오는 바람에 귀가 조치가 안 되어 인솔해간 내무반장에게 **"이 아이 군장과 소총은 내무반장 네가 가지고 다니고 너는 맨몸으로 그냥 따라가 훈련장에서 받아 교육을 받아라"**는 명령에 1개월간 무사히 훈련을 마치고 병참 교육을 받고 병참기지창에 근무 중 선임 병이 여군 옷을 민간인에게 팔아먹었는데 졸병인 내가 누명을 쓰고 최전방 휴전선 경계부대 전출을 당하여 소총 중대본부 행정요원으로 근무 중 우리나라가 1965년부터 월남전에 전투병을 파견 미군과 연합되어 전쟁을 하였습니다. 전쟁작전이 시작되면 적의 저격수가 제일 먼저 지휘자인 분대장을 사살 해버립니다. 작전을 하는 분대장이 없으면 그 분대 원들은 모두 죽은 목숨입니다. 월남전에서 미군 소대장 평균 수명이 작전개시가 되면 16분을 못 견디었다는 미국의 조사 결과 입니다. 최전방 경계부대에 분대장하사계급이 월남으로 강제 차출당하여 정작 휴전선을 지킬 분대장이 없어 당시 최종철 1군사령관이 고등학교高等學校 재학 중인 이상은 원주에 있는 1군 하사관학교에 무조건 입학하라는 지시에 나도 차출 당하여 4개월의 교육을 받았습니다. 당시 1군 하사관학교지금의 부사관 학교는 장기복무자7년 이상 복무나 자신이 원하면 정년까지 근무 학교였지만 분대장이 부족하여 일반하사3년 근무 후 전역 분대장을 만들어 보충하기 위해 차출을 당하여 혹독한 교육을 받은 것입니다. 논산 훈련소에선 내무반장의 도움으로 편하게 훈련을 마쳤지만 초급간부를 양성하는 학교는 그러한 혜택을 받을 수 없습니다. 졸업 후 최전방 경계부대 소대 분대장으로 근무 중 그간에 못간 첫 정규 휴가를 받아 고향에 갔는데…… **1968년 1월 21일 남파공작 테러부대 김신조 일당이 박대통령을 암살**하려 남파된 사건으로 휴가를 반도 채우지 못하고 소대장의 귀대조치 전보문을 받고 귀대하여 경계근무에 들어갔습니다. 전쟁을 하겠다는 박대통령의 주장이었으나 미국이 **"두개의 전쟁을 할 수 없다"**는 것을 전해들은 대통령은 포기를 했습니다. 1968년 1월 23일 83명이 탄 푸에블로 호를 북한이 납치를 하는 과정에서 민간인 1명이 사망하고 13명이 부상을 당했습니다. 미국은 월남으로 가려던 항공모함 엔터프라이즈호와 제 7함대의 구축함 2척을 우리나라 동해로 출동시켜 북한을 응징하려 했습니다. 또한 북한에 의해 비무장 정찰 헬기를 격추 당하여 30여명의 미군이 죽었지만 미국은 전쟁을 포기를 하였던 것입니다. 지금도 그렇다고 하는데 당시에 두개의 전쟁을 할 수 없다는 미국의 판단에서 포기를 했습니다. 지금도 전시 작전권이 미국에 있습니다. 이에 박대통령은 특별 명령을 내렸습니다. 김신조와 같은 부대를 창설하여 김일성의 목을 가져오라는 명령과 함께 155마일 휴전선에 1969년 까지 쥐도 넘나들 수 없는 철조망을 울타리를시계불량 제거 작전↔야간에 경비를 설 때 시야가 잘 보이도록 휴전선 전방 50여 미터를 사막화하는 작업 완공시키라는 명령이었습니다. 그 특별명령에 의해 1968년 4월에 세상에서 최고 악질 부대인 테러를 전문으로 하는 **북파공작원**멧돼지부대 차출이 되어 5개월간 인간이 얼마나 견딜 수 있나 한계의 교육을 받았습니다. 최고의 신체 건강한 병사를 대상으로 장남이나 독자獨子를 아들이 하나인 가정 제외하고 신원이 확실한북한에 부모형제 가족이 있거나 6.25전쟁 때 빨치산의 일가친척을 비롯하여 전과자 등↔작은 아버지의 처가 집까지 조사하여 위와 같은 관계가 있으면 제외 병사를 각 부대에서 차출하여 80명이 교육을 받아 교육 중 38명이 탈락할 정도의 고강도 교육입니다. 한마디로? 인간병기人間兵機 북파공작원 상·권에 자세한 훈련 이야기가 상재되어 있습니다. 팀장이 되어 8명의 부하를 데리고 내가 팀장으로 북한에 침투 하여 적 내무반을 괴멸시키고 복귀를 하였습니다. 원칙 적으론 한 번의 침투로 임무는 끝나지만? 나하고 같은 해 6개월 앞서 나보다 5세가 많은 형님강장원이 입영하여 3사단 18연대일명 백골부대 6.25 때지어진 별명 근무 중 남파

테러부대와 격전 중 토치카중기관총 참호에 숨어 있던 공비가 갑자기 뛰어나와 공격을 하여서 오른팔에 따발총 5발을 맞고 광주 77병원에서 공상군경 유공자로 전역했는데 형님의 복수를 위함이고 또 다른 이유는 1968년 12월 9일 반공소년 이승복 사건과 내 뒤 팀이 실패하여 4명의 부하가 희생을 당하여 보복을 위해 북파를 자원 하여 13명의 부하를 데고 침투하여 적 중대본부와 경계 내무반을 초토화 시키고 복귀를 하였습니다. 독자들께선 참으로 기구한 운명의 형제라고 할 겁니다. 한국전쟁당시 남침을 했기에 유엔군이 참전해서 적화통일을 이루지 못한 김일성은 우리나라가 북침을 유도하기 위해 수 없이 무장특수부대를 전 후방을 가리지 않고 보냈고 휴전선 경계부대의 막사에 침투하여 전 소대원을 화염방사기로 불태워 죽이는 야만적인 짓을 수 없이 저질렀습니다, 당시는 군사독제 정권이어서 일체 신문보도나 방송을 하지 못하게 하여 국민은 전혀 모릅니다. 북파공작원 상·하 권 출간 당시 출판사 권유로 세 꼭지를 누락 시키고 책을 출간 했는데 지금도 베스트셀러가 되어 있습니다. 나의 작전 구상으로……. 개성을 지나 평산까지 갔으나 철수하라는 바람에 적의 초소를 궤멸시키고 복귀를 했습니다만……. 이일로 인하여 트라우마로 고생하고 있습니다. 이 병은 신체적인 손상 및 생명을 위협하는 심각한 상황에 직면한 후 나타나는 정신적인 장애가 1개월 이상 지속되는 질병 PTS충격 후 스트레스장애 외 상성 스트레스장애라고도 합니다. 전쟁 · 천재지변 · 화재 · 신체적 폭행 · 강간 · 자동차 · 비행기 · 기차 등에 의한 사고에 의해 발생한다고 합니다. 생명을 위협하는 신체적과 정신적 충격을 경험한 후 나타나는 정신적 질병이라는 겁니다. 방송에서 **"서울 불바다. 또는 핵미사일"**등의 북한 관련 뉴스를 들을 때 나도 모르게 눈물이 납니다. "왜냐고요?"첫 침투 때 철수하라는 난수표비밀암호를 못 들은 척하며 작전을 했으면 김정은은 이 세상에서 태어나지 못하고 악질 가족 김일성 일가는 이 세상에 존재 하지 않았을 텐데! 하고 후회를 많이 합니다. 조선 TV에서 숭실대학교 국문학박사인 장원재 교수가 진행하는 프로에서 "김정은이가 폭압정치를 하면서 자신의 정치에 조금만 불평을 하면……. 정적으로 여기고 기관총으로 죽인다는 것과 서울을 불바다로 만들겠다"는 북한 소식에 화가 나서 방송국에 전화를 하여 전화번호를 알려달라고 했지만 알려줄 수 없다는 겁니다. 북파공작원 책 출간 후 나하고 서울 MBC 초대석에서 같이 방송도 하였고 방송장면 때 같이 찍은 사진도 있으며 정 그렇게 못 믿는다면 다음이나 네이버에 들어가 강평원을 클릭하면 집필한 책 22권이 나오고 연합뉴스에 인물사전에도 등록이 되어 있다고 통사정을 해도 안 된다는 겁니다. 그러면 방송이 끝나면 장교수에게 전화를 해달라는 말을 전해달라는 부탁을 했지만 연락이 없었습니다. 내가 하고 싶은 말은 잡다한 이야기는 그만 두고 "안면 생체인식顔面生體認識 지피에스 미사일을 만들어 김정은 사진을 폭탄 머리에 입력시켜 발사하면 살아있는 생명체인 김정은을 끝까지 찾아내어 폭발하여 죽이는 무기를 개발하라"는 논의를 하여……. 국방부는 방위 산업체에 지원을 하라는 내용을 방송하라고 말을 하려 했던 것입니다. 생각해 보십시오. 수십 년 전부터 인공위성이 달에도 가고 얼마 전엔 화성도 가고 작금은 무인자동차에 드론까지 개발 했는데 안면생체인식살아 있는 사람 얼굴 미사일은 조금만 연구하면 될 것입니다. 그렇게 된다면 북한이 "**서울 불바다**"공갈 협박 소리는 하지 못 할 겁니다. 내가 바라는 것은 북한은 사회주의 종교집단입니다. 이 세상에서 최고의 영업사원과 대형교회 성직자는 최고의 거짓말쟁이라는 겁니다. 김정은은 자유민주주의 나라에서 교육을 받은 젊은이 입니다. 할아버지와 아버지가 통치할 때 저지른 악행을 잘 알고 있기에 그 죄를 용서받기위해 선행으로 북한 주민을 다스리고 우리와 협력하여 잘 사는 민족이 되는 데 동참하였으면 합니다. 옛 부터 역사는 언제나 승자에 편에서 기록되었지만 지금의 세기는 그렇지 못합니다. 지구가 멸망하지 않는 한 김일성 일가는 악의 집단으로 기록 될 것입니다. 언젠가는 죄 값을 받을 것입니다. 북파공작원 생활 중 휴전선에 뿌린 고엽제에 노출로 허혈성 심장질환이란 병을 얻어 「니트로글리세린」을 복용하고 견디었습니다. 월남 고엽제는 알고 있었지만 휴전선에 고엽제를 뿌렸다는 것은 30여 년간 아무도 몰랐습니다. 나의 첫 작품 "애기하사 꼬마하사 병영일기"하권 184페이지에 상재되어있습니다. 이 내용을 중앙일보에서 특종으로 보도를 하여 세상에 알려 졌습니다. 이 책을 신문학 100대표소설이 되어 국립중앙도서관에서 전자책으로 만들어 두었습니다. 컴퓨터로 집에서 무료로 볼 수 있습니다. 이 책으로 인하여 중소기업을 운영했던 내가 문인의 길로 들어 선겁니다.

이 책은 2000년 10월에 『민 미디어』에서 출간이 되었습니다. 원 제목은? 『저승공화국 tv 특파원. 전 2권』입니다. 저는 당시에 법인체 주식회사와. 중소기업. 2개의 기업을 기지고 있었는데……. 승용차뉴그랜저. 3,500cc 급발진 사고로 인하여 병원에 입원 중 30일 만에 첫 작품 **『애기하사 꼬마하사 병영 일기. 전 2권』을** 집필하여 출간을 했습니다. 이 책 2권 185페이지에 우리나라휴전선에 고엽제를 뿌렸다는 글이 상재되어 있는데? 중앙일보 김상진기자가 책을 읽고 1999년 11월 19일자 조간신문기사용으로 책 표지와 휴전선 사진과 저의 사진을 실어서 특종으로 18일 오후 6시에 인터넷에 홀딩 시켰는데……. 각 언론에서 그 기사를 보고서! 6시 20분경부터 각 언론에서 집으로 찾아가겠다는 연락이 와서 허락을 하자? 우리 집에 방송국 2곳을 비롯하여 각 신문사기자들이 취재를 하기위해 모여들어 49평 아파트 거실이 가득 차 화장실에서 사진을 인화하여 전송하는 기자도 있었습니다. 미국과 우리나라 국방부에서는 "절대로 그런 일이 없다"고 하여 내가 책을 보낸 후 3일 만에 시인을 하였습니다. 월간중앙기자 2명이 우리 집으로 내려와서 기사를 작성을 해 2,000년 1월호에 8페이지 분량의 원고를 상재하였습니다. 그 후로 방송 출연과 언론의 인터부 등으로 인하여……. 2번 째 작품을 집필을 했습니다. 이 작품은 출판사애서 원고를 모집한다하여 집필을 하여 **민 미디어**에 보냈는데? 출판을 하겠다는 연락을 받고 갔는데 출판사 대표가 "자기 아들이 중학교 3학년인데 그 원고를 570여 페이지를 끝까지 읽으면서 하도 웃어서 자기는 읽어 보지 않고 출판을 하겠다."계약을 했습니다. 서울에 있었던 출판사가 고양시 덕양구로 가는 바람에 출판이 늦어 저에게 늦은 이유로 100만 원을 주고 동아일보에 칼라광고에? 책 제목과 함께 곳 출간 된다고 광고를 하였고 출간 후에도 광고를 하였습니다. 이 책은 신문학 100년 대표소설이 되었습니다. 국립중앙도서관에서 저에게 별도로 원고료를 주고 전자책으로 만들었습니다. 도서관에서만 볼 수 있도록……. 저승공화국 tv특파원은 한국학술정보원과 한국청소년개발원에서 윤락행위문제와 문헌조사를 2005년에 했습니다. 그래도 신문학 대표소설이 되었습니다. 2019년에 『**인터북스**』에서 출판한 『**콜라텍**』책에 25여 페이지 정도 상재를 하였는데? 이 책을 읽은 독자들이 저승공화국tv특파원을 재판하라는 말에 이 책을 약간의 원고 수정을 하여 출판을 하게 되었습니다.

영화 **신과 함께** 영화를 관람을 하는데 소방관 차태현이 건물에서 떨어져서 죽는 장면을 보고……. 곧 바로 나의 책을 보고 간접 표절이! 아닌 가 했습니다. 왜? 저승공화국 tv특파원은 지상에 인간을 점지 한다는 신세대 삼신할머니와 저승사자 그리고 1997년 IMF로 인하여 살기가 어려워지자 하느님은 도와주지 않는다고 매일 하느님은 머 하냐고 욕을 하자? 교통사고를 당하게 하여 식물인간을 만들고 영혼을 천상으로 데려가 이유를 묻고? 저승공화국의 모든 신들을 모아 회의를 끝내고서 홍보관 신으로 임명시켜 조물주는 지리산 중계소를 차리려고 가고……. 삼신할머니, 저승사자, 교통사고로 죽은 영혼, 3명이 지구로 내려와 벌을 내리는 장면인데 7부로 끝나며……. 영화는 3명의 신이 죄지는 사람을 천상으로 데려가 벌은 내리는 장면이며. 이 영화역시 7부7곳로 하늘로 데려가 벌을 내립니다. 영화 소재목도 죄와 벌입니다. 저승공화국 tv 특파원 2권 264페이지. 위에서 3번 줄에 결국은 신신과 함께 · 죄와 벌과 인간의 행복과 불행은 신이 다스리는 것이 아니라 인간의 머릿속에 있다. 또한 가수 이애란이 불러서 히트한? 100세 인생 노래가사도 이 책 2권 58페이지 위에서 12줄에 상재된 내용을 간접표절! 같습니다. 독자님들이 읽어보시면 바로 간접 표절……. 이 책이 20년 전에 나오지 않았다면 독자들은 제가 영화를 보고 표절을 했다고!

『……**이 소설은** 우리소설사에서 드물게 보이는 현대판 몽류계꿈 소설입니다. 주인공 김대삼이는 하늘에 있는 절대자 신의 부름으로 저승사자의 안내를 받아 신들이 회의에 참석합니다. 이승에서 교통사고를 당해서 식물인간이 된 김대삼! 그를 천상에서 불러 올려……. 우주의 모든 신들을 모아서 욕을 한 이유를 듣고 회의를 걸쳐 신들의 회의 내용을 이승의 현세사회에 알려야 하는 홍보대사로 임명된 후 임무를 무사히 끝내고 다시 현세의 사람이 됩니다. 따라서 소설 **구운몽**이 일장춘몽의 시간이었던 것에 비해서 이 책에서는 소설적 시간이 세 달3개월로 길어졌고 꿈이 아니라? 식물인간이라는 가사 상태로 바뀌었습니다. 1910년대의 안국선 작 **금수 회의록**이 하루 저녁시간의 금수들의 회의인데 비해 이 책은 서사시간이 길어진 것입니다. 격자소설은 시대를 흐르면서 가끔? 시대의 위기를 경계하는 나타난다는 지적이 옳을 것입니다. 금수회의록이 우리근대화 과정에서 나타나는 인간들이 우매함을 비판하고 나섰듯이 정치적 위기나 사회적 통합의 위기 문제가 발생할 때 취할 수 있는 허구적 장치로는 소설가가 매력을 갖는 것이라 할 수 있습니다. 이런 점에서 이 작품은 바로 오늘의 정치와 사회의 여러 부정적인 현상들을 매우 적나라하게 다루었습니다. 이 점은 결코 우연히 아니라 소설사적 필연이라고 보면 됩니다. 사회의 부조리를 이런 구성을 통해서 집필이 되었습니다. 소설사적 의의가 크다는 것은 소설미학이 단순히 순수미학일 수는 없다는 것을 이 작품이 보여주고 있을 뿐만 아니라 소설가의 사회적 제 조건 관계에서 소설은 그 사회가 필연적으로 탄생을 하는 것입니다. 소설사회학을 규지할 수 있는 작품입니다. 이 작품은 이런 면에서 구성적 성공을 거두었습니다. 특히 주인공 김대삼이의 **구수한 전라도사투리와 경상도사투리의** 살아있는 문체들이 돋보일 것입니다. 소설가 역량과 성공은 집필자의 문체에 달려 있다고 해도 과언이 아닐 것입니다 문체는 살아있는 소설담론 그 첫 번째입니다. 삶의 디테일한 디테일detail↔세부적인 문체나 역동적인 모습을 리얼real↔realistic→생생하고 사실적이다하게 붙잡는 데는 방어의 문체가 힘입니다. 여기다가 자잘한 에피소드들을 담론상황에서 적절히 목청을 메겨 내는 입심은 소설가의 큰 장점이니 이러한 소설가의 역량이 있어야 작품의 완성도가 높습니다.』

※ 위의 글은 창원대학교 명예교수이며 문학평론가이고 문학박사이신 전문수 교수님의 작품해설 글입니다. 저는 책을 집필 전엔 기업인이었기 때문에? **금수회의록**이나 **구운몽**이란 책 표지도 본적이 없습니다. 지금도……. 이 책에 경상도 사투리와 전라도 사투리가 상재된 글입니다. 북파공작원 책은 여러 출판사에서 군사 비밀이 너무 많이 노출되어 출판이 어려웠습니다. 제가 집필한 책은? 원고를 3부를 출력하여 3곳의 출판사에 보내어 먼저 연락이 오는 출판사와 계약을 했습니다. 출판사 사장이 다른 곳에 계약이 될까봐 비행기를 타고 와서 김해공항 커피숍에서 계약을 하고 선 인세를 주곤 하였습니다. 그런데? 북파공작원은 계약을 하고 계약서를 받아 왔는데? 출판을 못하겠다하여 출판사 사장이 원고를 주는데 교정 작업을 못하겠다는 것입니다. 원고를 보니? 빨간색이었습니다. 문창과를 나온 새내기가 했는데……. 군대이야기이기에 팔도 사투리를 그대로 상재를 했는데 그 문장을 표준어로 고치려니 어떻겠습니까! 그래서 도서출판 선영사에서 출판을 했는데? 출판사에서는 2개의 스포츠신문과 중앙지 3곳에 가로 36센티미터 세로 16센티미터에 컬러 광고를 10개월을 하면서 단 한글자도 수정하지 않고 책을 만들었다고 광고를 하였습니다. 이 책은 베스트셀러가 되었습니다. 바로 영화계약이 되었지만? 중간계약자 잘못으로……. 일본어로도 계약이 되었습니다. 2018년 다시 영화를 만들기 위해 서울 영화 시나리오 작가협회를 제가 찾아가서 자료를 주었고

부산영화의 전당 영화 제작지원사무실에 가서 지원 팀장과 이야기를 나누었는데 갑자기 문재인대통령과 그 말 많은 트럼프 미국 대통령과 김정은이 사이가 좋아…….

이 책은? 마산 MBC에서 3일간 방송 때 사회자인 허정도 박사께서 "본인이 실제로 겪어보고 집필한 책이지 않느냐? 그렇지 않고서야 이렇게 실감나게 집필을 할 수 없지 않느냐?"물어서 곤란하기도 했습니다. 이 책에는 음란淫亂한 장면이 많이 나옵니다. 그렇다면 베스트셀러가 된 세계명작들 속에 들어있는 외설적인 표현과 이작품속의 외설적 표현을 비교해 보는 것도 이 글을 읽는 독자들은 흥미로울 것입니다. 이 책을 읽은 일부 독자들은 약간 왜 설적이지 않으냐? 할 수도 있을 것입니다! 그렇습니다. 우리가 쉽게 접할 수 있는 시詩의 한문자의 뜻을 분리파자↔破字 해보면 말씀언言 글자에 절사를寺 더한 言 + 寺 = 詩 글자입니다. 절에서 쓰는 언어란 뜻으로 풀이 하면 됩니다. 절에서 쓰는 말이 외설적이면 안 되는 것입니다. 시란 세상에 거친 언어를 융화시키고 응축시킨 아름다운 글입니다. 스님들이 불자에게 고운 말만 한다는 것입니다. 그러나 소설은 외설적인 말을 쓸 수밖에 없습니다. 외설적이고 음란내용이 많은 장정일의 『내게 거짓말을 해봐』 정비석의 『자유부인』 『아들과 연인』 엠마누엘 아루상의 『엠마누엘 부인』플로베르의 『보봐리 부인』 『염재만의 『반노』 DH 로랜스의 『채털리 부인의 사랑』 등 수많은 책들이 출판 거절을 당하기도 했고 판금조치도 내려지기도 했습니다. 세계명작들 속에는 노골적인 외설부분 많이 상재되어 있는 것입니다. 그러나 지금 베스트셀러가 된 책들입니다. 천재시인 김삿갓의 외설적이고 음담패설淫談悖說적인 시도 많이 있습니다. 시대에 따라 수많은 청취자가 있고 누구나 부르는 노래 가사도 금지곡이 되었다가 해제가 되기도 합니다. 사진과 그림은 느낌으로 끝나지만 노래는 사연 속으로 들어가기도 하고 또는 주인공이 되기도 합니다. 한때는 에로문학Erotic Literature에 호색문학好色文學은 성애性愛에 관한 다소 분명한 세부 묘사를 그 특징으로 삼고 있는 작품의 유행하기도 했습니다. 연애소설이라는 작품들은 대개 외설문학과 관련된 특정한 성적 세부 묘사를 피하는 것이 통례이긴 했습니다만……. 그러나 문학에는 성적 소재 그 자체를 하나의 목적으로 사용하는 외설문학을 문학으로 인정하지 않다는 것이 일반적인 견해로 문학의 범주 밖이다. 라고 하지만……. 사랑이나 그 성적인 표현은 문학의 "영원한 중심 문체"들이어서 대다수의 세계명작 속에 어느 정도 들어있는 것입니다. 외설문학이란 정상적이거나 변태적인……. 성욕을 자극할 목적으로 쓴 작품을 뜻합니다. 이는 크게 두 가지로 나눌 수 있습니다. 흔히 '에로티카라Erotica→춘화로↔春畵로 불리는 작품은 이성간의 연애의 육체적인 면들을 다룬 것이나 액소티카라Exotica→이국풍↔異國風로 불리는 비정상적인 변태적인 성행위들을 다룬 작품을 말하는 것입니다. 이러한 외설문학은 작가 개인에게 도덕적과 심미적 문제일 뿐만 아니라 국가에 법적인 문제가 되기도 했습니다. 외설물의 공통된 주제는 사디즘苛虐性 淫亂症↔sadisme · 메저키

즘被虐性→淫亂症 · 물품 음욕증淫欲症↔fetishism · 관음증觀淫症↔voyeurism · 나르시즘남색↔男色 등을 말합니다. 성적 소재를 다룰 땐 헬라어로 에피투미아Epithumia↔헌신적 사랑 동물적인 피 다툼을 뜻합니다. 짝을 차지하기위해 목숨을 걸고 싸우는 것을 말합니다. 그 외 에로스Eros 아가페친밀한 사랑↔성서에 많이 인용됨 등이 있습니다. 우리인간에게도 간혹 있지만! 미미합니다. 에로tm는 그러한 다툼을 넘어선 정신적 내지 육체적인 사랑을 말합니다. 아가페는 무조건적인 사랑을 말합니다. 이러한 작품은 변태變態적인 성욕을 자극할 목적으로 쓴 작품이 아니라는 것을 읽은 후 단박에 알 수 있을 것입니다! 이번에 재 발간을 하면서 사투리를 소문자로 많이 바꾸었고? 11포인트에서 12포인트로 했습니다. 이번의 책은 언론매체에서 부정적인 일탈로 다루는 것을 현장에 있었던 사실을 그대로 상재했지만 소설적 『넌픽션』이입니다. 대다수는 궁금해 하고 다른 한편으론 누군가는 꼭해보고 싶은 일이기도 할 것입니다!

이 책은 종교적으로 민감한 글이어서 스님과 기독교 관계자 여러분들에게 자문도 받았지만 왜곡된 부분이 많이 있으리라 생각합니다! 종교적 비판도 개의치 않고 기록하였는데 이것은 오직 내가 생각한 종교적 비판이니 곡해하지 말길 바랍니다. 살벌한 범죄와 상생하는 지금의 세상에서 한 인간이 하늘은 무얼 하고 있느냐고 모든 신들을 원망하자! 하느님 대신 **조물주**와 **부처님!** 밑에 신세대 **삼신할머니!** 지옥의 **염라대왕**을 대신하는 **저승사자**와 하늘에다 매일 욕하고 신들을 욕한 **인간**이 육체와 정신은 두고 혼이 되어 위의 세 명과 함께 인간들의 죄상을 파악하여 벌을 내리는 내용입니다.

결국은 신神과 죄罪와 벌罰 인간의 행복幸福과 불행不幸은 신이 다스리는 것이 아니라 인간身의 머릿속에 내재되어 있다는 것을 이야기 하면서 다시 혼은 육신으로 돌아오는 것으로 끝을 맺습니다. 『저승공화국 TV특파원』하권 원고를 끝내고 책 속의 내용처럼 벌을 받은 것인지 모르겠지만……. 이 글을 쓴 나 역시 **급성담낭염**쓸개 염증으로 쓸개 제거 수술을 하여 오른쪽 가슴에 죄의 흔적인 10cm 이상의 흉터를 남았습니다.

과연 신神은 있는가? 이 책을 읽어 가면 그런 느낌을 받을 수 있을 것입니다. 1개월간의 병원 신세로 말미암아 2월 말에 이 책을 출간하여 KBS창원방송국에서 생방송하기로 구성작가와 약속을 하였으나……. 본의 아니게 첫 작품인 『애기하사 꼬마하사 병영일기』 2권의 184페이지에 나오는 휴전선 DMZ 엽 제 살포 폭로가 중앙일보 1999년 11월 19일자 사회면에 특종 보도되어 TV를 비롯한 신문 인터뷰 등에 매달려야 했고 군부대 작전처 자료송부와 국회 방문과 군부대 강의와 고엽제 피해자들의 모임에 참석 하였으며 2000년 월간중앙 1월호에 8페이지 분량의 특집 상재되었던 휴전선 고엽제 일로 여러 곳 단체에 증인으로 출석을 하느라고 지금의 화투를 없애기 위하여 만든 12간지 민속화투가 중앙일보 12월 보도와 마산 mbc 방송 팀이 집으로 찾아와 민속화투로 게임을 하는 장면을 녹화 방송을 했고, KBS라디오 **정오 휴게실**에서의 생방송

등으로 이 화투가 알려지면서 생산 독촉에 시달리는 바람에 이 책이 세상에 늦게 나오게 되었습니다. 약속을 못 지킨 저로서는 이 같은 일로 인해 늦어진 것을 사과드립니다. 12간지 민속화투는 지금도 국립중앙도서관전자도서관에 강평원을 검색을 하면 『표딱지』2개의 특허 등록이 되어 있습니다. 지금의 화투는 일본인들이 만들었다는 것입니다. 이 화투로 우리의 정신적 일탈이 많았으면 가정이 파계되기도 했습니다. 이 화투에 관한 방송을 kbs에서 1시간분량을 방송하겠다는 연락이 왔으나? 당시 나는 법인체 대표이사 신분이고. 중소기업 등 2개를 가진 몸이어서 화투공장을 세우지를 못한 상태였습니다. 시제품은 기존 화투공장에서 만들었는데 공장 여성 직원이 이 화투를 집에 가져갔는데? 아이들이 너무 좋아하면서 잠을 자지 않고 게임을 하더라는 것입니다. 12간지는 쥐·소·범·토끼·용·뱀·말·양·원숭이·닭·개·돼지 그림으로 된 화투여서 아이들이 그림 맞추기를 한 것입니다. 당시 우리나라에는 화투공장이 각 지역에 있다시피! 12개 공장이 있는데 내가 민속화투를 만들면 그들은 문을 닫아야 할! 다른 한편으론 우리 아들이 적극 반대를 했습니다. 지금의 화투 때문에 화투 만든 사람을 욕을 하는데 아버지가 그런 사람이 되면 안 된다는 것입니다. 그래서 사장을 시켰는데? 10억에 팔라고 하였지만 팔아도 특허권자인 내이 이름이 있기에 그만 두었습니다. 각설하고…….

인류의 역사에는 인간 생활의 질을 크게 향상시키거나 혹은 시대의 흐름을 결정적決定的으로 바꿔 놓은 발명품들이 있습니다. 예를 들어 증기기관과 내연기관은 인류에게 산업화의 길을 열어 준 획기적劃期的인 발명품들입니다. 요즘의 디지털 세상이 펼쳐진 것은 1940년대 후반부터 등장한 반도체 소자들 덕분입니다. 이처럼 고대에서 현대에 이르기까지 역사에 기록된 수많은 발명품發明品 중 가장 중요한 것 하나를 꼽으라면 그것은 무엇일까요? 발명품에도 명예의 전당이 있다면 제일 높은 자리에는 아마도 『책↔冊』이 올라 칭송을 받고 있어야 할 것입니다. 책이야말로 선인들의……. 지식知識과 지혜知慧를 축적蓄積하고 그것을 전수傳受 하는 수단으로 오늘의 문명을 이룩하게 한 가장 큰 공로자이기 때문입니다. 인류의 위대한 사상과 중요한 지식은 책이라는 발명품 속에 기록되고 보존되어 왔습니다. 전 세계적 베스트셀러Best seller인 성경과 경전을 비롯하여 코란 등 세계 각국의 헌법들은 대개 책으로 반포되었고 공자의 유교 사상과 뉴턴의 이론도 책으로 전해져 왔습니다. 찰스 디킨스의 흥미진진한 소설과 모차르트의 아름다운 음악도 책이 있어 즐길 수 있었습니다. 선남선녀에게 청아한 즐거움을 주고 사회적으로 정신문화의 중추적인 역할을 해 온 책의 소중함을 알아야합니다. 선진 국가들의 초超 부가가치는 문학에서 발생할 것이라고 예견하고 있습니다. 양질의 고품격 문화를 생산하고 향유할 줄 아는 능력이 곧 국가경쟁력으로 직결될 것이기 때문입니다. 대한민국 사회에서 문화와 예술은 삶의 질質 뿐 아니라 국가 경쟁력과 직결된 문제라는 인식을 공유할 때입니다. 국민들의 삶을 풍요롭게 하고……. 창의력을 기르기 위해선 문화와 예술을 제쳐놓고는 상상할 수 없습니다. 세계는 21세기를 문화의 세기로 규정하고 있습니다. 나라의 번영을 기약하는 근원적인 힘은 그 민족의 문화적·예술적 창의력에 달려 있습니다. 문화적 바탕이 튼튼해야만 정신적인 일체감을 이룰 수 있을 뿐만 아니라 물질적인 발전도 가능하기 때문입니다. 진정 문화의 세기를 맞으려면 **문학**文學↔冊을 살려서 준비를 해야 합니다. 문학이 모든 문화예술文化藝術의 핵심이기 때문입니다. 문학이 없이는 아무리 문화 예술을 발전시키려고 해도 발전되지 않는 법입니다. 그것은 문학은 새로운 문화를 창조하고 역사를 앞서이기 때문입니다. 볼테르나 루소의 작품은 프랑스 대혁명의 도화선이 되었으며……. 톨스토이나 투르게네프의 소설이 제정 러시아에 커다란 충격을 주었고 입센의 『인형의 집』이 여성운동의 서막이 되었고 스토 부인의 **『엉클 톰스 캐빈』**이 미국 남북전쟁의 한 발화점이 되었으며 작가로선 최초로 미국의 최고의 훈장인『대통령 자유의 메달』을 받은 스타인 백의『분노의 포도』가 미국의 대 경제공황을 극복하게 만든 계기가 됐듯이 말입니다. 신채호나 이광수와 홍명희는 당대의 사상가였고 천재天才 들이었습니다. 그들이 소설을 택한 것은 민중을 깨우치고 구국독립救國獨立을 위한 방법이 문학文學이라고 생각했던 것입니다. 그들이 그들의 천재성을 발휘하여 권력을 탐냈더라면 권력의 수장자리 한 자리는 했을 것입니다. 다른 한편으로 경제적 부를 욕심냈더라면 대재벌大財閥이 되었을 것입니다. 그러나 그분들은 인류의 참된 가치를 권력이

나 부에 두지 않고 진실 된 인생의 추구나 올바른 세계의 건설 같은 보다 근원적인 것에 두었던 것입니다. 그런 그분들의 관점은 옳았고 그런 점에서 문학이 지니는 위대성偉大成은 영원한 것입니다. 이러한 것을 보더라도 예술의 꽃이라는 문학이 살려면 우선 시장이 건전해야 하는 전제가 있는데……. 옛 부터 폭군暴君은 무신武臣을 가까이 했고 성군聖君을 문신文臣을 가까이 했음을 모르는 모양입니다. 문화대국이라고 우쭐대는 프랑스 정치인들의 자랑이란……. 2차 대전 후 5공화국이 시작된 이래 역대 프랑스 대통령들은 저마다 예술 문화 애호가임을 과시했습니다. 1944년 해방된 파리로 돌아온 샤를 드골Gaulle은 **"조국의 영광"**을 되찾기 위해 폴 발레리Valery 같은 작가들을 먼저 찾았습니다. 프랑수아 미테랑Mitterrand은 러시아 대 문호文豪 도스토예프스키Dostovevsky의 작품을 탐독했고 자크 시라크Chirac는 10대 시절 시인 푸슈킨Pushkin의 작품을 번역했다고 자랑했습니다. 사진과 그림은 느낌으로 끝나지만 노래와 책은 자신이 사연 속으로 들어가기도 하고 주인공이 되기도 합니다. 예술에서는 문학이 그만큼 중요하다는 얘기입니다. 그래서인가? 국내 유명인들의 언론에 보도된 모습의 사진뒷면의 배경을 보면 책이 가득 꽂혀 있는 책장입니다. 책을 많이 읽어서 나는 지식이 풍부하다는 광고 효과를 노리고 사용한 것입니다. 문화예술이 미래에 밥을 먹여 줄 정신적 토양이라는 슬로 컬처로slow culture의 인식 전환이 시급합니다. 문화를 통해 세계인들과 교류하고 협력하여 문화선진 대국의 위상을 확보해 **디스카운트 코리아**Discount Korea에서 **프리미엄 코리**

아Premium Korea로 거듭나야합니다. 지난달 김해시장님을 김해 문화의 전당에서 만났습니다. 사모님과 함께 민심을 살피려! 나온 것 같았습니다. 내가 작사한 "김해아리랑"이야기 중 3월 31일자 김해시보에 상재된 "꽃을 든 남자보다 책과 신문을 든 남자가 더……. **매력적이다**"책 이야기가 나와 보여줬더니 5만원을 주면서 책을 달라는 것입니다. 돈을 받지 않겠다는데도, 서로가 6~7번을……. 실제 책값은 2만원인데? 만 원짜리 돈이 없어 결국 5만원이란 책값을 받았습니다. 이 책을 읽은 부산대학교 양산병원 소아정신과 의사이신 **유은라** 교수님께서 **전 국민이 읽어야할 책이라고 하였습니다.** 이 책은 출간 7일 만에 베스트셀러가 되었습니다. 저는 그동안 26권을 집필을 하여서 전임 시장들에게 보냈는데 잘 받았다고 전화 한 통 없었습니다. 2015년에 국가에서 인성교육을 국가정책으로 하겠다고 하였습니다. 우리는 어려서부터 밥상머리 교육을 받았습니다. 어린아이도 어른에게 선물을 받으면 고맙습니다. 하고 인사를 했으며 거지도 물건을 받으면 인사를 했습니다. 그 간에 김해시 문화상을 3번 받을 기회가 있었는데 포기를 했습니다. 다행이지요. 전임 3명의 시장은 김해 시민이 알다시피 전과자들입니다. 만약 제가 받았으면 찢어버렸을 것입니다. 전과자에게 상을 받다니요. 현재 허 성곤 시장님과 전임 시장들과 인성이 하늘과 땅차이라는 것입니다. 전임 시장들과 많은 비교를 했습니다. 문인이 된 후 20여 년 동안 처음 있는 일입니다. 많은 정치인과 대화를 하였습니다. 저는 무장공비인 북파공작원팀장으로 8명의 부하를 데리고 북한을 두 번을 침투하여 테러를 하였고 그 일을 책으로 집필하여 세상에 알려졌습니다. KBS 특집 4부작 DMZ 1부 **금지된 땅**, 2부 **끝나지 않은 전쟁**, 김해시청 2층 소회의실에서 녹화를 하였고 국방부 홍보원에서 제작한 3부작 **휴전선은 말한다**. 1부에서 **박정희 대통령을 암살하려 왔던? 남파간첩 김신조**와 지금의 본관 커피숍에서 출연을 했고 서울 MBC문화방송에서 숭실대학교 장원재교수와 30분 특집방송을 하였으며 조선일보와 문화일보에 책 출간이 상재되었던 국가유공자입니다. 저는 약속을 지키지 않고 거짓말은 하는 정치인을 제일 싫어합니다. 그래서 공영방송 PD를 비롯하여 조선·중앙·동아 기자는 김해까지 와서 녹화를 하거나 기사는 작성하여 특종을 내기도합니다. 저는 국가 유공자여서 KTX도 무임승차를 합니다. 그간 저는 27권의 책을 집필하여 9권이 베스트셀러가 되었습니다. 현제 우리나라문인 중에 베스트셀러를 가장 많이 집필한 작가입니다. 또한 신문학 100년 대표소설이 4권입니다. 제가 집필한 책은 문화체육관광부 우수전자 책, 우량전자 책, 특수기획 전자 책 19권이 데이터베이스 되어 있습니다.

■ 머리말

인간은 어디서 와서 어디로 가는가?

흙에서 태어나 흙으로 돌아가는 평범한 진리를 모르고 산다. 먹을 것 입을 것이 모두 흙에서 나오는 것으로 해결하고 결국은 한 줌의 흙으로 돌아가는 것이 피할 수 없는 숙명인 것을 화장터에 가면 그 이치를 알 수 있다.

절대적인 권력가도 헤아릴 수 없을 정도의 부를 축적한 자도 가난뱅이 거지도 절세의 미인도 천진난만한 어린아이도 모두 1원 한도 없이 빈손으로 황천으로 간다. 공수래공수거인가. 사람이 죽어 관 속에 들어갈 때 입는 수의는 주머니가 없다, 그래서 공수래공수거空手來空手去이다.

작금의 세상을 보면 절대적 권력자는 많은 것을 희생시키고 만든 자리에서 그것을 지키기 위하여 더 많은 희생을 다른 이들에게 강요하여 자리를 보전하고 많이 가진 자는 더 많은 부를 축적하기 위해 온갖 비리와 부정을 저질러 없는 자의 원성의 대상이 되기도 한다.

삶과 죽음의 짧은 여정 사이에 어느 누가 인간답게 살았는가? 살아가면서 인간다운 인간미를 가지고 살아야 할진데 세상은 살벌의 도를 넘어 아비가 자식을 죽이고 자식이 애비를 죽이며 한 이불 속에서 이불이 들썩거릴 정도로 다정하게 살던 부부도 어느새 척跅↔배척이 되어 서로가 무슨 원수나 되는 것처럼 죽고 죽이는 세상으로 변했다.

해·달·지구의 삼위일체 중 지구는 자연환경이 파괴되면서 오존층에 구멍이 뚫려 지구 멸망을 초래할 지경에 이르렀고 인간사는 부모와 자식 간에도 서로를 못 믿어 가정의 틀이 깨어지면서 가정이 파괴되고 이로 인해 육신과 정신과 영혼의 인간 체 마저 흔들려 악마 같은 자들이 도처에서 생겨나 세상을 어지럽게 만들고 있다.

이런 틈새로 종교를 매개체로 이용한 종말론자 들이 설쳐대며 지구는 더욱 혼돈의 길로 접어들고 있는 느낌마저 든다.

해와 달과 그리고 지구, 아버지와 어머니, 그리고 자식, 육신, 정신, 영혼 이 모두가 **삼위일체**三位一體의 틀 안에서 제대로 돌고 돌아야 이 세계가 온전하게 굴러갈 것인데 그 원리를 모르는 인간들 때문에 인류는 종말의 길로 접어들었는지도 모른다.

나는 보이지 않은 손神을 원망해 본다. 과연 신은 존재하는 것인가? 신이 있다면 지금의 이 혼란한 세상을 그대로 방치하여 두고만 볼 것인가? 인간이 신을 찾는 것은 자기가 부족한 다른 한쪽을 구하기 위해서라고 하는데 이 세상의 모든 신神은 실존하지 않는 신을 찾는 것은 어리석은 짓인가?

기존의 종교나 세계 각지의 민족적 토속신앙土俗信仰은 그

뿌리 자체는 같은 것으로 신을 믿는 행위는 결국 자기 자신을 위하여 믿는 것이다. 바로 자신이 신인 것이다. 내가 존재치 않으면 신 자체도 존재하지 않는다.

외래 수입 종교이던 우리의 토속신앙이던 신앙 자체는 믿은 자의 마음속에 존재할 뿐이다. 기독교인들은 죽으면 전부 천당에 간다는 믿음을 가지고 열성적으로 믿고 윤회설을 믿는 불교인들은 극락세계에 가서 삼신할미의 점지를 받아 다시 좋은 세상에 태어날 것이라고 생각하기 때문에 종교를 믿는 자들은 자기들은 죽어 지옥에는 절대로 가지 않으며 종교를 믿지 않는 자들만이 죽어서 지옥으로 간다고 믿는다. 토속신앙을 믿는 사람들은 그 신들이 도와주어 편안한 삶을 영위한다고 생각한다. 늙은 종자 젊은 종자 따로 있더냐? 늙으면 죽는 것을 그 누가 피할 소냐?

내가 이런 글을 쓰는 까닭은 둥근 우주와 가족이라는 울타리 안에서 서로가 서로를 존중하며 살자는 것이다. 책 안에 약간의 종교적 비판을 나열하였지만 불교의 경전이나 기독교의 성경이 모두 그 시대의 작가들이 기록한 하나의 메시지MESSAGE 이다. 우리의 고전 **흥부전**을 보면 형제가 서로 돕고 살면 복 받을 것이라는 내용이고 **심청전**에는 부모한테 효도하면 신이 복을 내리고 '장화홍련전'은 남의 자식도 내 자식처럼 키우라는 교훈을 주며 **홍길동전**에는 부정한 방법으로 사는 높은 자들에 대한 경고이다. **배비장전**이 주는 효과는 **현모양처**賢母良妻를 버리면 벌은 받을 수도 있다는 것을 말하는 것으로 모든 종교의 교리를 보면 인간답게 살자는 게 그 메시지다.

얼마나 좋은 내용이고 인간이 살아가는데 필요한 말들인가? 나는 다만 지금의 이와 같은 혼돈의 시대에 과연 신이 있다면 인간들의 빗나간 질서를 바로잡아 달라는 뜻으로 그런 기원이 담겨 있는 내용을 썼을 뿐이니 각 교단에서는 곡해하지 마시길 바랄 뿐이다. 천 년을 살렸던가! 만 년을 살렸던가! 공수래 공수거인 인생을 **불로장생**不老長生과 **무병장수**無病長壽를……. 그리도 빌었건만 생로병사의 고해 속에 육신은 늙어가고 그 누구인들 이 한세상을 영락으로 살았더냐? 어제인가 며칠 전인가 그때는 푸른 청춘의 몸이었건만! 지금은 얼굴에 덕지덕지 저승꽃이 피었구나. 늙은 종자 젊은 종자 따로 없더라. 어디서 왔다 어디로 가나. 황혼녘에 삶의 여로를 되돌아보니……. 아들딸 자식새끼 곱게 키워놓아도 강아지 새끼처럼 뿔뿔이 흩어지고. 삶과 죽음의 여로 앞에 슬프구나! 모든 것은 선택된 자들의 고통인 것을. 지금 이 세상에 존재한다는 이유만으로 남은여생에 작은 흔적을 남기고 가리. 새천년 늦은 봄에? 쓸개 빠진 놈…….

프롤로그

21세기가 들어서기 직전인 1990년대부터 지구는 대재앙의 서막으로 점차 빠져들고 있다는 조짐이 여기저기 나타나기 시작하였다. 인간만이 살겠다는 그 이기심으로 전 지구의 허파인 산림을 파괴하여 숲과 그곳에 보금자리를 두었던 동물들이 멸종하고 분별없는 화석연료 탓으로 지구는 차츰 온난화되어 남극의 빙산이 떨어져 적도를 향해 해마다 조금씩 움직이면서 유빙은 여러 조각으로 나뉘어져 이제는 선박의 항해를 위협하는 또 다른 타이타닉의 참사를 유발할 지경에 이르렀다. 인간들의 자연환경 개발은 긍정적인 면보다 부정적인 면이 많아 지구 상공 오존층에 구멍이 뚫려 시시각각 주의보가 내리고, 화산이 폭발하고, 지진이 여기저기를 덮치는가 하면 태풍과 허리케인이 지구 곳곳을 닥치는 대로 휩쓸고 집중호우로 중국 양자강에 큰 홍수를 일으켜 수십만의 이재민이 두려움에 떨었고 토네이도도 극성을 부려 미국의 남부를 하늘로 돌돌 말아 올려 버렸다…….

주위 환경이 이렇게 인재와 천재지변으로 황량하게 변하면서 인성도 함께 변해 갔다. 폭력과 살인이 자주 발생하였고 가정을 파괴하는 패륜적 행위는 극성스러워 아버지가 아들의 손가락을 자르는가 하며, 전직 목사가 아들 둘을 보일러실 안에 가두어 한 아들을 굶어 죽게 하고, 얄팍한 보험금을 노려 자식을 죽인 뒤 불을 질러 범죄를 은폐하려 한 금수禽獸 만도 못한 인간이 있고, 자식이 부모를 생매장하는 등 사회 분위기는 살벌의 도를 넘어 누가 누구를 죽일지 모르는 기본질서조차 붕괴되는 광란의 장이 되어버렸다.

IMF로 거리에 내몰린 아버지들을 기죽이는 일은 도처에서 일어나고 있다. 현모양처의 미덕은 사라지고 천륜의 고리인 자식마저 내팽개치고 삐삐노래방·전화방·심지어는 출장 맛사지사로 전락한 가정주부들. 애인이 없으면 바보라는 소리를 듣는 이 씁쓸한 현실…….

거리로, 거리로 내몰리는 어머니란 이름의 여인들. **섹스 애니멀 공화국**. 이란 오명이 붙은 이 땅은 자기 아내를 속칭 **꽃뱀**으로 만들어 63세가 넘는 자라나는 신세대를 가르치는 교육장의 책임을 가진 고등학교 교장과 정을 통하게 하여 14차례나 불륜을 폭로하겠다고 협박하여 억대가 넘는 돈을 뜯어낸 자가 이 땅의 아버지라니…….

아홉 살과 열다섯 살의 딸이 사망하면 1억 5천 만 원의 보험금을 타기 위해 자식이 잠든 방에 불을 지른 이 땅의 아버지. 천륜天倫과 인륜人倫을 등져버린 어느 삼류소설 같은 지금의 사회상은 세상의 보이지 않는 손神을 찾아도 해결 자이신 신은 그저 요원할 뿐이다.

종교는 각자 자기 종교만 신성하다고, 우상숭배라고 하며 단군상檀君狀의 목을 치는 한심한 인간들이 나오는가 하며 절밥인지 잿밥 때문에 숱한 깡패 스님을 양산하여 산야를 헤집고 다니며 폭력의 씨앗을 심어둔다.

백년지계라는 학교 교육은 악착같이 자리 보존하려는 교육계 고위층들 때문에 개혁되지 못 하고 일선 현장을 무시한 채 지시하달만 하니 학교는 초등교육부터 인성을 무시한 성적제일주의로 학생들을 시험도구로 전락시켰고, 엄마의 극성은 제 자식을 예능에 천재적 두각을 나타내겠다고 과외라는 감옥에 가두었다가 잠 잘 때나 꺼내어주는 자기 호주머니 속의 애완견 취급을 했다. 교육이 이 지경이니 자라난 아이들이 하는 짓이 무어냐? 저들끼리 편 만들어 네편 내편으로 갈라져 싸움 박 질이나 하지. 마음에 들지 않는다고 따돌림하다가 그것도 모자라 심심하다며 뭇매를 가하지. 심성 바른 놈은 아예 살아나갈 길이 없도록 만드는 게 우리들의 교육 현장이다.

이렇게 인간 가치관이 상실되니 넘쳐나는 게 향락산업이다. 거리 구석구석은 홍등에 물들었고 아이들의 마음은 노랗게 바래지고 심심하다고 원조교제, 용돈 조달한다고 포르노영화 출연하기·갑갑하다고 가출하여 술 먹고 뭐 먹는 화류계로 진출하기·이들을 등쳐먹는 아니 동생동사하자는 유흥가의 독버섯들로 가득하나 치안은 사고가 나도 숨기기에 급급하니……. 여론이 아무리 떠들어도 정책 입안자들은 여야 따져 논리하고 충성을 핑계로 외면했다.

또 친한 친구임에도 범죄집단犯罪集團에서 탈퇴하려 한다고 몽둥이로 두들겨 죽인 후 장기를 꺼내어 먹는 그야말로 인간이 할 수 있는 희대의 악행을 악마惡魔나 할 수 있는 짓을 하였다니 마치 세기말의 혼돈과 말세의 극치를 보는 듯하다.

이렇게 20세기말은 혼돈의 극으로 치닫고 있었으나 지구촌 곳곳에서는 여전히 권력이라는 괴물의 덫에서 헤어나지 못하는 능력 없는 위정자들에 의해 소수민족은 피를 흘리며 죽어 갔고……. 강대국들은 온갖 국제 법을 만들어 자국의 이익에 혈안이 되어 민족 고유의 관습까지 바꾸어 버렸으니 째진 눈 가진 동방의 민족은 그 눈을 또 째어 동그랗게 만들고! 작은 것이 아름답다는 한국미의 기준을 서양 여자의 콧대로 바꾸었으니 성형전문의는 본말이 전도된 의료행위로 돈 끌어 모으는 기술자로 전락하고 말았다.

여자들은 개성파라고 내세우며 똑같은 화장에 똑같은 의상에 똑같은 헤어스타일에 심지어는 구두까지 똑같은 무슨 군대 제복 같은 정형화된 복장으로 거리를 다니면서 부끄러운 줄을 모르고……. 어느 연예인의 악세 사리가 튀었다 하면 너도 나도 그 악세 사리를 해야만 했고. 만약 그 대열에 합류하지 못하면 집안의 무능을 탓하며 옥상에서 아스팔트 바닥으로 잘도 날랐다.

스타 큰 가 뭔가 하는 컴퓨터게임에 능하지 않으면 따돌림 당한다는 피해 심리로 이상 열풍을 일으켜 한물이 가도 한창 갈 시기에도 여전히 게임방의 주 메뉴로 차지하고 있어 게임

소프트웨어를 개발하여 해외로 수출도 해야 하는 우리나라 오락산업을 파괴하고 말았다.

군중심리가 불안하여 만들기 시작한 패거리는 패거리들의 집단행동을 유도하여 밤이면 도심의 도로에 자장면 배달오토바이가 폭주족을 태우고 도로를 메우고. 범죄조직을 만들어 가진 자들을 납치拉致·살인殺人을 저지르고 있었다. 이런 현상은 뜻있는 자의 눈으로 볼 때는 도대체 하늘은 뭐하냐는 의문을 가지게 된다. 그러나 그 하늘은 아무 대답이 없다. 갈 수만 있다면 하느님인지 옥황상제인지 잘 구분이 안 가는 절대자 앞에 가서 따져보고 싶은 게 21세기를 맞는 나의 솔직한 심정이었다.

……서기 2000년 1월 1일.

21세기가 갓 시작되는 날 아침 일찍 김 대삼이는 공장 입구에 서서 금년 한해도 아무 탈 없이 사업이 순조롭기를 빈 후 차고지로 갔다.

차고지에는 공장업무용 트럭 한 대와 내가 아끼는 뉴그랜져 3500cc 위용을 자랑하며 대 삼이를 기다리고 있었다. 지금부터 이 차로 아내와 삼 5남매를 태우고 부모님 산소를 찾아 신 년 마지 성묘를 갈 참이었다.

차 안은 쾌적했고 시트도 체형에 맞게 잘 조정되어 있었다. 대 삼이는 편안하게 앉아 시동을 걸었다. 스르르! 스타트모터starter가 기분 좋게 돌아가는 소리는 언제 들어도 즐겁다. 엔진

이 시동되는 움직임이 차체에 전달되는 순간? 갑자기 몸이 뒤로 확 제쳐 지면서 대삼이 시야에 맞은편 담장이 덮쳐오는 게 보였다. 차는 순식간에 담장을 꽝! 들이받았고 대 삼이는 강한 그 충격에 정신을 잃고 말았다.

1부

보라!

땅이 무섭게 흔들리더니 웅장하게 하늘을 찌르듯 높이 솟은 호텔의 웅장한 모습이 슬로우드 모션 픽 처로 보는 듯이 스르르 무너져 내리기 시작한다. 건물더미의 잔해가 여기저기 우박처럼 지상으로 떨어져 내린다.

그리고 그 뒤를 이어 화산이 폭발하여 시뻘건 용암이 지진으로 무너진 건물을 덮고 땅의 갈라진 틈으로 스며들다가 압축된 공기를 만나 폭발하여 지상으로 용암의 파편을 날린다.

짙은 구름이 뭉게뭉게 피어 화산에서 품어내는 검은 연기와 만나더니 쏴아! 하고 먹물 같은 빗줄기를 퍼부어대기 시작한다. 한 끗 달은 용암 위로 쏟아지는 비는 금 새 김이 되어 다시 구름을 이루어 더욱 줄기가 세어진 비를 뿌리더니 삽시간에 강이 범람하고 제방이 무너져 온 마을이 물속에 잠긴다.

와르르 산이 무너져 고속도로와 그 위로 달리던 차들을 삽시간에 덮친다. 그 붉은 황토 위로 다시 빗줄기가 내리 꽂히고 아래로. 아래로 가라앉는다. 그리고 보이는 모든 것이 빙글

빙글 돌기 시작한다. 아니다. 보이는 모든 것이 먼지에 싸여 빙글빙글 돌며 사라지고 대신에 집이! 차가! 사람의 형상들 그리고 지상에서 보아 왔던 낯익은 물건들이 먼지 속에서 빙글빙글 돌면서 나의 근처로 떠오르고 있다. 나는 지금 회오리바람에 말려 공중으로 높이 솟는 중이라는 걸 알 수 있었다. 다시 주위를 돌아보니 나의 둘레에는 영어로 쓰인 간판이며 포드 차량 등이 돌고 있다.

나는 토네이도라 불리는 미국의 회오리바람 꼭대기 위에서 빙글빙글 도느라 정신이 하나도 없다.

"내가 왜? 이 바람에 날려 올라가고 있는가? 그리고 산이 무너지고 건물이 내려앉는 그 모습들이 왜 내 눈에 보이는가? 내가 요한계시록을 영화로 만든 장면들을 보고 있는 건가?"

나는 다시 주위를 돌아본다. 저 아래에서 장대한 덩치에 천을 휘감은 미국인 한 명이 손에는 커다란 부채를 쥔 채 빙글빙글 온갖 잡동사니와 함께 돌며 가까이 나라오다 반대편 소용돌이로 돌아가는 게 보인다. 잡동사니 중에 눈에 확 들어오는 것이 있다. 어느 교회에 성경 구절이 커다랗게 쓰여 진 대형 간판이다. 간판에는 이렇게 쓰여 있는 게 또렷이 보인다.

회개하라! 심판의 날이 곧 오리라!

수백 만 수천 만 마리의 벌떼들의 날개 짓 소리보다 더 센 회오리바람 소리에 귀가 먹먹하다. 아니 이제는 귀가 마비되었나보다. 소리가 점점 멀어지는 것 같다. 그리고 나의 몸도 언제부터인가 토네이도의 세력권에서 벗어나 어디론 가로 날아가고 있다. 아마 토네이도가 나를 우주로 쏘아 올려 대기권 밖으로 밀어낸 모양이다! 아니다? 내가 다시 주위를 돌아보니 도포자락도 아니고 아라비아인의 장옷도 아니고 천으로 몸을 칭칭 감은 패션에 소용돌이무늬가 그려진 커다란 부채를 든 봉두난발의 사나이가 그 곁에서 함께 날며 밀어올리고 있는 게 아닌가.

"워~메! 시방! 여기가 어디당가? 쌍 라이트두 눈알가 뺑글뺑글 돌아 뿐께 정신이 아리 삼삼해 뿐께로."

"어허! 이제 정신이 드는가?"

사나이는 분명 오리지널 본토 영어로 말하는데! 나의 귀에는 한국말로 들렸다. 아니다. 그의 머리 통 속에서 영어가 한국어로 자동번역된 것이다.

"앗다, 멀미를 많이 해뿌리가꼬 똥물이 다 솟을라. 하네. 내가 어찌꾸롬 여기까지 왔는지 모르겠구마. 이?"

"나도 몰라! 자네 나라 저승사자가 바쁘다고 나에게 인계했을 때 자넨 정신을 잃은 상태였으니까."

"정신을 잃어? 그려. 아! 그렇게 빨리 뺑뺑이를 돌리뿐다. 요? 천천히 가면 누가 잡아 묵는답니까? 운전수 뎃꾸 와뿌시오. 문둥이 똥 치듯이 뽈때기를 확 쌔려 패 뿔랑께."

눈에서 반딧불이 나올 만큼 작은 눈에 쌍심지를 켜고 신경질을 부려도 말대꾸도 아니 한다.

"근데 시방! 우린 어딜 간당께? 한 번 씨부렁거려 보라구요."

“가 보면 알어! 자. 저길 봐. 근사하지? 보면 볼수록 너무 아름답다 말이야!”

봉두난발의 사나이가 가리키는 쪽을 보자 나의 가슴이 마구 뛰기 시작했다. 멀리 어렴풋이 산의 윤곽이 보이고 그 산을 포근히 떠받들 듯 구름이 뭉게뭉게 피어오르는데 무지개 색 파스 텔 톤pastel tone으로 서로 겹쳐지는 부분에는 색상이 신비하게 빛을 발했다. 그리고 그 구름 사이로 살며시 드러나 있는 높직하게 솟은 아라베스크an arabesque 두 개는 이집트의 고대 유물보다 더 웅장해 보였다. 우리들이 더 가까이 가니 아라베스크 최 상층부 첨단은 옥석인데 피라미드 모양으로 가공되어 오색영롱五色玲瓏한 빛을 내어 주위를 찬란하게 밝히고 있었다.

어디선가 청아하기 이를 데 없는 새소리가 들려온다. 자웅한 쌍인지 서로 부르고 대답하는 소리이다. 그 소리에 이어 낮고 깊은 음이 부드럽게, 그러나 주위가 그 소리에 공명하듯 소리 없이 물결친다. 구름 속에 잠용이 있어 한 소리 하는 듯했다. 이루 필설로 표현하기 힘든 아름다운 음률이고, 사람의 넋을 취하게 하여 금방이라도 수정 같은 눈물방울이 뚝뚝 떨어 질 것 같이 가슴속을 파고들었다. 지상에서는 한 번도 들어본 적이 없는 소리였다.

“어이! 이. 바람쟁이! 이게 몇 년 만에 보는가?”

갑자기 오른쪽에서 징소리처럼 고막을 흔드는 소리가 나서 돌아보니 까만 옷에 붉은 허리띠가 유난스러운 복장의 거대한 체구를 지닌 사내가 날아오고 있었다. 얼핏 봐도 기골이 장대한 거인이었다. 그 손에는 자창이 한 자루 들려 있는데

창날 부분이 여포의 여의봉도 아니요, 장비의 장팔사모도 아닌데 가까이 와서 보니 구멍 뚫는 드릴인데 구경이 어린애 머리통만 하였다.

“오라! 땅꼬마구나! 어디 구멍을 내고 오는가?”

“악덕건설업자가 지은 아파트 단지를 뚫고 왔다네.”

“저런! 그 녀석 요리저리 로비하며 법망을 잘도 피하더니 이번에 된통 걸렸구먼! 짜식 미국 남부에 살았더라면 내가 벌써 날려 버렸을 텐데 말이야. 잘했네. 잘했어! 그런 놈은 평생 감옥에서 살다가 죽으면 유황천硫黃泉에서 딱 삼천 년만 통닭구이가 되어야 억울한 영혼들이 위안을 받을 걸세!”

그들의 대화를 듣고 보니 세기말의 지구상에 일어난 온갖 재앙들이 이들이 한 짓이라고 생각하니 욱! 하는 성질에 한마디 했다.

“뭣들 하는 아제들인지 모르겠지만! 지진 때문에 희생당한 사람들이 얼마나 많은데. 한 놈 처치하자고 몇 천 명을 죽여요? 무슨 그런 더러운 경우가 있다냐? 느그들이 먼데 그런 못된 짓을 하냐?”

“어이 바람쟁이! 그. 조 그 마한! 친구 누군가? 자네가 저승사자 노릇도 하나?”

“이. 친구가 하도 각하 심지 끊는 소리를 많이 해서 좀 일찍 소환했나봐. 그러니 저승사자가 스케줄이 꼬였지. 그래서 내가 바람에 실어 데리고 왔다네. 아마 꽤 어지러웠을 거야!”

“각하? 각하는 또 머시여? 지~기미 시~러비 헐 놈들! 주둥이를 마빡으로 꽉 박아 뽈랑께.”

"흐흐흐, 봤지? 이 친구 간이 배 밖에 나온 친구야! 그러니 각하 귀가 오직 근지러웠겠냐."

"허기사! 저 친구가 뿔따구 날 일을 자네가 저질렀네. 지구 곳곳에 불덩이를 뚫고 불특정 다수의 많은 인간들을 잡아들였으니……. 염라대왕도 골치 아프게 만들어 놓고 왔으니 저 친구가 고추장 먹은 깨구락지개구리 같이 길길이 뛰게 생겼네."

"불경죄로 엄히 다스려야 될 귀신이로군."

"머시여! 내가 시방 귀신이라구? 그 귀신 씨나락 까먹는 소리하고! 자빠졌네."

말은 그렇게 했지만 속으로는 깜짝 놀라 부채 든 자의 펄펄 날리는 옷자락을 잡자 손으로 엄청나게 차가운 바람이 들어와 오장육부를 지나서 다른 손으로 빠져나간다. 급히 옷자락을 놓았으나 급작스럽게 심한 한기가 들어 덜덜덜 떨리기 시작했다.

"흐~흐흐. 춥지? 난 귀신을 춥게도 덥게도 만드는 풍신風神·바람↔귀신이야. 내가 맘만 먹으면 넌 얼어 죽은 동태귀신 아니 귀신동태가 된다는 말씀이야. 알아들었어? 행동거지 조심해. 눈 똑바로 뜨고 할 말 못할 말 가려서 하고. 그렇지 않으면 냉동시켜버릴 테다. 알아들었느냐, 꼬맹아!."

"뭐 내가 귀신동태라고? 죽었다며? 그런데 또 죽어? 자다가 봉창 두들기는 소리 마소. 그라고 꼬맹이라니? 장가들어 아들 딸 가진 꼬맹이도 있는감?"

"그럼! 꽁꽁 얼어 꼼짝 못하는 귀신도 산 귀신이야?"

"킬.킬.킬. 제 죽은 줄 모르는 귀신도 다 있군. 야 이놈아! 네가 지금 천계의 입구에 서 있는데도 살아있는 인간이냐?"

헛소리겠지! 꿈이겠지! 하고 생각 중인데 어디선가 우뇌와 같은 말소리가 멀리서 들리는가 싶었는데 금 새 내 곁으로 홍포에 황금색 옷깃과 허리띠를 두르고 붉은 머리에 일렁거리는 불꽃을 담은 화로를 모자인양 덮어쓴! 그 역시 덩치가 태산 같은 사내가 접근했다. 그의 몸에서 후끈후끈한 열기가 마구 품어져서 한기寒氣에 떨던 나를 진정시켜준다.

"와 핫. 핫. 염 형! 오랜만이우다. 같은 땅 속에 있으면서 그동안 너무 격조했소이다. 그래 어느 산으로 나오셨소?"

굵은 드릴을 든 흑의의 사내가 반갑다고 악수를 한다.

"필리핀의 화산으로 나왔더니 인도네시아가 난리 더이다."

"이래 죽고 저래 죽고 무슨 업이 그리도 많아 시신이 끝 간 데가 없네 없어. 아무리 정해진 수명이라 하지만 사실이지 우리도 업무 수행이랍시고 목숨을 많이도 거두어들이는구나."

몇몇 사람의 잘못임에도 불구하고 만나는 신들마다 지구 땅덩어리를 개창 시궁창으로 만들어서 불특정 다수의 인간 목숨을 거두었다는 말에 화가 더 났다.

"대답 좀 해 보슈! 그 사람들이 무슨 죽을죄를 지었다고 대 학살극을 벌리느냐고요?"

"그 이유를 알려주려고 자네를 불러올린 것이라네."

"이봐, 어른들 인사하는데 끼어들지 말라. 응."

"어라! 이 잔챙이는 어디서 나타나서 이 길로 오고 있지?

야! 너 누구 길래 우리와 같이 있는 거냐?"

화로를 모자로 쓴 사내가 물었다. 말을 할 때마다 뜨거운 입김이 내 얼굴을 화끈거리게 한다. 그렇다면 이 자가 지옥 불을 다스리는 저승사자?

"아이구! 워~메! 미치고 폴짝 뛰 것 네. 시방 내가 그걸 어떻게 안담. 나도 어떻게 된 셈인지, 머 땀시 내가 여기 있는지 모른다니까. 그러니 여기가 어딘지 내가 머 땀시 왔는지 누가 얘기 좀 해보더라고. 이."

아직까지도 나는 이들의 대화를 이해할 수 없고 이들이 어디에서 존재하고 있는지 알 수가 없다.

"내가 알려주지. 자넨 죽었고. 여긴 저승의 입구이지. 깐죽거리지 말고 따라오너라. 저승사자한테 잡혀 온 주제에 배곱은 도둑이 남의 집 부엌에 들어가 급히 먹은 것이 하필 청양고추 가루 먹은 놈처럼! 구시렁거리지 말고."

허공에서 여자의 목소리가 들려왔다. 내가 올려다보니 하늘색 린넨 천으로 풍성한 몸매를 감싼 여인이 풍성한 머리칼 위로 황금색 왕관을 썼는데 여러 마리의 어류들이 조각되어 무척 아름다웠고 한 손에 끝이 물 조리개가 달린 긴 홀을 들고 천천히 하강하고 있었다.

그 여자가 내 곁에 내려섰을 때 나의 코 속으로 청량한 기운이 스며들었다. 어릴 적 어머니 젖무덤 아니 젖 먹을 때 젖 내 같은 그런 냄새다. 아무튼 젖내인지 향수인지 구분이 안 가는 그저 남자만이 느끼는 그런 냄새인데 지금까지 맡아왔던 냄새와는 판이한 것이었지만! 마음을 평온하게 해주는 것 같았다.

"오우! 우리 사대천왕이 한 자리에 다 모이기는 지구 나이로 몇 세기 만이요? 이거 무슨 일이 있어 누님까지 부른다.우?"

부채를 든 봉두난발이 방금 나타난 여자와 '탁!' 하이파이브를 하며 무척 즐거워한다.

"정말 오랜만이요! 누님! 우리야 용궁을 찾아갈 수 없지만 누님이야 어딜 못 다니오? 좀 우리들에게 자주 들려주시구려."

커다란 드릴을 든 검은 옷의 사내가 절을 꾸벅 한다.

"아우님들. 정말 반갑네! 요즘 우리들이 어딜 놀러다닐 형편이 되는가? 이제는 치산治山 · 치수治水 한다는 것도 너무 어려워. 온갖 공해 물질이 모두 바다로 흘러들지, 이제는 핵연료 찌꺼기까지 마구 폐기하니 어떻게 손 쓸 엄두가 나지 않아."

그들의 얘기를 귓전으로 들으면서 나는 내가 죽었다는 말의 의미를 더듬어보고 있었다. 듣고 보고 생각하는 의식 있겠다. 걸어 다니는 두 발 멀쩡하지, 양손 마음대로 움직이는 육신이 멀쩡한데 내가 왜 죽어? 그런데도 이렇게 허공을 날아다니는 사대천왕이란 존재는 또 뭐냐? 정신을 가다듬어야겠다. 아직까지 내 눈앞에 벌어지고 있는 모든 일들이 꿈을 꾸고 있는 듯하다. 꿈속의 악마에게 쫓기 다가 낭떠러지에서 쿵! 하고 떨어지는 꿈같은 것! 아무리 도망치려 해도 발걸음이 떨어지지 않는 그런 꿈, 그래서 이부자리에 세계지도를 그렸던 유년시절의 꿈, 꿈에서 깨어나야 할 터인데…….

나는 나의 지난 일들을 떠올려보았다. 어린 시절이 있었고 학창시절이 있었다. 그리고 꼬마하사 애기하사라 불리던 군 생활이 있었고 사회생활과 결혼. 그리고 다섯 아이의 아버지가 되었고 사업도 생각만큼 잘 되어 오늘에 이르렀는데. 가만 있자 성묘 갈 거라고 차고에서 차에 시동을 걸다가 급 발진하여 벽을 들이박고는……. 어! 그리고 여기까지 왔네. 그럼 난 거기서 죽은 건가? 나의 식구들은 이 사실을 알고나 있을까? 꿈이 아니란 말인가? 다시는 현세로 돌아갈 수 없는 길을 왔단 말인가.

아니? 나는 저승사자와 함께 여길 온 것이 아니라 부채를 든 사내와 토네이도를 타고 올라왔는데 여기가 저승의 입구라고?

나는 주위를 새삼스럽게 다시 돌아보았다. 전면에 보이던 산은 여전히 먼 곳에서 보라색의 엷은 색조로……. 또 서기瑞氣↔경사스러움를 풍기며 우뚝 솟아 있었고! 산 아래는 여전히 7색 구름이 일정한 높이를 유지하면서 뭉게뭉게 피어나고 있었다. 양쪽에 서 있는 아라베스크는 이제 엄청난 높이로 굳건히 서 있었고 구름도 아니요 안개도 아닌 기체들이 흰색으로 덮여 나의 두 발목을 감고 있었다. 나의 발바닥에 전해지는 감각은 딱딱한 지면을 밟고 있는 것이 아니었다. 그렇다고 폭신하다거나 물렁거린다는 감각도 없었다. 아예 무얼 밟고 있다는 감각조차도 없었지만 허공에 떠 있다는 기분도 없었다. 그렇다면 나는 무게가 없는 존재인 것이었다. 그럼 무게가 없다면 신체를 구성하는 골육의 밀도도 없다는 뜻인데 내

몸은 환영이란 말인가? 아니면 입체 영상처럼 존재가 없는 것인가? 결론은 나는 죽어서 혼백만 여기에 와 있다는 말이구나! 그럼 지금 천상을 거닐고 있다는 말인데 앞날이 구만리길처럼 아득한 50청춘에 잡혀 오다니…….

탄식하며 올려다 본 천공은 유백색으로 맑게 펼쳐져 있고 황금색 날개를 활짝 펴고 봉황 몇 마리가 옥구슬 같은 소리로 노래하며 날고 있었다.

나는 죽어 여기에 왔다. 지구상에 1초에 몇 명의 생명이 태어나고 몇 초에 한 명이 죽는지는 모르겠지만 나의 죽음을 전후하여 꽤 많은 사람들이 죽어 영혼들이 이곳으로 몰려들 터인데 우 째 저승사자도 하나 보이지 않고 4대 천왕인가 사천왕상인가 하는 이상한 존재들과 함께 어울려 있단 말인가?

"도대체 넌 무엇이기에 다른 죽은 영혼들이 가는 길로 아니 가고 우리를 따라 다니는 거냐?"

내 생각이 읽혀진 모양이다. 내가 의문을 갖는 동시에 그렇게 물어오는 홍포인의 화통 같은 소리에 나는 악몽을 꾸는 꿈같으면 깜짝 놀라서 깰 정도로 화들짝 놀랐다.

"텍사스를 통과하여 상승하는 길목이 대한민국 상공이라 대한민국 담당 저승사자를 만났는데 그가 말하더군. 이 자를 데려와서 내게 인계해 주라는 명령을 받았다는 거야. 그래서 내가 데리고 가는데 아마 이번 회의와 무슨 관련이 있는 모양이야."

토네이도를 타고 다닌 봉두난발의 설명에 그들은 나를 뫕

시 신기한 듯이 내려다 보았다.

"그래서 저승사자가 사자死者의 길 자동이송 통로의 입구로 보내지 않고 우리와 동행하는구나. 넌 인간 세상에서 뭐 하던 녀석이냐?"

"그래, 도대체 뭘 했던 놈이기에 사자의 길로 가서 심판도 받지 않고 우리랑 어울리는 거지?"

"그냥 조그만 공장 하나 갖고 있지. 라우."

"그. 걸로는 설명이 되지 않아. 또 다른 무엇이 있는 게 틀림없어. 단 한 방에 잡혀 온 걸 봐도 그렇고 아직은 싱싱하여 정비할 곳도 없는 걸 보면. 아 하! 너. 저 아래에서 누구 욕 많이 했지?"

"난 욕 할 줄 모르구요 법 없어도 사는 사람이지라. 그 놈의 차가 급 발진해 벼리 갔고 왔지 아님 내가 머 땀 시 여기 있 당 감? 그라고 저 양반 말처럼 난 회오리바람에 말려 왔지 내 발로 온 것도 아니고 또 요기가 초행길인데 사자의 길이고 호랑이의 길인지 어떻게 안다 말일시. 그 짠 에도 죽었다 해서 성질나는데 말 자꾸 시키지 마소. 이."

내가 열을 잘 받는다는 건 누구보다도 내가 더 잘 안다. 내가 죽었다는 사실이 억울하다거나 그런 생각은 사실 별로 나지 않았다. 하는 행동이 생시와 똑같을 뿐 아니라 그 먼 여행을 했는데도 피곤하거나 배가 고프거나 하지 않고 육체적으로 불편한 게 없으니 신경질까지는 낼 마음은 없는데 모르는 일을 자꾸 물어오니 열이 실실 난다. 내가 구시렁거리고 있으니 사대천왕도 아무 말 없이 걷기만 했다. 그렇게 각자가 입을 꾹 다물고 앞으로 나아가다 보니 우리의 앞으로 붉은 색 깃으로 단장한 하얀 옷을 입은 미모의 여인이 다가와 살풋이 허리를 굽혀 절을 한다.

"사숙님들! 어서 오시오. 다른 분들도 모두 모였습니다."

"요선랑! 자네도 무척 오랜만에 보는구나. 여기 계신 분들 모두 안녕하신가? 뭐 달라진 건 없는가?"

황금 왕관을 쓴 여인이 물었다.

"지구가 문제가 되어 몇 분이 내려가셨답니다. 만. 인간들이 워낙 영악해져 순치활동이 별 효과를 거두지 못한다고 상제님께서 무척 걱정하고 있습니다."

이들이 급히 지구를 떠나면서 그 여파로 화산이 폭발하고 지진이 나고 해일이 덮쳤단 말인가!

"참으로 고약한 일이로구나! 그럼 우리가 이제는 인간들을 상대로 전쟁이라도 벌려야 될 정도란 말인가? 어디선가 직무유기한 것 아니냐?"

화신이라 불리는 홍의의 사내가 입맛을 쩝쩝 다셨다.

"종교가 변질을 하고 있어서 그래. 순수해야 될 복음 활동이 돈을 밝히고 색을 밝히는 교주라는 자가 나타나고. 사이비가 판치는 세상이니 어찌 인간의 심성이 비뚤어지지 않겠는가."

"그래서 우리가 모이는 것 아닌가. 빨리 가세나."

흑의인의 손에 들린 드릴이 웽- 소리를 내며 돌다가 멈췄다.

"이봐요? 댁이 김 대삼! 씨 맞아요?"

요선랑이라 불린 여자가 나를 보고 물었다.

"어! 내 이름을 어떻게 안 대유? 지가 김 대삼이 맞지. 라. 근데 아짐 씨는 누구요? 나랑 일면식도 없는디?"

'왓다메! 그 아짐 씨! 마늘 같은 코에 앵두 입술에다가 개미 허리, 맷돌 짝 방 뎅궁둥이 이가 진짜 항우장사 마누라 우미인 같네! 이.'

"잘 오셨어요. 상제님께서 특별히 모셔오라는 분부가 계셨어요. 자. 이리로 따라오세요."

선녀 같이 예쁜 여자의 음성은 나의 영혼을 홀릴 것처럼 다정하고 촉촉한 느낌을 들게 했다. 일행은 아라베스크 anarabesdue↔기이학적 실물모양. 아라비아에서 시작된 장식 문양를 지나 천상인지 저승 문인지 극락인지 애매모호曖昧模糊한 지역으로 들어서고 있었다.

"여긴 어디지라?"

"지구에서는 저승이라 부르는 곳이고 여기에서는 천계라 해요. 우주의 중심이죠."

'저승? 뭐 우주의 중심? 그런 곳이 있었던가?'

나는 그만 멍청해 졌다. 그런 곳에 내가 특별히 모셔졌다고?

내가 지금껏 살아오면서 우주에 대한 상식이라고는 태양계니 블 랙 홀이니 은하계니 하는 과학교육시간 또는 공상과학소설 등에서 알아낸 용어들뿐이었는데 난생 처음 듣는 천계라는 우주의 중심에 내가 죽어서 들어가 있다니 멍해 질 수밖에 없었다. 새삼 주위를 또 돌아보게 되었다.

우리들 앞으로 끝이 어딘지 모를 긴 회랑이 쭉 뻗어 있고 양쪽으로 자란 모양이 기이한 가지를 가진 이름 모를 거목들이 울창한 숲이 회랑을 따라 펼쳐져 있었으며……. 거목들 사이로 서기 어린 기체들이 천천히 움직이며 서로 뭉치기도 하고 흩어지기도 하며 나뭇가지와 잎 새들을 어루만져주고 있었다. 숲 속에서는 청아한 새소리와 음이 나직한 동물들의 울음소리가 간간히 들려왔다. 안으로 좀 더 들어가자 회랑 양쪽으로 셀 수 없이 많은 모니터들이 줄 지어 서 있는 광경이 보였다. 그 모니터들의 위에 지구상에 존재하는 나라 이름이 표기되어 있어 한눈에 지구에서 일어나는 일들을 모니터하게 되어 있는 것 같았다.

모니터들이 내보내는 갖가지 영상들을 들여다보는 사람들도 보였다. 그 사람들의 복장은 동서양의 고대와 현대 의상이 섞여 있어 인종 전시장 같기도 했다. 우리들은 계속 앞으로 나아갔다. 모니터들의 끝이 보이는 지점에 이르러 자 상공에 커다란 전광판이 깜깜한 채 올려져 있는 게 보였다.

"저게 뭔가?"하고 궁금증을 가지자마자 「**아카바 기록 판**」이라고 전광판에 글이 나타났다. 내가 다시 의문 감을 느끼자.

「전 우주의 모든 정보와 법칙 등이 저장되어 있으며 정보를 얻고자 하는 자의 심중을 읽어 해당되는 정보를 문자 및 영상과 사운드 등으로 그에게만 보여주는 시스템」

……이라고 알려준다. 대단한 곳이라고 생각하며 속으로 다시 물어보았다.

'세계적으로 저명한 과학자 발명가들이나 수학자들이. 예를 들어? 뉴튼이 떨어지는 사과를 보고 영감을 얻어 만유인력萬有引力 설을 연구하였다면?

"……."

「만유인력의 공식을 그는 여기서 힌트를 얻었고. 아인슈타인도 여기를 다녀갔다. 이곳에서 천문 지리 과학의 진리를 영감으로 받아 지구의 과학문명을 일으킨 것이다. 그러나 그들 자신은 이 **데이타베이스**database↔통합된 데이터를 집적. 보존해 놓고 필요시 이용할 수 있도록 한 시스템에 접근한 사실조차 모른다. 그들은 어느 한순간 자신도 모르는 사이 유체이탈로 이곳을 다녀가는 것이다. 물론 우리가 그들을 부르는 것이다. 즉 그들의 비상한 머리를 이용하여 우리가 가진 지식을 전파하는 것이 이 아카바 기록의 진정한 목적이다」

……와! 이런 것도 있었구나! 과연 대단하다! 대단해! 이곳에서 최상의 조건으로 인간들이 살 수 있도록 시기와 속도를 조절하며 지구문명을 발달시켰구나. 인재가 필요할 때마다 대상자를 불러올려 지식을 습득케 하여 인류복지의 향상을 꾀했구나. 이렇게 좋은 곳에 나를 부르다니 이거 나도 출세한 거 아니어? 그렇다면 이 우주 안에서 일어나는 모든 사건과 어떤 현상들을 모조리 기록할 뿐만 아니라 미래의 사건까지 담겨져 있다면 이 우주는 어떤 장대한 그리고 치밀한 시나리오에 의해 움직여지고 있다고 봐야 하는가. 인간들에게 산을 무너뜨리고 산림을 황폐화시키는 그런 장비들을 만들게 하여

지구환경을 파괴시켜 인류의 생존에 위기를 주는 것은 병주고 약 주는 것이 아닌가? 결국 인간을 파멸시키자는 그런 시나리오가 만들어져 있지 않을까. **공생공존**共生共存 하라는 천계의 계율을, 유인원 스무 여덟 가지 종 중에 유독 인간의 머리만 무한히 발달하여 계율을 어기리라는 조물주의 실수를 자인하고 있었단 말인가?

그런 생각을 하는 동안 우리들은 그 기록 판 아래를 지나 코끝을 스치는 향기가 좀 더 짙은 곳으로 나아갔다. 그곳은 광활한 들판이었다. 여기 저기 거목들이 듬성듬성 서 있고 저마다 자태를 자랑하는 화려한 꽃들로 가득한 화단이며 물새들이 놀고 있는 연못도 보였고 각국의 다양한 의상을 입은 무리들이 이곳저곳에 흩어져서 담론을 주고받고 연못을 산책하고 있었다. 또 인간들 사이사이 개도 보였고 사슴도 보였다. 지상에 있는 순한 동물들이 그곳에서 인간들과 같이 노닐고 있었다.

한 무리의 인간들이 빙 둘러앉아 열띤 토론을 하고 있어 좀 시끄러웠는데 무슨 말인지 알아듣지 못하는 나라의 언어를 사용하고 있었다. 그야말로 무위도식의 별세계이구나. 나는 그 광경을 보며 일하지 않는 인간들의 모습은 어딘가 활달함이 떨어진다고 느꼈다.

천공에서 날개소리와 새 울음소리가 나서 올려다보니 봉황 몇 마리가 찬란한 금빛 깃털을 자랑하며 날고 있었다.

과연 선계仙界 로구나! 보이는 풍경에 감탄을 하며 우리는 그곳을 지났다. 이제 우리의 앞에는 유백색 기체가 커다랗게 돔을 이룬 곳으로 가고 있었다. 돔은 거대하게 보였는데 비스듬하게 경사진 모양이 접시를 엎어놓은 듯. 하였으며 나의 눈에는 그것이 우리가 가고자 하는 최종 목적지 같이 보였다. 그 돔 뒤로 예의 그 성스러워 보이는 옅은 보라색의 산이 천공을 찌르듯 높이 솟아 있었고 무지개 색 구름들은 여전히 서로 엉켰다 풀렸다 하며 산자락을 감싸고 있었다. 일행은 그 돔으로 계속 움직였다.

나는 우리가 날아오르고 걸어온 시간이 상당히 오래되었다고 생각을 했는데 다시 생각해 보니 그렇게 많은 시간이 흐르지 않은 것 같은 느낌이 들었다. 그런 느낌이었다고 다시 떠올리자 우리에게는 시간이 정지한 것이라고 단정 지을 수 있었다. 그럼 나는 시공을 초월한 존재인가? 지구에 있었을 때 좀 피로하던 몸도 그래서 느껴지지 않는가? 그렇게 오래 걸었는데 다리도 아프지 않고 오히려 온몸이 공중에 부양된 느낌에 부딪히는 것 하나 없는 여기가 기독교인들이 말하는 천당인가?

이제는 육신의 무게도 없고 시공도 초월하였으니 확실히 죽었다고 인정을 해야 될 판국이다. 죽는다는 것은 사후死後 세계가 있음을 알게 해 준 것이고 이제는 인간 세상의 두고 온 가족 친지들을 볼 수 있을지는 몰라도 만나 서로 얘기를 나눌 수 없게 되었음을 인정해야 된다.

가까이 가 본 돔의 표면에는 유백색 기체만 벽면에 뿌리내린 식물처럼 아른거리고 있을 뿐 출입을 할 수 있는 장치는 전혀 보이지 않았다. 그럼에도 우리를 안내하는 요선랑耀扇娘↔

아름다운 아가씨은 계속 전진하였고 그녀의 몸이 벽면에 닿는 순간 기체 속으로 스르르 빨려들어갔고 연이어 다른 사람들도 그 속으로 들어갔다. 내 몸도 그들과 같이 기체 속으로 들어가니 피부에 무언가 닿은 듯 느낌이 미세하게 느껴지는 듯했지만 어떠한 변화도 없었다. 피부에 닿는 감각도 아마 공기의 밀도가 다른 것 같은 감각이었다.

다만 눈앞이 뿌옇게 흐려졌다가 다시 명료해 졌을 뿐이었다. 그건 문이 필요 없이 어느 곳이라도 통과할 수 있는 바깥과 안을 구분하고 시야만 차단하는 기체로 만들어진 벽이었다.

벽 안쪽은 은은하게 음악이 흐르고 있었고 높은 천장에서 광원을 알 수 없는 빛이 역시 유백색 기체 뒤에서 희고 노란 빛으로 홀을 훤하게 밝혀 따뜻한 감을 주었다. 홀은 커다란 반원으로 각양각색의 옷차림을 한 사람들이 분주하게 오가는 게 보였고 특이한 것은 맞은편 벽면 가까운 곳에서 위로 올라가는 계단이 보이지 않는데도 한 계단 두 계단 발로 밟으며 오르고 내리는 광경이었다. 사람들은 벽의 여기저기서 나타나고 사라지는 것이 신통 술을 부리는 것 같았다.

내 앞에 가는 사대천왕과 요선랑의 키가 갑자기 커지기 시작했다. 그 순간 나의 뇌 속에서 올라가는 계단이니 따라가라는 메시지가 떠올랐다. 누가 보냈는지 내가 그렇게 판단했는지 알 수는 없었지만 나는 마음으로 보이는 계단을 한 계단 두 계단 꽤 많이 밟고 올라갔다.

우리는 기체로 만들어진 돔 속에서 어느 한 지점을 향해 묵묵히 걸었다. 이 유백색의 기체들은 필요할 때면 어떠한 기능이라도 발휘할 것 같다는 느낌이 강하게 들었다. 아무렇게나 통과할 수 있는 반면에 계단 같이 사람을 지탱해주는 걸 보면 감옥처럼 뚫지 못하는 벽도 있을 것이다.

"자! 이리로 들어가세요."

요선랑은 우리에 앞서 기체의 벽을 뚫고 안으로 들어갔다. 안에는 말발굽 형 원탁이 놓여 있는 회의장이었다.

원탁에 연두색 제복을 입은 사람들이 몇 명의자에 앉아 환담을 나누고 있다가 들어오는 사대천왕을 보고 일어서서 환대를 해준다.

"김대삼 씨는 저 자리에 가서 앉아 기다리세요. 곧 회의가 시작될 것입니다."

요선랑은 나를 벽 쪽에 마치 미국 법정의 배심원석 자리 같은 곳에 앉게 했다. 그곳은 원탁보다 조금 높은 곳이라 원탁이 잘 내려다 보였다. 원탁의 트인 부분 앞쪽으로 황금색 긴 탁자와 의자 세 개가 나란히 주인을 기다리고 있었다. 좀 떨어진 거리라 어떤 무늬가 새겨져 있는지 보이지는 않았다. 나의 맞은편 쪽에도 배심원석 같은 자리가 마주보고 놓여 있었으나 의자들은 모두 비어 있었다. 내가 앉은 곳이나 맞은편은 회의에 직접 참가하지 않는 참관인들의 자리 같았다.

벽으로부터 연두색 제복을 입은 한 무리가 먼저 와있던 무리와 나란히 앉았고 또 다른 벽에서 회색 제복을 입은 무리들이 나와 연두색 무리와 마주보는 자리에 앉았다. 이제 말발굽 형 탁자는 맨 끝과 시작되는 자리만 빈자리로 남았고 다른 자리는 연두색 제복 24명과 회색 제복 24명 그리고 사대천왕과 언제 들어왔는지 모르게 8명이 자리에 앉아 있었다.

음악소리가 은은히 퍼져나간다. 현악기의 소리임에는 틀림없었으나 동양도 서양음악도 아닌 곡조가 지금까지 듣지 못했던 음계로 홀 안을 울려퍼지는 이 음악소리에 대삼이는 벌떡 일어서버렸다. 아니 대삼이 혼자가 아니고 원탁의 사람 모두가 일어선 것을 보면 음악소리에 일어서라는 명령이 내재되어 대삼이 뇌에 자극을 준 것이리라!

우리가 일어서자 왼쪽 벽으로 다수의 사람들이 나타났다. 맨 앞쪽에 색깔이 약간 다른 똑같은 차림새의 위엄 있고 기품이 상당한 세 사람이 눈에 확 들어왔는데 한눈에 보아도 생김새가 똑같은 세 쌍둥이였다. 그들의 몸 주위로 은은하게 오오라가 뿜어져 전신을 담담하게 감싸고 빛을 내었다. 대삼이 뇌 속에 하느님! 조물주이자 창조주 그리고 옥황상제 삼위일체 유일신이었다. 신의 뒤로 따르는 사람들이 눈에 익었다. 석가모니·미륵·예수 그리스도·모세와 성모마리아·석가의 어머니 백화부인·바다 속의 용왕 그리고 우리의 선조 단군의 모습도 있었고 그리스의 제우스신도 보였다.

우리 인간의 전설과 신화에 등장하는 주인공들이 이 천계에 모두 모여 영생을 누리고 있는 것이다. 삼위일체 세신이 한 개의 탁자 앞에 놓인 세 개의 의자에 앉자 나머지는 좌우로 나누어 내가 앉은 참관인석과 맞은편 자리에 자리를 잡았다. 원탁의 시작과 끝자리에 각각 연두색과 회색의 장대한 인물이 앉았고 제우스신은 원탁의 가운데 자리에 앉는 게 보였다.

이제 천계의 실력자들이 모두 모인 그 자리에 인간 김대삼이 영문도 모르고 앉아 있게 되었다.

말굽원탁의 가운데 자리한 제우스가 일어나

“여러분! 오신다고 수고 많았습니다. 우선 전 우주의 주인이신 삼위일체 신에게 인사드립니다.”

그러자 놀라운 일이 일어났다. 나란히 앉았던 세 사람 중 양쪽의 두 신이 차츰 희미해지더니 어느덧 한 사람으로 합체되는 것이 아닌가. 그러자 옷의 색깔이 순백색으로 변하면서 환하게 빛을 뿜었다. 그리고 그는 우리의 절을 받았다. 빛은 보이지 않는 두 가지 색과 무지개 색으로 존재하며 그 색이 다 모이면 인간의 눈에는 백색으로 보인다. 그래서 저 분의 옷 색깔이 변했다. 그렇다면 저 분들은 빛으로 존재하는지도 모른다. 내가 그런 생각을 하는 동안 나의 뇌에 음파가 파고들었다.

“사대천왕 화신 수신 지신 풍신이 명하신 대로 차질 없이 임무를 수행하고 이제 부름을 받아 문안드립니다.”

“수고들 했다. 나로서는 그대들의 빈틈없는 일처리에 무척 만족한다. 계속해서 나를 보필해 주시게나.”

그들의 대화의 진동이 나의 뇌를 울렁거리게 했다. 음의 파장이 나를 흔들었던 것이다.

“탄생을 관장하는 12별자리와 12지간을 대표하여 신생 관 인사드립니다.”

“그대도 오랜만이구나! 지구에 저렇게 인구가 늘어가다 보니 그대도 몹시 바쁘겠구나. 우리네 마스 타 플랜이 어디가 잘못되어 지구 인구가 저렇게 적정수를 유지하지 못하는지 알아보았는가?"

"예! 죽은 자가 다시 환생하는 비율이 점차 높아지는 탓이옵니다. 이는 아무래도 지구상 인간들이 더욱 사악해진 증거라 볼 수 있습니다."

"그렇던가. 기독교가 저리도 융성한데도 신도들이 너무 개인주의적 사리사욕에 빠져 우리의 가르침에 응하지 않으니 원. 옳은 목회자가 그리도 없단 말인가? 석가여! 그대들은 어떻게 중생을 선도하였기에 한국이란 나라에서는 중들끼리 적법이니 정통이니 하며 패 싸움질을 한단 말인가?"

"아무래도 인간들이 점차 사악한 길로 빠져드는 더 큰 요인이 지구상에 존재하나 봅니다. 악화가 양화를 구축한다는 그 경제원리가 인성에 영향을 주는 보이지 않는 손으로 우리가 모르게 작용한 모양입니다."

"우리의 계산에는 지구상에 보이지 않는 손이 절대 존재할 수 없음에도 불구하고 인간들은 어떻게 그렇게 무서운 힘을 가진 그 손을 만들었을꼬?"

"저승 군이 아뢥니다. 그건 제 명에 죽지 못한 억울한 영혼이 뭉쳐서 사악한 기운을 길렀지 않는가 생각하고 있습니다. 저희 저승사자들이 이승을 떠도는 많은 귀신들을 면접해 본 바? 억울하게 그리고 원치 않는 시기에 죽은 자가 너무 많아 불만들이 쌓여 하늘을 찌를 기세이옵니다."

"어느 하늘 말이냐?"

창조주 하느님이 깜짝 놀란다.

"삼십. 삼층이 옵니다."

"그러냐? 불행 중 다행이구나. 삼십 삼층을 다 뚫고 여기에 도달하려면 몇 년이 걸리겠느냐? 천계사무총장은 계산해 보았소?"

"예! 길어야 30년 정도란 계산이 나왔습니다."

제우스가 대답을 하였다.

"무엇이? 그렇다면 우리에겐 3년이 아니냐?"

"예! 발등에 불이 떨어진 격이라 천 년 만에 천상회의를 개최하자고 건의 드린 것입니다."

"그 참! 모든 우주가 다 편안한데 유독 지구만 말썽을 부리는구나. 우주에서 제일 아름다운 별 중의 하나인데도 인간들이 그렇게 사악하단 말인가. 이 기회에 심판을 더 당겨버릴거나? 제군들은 어떻게 생각하시오?"

"홍수로 징계를 내리신 게 어언 4백년이옵니다. 시기적으로 인간들이 더 사악해 지기 전에 징계를 내리심은 마땅하오나 그래도 아직은 깨달은 이가 많은 별로는 지구보다 더 나은 별이 없으니 천계에 보충할 인재를 양성할 기회를 없애는 것에 대하여 진지하게 고려해 보아야 하리라 사료되옵니다."

"이 문제는 그런 식으로 해결할 일이 아닙니다. 신이 나타나지 않음에 문제가 있습니다. 대재앙을 내리거나 지진과 홍수를 일으켜도 인간은 그저 기후 변화나 지진 활동 등으로 돌려버리고 맙니다. 신을 믿지 않으려는 대표적인 것으로 약 백 년 전에 **『꿈의 해석』**이란 책을 펴냈던 **지그문트프로이트.** 라는 사람이 세 가지 발견을 들어 지구는 창조된 것이 아니라 했지요. 인류의 자존심과 꿈에 상처를 준 일인데 특히 종교인들에게는 충격이었지요.

우선 코페르니쿠스의 "지구는 자전하며 태양의 주위를 공전한다." 는 지동설의 주장이 천지창조의 축소판으로서의 지구 중심 사고를 여지없이 깨버린 것인데 지구는 더 이상 모든 변화와 소멸의 중심이 될 수 없다.

또한 다윈의 『**종의 기원**』에서는 인간은 원숭이에서 유래하였다는 다윈의 증명은 신의 아들이었다는 인간의 자존심에 특히 종교인들에게 더할 수 없는 상처를 주었지요.

프로이트는 『**인간은 자아 통일이 불가능한 무의식에 끌려다니는 가엾은 동물**』이라는 점을 밝혀 신을 믿는 인간의 꿈과 자존심을 허물어버린 것입니다. 그리고 종교적으로 하느님의 아들 예수를 내려 보내 인간을 사랑하라고 하였지만 예수 역시 왼쪽 뺨도 오른쪽 뺨도 맞고 결국은 십자가에 못 박혀 죽었지요. 예수가 죽은 후 수많은 종교인과 예언자가 지구 종말론 또는 구원의 손길이 있다고 설교하였지만 보이지 않는 손神은 나타나지 않았으며 모든 예언은 빗나갔지요. 보이지 않는 신을 기다리다 지친 인간들은 불치의 병을 고치려고 연구한 의학이 결국은 생명 연장으로. 신의 창조는 진화론으로 인식되어 이 지경입니다. 예수의 출생 2000년. 아직 구원의 손길이 없는 한 인간의 연구는 지속될 것입니다."

지구의 심판을 가로막으며 망설이는 여러 신들에게 제우스 신이 말했다.

"염라대왕은 어떻게 생각하오? 아니 염라대왕은 왜 참석지 않았지? 오! 텔레파시가 오는구나. 지옥이 너무 넘치고 바빠서 못 온다고? 그리고 지구의 인간들을 더 죽이면 지옥이 넘쳐 다른 별이 오염된다고? 그러니 선별해서 죄질이 나쁜 자만 잡아서 혼을 내자는 게 그대의 의견이란 말이지."

말을 느끼는 동안 나의 눈에는 환한 빛 속의 모습이 다시 나뉘어 지는 현상이 보였다. 이윽고 파스텔톤pastel tone의 적청 녹색의 세 분으로 분신하여 세 개의 의자에 나란히 앉으셨다.

"도대체 죄질이 나쁘다는 건 어떤 죄인가를 먼저 따져야 하겠구나. 평생 살아봤자 100년 안 팍 그 짧은 시간에 주어진 과제는 풀지 않고 왜 하면 안 된다는 법을 어겨가며 죄를 짓는 건가? 본시 인간은 선하게 태어나도록 프로그램 되어 있는데 어쩌다 저렇게 변해 버렸는지 모르겠구나.

아차! 내가 깜빡했구나, 거기 김대삼은 일어 나 거라. 제신들이여! 저 인간을 내가 부른 이유는 우리의 대책회의에서 나올 결론을 실천할 때 저 친구를 참관시켜 그 결과를 홍보할 임무를 맡기려고 부른 거외다. 인사를 하라, 김 군!"

옥황상제가 인간사를 한탄하다가 뒤늦게 나의 존재를 제신들에게 알려준다. 그 음파가 잔잔하게 나의 머리에 파동 쳤다. 그러나 나는 홍보요원으로 내가 차출되었다는 말에 큰 감명을 받지 못했다. 생각해 봐라. 홍보요원 시킨다고 사랑하는 가족과 작별을 하였으니…….

"되었다. 너의 가족과 생이별을 시킨 나를 원망하는 생각을 제신들에게 밝히고 네가 무얼 하는 인간이었는지 소개도 하라."

다시 옥황상제의 전언이 나의 머리에 파동을 그린다. 소리의 공명형상으로 전달되거나 텔레파시로 전달되는 이 소리 없는 언어의 전달은 그 뜻이 정확하여 잘못 들을 일은 없을 것이다.

"상제가 나를 인간이라 부르니 인간을 구성하는 삼위일체인 육체와 정신인 혼·백이 분리되어 혼백만 여기에 왔다는 뜻이다. 그러니까 세 가지가 서로 무한히 늘어나는 고무줄 같은 것에 묶여 있다가 영혼만 이곳에 온 것이다.

그렇다면 누군가가 육신과 영혼을 이어주는 그 고무줄을 끊어버리면 그게 나의 진짜 죽음이구나. 아이구! 소름 돋네! 반면에 다시 영혼이 육신 속으로 순식간에 빨려들면 의식의 한구석에서는 그걸 꿈이라 부르나보다. 인간이 잠을 잘 동안 혼백이 외출한다는 말. 혹은 작은 흰쥐가 콧구멍으로 들락거린다는 옛이야기가 이건가?"

이와 같이 몸은 그대로 남고 혼이나 영이 떠나는 것이 유체이탈이다. 어린 아이들이 경기몹시 놀라 기절을 하는 것를 하는 것도 사실은 혼이 떠났다가 다시 오는 것으로 유체이탈의 일종이다. 인간이 지옥에 갔다가 지옥 불을 구경하고 모든 인간이 벌 받는 모습을 보고 너무 놀라 정신이 없어 자기 몸으로 찾아오지 못하면 죽는 것이다. 어린 아이가 경기가 나면 안정을 취해 주는 것은 말 못하는 어린 영혼이 육체와 정신을 두고 혼백이 돌아다니며 지옥을 구경하다가 놀라는 것을 달래주기 위해서이다. 또 악몽을 꾸거나 맹수에게 좇 길 때 아무리 달려도 달려지지 않는 꿈을 꾸고 깨어났을 때를 인간은 누구나 경험한다. 발길이 떨어지지 않아서 깬 것은 유체의 영혼이탈을 방지하기 위하여 정신 혼이 붙잡아서다. 그때 발걸음이 떨어지면 육체에 매달렸던 끈이 끊어져 인간은 죽는 것이다.

우리가 꿈을 꿀 때 천당도 다녀오고 지옥도 다니는데 진짜 고무줄 끈에 묶인 것처럼 천당이고 지옥을 구경하고 다니다가 순간적으로 깰 때 고무줄에 튕긴 것처럼 순식간에 돌아와서 안도의 숨을 내뿜는다. 멀쩡하던 사람이 같이 잠들었다가 날이 새고 보니 죽어 있거나 심장마비로 급사했다는 말은 사실상 지옥이 너무 잔혹해 깜짝 놀라는 바람에 도망치다가 혼과 육신이 묶인 끈이 풀어져 죽은 것은 아닌지?

"저는 지구의 동쪽이라 불리는 대한민국에서 살고 있었던 김대삼입니다."

그렇게 말을 시작하자 여기저기서 탄성과 수근 거리는 소음이 들려왔다. 그러자 그 소란을 뚫고 상제의 말소리만 또렷이 들리는 것은 마음만 먹으면 쌍방향 채널이 형성되는 모양이다.

"이 소란은 네가 지구상에서 가장 기氣가 센 나라인 대한민국에서 왔기에 너의 공부가 상당하리라고 짐작한 제신들의 반응이니라. 그러니 너는 자신감을 가지고 이들을 대하여도 좋다. 계속 하라."

"나는 평범한 소시민으로서 인간의 도리는 다 하려고 노력하면서 살아왔고, 또 성실근면하게 열심히 일해 왔으며 법을 지켰고 남에게 죄를 짓지도 않았습니다. 그런 나를 홍보요원을 원한 바도 없음에도 홍보 적임자라며 한마디 상의도 없이 이런 곳에 불러올리며 아직 결혼도 시키지 못한 세 아이와 마누라하고 작별인사도 하지 못하게 한 것은 신분을 이용한 횡포입니다. 더군다나 새로운 세기에 새 희망을 가지고 모든 인류가 기대하는 첫날 부모님 성묘도 해야 하는 판에 잡혀 온 것이 너무 기분 나쁘고 재수 없다는 아홉수의 1999년 마지막 날을 무사히 보냈다는 방심의 허를 찔러 급사시켜 데리고 온 것도 섭섭하고요."

"그럼 너는 왜? 자꾸 나를 몰아세웠느냐? 요즘 하나님은 무얼 하나 못된 놈 다 잡아가지 않는다고, 인간들이 인간다운 짓을 하지 않는다고, 나의 권위에 도전한다고 해서 왜 당장 벌을 주지 않느냐고 불평하고 따진 것은 네가 아니더냐?"

"예! 맞습니다. 죄를 짓는 자가 있으면 그 자리에서 마른하늘이라도 벼락을 내려서 응징하였더라면 다들 겁이 나서 죄를 짓지 않을 것 아닙니까? 또 제가 불평을 좀 했기로서니 한 방에 급사시켜 데려오는 법이 어디 있습니까?"

"너는 죽을 죄 지었다가도 뉘우치고 옳은 사람이 된 경우도 못 보았느냐? 네 말대로 만약 그 자리에서 단칼에 목을 치면 언제 회개하는 인간들을 만나겠느냐? 회개하고 착하게 살다 이곳으로 오면 우리 천계에서 상을 내리는데……. 네놈 원하는 대로 당장 쳐 죽이면 상 받을 사람이 한 명도 없어 우리의 궁극적 프로그램에 의한 프로젝트가 헝클어지게 마련이다. 그리고 너는 우리가 왜 여기 있는지 모르지 않느냐? 그럼에도 감 놔라 배 놔라 간섭하는 너는 무슨 특별케이스냐?"

"예! 미천한 인간이! 어찌 상제님의 깊은 뜻을 알겠습니까?

그렇지만 하나만 물어보면 안 될까요? 대답하기 좀 껄끄러울 것입니다만! 꼭 물어보고 싶었거든요."

"그래. 무언가?"

"인간은 누가 만들었습니까? 창조된 것입니까? 진화된 것입니까? 변명하거나 이리저리 돌리지 마시고 대답해 주세요."

"과연 듣던 대로 문제의 인간이구나! 어찌 그런 난해한 질문을 하는 게냐?"

"그걸 알면 천계가 존재하는 이유를 알 것 같아서요."

"그래. 너는 확실한 키워드를 갖고 있구나! 그럼 조물주인 내가 물어보자. 인간은 하등동물下等動物 인가? 고등동물高等動物 인가?"

"고등생물인 줄 알고 있습니다. 그러나 아직 문명을 모르는 미개인들에 대해서는 판단이 서지 않습니다. 그런데 저는 상제님께 질문을 하였는데 왜 조물주님이 끼어듭니까? 성경에 보면 여호와 하나님께서 자기의 형상을 닮은 아담을 창조하고, 그 아담이 심심하다고 그의 갈비뼈 한 개로 이브 가시나여자를 만들었다고 쓰여 있습니다."

"그래. 그랬지! 글쎄! 그때가 언제였더라. 너무 오래되어 생각이 잘 나지 않는구나."

"성경에 거짓말을 써 놓지는 않았을 터인데. 갈비뼈 그 말이 사실이라면 남자의 갈비뼈는 좌우 숫자가 같을 수 없을 게 아닙니까?"

"너는 갈비뼈면 꼭 갈비뼈라야 된다 말이냐. 아득한 옛날 아니 지금의 아프리카 오지의 인간이 DNA를 이해할 것 같으냐? 그 옛날 사람들에게 DNA로 인간을 복제할 수 있다고 말하면 알아듣겠느냐? 그래서 갈비뼈라고 상징적으로 말한 것이니라."

"그럼 다시 묻겠습니다. 아담을 흙으로 만들었다면 불로 구웠습니까? 아니면 프랑켄슈타인처럼 양수에 넣어 삶았습니까? 가마솥에서 쪘습니까? 햇볕에 말렸습니까?"

"너. 이놈! 프랑켄슈타인은 **메리 셀리**Mary Shelle의 작품에 나오는 죽은 시체에서 유전인자를 추출해 인간의 영원한 생명을 되찾아 보겠다고 실험을 했던 소설책의 제목이 아니던가?"

"그런 것도 알고 있었으리라?"

"내가 누구냐? 1818년에 써낸 책이 아니던가."

"너무 자세히 알고 있는 거 같은 디! 무슨 연유라요?"

"나의 권위에 도전했기 때문이니라."

"저도 알고 있습니다만."

"호기심 많은 의학계의 이단자가 인간 창조 가능성을 오래 전부터 실험해 왔다는 소문을 듣고 이 위험한 실험에 동참하였는데, 마침 마을에 콜레라가 엄습하자 가족과 친구들로부터 자신을 격리시키고 시체를 몰래 훔쳐다가 생명을 불어넣으려는……. 신의 영역을 넘보는 무시무시한 실험을 본격적으로 시작했는데 천둥번개가 치는 어느 날 밤, 드디어 연구가 결실을 맺는 순간을 맞게 되었는데 그의 창조물이 꿈틀거리는 것을 목격하였지만 끔찍한 자신의 창조물 출현에 경악하여 없애려 하나 실패하였고. 당시 유행하던 전염병에 걸려 죽어 없어졌을 거라고 믿고 잊어버렸는데 괴물은 끈질기게 살아남아 외떨어진 농가에 숨어서 농가의 어린아이가 말을 배우고 읽는 과정을 엿듣고 지적 능력이 뛰어난 괴물이 말하고 읽는 법을 습득하였지만 외로웠던 괴물은 이 가족과 친해지려고 접근을 하였으나 자신의 흉 한 외모로 인해 구박을 받고 극도의 고독과 버림받은 절망감과 창조자에 대한 분노에 사로잡혀 프랑켄슈타인 박사 일가를 찾아 마누라인 엘리자베스 동생 윌리암 그리고 자신을 만들었던 프랑켄슈타인을 죽인다는 줄거리의 소설이 아니던가.

이 소설은 작가가 자신의 악몽에 등장하는 것을 써보고자 꿈의 영감을 얻어 쓴 공상소설인데 무슨 굽고 삶느냐를 따지는가? 또 환타 지 소설을 보고 인간의 유전자 게놈 프로젝트를 연구해서 성공단계에 이르렀다고? 허참! 책이란 유익한 점도 있으나 해로운 점도 많은 모양이구나?"

"성경도 왜곡하여 하늘을 욕한 자가 많으며 경전 역시 마찬가지입니다."

"원. 이거 큰일이구나! 하지만? 네놈은 과연 따지는 걸 무척 좋아하는구나. 어쩌겠느냐? 너는 따지는 걸 천성으로 타고났는걸! 나도 물어보자 지구상에서 4원소는 무엇이냐?"

"그것도 모를까. 바이 물어 보는 갑네. 초등학생 시험 보는 것 같구먼!"

"그놈! 참 둘러 붙이지 말고 싸게 대답해 보라."

"예! 흙·물·공기·불입니다."

"그 중 형상이 있는 게 무어냐?"

"흙입니다."

"그래서 흙으로 만들었다. 알아들었느냐? 이 호랑말코 같은 놈아! 알긋냐?"

"참으로 잘 둘러댑니다만! 일리는 있네요. 인간에게는 육신 이외에 혼백이 있잖습니까? 흙 안에는 그것들이 없습니다."

"그래 맞다. 장구한 세월이겠지. 4원소가 각각의 기능을 하고 서로를 간섭하여야 되는 세월들이 말이다. 그 문제는 그만 하자꾸나. 급한 회의를 시작해야 하니까."

들어 보니 깊은 뜻이 있는 것 같았다. 생명의 탄생은 아미노산이 생기고……. 그러한 내용을 어디서 읽거나 들어 본 것 같았다. 우리 아이들이 자라면서 보았던 만화영화에서든가 손가락이 세 개뿐인 요괴인간 셋의 활약을 그린 공상만화에서 그들은 그렇게 태어나 인간이 되려고 선한 일만 한다는 내용이 있었지…….

"사무총장! 자 보고를 해보시오. 도대체 인간들의 상태가 어느 정도인가를."

"예! 우선 상징적인 화면부터 보여드리겠습니다."

그러자 허공에 입체 영상 화면이 떠오른다. 먼저 미국 버지니아 주가 소개되면서 IVF연구소 간판과 함께 **슈퍼 베이비**라는 글씨가 벌겋게 떠올랐다 몇 번 명멸한 뒤 화면 중앙에 고정되었다. 한눈에 봐도 잘 생긴 우량아가 기계에서 자동으로 튀어 나온다. 이 우량아가 점점 클로즈업되면서 2003년이란 숫자가 오버랩 된다. 물론 배경음악도 있다. 산부인과 분만실에서 들려주는 잔잔하면서도 가슴이 뭉클한 음악이다.

다시 자막 생성…….

『달라지는 삶·인간 게놈 프로젝트』

▌키워드는 게놈GENOME▐

“잠깐! 중지시켜라.”

“삼위일체께서 중단하라고 하신다.”

“인간 게놈 프로젝트란 무슨 뜻이냐? 그 뜻을 알아야겠다.”

“제가 말씀드리지요. 생과 사의 비밀을 알려고 과학자들이 뜻을 모으고, 특히 미국을 중심으로 수십 억 달러를 투자한 연구단체에서 병을 정복하려 했는데……. 게놈이란 똥개 보신탕의 개놈이 아니고 인간의 유전자와 염색체의 합성어로 세포 속 유전정보 전체를 의미하는 말입니다.

미국 에너지부와 국립보건원이 주축이 되어 1990년 10월 1일부터 인간의 유전자 전체 구조를 밝히기 위해 진행 중인 프로젝트인데 2005년에 완성 예정이었지만 벤처기업들이 빠져나와 독자적인 연구를 진행하고 특허를 신청하는 바람에 2000년으로 완료 시점을 당겼답니다. 이 프로젝트는 국가가 관장하던지 유엔에서 관리해야지 개인이나 기업체에서 특허권을 가지면 심각한 문제가 발생할 수가 있지. 라.”

“게놈의 자세한 내용은 무엇이냐?”

삼위일체가 나에게 질문을 한다.

『게놈은 유전자genome와 염색체chromosome 두 단어를 합성한 말로서 생물 세포에 담긴 유전정보 전체를 뜻하는 말인데요,

유전정보DNA는 담겨 있고 DNA · A아데닌 · C시토신 · G구아닌 · T티민 등 네 종류의 염기를 가진 것으로 인간의 몸에는 대략 30억 개의 염기가 있음. 게놈 프로젝트독일어↔Genome 영어Project』

인간의 몸에는 대략 30억 개의 염기가 있답니다. 염기가 배열이 잘못되면 생리 기능에 이상이 생겨 몸에 질환이 발생되는데 인간 게놈 프로젝트는 30억 개 염기의 배열 순서를 밝히는 일이지요. 이 프로젝트로 인간이 얻는 정보는 빙산의 일각인데……. 30억 개의 염기가 구체적으로 어떻게 기능을 하는지 그리고 사람마다 염기 서열이 어떻게 다른지 밝혀져야 비로소 완벽한 생명설계도지도가 마련되고 그러면 인간은 무병장수할 수가 있고 체세포를 보관하여 세월이 흐른 뒤에도 복제할 수 있는 바로 신의 권위에 도전장을 내는 것이지요. 염기가 배열이 잘못되면 생리 기능에 이상이 생겨 몸에 질환이 발생되는데……. 인간 게놈 프로젝트는 30억 개 염기의 배열 순서를 밝히는 일이지요. 이 프로젝트로 인간이 얻는 정보는 빙산의 일각인데. 30억 개의 염기가 구체적으로 어떻게 기능을 하는지 그리고 사람마다 염기 서열이 어떻게 다른지 밝혀져야 비로소 완벽한 생명설계도가 마련되고. 그러면 인간은 무병장수할 수가 있고 체세포를 보관하여 세월이 흐른 뒤에도 복제할 수 있는 바로 신하느님 ↔ 조물주의 권위에 도전장을 내는 것이지요! 유전학계가 공동 추진해 온 연구 성공했다면! 신문광고엔 **슈퍼 베이비 주문받음**. 전면 칼라 광고가 연일 나올 것이고 각 방송 광고에도 나올 것입니다!

『저희 회사에서는 비만 가능성이나 유전 질환이 없고 미스코리아 같은 출중한 외모와 아이큐 160 이상의 높은 지능이 뛰어난 운동 신경과 탁월한 음악 감각을 갖춘 아기들을 만들어 팝니다.』

위와 같은 장황한 내용과 반세기 안으로 가능하다고. 장담하는 문구가…….

"화면을 재생시켜라."

▌유전학계가 공동 추진해 온 연구 성공! ▌

[슈퍼 베이비 주문받음!]

나레이션narration이 흘러나온다.

"저희 회사에서는 비만 가능성이나 유전 질환이 없고 출중한 외모와 아이큐 150 이상의 높은 지능. 뛰어난 운동 신경. 탁월한 음악 감각을 갖춘 아기들을 만들 수 있습니다."

도표가 이어진다. 성별·눈동자 색깔·목소리·키·체형·항목 아래 주문 가능 체크 항목이 좌좌 나타난다.

개처럼 예민한 후각! 독수리를 능가하는 시력! 올빼미의 야행 능력!, 박쥐! 같은 청력 등은 옵션항목으로 나타난다.

소머즈smerz와 6백 만 불의 사나이를 만들어 판다는 장황한 내용과 반세기 안으로 가능하다고 장담한다. 모든 신들이 장탄식을 쏟을 동안 입체 화면은 사라졌다. 사무총장의 말이 다시 시작된다.

"그러니까 창조주의 권위를 무시하고 인류가 스스로 진화의 꿈을 꾼다는 뜻에서 인간 복제를 꿈꾸는 것이지요. 우리가 씨앗을 심을 때 좋은 종자를 고르듯이……. 또한 씨앗이 발아

되면 성장 전에 불량 종자는 모두 뽑아 없애는 이치와 같은 맥락이지요. 1996년에 복제양 둘리의 탄생이 생식 세포가 아닌 체세포의 복제를 통한 포유동물의 생산이란 기술로 인간복제가 현실로 다가왔음을 알려주는 신호탄이 되었지요. 99년 2월에 인간복제보다 더 어렵다는 소의 복제가 대한민국에서도 성공하였으니 많은 논쟁거리가 생기게 되었습니다.

"허허! 이런 일들이 반세기 전에 이루어졌다면 넌 태어나지 못했겠구나?"

"암요! 저처럼 왜소한 체격으로 태어나지 않았겠지요! 폴새 일찍 제거되었거나 아니면 우량아로 태어났겠지요!"

"너는 인간이 인간을 생식세포가 아닌 체세포로 만들 수 있다고 믿는구나?"

"물론 믿지요. 나가 어렸을 때는 병아리는 암 닭이 알을 품어서 병아리가 부화했지만 지금은 인공부화기로 한꺼번에 수만 마리로 부화시키는 판이며. 우리나라 한우의 우수성 때문에 소의 정자도 외국에 가져가서 그곳에서 인공 수정하여 육질이 좋은 한우를 생산하여 역수출하는 현실임에도 그걸 못 믿는다면 말이 안 되지요."

"정자를 내보낸다. 허어 그것 참! 그걸 어떻게 보관하여 수송 하냐?"

"정자를 냉동시키지요. 그것도 급속 냉동시켜 특수 상자함에 밀봉시켜서요."

"호르몬을 얼린다. 흐흐흐. 호르몬을 얼려? 내가 미치지! 아니 난 왜 그 사실을 몰랐나?"

"종교인들 말로는 하느님은 암반동굴 속에 숨어 있어도 하나님은 다 볼 수 있다고 하던데 못 보셨어요?"

"종교인이라니?"

"하느님! 아버지를 찾는 종교는 별로 많지 않을 텐데요? 허긴 워낙 사이비도 많고 자칭 재림예수도 많으니 누가 한 소리인지는 모르겠네요. 그래도 그렇지. 전지전능하신 하느님께서 몰랐다는 건 어불성설입니다요. 그럼 종교인들이 말하는 것은 모두 구라 거짓말 빨인가! 설교할 때 들어보면 어디에 있든 하느님은 다 볼 수 있다고 죄 짓지 말라고 하던디."

"이놈아! 내가 바쁜데 그런 것까지 세세히 볼 신분이냐? 내게 보고를 하지 않으면 내가 어찌 알겠는가."

"척. 하면 천리! 아닙니까? 그런데 왜 교인들은 거짓말을 하는지 모르겠어. 라. 어떤 자는 자기가 하느님 아들 예수라고 하는데 하늘에서도 복제를 하요? 수천 명을 모아놓고 설교하면서 자기가 하느님을 보고 왔다고 해요. 그리고 자기가 만지기만 하여도 앉은뱅이가 벌떡 일어나서 걸어 뿐다. 고 하던디. 모든 신도들은 아멘! 하면서 박수치고 노래하고 찬양하고……. 그런 걸 목격하면 내가 정신이 헤~까 닥 인지 아니면 신도들의 정신이 히까닥? 아무튼 답은 하나님이 한 번 해 바뿌시요."

"그만 하거라! 아무리 생각해도 이 인간들을 싹 쓸어버리는 게 제일 현명하겠다만. 냉동을 확 시켜버려? 아니지! 빙하기를 거쳐 온 인간종도 있을 거야. 노아의 후손도 이렇게 변해 버렸는데 인간 스스로 멸망하는 방법을 강구해야 되겠구나!"

“힘들 겁니다! 인간들은 스스로를 진화시킬 방도를 찾을 테니까요. 일본 도쿄의 준텐도 병원에서는 인공자궁에서 아기염소가 자라고 있다고 나불거리는데 이게 세계 최초라 합니다.

인공자궁! 사람이 만든 태아 성숙기계. 모든 환경 조절은 슈퍼컴퓨터가 맡고 있어 인간의 태아도 이식시킬 수 있답니다. 그래서 남녀가 만나 탄생되는 아기 말고도 체세포를 이용하여 복제된 세포도 인공자궁에 넣으면 된다는 세상이 온 것입니다.”

“그럼 여자와 남자가 필요 없는 세상이 오겠구나.”

“아니지요. 여자와 남자가 만나 굳이 애를 낳을 필요가 없어졌지요. 아직은 인간에게 이식시킬 수 없지만 일본서 동물의 체세포로 귀와 간을 배양시켰는데 똑같이 만들어져 곧 인간의세포로 인간의 장기는 물론 손발도 만들고 눈 코 입도 만들어 자동차 정비하듯 인간의 신체를 정비할 수 있는 기술에 도달했지요. 그러니 요새는 하나님을 비롯하여 모든 신에게 욕을 하고 신을 매개체로 삼아 거짓말을 하지요. 그래서 천지개벽하라고 욕을 했다고 날 잡아왔지요. 걱정이 되는 모양인디요, 불쌍하고 무력한 신들이여 그동안 뭐 했능 교? 직무유기 했었으라? 인간들의 기술 수준을 모르는 모양인데 공부 좀 해요, 불쌍한 신들이여!”

“이제는 오히려 내가 너희들에게 연민의 정을 느끼게 되는구나.”

“먼~말씀이지라?”

"애기를 낳을 필요가 없으니 남녀가 섹스 할 필요도 없지 않느냐?"

"천부당만부당입니다요. 주문 생산이니 물건들이 명기이니라. 면서 환락 천지가 될 것입니다. 지금처럼 만족 못했다고 찡얼거릴 필요도 없고. 고개 숙인 거시기 때문에 마누라 배때기 위에서 눈치 볼 일도 없어 성생활 파탄으로 이혼 같은 건 없을 것이고. 임신해서 배 아프게 애 낳을 일도 없으니 섹스천국이 될 것입니다."

"하나는 알고 둘을 모르는구나. 너희가 진화를 한다고 치자. 생식 능력이 없는 생식기가 너는 오히려 진화되리라 믿나? 아니야 필요 없는 장기는 어느 날 사라지겠지! 대체품을 만들어 보거라 응. 그건 그냥 장식일 뿐일 거야, 절구와 절구공은 신경이 없지."

"악담이십니다!"

"진화와 퇴화는 인간의 이론이 아니더냐? 그래서 너도 인간은 신에 의해 창조된 것이 아니고 진화되었다면 퇴화도 필연이라는 걸 명심해야 될 것이니라."

"아직은 단정 지을 게 아닐 것입니다. 종교인은 창조. 과학자는 진화로 반반의 의견이니까요."

"복제양 둘리를 탄생시킨 과학자는 뭐라든가?"

"영국 로슬린 연구소의 이언 윌머트 박사 말이죠. 박사는 인간 복제의 가능성을 확신하면서도 '인간복제가 비윤리적이고 불법적이며 무의미하기 때문에 그 기술을 사람에게는 적용하지 않겠다.'고 밝혔지만요."

"그 자는 진화와 창조를 다 믿는 것 같군. 참으로 모순적이며 이중적인 인간들이야. 이놈아! 인간을 창조할 때는 삶의 본능을 파괴하지 말고 살 것을 당부하였거늘 너희는 스스로 타나토스 죽음의 본능을 거부하고 생 노 병사 프로그램도 인의적으로 조작하려고 하는구나. 그동안 수많은 천형을 내렸건만 모두 정복해 가고 있으니 걱정이 앞선다. 네가 알고 있는 모든 프로젝트는 어느 정도인가 말해 보거라."

"하여튼 인간의 유전자 구조를 밝히려는 프로젝트는 2003년에 완성된답니다. 그렇게 되면 진화조작의 시대가 열리게 되고, 인간의 진화에 개입하려 했던 역사가 플라톤은 **'자손의 질 즉?** 품질을 보장하기 위하여 국가가 우생학적으로 생식을 감시해야 한다. 로 시작된 그리스의 플라톤 시대에서 긴 세월을 거쳐 이제 완성의 시대가 오는 것이지요."

"야. 이놈아! 만민은 평등하다고 했는데 무슨 KS마크고 Q마크냐. 그 녀석 지금 어디 있나? 사무국장!"

제우스신은 갑자기 골치 아픈 표정으로 나를 노려본다.

"너는 왜 그런 말로 나를 낭패를 당하게 만드느냐?"

아마 그런 뜻인가 보다.

"그게 저……."

"왜 그러느냐?"

"제가 그리스를 다스릴 때 플라톤에게 그 말을 한 적이 있었습니다. 그렇게 하는 것이 인간 완성에 도움이 된다는 저의 판단 때문이었습니다."

"그래서 지금 이 진화 전쟁이 시작되었단 말인가? 히틀러가 유대인을 말살시킨다고 광분했고. 동양의 나라에서는 궁궐에 근무하는 남자의 고환을 떼어내는 내시제도가 있었고. 지금도 세계 도처에서 벌어지는 인종청소도 같은 맥락에서 봐야 되는구나?. 제우스야! 제우스야! 어쩌다 그런 실수를 했는가?"

"죄송합니다! 면목 없습니다!"

"그래 다 지나간 일이지!"

"처음부터 완벽한 인간을 만들었다면 질병에 걸린 인간이 아니 생겼을 거구 그렇게 되면 의학 등 과학이 발달하지 않아서 이런 일이 생기지 않았을 것 아닙니까?"

"김 대삼! 너는 또 나를 탓하는가? 야. 이놈아! 처음부터 완벽하게 만든 녀석이 나를 능가하는 죄를 지었을 때 내가 무슨 수로 그 자를 다루겠느냐? 그래서 생 노 병사는 인간의 기본프로그램을 준 것이란 말이다."

"그럼 인간은 왜 만들었습니까?"

"만들지 않았으면? 네가 지금 존재했겠냐? 너희 인간 세상을 보자. 대학에서 경영학을 가르치는 교수가 교수직을 그만두고 회사를 경영해 보면 대재벌이 될 것 같으냐? 이론적으로 해박한 지식이 있어 그 지식을 너희 머 리 속에 심어줄 수 있을 뿐이다. 모든 것이 그렇지 않느냐? 잘 만들었지만 개개인의 인성을 똑같이 만들 수는 없다. 기계로 만든 것도 각각 성능이 다르고 불량품이 나오지 않느냐. 너희 인간들은 빽하면 인간을 만든 나를 원망하는데 그럼 넌 에덴의 그 낙원에 관리인을 두지 말란 말이냐? 내가 얼마나 심혈을 기울여 만든 동산인데 말이다."

"예! 있는 게 없느니 보다 낫지요. 이 진화의 연구도 언젠가는 노벨상을 받는 학자를 배출하겠지요. 그렇게 되면 찬사와 원망을 한꺼번에 받을 것입니다. 중국에서 술을 맨 먼저 만든 인간이 받았던 것이 무언지 아십니까? 그 자에게 왕은 처음에는 상을 주었습니다. 그리고 그 자리에서 이 술로 나라를 말아먹는 자가 나올 것이라며 그 자를 사형시켰지만 술은 지금도 골치 아픈 음식으로 이 세상에 존재합니다."

"됐네! 총장은 계속 보고해 보게?"

"지금까지 듣고 보시고 토론하신 것은 미래 세계입니다만 당장의 지구에서의 제일 큰 문제는 성의 문란입니다. 서양에서는 성의 개방이 중세시대 때부터 있어 왔기에 혼외정사도 예사로운 것이었지만 그래도 사회적으로는 no bless oblige가 사회를 지탱해 주지만 미국 등 역사가 짧은 나라에서는 향락퇴폐산업이 날로 번창하고, 원래부터 정조 개념이 없던 일본은 섹스산업으로, 은자의 나라이자 선인이 태어날 나라인 이웃나라 한국에서조차 여중생들이 원조교제에 열중한답니다."

"원조교제? 그건 또 무슨 말이고?"

"자고로 남자가 회춘하기에는 어린 처녀의 기가 최고라 여긴 동양의 풍습이 남긴 잘못된 교제입니다. 지금도 영계라면 사 죽을 못 쓰는 일본인들이 손녀 같은 여학생과 성관계를 맺는 댓 가로 몇 만 엔의 용돈을 준다는 것이 원조 더하기 성관계입니다."

"그래서 미국 등에서는 강간사건이 모든 범죄율에서 제일 높으며. 또 이들을 소재로 한 3류 영화들이 거대한 자본을 동원하여 각 나라의 영화관에서 무차별로 상영되고 있어 성범죄는 이제는 손 쓸 도리가 없을 만큼 막가는가 하면. 이제는 생명 경시 풍조까지 한몫을 하여 강간치사, 납치, 성폭행, 생매장 등 같은 극에 달한 상태가 작금의 현상입니다."

제우스신이 조리 있게 각종 예를 드는 동안 나는 다른 생각을 하고 있었다. 지구상의 모든 동물들은 번식기라는 그들만의 주기를 갖고 있다. 집에서 키우는 개도 6개월이라는 기간이 정해져 있기에 암컷은 1년에 두 번 새끼를 낳는다. 그들에게는 대를 이을 본능으로 짝짓기를 하는데 왜 인간은 때와 장소를 가리지 않는 원초적原初的 본능으로 성욕이 일어나는 것일까?

지구촌 최강대국의 대통령조차 이 충동을 못 참아 함부로 거시기 끝을 놀리다가 체면을 구겼던가. 아무리 조물주가 꼴리는 대로 하라고 허락했다지만 정말 해도 해도 너무 한다.

"그게 무슨 말이냐?"

부처님이 물어왔다.

나 혼자 생각했는데 부처님이 내가 생각하고 있던 내용을 알고 물어온 것이다. 지상으로 말하면 도청인 셈이다.

"무슨 말이요? 아무 말도 안 했는데. 뜬금없이 뭔 말이냐고요?"

"이놈아! 나는 너의 머리 속에 들어가 있다."

"그러면 말 안 혀도 대는데요."

그러자 모든 신들이 대답하라고 한다.

"조물주가 말을 잘못해 갖고 이지경이 되었습니다."

"누가 말이냐? 너는 어째서 맨 날 희한한 발상으로 나를 끌고 들어가느냐? 내가 언제 쥐에게 한 달에 한 번 짝짓기를 하라고 시켰고. 또 말에게 1년에 한 번만 허락했다고 화가 난 말의 말발굽에 차일 빤 한 긴박한 순간에 인간의 횟수를 나오는 대로 꼴리는 대로 하라고 했던가?"

"보시요? 캥기니까! 바로 말하네! 자기가 해 놓고서 변명은 왜 해요? 그 말이 잘못되었어요. 인간의 모든 성적 욕망은 평등하지만요 그 실현에는 엄청난 불평등이 도사리고 있다는 것을 모르고 하는 소리이니 답답하지요."

"야 이놈아! 나가 안 해 봤으니 거시기 기능을 알 수 없었다. 그리고 너는 어째서 성기의 크기와 인체의 크기에 상관관계가 있다고 했느냐?"

"워~메! 뿔따구 나서 못 참겠구만!. 그렁께로 지구상에 모든 동물을 만들어 놓고서 성관계 횟수를 정해 주었잖소! 인간을 처음부터 발정기간을 정하여 만들었다면 지금처럼 이놈 저놈 붙어먹는 사고가 나지 않을 것 아닙니까?"

"그래? 그 점은 내가 확실히 얘기하지. 난 아담과 이브를 만들 때 그들이 동침이라는 걸 모르도록 만들었다. 그런데 아담이 이브의 꼬임에 빠져 금단의 사과를 먹었기 때문에 그런 능력이 생긴 것이니라. 내가 그들의 버전을 업그레이드 시킨 것이 아님을 알아다오."

내가 나불대자 조물주는 안색이 변한다. 내가 시원하게 까

발려버렸더니 조물주가 계속 나만 노려보고 있다. 조물주와 내가 얘기를 나누는 동안 잠시 제우스신은 브리핑을 중단하고 있다가 조물주가 이리저리 변명하는 소리에 싱긋 웃으며 보고를 다시 시작했다.

"또 다른 문제는 바로 화면에서 본 그 버전 업입니다. 매우 중차대한 일로서 인간들이 수많은 동물을 실험대상으로 하여 인간이 노화되는 원인을 밝히려 하고 있을 뿐만 아니라. 동물들의 유전자 구조를 알아내어 개발한 기술로 우리 천계만이 가지고 있는 기술에 도전하고 있습니다. 암수 교배가 아닌 방법으로도 생명을 만들고 있는 것입니다. 생명을 만드는 것은 우리 천계의 고유 업무이옵니다. 이것이 도전받는다는 것은 우리의 권위가 도전받는 것과 무엇이 다르겠습니까?"

"그 기술은 얼마나 발전하고 있는가?"

"이른바 생명 비밀의 열쇠인 DNA의 존재와 비밀이 풀린 것 같습니다. 여러 나라에서 양과 소. 등이 복제로 태어났고 얼마 전에는 생물학적으로 인간과 가장 가까운 영장류인 원숭이 복제가 성공하였지요. 신의 아들을 자처하던 종교인 기독교에서는 충격이 더욱 클 것입니다. 자신들을 신의 아들이라고 믿은 이들에게는 가슴 아픈 또 하나의 대발전인 셈입니다.

게놈 프로젝트 문제가 해결되면 무병장수 욕구가 결국 복제 인간을 만들어낼 것이고 식물의 유전자 배합으로 단위 생산량이 증가하는 등 인구 폭등에 따른 식품의 자구책으로 동 식물의 복제 기술이 발달해 이제는 인간도 복제할 수준입니다. 미국의 의학자 제프리 피셔는 2009년이면 인간복제가 가능할 것이라고 말했다지요. 다만 최고의 도덕적 권위를 자랑하는 교황청에서 동물의 복제는 허용하나 인간의 복제는 불허한다고 발표하였습니다만 교활한 인간들이 숨어서 하는 짓은 어떻게든 막아야 합니다."

"더 상세히 얘기해 보라."

"태아의 성별을 선택하는 것까지도 가능하다는 보고를 받았습니다. 이 문제는 김 대삼 홍보담당이 더 많이 알고 있으리라 생각합니다. 그는 무슨 일이든지 스크랩을 꼭 해 둡니다."

"그래 홍보담당 말해 보거라."

"아까~까 화면 재생시킬 때 해설을 했는데 그새 잊어 뿌렀소? 그러니까 21세기 새로운 천년의 세계에는 자연인 시대의 종말이 되는 것이지요. 유전공학 + 사이버네틱스포스트↔휴먼시대 등 영화나 공상소설에 등장한 인물인 컴퓨터 두뇌를 합성한 로봇의 등장으로 인공인간이 탄생하게 될 것이고 연구용 인간들의 특이한 체질만 추출하여 짜 집기를 하거나 복제와 유전공학이 생물학적인 복합기술과 결합하여 생명을 연장시킬 수 있다는 것이지요.

선진국 특히 미국에는 불치병에 걸린 사람들 중에 냉동 보관되어 있는 시체가 200여구나 된답니다. 21세기에 게놈 프로젝트가 완성되면 다시 살아남을 수 있다고 엄청난 보관비를 주고 있는 인간들이 있습니다. 제가 생각 컨데 배 암주 담가놓은 것처럼 아니 산부인과 병원에 가면 태아를 알코올 병에 보관하듯이 아마 냉동 창고에 보관하고 있을 것입니다요."

"술. 같겠네!"

"또. 헛 다리. 짚네! 급속 냉동시킨 당께로. 복제는 결국 개인의 특성이 소멸되며 신성함의 상실과 전체주의로 복귀할 가능성이 있는 것이니 복제는 절대 하여서는 안 된다고 천제께서 말씀하셨는데 지금도 지구 도처에서는 복제 연구가 이루어지고 있을 것입니다. 덧붙여 말하면 염색체를 조작하면 태아의 성을 원하는 대로 출산할 수 있다는 실험이 있었다는 것은 사실입니다. 마치 우리나라의 제기를 맞춤 생산하는 안성맞춤처럼 태어날 아이의 신체조건 지능 등도 조작할 연구도 더불어 추진 중이라 합니다."

"그럼 여러 가지 용도에 따른 인간들도 생산하겠구나!"

"바로 보셨습니다. 현재 지구 과학으로 기계 부품 조립은 로봇들에 의한 자동공정 설비로 가동되고 있으나. 스타워즈의 C3PO나 R2D2 같이 아직은 인간을 보조하는 등의 지능을 가진 로봇은 생산하지도 못하면서 DNA를 이용한 전투 병력 생산. 3D업종에 종사할 인간들을 만들기가 더 쉬울 것이라 합니다."

"그렇게만 된다면 인간들은 아주 편안하겠구나. 앉아서 그들을 부려먹으면 될 터이니까."

"그런 말씀 마십시오. 제가 지금껏 이야기한 것을 이해를 못하시나 봐요. 업무별로 똑같이 생긴 무리들이 거리나 직장에 우글거린다면 끔찍할 것입니다. 어느 전자회사의 여공들이 전부 똑같은 옷에 똑같은 얼굴에 똑같은 사고방식에 다른 것이라곤 그들의 식별번호뿐이라면 얼마나 삭막하겠습니까.

또 그런 그들로 구성된 가족이란 상상도 할 수 없을 것입니다. 누가 마누라고 누가 남편이며 누가 범죄유발 인자를 지녔는지도 모르는 말 그대로 자연의 법칙. 균형이 무너지는 것이지요. 또 나아가 좀 더 유전공학이 발달하여 상위층의 인물들을 만들어내면서 너도나도 자기 자식을 스탠다드standard↔질 등급의 표준·모델을 기준 삼아 주문 생산하면 남자와 닮은 사람이 얼마나 많이 거리에 득시글거리겠습니까."

"그렇겠구나! 나도 닮은꼴이 두 개나 있어 약간은 산만하다고 느끼거든."

"지금 무슨 소리하는 거야? 그 말은 내가 하고 싶은 말이야?"

두 음성이 동시에 들려왔다. 삼위일체도 불만이 있단 말인가?

"그렇지요? 인간들은 희·노·애락에 생·노·병사로 살면서 큰 갈등은 없었습니다. 다만 뭔가 쥐뿔이라도 있는 자가 일을 벌려 자꾸만 살기가 고단해 지는 게 문제라. 요. 인간으로서 자식 잘 키우고 때 되면 조용히 죽을 준비를 하는 게 본분입니다요."

"그래. 너희 동네에 이런 말이 있더구나. 내비둬유. 이대로 살다 죽을래유. 그래 알겠노라. 그 태아감별에 대해서 더 자세히 얘기해 보거라."

모두가 궁금한 듯 나의 입만 쳐다본다.

"예! 그 이야기인 즉슨? 원래 프로젝트명은 마이크로 쇼트라 불리는 이 기술은 가축의 성별을 미리 결정하는 연구였는데. 인간에게도 실험할 수 있게끔 미국 정부의 승인 하에 시작되었답니다. 버지니아 주 페어팩스에 있는 유전자 및 IVF연구소로 여자 아이를 선호했을 때의 성공 율은 무려 93%이며 남자 아이인 경우에는 조금 떨어져 74%라고 합니다만 안전성은 썩 좋지 않다고 합니다. 그래서 더욱 더 연구 개발을 하게 되어 염색체를 이용한 복제 및 다량 생산의 길이 열리게 된다면 천륜은 무너지고 신의 권위도 떨어지는 사태가 온다는 문제가 있습니다. 내가 원하는 아이. 즉? 원하는 머리카락 색상. 눈동자 색. 아이큐까지 원하는 대로 된다면……. 그리고 어느 단체가 어떤 목적에 맞게 과거의 히틀러를 대량 복제해 지구상 곳곳에서 독재자로 길러낸다면 어찌 되겠습니까?"

"허허허! 앞서 수 퍼 베이비 광고 화면을 보아 알고 있다만. 그 연구소의 기술자들은 모두 성불구자 아니면 선천성 불임증을 갖고 있겠구나. 그러니 아이들을 마구 만들어내는 걸 꺼야!"

"아닙니다. 그들은 영리를 목적으로 주문 생산할 것입니다."

"과연 인간들은 욕심이 배 밖으로 나왔구나. 문명이 너무 빠른 속도로 발달하여 의식주는 거의 해결되었지, 네 말대로 뭐 꼴리는 대로 살면서 뭐가 모자라 그런 짓을 하는 건가. 한심한 것들 내 원래 그렇게 할 작정이 아니었는데 모두 너무 악의 물이 들어버렸어! 그래 사무총장은 어떻게 저들을 징벌하겠소?"

그러자 염라대왕이 화면에 나타나서 말을 한다.

"지옥의 일이 바빠서 참석을 못하였지만 아카바 기록 판에 나타나서 버지니아 페어 팩스에 있는 IVF연구소를 지진과 화산폭발로 없애버리면 됩니다."

지옥에서 전송된 화면인 모양이다. 아카바에는 지상의 신들과 지옥 또한 바다 밑의 용궁과도 연락이 된 모양이다. 사무총장이…….

"지구의 남자들만 씨를 말리면 어떨까요?"

"지구의 종말인데 우리가 무엇을 하며 지내는가."

화면에서는 염라대왕이 지옥은 만원입니다. 라고 말하는 장면이 나오다가 갑자기 화면이 꺼져버린다. 궁지에 몰렸던 사무총장은…….

"염라대왕의 말씀처럼 지옥이 지금도 넘쳐난다는데 대량 징계를 할 수도 없습니다. 우리가 대량 징계를 한 지 750년, 지구 나이로 BC 550년에 대홍수로 그들을 징계했는데도 지금은 인구가 무려 60억, 하루에 21만 3천명이 태어나니, 이제는 지구도 만원입니다. 곧 자원도 고갈되면 그 많은 인구를 먹여 살리지 못하게 됩니다. 지금부터 태어나는 인간들에게는 선천적 성불구자가 되거나 아니면 불임증을 지니게 해야 될 것입니다. 그런 의미에서 대한민국이 취한 조치는 잘했는지 잘못했는지 좀 애매합니다."

"무슨 일이 있었느냐?"

"예! 정신병자, 나환자, 행려병자, 정신박약인 혹은 난치병을 앓는 자들을 수용하는 수용소들이 강제로 불임 수술을 강행했다는 것입니다. 원래 이런 난치병을 앓는 인간들을 위해 유전공학이 눈부시게 발전하여 노벨상도 받았는데 엉뚱하게 대량복제니 하는 연구로 변질되고 말았습니다.

허긴. 노벨도 폭파하기 쉬운 산업용 화약을 다루는 인부들이 취급부주의로 많은 인명이 희생당하는 것을 보고 이를 미연에 방지하자고 안정적인 다이너마이트를 만들었는데 역설적으로 전쟁에서 인마살상용으로 다이너마이트를 사용함으로 더 많은 사람들을 죽음으로 몰아넣었으니 결국 그는 다이너마이트를 팔아 거부가 되었지만. 그 돈을 다시 인류의 행복을 위해 사회에 환원하지 않았습니까."

"그것이 새옹지마塞翁之馬 아닙니까."

내가 중간에 끼어들었다. 그러나 아무도 내 말에 귀 기울이지 않았다.

"거기까지는 우리 페이스였다. 그러나 지금에 와서는 인간들은 어디로 튈지 모르는 럭비공이 아니더냐. 저의 생각으로는 성경에서 미리 예언했던 불의 재앙을 내려 아예 지구를 지옥별로 만드는 게 좋을 같습니다."

"안됩니다. 지구가 불타는 지옥이 된다면 제 명대로 못 살고 영문도 모르고 당하는 영혼들이 더 많을 텐데! 그들의 원성을 어떻게 감당하겠다는 겁니까."

제우스신의 발언이 너무 강경하자 저승사자들의 대장인 사자 왕이 큰소리로 반대했다.

"그렇잖아도 자꾸 멸종되어가는 동물들의 씨를 아예 말려 그들의 원성은 또 어떻게 감당합니까?"

용왕이자 해신이 반대했다.

"사실 사악한 자가 너무 많아 우리가 원하지 않은 죽음이 너무 많았습니다. 그놈들만 잡아 올려 족치면 안 될까요?"

지신이 드릴을 윙~이 ~ 잉. 돌리며 말했다.

"그건 효과가 없어요. 죽은 자들만이 오는 천계에서 심판받아 지옥에 갔다가 정해진 벌을 다 받고 다시 인간 세상에 가서 봉사명령을 받은 자나, 공부가 부족하여 다시 환생해 가는 자들에게 우리는 이곳에서 경험했던 기억들을 모두 지우므로 다시 인간 세상에 가서도 지옥의 고통을 기억하지 못하니 또 다시 잘못될 수도 있는 것입니다. 그들은 뉘우칠 수가 없습니다."

여태 잠자코 있던 신생 왕이 한마디 했다.

"그럼 지옥의 존재가 필요 없는 것입니까? 죄 지은 자가 지옥에서 겪은 온갖 고생과 고통을 모르게 된다면 지옥은 존재의 의미가 없습니다."

"그 말도 일리는 있소이다. 우리가 인간 사회에 내려가서 인간답게 살기를, 착하게 살기를 또 희생하며 살기를 열심히 포교활동을 하는 데에는 인간의 선한 마음을 더욱 일깨워 줌에 있나이다. 그리하여 [**인간완성**] 이란 우리들의 원대한 계획을 성취하기 위함이니. 죄를 짓는 자를 징계함이 당연하나 종교의 특성상 폭력을 쓸 수는 없는 것, 허긴 중세의 유럽에는 종교재판이 악역을 했으므로 이런 잘못된 제도를 고치기 위해서 이곳에 지옥을 만들어 살았을 때의 죄 값을 치루 게 한 것 아닙니까. 그리고 이 지옥의 있는 그대로의 실상이 경전에 올라간 것도 살아생전에 잘못을 저지르면 설령 국가의 법을 피했다 하더라도 죽어서 지옥이라는 벌을 받는 곳이 있다고 가르치는 이유이지요. 지옥의 존재는 인간들의 마음 속 깊은 곳에 무의식 상태로 자리 잡고 있어요. 그래서 죄를 지으면 양심의 가책을 받아 두려워 떨게 되는 것이지요."

온화한 말씨로 석가모니가 설명을 해주었다.

"그렇다면 이 방법은 어떻겠습니까? 인간 세계에서는 죄를 지으면 국가가 관리하는 감옥에서 일정기간 동안 가두어 사회와 격리시키는 벌을 받고 형기가 끝나면 석방해 다시 인간 사회에 나가서 살되 또 죄를 지으면 처벌받는다는 점을 확실히 심어주듯이 우리도 사악한 무리들을 잠이 들 때 잡아 올려 밤새도록 지옥의 풀코스를 돌린 후 기억을 지우지 않고 아침에 내려 보내는 겁니다. 그럼 그들은 그 끔찍했던 경험 때문에 섣불리 죄를 짓지 못할 것입니다."

신생 왕이 그럴듯한 의견을 내었다.

"제가 감히 말씀 드리겠습니다."

하고 내가 다시 중간에 끼이자 모두 못마땅한 얼굴표정으로 나를 본다. 아마 신들의 모임에 인간이 참견하는 게 싫은 모양이다.

"인간들에게는 악몽이란 것이 있습니다. 밤에 잠 속에서 험악한 꼴을 당하는 꿈이지요. 말 그대로 지옥에 빠지는 꿈도 있고 남의 칼에 맞아 죽는 순간 눈을 번쩍 뜰 때도 있어요. 밤새도록 정체 모를 괴물에게 쫓기는 꿈만 꾸다가도 잠이 깨면 아! 악몽이구나! 하고 안도하는 악몽은 현실성이 떨어지는 것인데 실제로 지옥 맛을 보고 아침에 눈을 뜬 후 아!

지독한 악몽을 꾸었네! 하고는 또 나쁜 짓을 계속하면 어떻게 되겠습니까?"

"흠 꽤 똑똑하구나! 악몽은 현실이 아니다 말이지. 그렇겠군. 순식간에 지옥에 왔다가 다시 제 자리에 있으니 현실이 아니겠지. 받아들여지지도 않을 거야. 그럼 이렇게 함이 어떻겠소. 제신들. 들어보시오. 지옥의 기억도 지우지 말고 오히려 낙인을 찍어주어 그것이 사실임을 일깨워 주는 방법 말이오. 그리고 옛날에도 그런 벌이 있었다는 걸 제신들은 기억하시오?"

"우리나라 김해 김 씨 거시기에다 검은 반점이 새겨진 것하고 오씨궁둥이 양쪽에 큰 반점 있는 것도 그 표시란 말입니까?"

내가 놀라 물었다.

"그럼 너는 그게 전설 따라 삼천리인 줄 알았느냐? 처음에 시도하여 착하게 살기에 중단은 하였으나 후일을 대비해 내가 흔적을 지우지 않았는데 이번에는 더욱 강한 요법을 써야겠구나!"

"참으로 좋은 방법입니다. 잠이 들자마자 저승사자가 잡아 올려 유황불에 태우고 기름에 삶고 혀를 수십 번 잡아 빼인 기억도 끔찍할 뿐만 아니라. 한 번 잡혀 갔다는 낙인이 중국의 죄인들 이마에 문신하듯 신체 어느 부위에 새겨두면 감히 또 나쁜 짓은 못할 것입니다."

제신들이 이구동성으로 이 안에 찬성했다.

"그럼 사무총장은 세부작전계획을 짜 보세요. 아마 좋은 복잡할 것 같소이다. 그리고 빠른 시일 내에 작전에 들어갑시다.

참, 그리고 이 모든 작전에는 반드시 김 대삼! 군을 참관시켜 지구의 모든 TV에 누구누구가 무슨 죄로 곤욕을 당했다는 것을 내보내시오. 그에게 성능 좋고 사용이 편리하며 바로 송출되는 우리의 핸디 캠을 한 대 주시게. 자 뒷일은 여러 제신들에게 맡기겠소. 자! 우리는 돌아갑시다."

하느님은 예수 등성인 일행들을 대동하고 하얀 기체의 벽으로 사라졌다.

이제 자리에는 사대천왕과 사자 왕. 신생 왕. 그리고 사무총장이 앉아 머리를 맞대고 이것저것 의논하기 시작했고 저승사자와 환생을 관장하는 이들은 그들을 보조하여 각종 자료를 뽑기 시작했다.

그러자 나는 무료해 졌다. 사방의 하얀 기체에는 볼거리도 없어 하품을 크게 했더니 사무총장이 나에게 나가서 여기저기 마음대로 돌아다니라고 했다. 그는 밖으로 나가는 내게 말을 전했다.

"우리가 필요하면 부를 테니 아무 곳이나 다니시게. 아무도 간섭하지 않을 거야!"

나는 천계의 돔을 나와 여기저기 두리번거리며 돌아다녔다. 이곳저곳에서 자기 나라의 의상을 입은 사람들이 모여앉아 담소를 나누는 모습은 처음 보았을 때나 마찬가지였다. 한 가지 기이하게 느낀 것은 내가 그들의 곁으로 가까이 가도 아무도 나의 존재를 아는 체하지 않는 것이었다. 눈길 한 번

주지 않는 그네들의 태도에 야속하다는 생각보다는 내가 보이지 않는 투명인간이 된 것 같은 생각이 들었다. 그렇다면 시험을 해봐야지 하고 일부로 그들 중 한 사람의 어깨를 내 어깨로 툭 치며 지나갔더니 나의 어깨는 그냥 허공을 치는 게 아닌가 누가 투명한 거야? 나야? 너희들이냐?

이번에는 손으로 건드려 보았더니 분명히 나의 손과 상대의 어깨가 오버 랩 되는 게 보였다. 우린 유령처럼 육신을 잃은 실재하지 않는 허상이었다.

나는 계속 걸었다. 어디로 가나 발목 부근으로 하얀 기체가 하늘거렸고 숲이 꽃이 그리고 꽤 많은 종류의 금수가 날고 걷고 깡충거렸다. 그들은 지나가는 나를 순진한 눈망울로 쳐다보며 지나갔다. 사슴 한 마리가 내 곁에 와서 킁킁 냄새를 맡아보고는 펄쩍 뛰어갔다.

코끝에 달콤한 향이 스쳐갔다. 둘러보니 주렁주렁 열매를 단 나무가 서 있는 게 보였다. 가까이 가니 향내가 더 짙었고 열매는 윤기가 짜르르 흐르며 빨갛게 익어 무척 탐스러웠다. 내가 그 열매를 만지려 하자

"손대지 말라. 네가 내 열매를 어떻게 할 것인지 결정하기 전에는."

음성이 내 머릿속에서 들린다. 놀라 주위를 돌아보았으나 보이는 건. 주위를 둘러싼 숲뿐이었고 눈앞에 있는 건 나무였다.

"내가 말한 거다. 열매의 주인인 네 앞의 나무가 너에게 말을 한 거다."

"뭐야? 여긴 나무도 말을 할 줄 아나?"

"그럼. 여기서는 만물이 서로 대화를 나눈단다. 그럼으로서. 차츰 오성을 얻어 완성되어가는 거지."

"오성이 뭔가?"

"만물의 깨달음!"

"깨달음은 뭔가?"

"우주의 이치를 아는 것."

"우주의 이치는 뭔가?"

"다 같이 생존하는 것. 그러니까 적대적敵對的 공생관계共生關係 이지요."

"그게 무슨 뜻이냐?"

"적과 동침한다는 뜻이네요. 적이라도 필요할 때가 있다는 뜻으로 한 가지만 얘기할게요. 철천지원수끼리 한 배에 타고 있다고 칩시다. 원수라고 서로가 상대를 죽이려 든다면 험난한 바다에서 혼자 어떻게 노를 저어 가겠습니까. 그러면 둘 다 죽는 노릇이지요. 상대도 살아야 자신도 살 수 있다는 뜻이지요. 그러니까 너 죽고 나 살자는 뜻이 아니고. 너도 살고 나도 살자는 지혜이지요. 누이 좋고 매부 좋고 하는 것처럼 같이 생존하자는 것이지요."

"생존? 별도 수명이 다하면 소멸된다며?"

"태어남이 있으니. 죽음도 있는 것. 그것이 오성이 아니더냐? 그건 그렇다 치고 왜 내 열매에 손을 대려 했냐? 먹고 싶어서?"

"아니. 너무 탐스러웠기 때문에 아무 생각 없이 향이 좋아

그냥 만져보려 한 거야.”

“인간들은 그렇다니까 향이 좋다면서 꼭 촉감으로 확인하려드는 멍텅구리 또 있지 반드시 코를 대 보고 향의 존재를 느끼려드는 우둔 성 향기란 은은할 때가 좋은 거야, 그렇게 미련스럽게 코를 갖다 대면 제 향을 못 느끼지, 있는 그대로의 주위를 돌아보면 되는 거야, 서로 간섭하지 않아도 서로에게서 배울 게 있는데 인간들은 반드시 간섭하려든다 말이야.

내 열매를 먹고 싶은 마음은 없었나? 먹고 싶다면 따 먹어도 돼. 이곳 천계에서는 하고 싶으면 무엇이든지 할 수 있지. 못하게 하는 규율이 있으면 너의 의식 속에 안 된다고 전달되지. 그러까 네가 하고 싶은 대로 하면 되는 거야.”

“화려한 것에는 독이 있다고 했어. 그걸 먹으면 어떻게 되나?”

“글쎄. 인간에 따라 맛이 다르겠지! 그리고 인간에 따라 오성이 얼마쯤 올라가겠지!”

“그럼 머리 좋아지는 열매야?”

“오성하고 아이큐하고는 차원이 다르지 말했잖아 오성은 깨달음이고 깨달음은 모든 중들이 가고자 하는 피안이지 해탈도 모르냐?”

“난 중이 아니야. 그리고 종교도 없어.”

“그래도 인간은 반드시 완성되어야만 해. 그게 생존의 조건이야. 네가 완성을 포기하면 넌 이 우주에서 퇴출당하여 흔적없이 사라지는 거야. 아니 생과 사도 없고 생각도 감각도 없는, 다시는 환생하지 못하는 먼지로서 우주공간을 떠다닐 거야. 아마도"

"그거 겁주는 말이지? 한 개 먹어야겠네."

내가 열매에 손을 대자 열매는 저절로 뚝 떨어져 내 손바닥에 놓였고 열매가 달렸던 그 자리에서 다시 새로운 열매가 삐죽이 고개를 내밀더니 차츰 커졌다. 그와 동시에 내 손에 있던 열매는 차츰 작아지더니 어린아이 사탕크기까지 줄고는 멈추었다.

"입에 넣어봐."

나무가 재촉했다. 시키는 대로 혀 위에 올렸더니 순식간에 녹으며 식도를 통해 넘어간 향이 몸 구석구석 퍼져나가는 느낌과 함께 원인모를 희열로 온몸이 부르르 떨렸다. 내가 너무 감격하여 나무를 봤더니…….

"이제 저리로 가 봐."

하고 가지 하나를 들어 방향을 지시했다. 그러는 나무에서 나는 나무가 웃고 있다는 느낌을 받았다.

"고마워! 가 볼게."

내가 다시 나무가 가르쳐준 방향으로 한참 걷고 있으니 어디선가 투덜대는 소리가 들렸다. 여기서도 화를 내는 존재가 있구나. 귀 기울여보니

"야! 이 머저리야, 잘 사는 집이라고 네가 한턱낸다고 따라갔더니 뭐? 한턱? 에라 이놈아! 턱이나 한 대 맞아라."

정말 퍽! 소리가 들렸다. 이어서…….

"뭐? 자식들이 효자였다. 구? 네놈 자식들은 제사도 지내는 둥 마는 둥 모두 외국 여행 가버리고 남겨진 것이라곤 먹다

남은 음식뿐이지 않았느냐. 썩은 사과와 배. 까마귀가 파먹다 남긴 감 한 개. 쥐가 뜯어 먹은 떡 쪼가리에 바퀴벌레가 우글거리던 생선전에. 술은 김이 새어 변했고, 말라비틀어진 명태에는 살점 하나 없었지. 에~구 이 화상아! 무슨 설날제사가 그 모양이냐?

우리가 하루 세끼 얻어먹는 시간이 설. 추석 그리고 기제사가 아니냐? 그런데 그 부실한 음식 탓에 너나 나나 어떻게 너 제사 날 까지 기다려야 하나 응. 그리고 그 제삿날이라고 푸짐하게 먹는다는 보장은 어디 있느냐. 내가 왜 너의 저승사자가 되었는지 모르겠다."

아마 대한민국 명절에는 차가 많아 길이 막힌다고 전날 미리 제사 지내고 해외로 관광을 가버린 모양이다. 아무리 민족대이동으로 길이 막힌다고 미리 제사를 지내버리고 조상 모시는 날에 외국으로 날라버린 그런 자식을 만들었으니 맞아도 싸다. 소리가 점점 가까워지면서 재색 옷을 입은 저승사자가 바지저고리 입은 사내와 함께 나타났다. 사내의 코 밑에는 유혈이 낭자했다.

아까 턱을 치면서 코와 입을 함께 쥐어박은 모양이었다. 옥수수 공장 절단 안 낫 나 모르겠다.

"저런 저런! 죽은 귀신이 제사 밥 먹으러 갔다가 자손이 부실하게 해준 바람에 허탕 친 모양이! 그런데 이곳에서도 폭력이 있냐?"

내가 중얼거리며 그들을 보고 있으니 저승사자가 나를 보고…….

"어이! 김 대삼 씨! 무사히 도착했구나."

하며 반가워한다. 아니 재수 없다는 저승사자가 날 보고 반갑다니 뭐가 잘못된 것 같다. 그러고 나는 그를 본 기억이 없다.

"당신은 날 모를 거야. 내가 당신을 데리러 갔을 때는 기절해 있었으니까. 난 이 친구하고 밥 한 끼 먹으려 가는 길에 당신을 잠시 맡아 풍신에게 인계해 주었지. 토네이도 타니 재미있지?"

"아! 그랬어라. 근데 그 사람 왜 그리 터졌나요? 죽통이 개나발에 돼지주둥이로 보이니 여기서도 폭력이 있나요?"

"응? 그래 그래! 얘는 맞아도 싸! 지금 지옥에서 단련하고 있었는데 어떻게 요령을 부렸는지 아귀지옥에서 특별휴가를 얻었다고 같이 가게 되었지 나 모르게 아귀지옥 관리를 매수한 수단을 보면 대단한 놈인 모양이야 당신 나중에 지상에 가거든 이놈 뒷조사 좀 해봐 우린 몇 날 몇 시에 어디로 가서 누구누구를 데리고 오라는 지시만 받지 죄상은 알지 못하거든 그리고 심판의 결과도 모르는 게 우리야 우린 지옥에 있는 놈들을 개 패듯 패는 것도 임무 중의 하나지 당신도 알잖아 지옥 자체가 육체적 정신적 고통을 주는 곳이거든 여하튼 이놈은 말이야 얼마나 죄질이 나빴으면 특별히 체포조가 가동되어 잡아 왔다니까 좀 더 들어 봐 이놈 주특기는 부동산 투기야 그것도 사기까지 동원했으니 돈은 지천으로 갖고 있었지만 불우이웃 돕기 한번 한 적이 있나 수해의연금을 낸 적도 없는 놈이야 그러면서 몸에 좋니 정력에 좋니 하는 건 있는 것 없는 것 다 처먹고 외국관광 가서 섹스관광에 도박관광으로 피땀 나게 벌어들인 달러 펑펑 날리고 국내에서는 골프장 캐디 꼬시다가 망신당한 주제에 원조교제까지 하지를 않았나 있는 돈 변칙 상속하여 아들에게 넘겼더니 그 아비에 그 아들이라 얼씨구나 지 애비 제사는 지내는 둥 마는 둥 해외관광 가기 바빴으니 자업자득이지 이놈이 그걸 자랑이라고 내게 떠벌리는 거야 이승에서 너무 많이 처먹었다고 아귀지옥에 떨어진 놈이니 몇 대 더 맞아도 싸다 싸."

퍽! 퍽! 소리가 나게 아귀지옥에서 못 먹어 홀쭉해진 배에다 원투를 꼽는다.

"자! 우린 갈께 김 대삼 씨! 활약을 기대해 볼께."

그들과 헤어져 잠시 더 걸었더니 아름다운 꽃밭이 눈앞에 펼쳐진다. 저마다 아름다운 자태를 자랑하는 많은 꽃들 사이로 아름다운 색깔의 날개를 가진 나비들이 팔랑팔랑 날아다녀 더욱 장관을 이루고 있었다.

"참으로 아름다운 곳이구나. 선경이란 이런 곳을 가리키는구나."

"그래 네 눈에는 선경이겠지! 저 나비들이 이곳에 오기 전에 어디 있었는지 네가 안다면 그런 소린 못하지."

머릿속으로 빈정거리는 소리가 울린다. 돌아보니 건너편 바위 위에 세 마리의 독수리가 앉아서 날카로운 눈으로 나를 노려본다.

"너희가 내게 말을 한 거냐?"

"아니. 내가 했지. 이 꽃밭의 관리책임자인 내가 했지롱."

돌아보아도 보이는 것이 없다. 천계란 지상처럼 서로 보고 인간들끼리만 입으로 말을 하는 것이 아니라 내가 궁금하다고 생각되는 사물을 보고 있으면 서로 대화하는 것처럼 나의 뇌파에 전달되어 온다. 심지어는 생명체가 없는 것도 가능하다. 그냥 보고만 있어도 명찰을 달아 놓은 것처럼 누군지 알 수가 있는 것이다. 하지만 상대방에서 밝히지 않으려고 하면 알 수가 없는 것도 있다. 대화는 뇌파로 전달되기 때문에 내가 전달할 사물에게만 들리며 같은 자리에 있어도 안 들리는 사람이나 사물이 있을 수도 있다. 방향을 못 찾아 한참 두리번거리니…….

"아래로 봐라. 잘 보일지 모르겠네!"

그의 말대로 아래를 살폈으나 보이는 것은 형형색색의 꽃과 초록색 잎사귀 뿐이었다. 내가 이리저리 두리번거리고 있으니…….

"잘봐 이 멍청한 친구야! 내가 너무 작아서 못 찾는 모양인데! 내가 이렇게 방방 뛰면 보이겠지?"

잎사귀가 마구 흔들리는 게 눈에 들어왔다. 그 쪽을 유심히 보니 초록색 옷을 입은 엄지보다 더 작은 소인이 손을 흔드는 게 보였다. 허리 숙여 자세히 보니 얼굴과 손이 피부색이 아니었으면 아예 볼 수도 없었으리라.

"우와! 작구나 요정이니?"

"맞아! 너희 지구별의 동화 속에만 존재하는 요정이지. 넌 여기서 뭐 하냐? 이곳까지는 오는 사람이 거의 없는데."

요정들이 보기에 아직도 나는 육체와 연결된 모양이다. 사람이라고 말을 하는 것을 보니 삼위일체 중 육신과 혼백은 남겨두고 영혼만 고무줄에 묶인 것처럼 이곳에 온 것이다. 사람이란 소리를 듣고 반가워서…….

"잠시 손님으로 와 있어."

얘기를 나누는 동안 나비들이 우리 주위로 날아든다. 그 나비의 머리가 어린 소녀의 머리이다. 더 자세히 들여다보니 주위에 벌들도 있고 유충도 있는데 머리들은 인간의 아기얼굴을 가지고 서로 웃고 장난치고 있었다.

"손님? 그건 무슨 의미냐? 여긴 죽어야 오는 곳인데 손님이라니?"

"나도 잘 몰라. 내가 죽었는지 살았는지 확실한 거는 곧 다시 지상으로 내려간다는 거야. 그건 그러군 이 나비들은 어디서 온 건가?"

"너는 1999년 8월에 대한민국에서 일어난 최대 참사가 뭔가 아는가?"

"참사라니? 삼풍백화점? 성수대교? 아니지 지난여름이라면 아! 어린이 24명이 희생된 화성 씨 랜드 화재사건. 그럼 이 나비들은?"

"맞아! 걔네들이야. 여긴 어른들의 잘못으로 희생당한 어린이들이 오는 곳이야. 세월이 흐른 뒤 삼신할미에게 불려가서 좋은 환경에서 다시 태어날 수 있도록 대기하는 장소야."

"왜 하필 나비야? 난 아기천사가 되었을 줄 알았는데."

"여긴 다 천사야! 나비가 되었든 저기 저 독수리가 되었든. 마음만 먹으면 무엇으로도 변화할 수 있는 게 여기야. 나비들은 여기서 우리 요정들과 저 독수리가 지켜주고 돌봐주고 있지."

"저 독수리는 여기와 어울리지 않아 보여. 꽃밭에 웬 독수리? 안 그래?"

"그렇지? 하지만 재들이 원해서 온 거야. 재들 전생도 씨랜드에서 희생된 셈이지. 그 시래 비 같은 인간 말 종들이 술 처먹는다고 애들을 돌봐주지 않고 불이 나서 애들이 죽어가는 것도 몰랐을 때 자기 목숨 내놓고 어린 생명들을 구하다 숨진 아르바이트하던 대학생들이 저 독수리야. 어른들이 너무했다고 자기들이라도 어린 넋들을 곁에서 돌보아주겠다고 자원해서 온 거야."

"여긴 천진난만天眞爛漫 한 아이들만의 세상이구나! 아무 걱정할 것 없는."

"그래. 세상은 원래 그래야 돼. 씨랜드 건설 허가 내주며 돈 받은 버르장머리버릇↔김영삼대통령이 자주 쓰는말 없는 공무원들이 있고, 자격 없는 정치인들이 설치는 국가를 위해 공헌했다고 훈장까지 준 나라가 희망이 없다고 그 화재로 자식 잃은 어머니가 이민을 가는 말짱 꽝이 된 인생! 3·8 따라지신세가 되는 너희 나라는 위정자부터 정신을 차려야 된다. 구."

"삼팔 광 땡이 아니고 웬 삼팔따라지?"

"너흰 광만 알고 쭉 지는 모르는구나. 3 더하기 8은 11.그래서 끗발이 하나면 따라지 아니냐? 너희들은 자나 깨나 화투 생각만 하면서도 족보 없다는 섰다의 원조를 모르는구나. 응어! 이제 널 데리러 오는구나. 잘 가거라! 김 대삼!"

"그래 잘 있어라. 요정아! 그리고 나비들이여. 여기서 아무런 걱정 근심 없이 지내려무나."

나는 독수리에게 갔다. 그러자 독수리들은 잠시 인간의 모습으로 변하였다.

"우리의 어린 아기천사들을 잘 데리고 계시다가 꼭 지상으로 점지되어 살 수 있도록 잘 보살펴요."

나는 악수를 하고 돌아서 보니 다시 독수리로 변하였다. 셋이 합창이나 하듯이!

"우린 나중에 지상에서 다시 볼 겁니다."

독수리가 말을 보내었다. 나는 고개를 끄덕이며 뒤돌아보니 건장하게 생긴 회색 옷의 사자가 성큼 성큼 다가왔다. 그의 손에는 앙 징 맞게 생긴 핸디 캠과 그보다 더 작은 손가락 크기의 소형카메라가 들려 있었다.

"어이! 김 대삼 씨! 내가 대한민국에 파견되는 저승사자 88호라네. 이제 자네와 함께 대한민국 방방곡곡을 다니면서 사악하고 못 되어 먹었고 악하여 양민을 괴롭히는 놈들을 한 놈. 한 놈. 잡아가자구 이런 놈들은 너무 간악해서 증거가 있어도 인멸하거나 아니면 우리가 조작했다고 뻔댈 테니까 이 몰 카로 낱낱이 기록하자고. 자! 이제 당신 나라로 갑시다."

"내려가면 우리 집부터 들린 당가요?"

이제 내 나라 땅으로 간다고 하니 아침에 헤어진 처자식 생각이 먼저 났다.

"지금 무슨 소리를 하고 있어. 우리의 임무가 얼마나 지고 지난한데 개인의 볼 일이라니. 너의 집으로 가면 너는 환생되는 것이야. 그건 임무 끝난 뒤에 이야기하자. 인간을 깨우치기 위해서는 네가 적임자라서 너에게 막중한 임무가 부여되었다. 우리의 활약을 기대할 여러 신들을 생각하고 또 나아가……."

"갑시다. 그만."

"그래야지. 자! 간다. 출발!"

갑자기 온몸이 아래로 쑥 빠지는 느낌이 왔다. 깜짝 놀라 주위를 돌아보니 우리는 유백색 기체의 소용돌이 속으로 빠져드는 중이였다. 기체들은 우리 주위를 빙글빙글 돌면서 빠른 속도로 상승하였고 우리는 그 반대로 하강하는 것이었다. 우리가 내려가는 동안 차츰 기체들이 얇아졌다.

그리고 주위는 차츰 어두워지면서 멀리서 빛을 내는 물질들이 보이기 시작했다. 이제 우리 주위는 적막한 어둠이 둘러쌌고 여기저기 상하좌우로 아름다운 별들이 공간에 가득하였다. 그들도 어디론가 천천히 흘러가는 것이 보였다.

"어떤가? 우주는 장엄하지?"

"그렇군요. 그런데 책이나 영화에서 보던 그 찬란한 성운들이 왜 안 보이요?"

"우린 어느 한 성운 속을 지나는 중이야. 그래서 그 성운에 속한 별들만 보고 있는 것이지."

"아하! 땅에서 맨 눈으로 보던 그 별들이 아니란 말씀이지라. 참! 우린 대한민국 어디에 착륙 하요?"

"우선 지리산에 가서 삼신할미를 만날 거다."

"어! 삼신할매할머니라면 애를 점지해 주는 할매 아니요? 근 디 우린 죄 짓는 놈들을 색출할 터 인디 삼신할매 하고 무슨 연관이 있지라?"

"천기를 누설하면 안 된다는 걸 모르느냐. 아까처럼 조물주의 잘못을 까발리거나 하면 안 되네. 이것도 이번 작전의 하나이니, 혹시 새어 나갈까봐 전부 1급 비밀로 해두었다. 그러니 김 대삼 씨! 아니 김 홍보 관도 입을 꾹 다물고 업무를 수행해야 된다네."

"알것지라. 삼신할매는 소속이 어디랑가요?"

"삼신할매는 신생 왕 밑의 12성신. 12지신. 아래의 대한민국 생산 담당이지. 생산 담당의 제일 윗자리가 조물주인 줄은 물론 알 테지. 당신이 툭 하면 걸고넘어지는 바람에 여기까지 온 것이니까. 우리들은 각 지방마다 관할관을 두어 생과 사를 관리하고 있지. 우리 천계는 말이야. 우주의 법칙에 따라 움직이면서 각 별을 관리하는 총책임자들이 모여 있는 곳이야. 당신이 보았던 천계의 사람들 모두 우리 지구의 각 나라를 맡아서 자료정리를 하고, 좋은 의견이 있으면 서로 토론을 한다네. 그러나 겉으로 보면 하루 종일 아무 짓도 하지 않는 것처럼 보이지……. 지리산 마고 할머니를 보라고. 처음엔 사람들이 자식을 점지해 주는 걸 고맙게 여겨 그 상을 빚어 천왕봉에 석상으로 앉혀두었지. 마고 할매는 그 석상을 무척 좋아했었네. 천왕봉을 오르내리는 사람마다 절을 해주었으니 무척 흐뭇해하시며 늘 그 석상 곁에 머물렀지. 그러다가 어느 놈의 짓인지 모르게 골짜기에 파묻히는 신세가 되어 이제나 저제나 누가 구해 주길 기다렸지만 햇수만 흘렀지. 할 수 없어 어느 중의 꿈속에 들어가서 다시 천왕봉에 올려다오 했건만 그 말을 듣지 않고 저희 절에 모셔두고 있잖느냐. 할매는 더 이상 고집을 피울 수가 없어 가끔 그 절에 들러 자기 모습을 보곤 한다네. 그러면서 더 많은 사람들에게 석 상을 보이게 하려면 다시 천왕 봉 정상에 놓여 지길 기다린다네……. 그래도 할매는 자신의 일은 빠짐없이 꼼꼼히 챙겨 전국방방곡곡의 여인들의 신상을 파악하여 만들어둔 데 이타 베이스를 참고로 천계에서 환생하러 내려오는 영을 그에 알 맞는 여인을 선택해 자궁에 안착시켜주지."

"100일 불공드리면 아들을 점지해 주는 식으로 말이요?"

"그 정성도 참고가 되지. 환생하는 생명들은 태어나서 죽을 때까지 제 운명을 따라 살아가게 된다네. 몇 살에 누굴 만나면 길운이 생기고 등등의 사주가 그것이지. 그러나 그 시나리오대로 되지 않으면 몹시 고생하고 그러다 또 다음 단계의 시나리오대로 살아가게 되지."

"아! 그럼 내가 요로코롬 된 것도 각본에 의한 것이라요?"

"생각해 봐라. 네가 조물주 욕하는게 천성이 아니더냐?"

"말 되네! 우이 느~으~기미 떠그럴. 조물주가 잘못 했응께 내가 욕을 한거이지. 그라구 농간을 부려? 나가 진작 알았더라면 따질 것인디. 이거 다시 갈 수는 없고. 아이고. 빼 갈 먹은 것처럼 왜 이리 뺑 돈다냐?"

"하강 속도가 빨라서 그려."

얘기하며 우리는 계속 하강했고 주위는 여러 번 다른 모습의 별들로 변화하였다. 그렇지만 여전히 그 아름다운 성운들은 보이지 않았다. SF영화 속의 거대한 돌덩이별도 보이지 않았다. 단지 나의 눈에는 여러 가지 색깔의 빛을 내는 별들만 보였다. 그 별들도 우리가 하강하는 속도만큼 상승하며 긴 궤적을 남기는 모습이 장관이었다. 주위가 차츰 밝아졌다. 우리를 감싸고 있던 짙은 어둠이 보라색으로 옅어지다가 차츰 푸른색으로 변화되었다. 그때 나의 눈에는 사진에서 보았던 초록색별 지구의 아름다운 모습이 점차 커지는 것이 보였다.

"저건 실제 지구가 아니야."

저승사자 88호가 말했다.

"당신의 무의식이 그려낸 모습이지."

"그래도 저 머시라 한반도가 보이고 지리산이 보이는 디요."

"물론이지. 그건 당신이 TV에서 본 그래픽 영상이지. 이제 구름이 보이겠지? 우린 그 구름 위에 손오공처럼 사뿐 내려앉아 지리산 중턱에 내릴 거다."

말 그대로 우리는 구름 위에 내려섰다. 그러나 구름이 흐르는 속도가 빨라 현기증을 느낀 나를 보고 저승사자 88호가 앉아라고 한다. 그랬더니 구름의 축축함이 엉덩이에 느껴진다.

"이봐! 오늘은 설날이라 먹을 게 좀 많겠지? 이런 날은 묘지마다 먹 거리 가 듬뿍 있다는 것이 우리 저승사자에게는 신나는 날이지. 이때 아니면 먹을 일이 없으니 말이야."

"아니. 그럼 저 위에서는 식사를 안 허요?"

"응. 먹을 일이 없어. 우린 영양을 취해서 살아가야 되는 생물이 아니거든. 구태여 먹을 것을 찾는 것은 그래도 옛 버릇이 남아서 먹 거리를 찾게 되는 것이지. 그리고 이렇게 지상에 오면 지천에 널린 음식들이 우릴 유혹하거든."

"나가 알기로는 사자 밥이라고 내놓는 것은 부실혈틴디! 종이 우에 이것. 저것. 쪼깐씩조금씩 담아서 길거리에 내어놓는 것이 기분 안 나뿌요?"

"우린 그게 더 좋지. 그릇에 담긴 음식을 우린 싫어하지. 왜냐하면 제기들이 음식을 감싸고 있는 상태에서 음식의 엑기스만 취하기 힘들거든. 그래서 우리 먹기 좋아라고 종이 위에 음식을 얹어주는 거다.

돌아다니다 보면 나라마다 풍습이 달라서 헷갈릴 때도 있지만 말이다. 종교가 다르지, 살아가는 습관과 관습이 다르고 사후를 보는 눈도 민족마다 나라마다 다르지 서양에 가보면 죽은 조상에게 음식을 바치는 경우가 거의 없지 초하나 달랑 켜 놓고 기도 한 자락에 끝내는 나라가 대부분이지.

제사 지낸다는 의미도 다르지 동양권은 조상이 후손을 돌봐주기를 은근히 바라면서 제사를 지내지만, 서양 권은 살아있을 때도 부모 덕 안 보는 독립심이 강하다 보니 죽은 부모 덕 볼 생각은 처음부터 아예 갖지 않고 살아가는 거야. 걔네들은 18세 성인이 되면 집 나와 자립하는 걸 원칙으로 삼기 때문에 늙은 부모도 모실 줄 모르고 또 부모도 자식들한테 기댈 생각을 안 하지."

"그러면 그들은 죽으면 육신과 영혼이 분리된다는 건 알아요? 몰라요?"

"왜 몰라. 성경말씀을 곡해해서 죄만 짓지 않으면. 아니 죄를 지었다가도 회개만 하면 천당에 간다는 걸 믿고 있지. 심지어는 산 채로 들 리 워 진다. 거나 땅에 묻힌 자도 살아나는 구원을 받는다고 믿지. 그리고 악인은 지옥에 끌려가서 몇 천만 년의 형벌을 받는다는 것도 알지?"

"우리도 그렇게 알고 있지라."

"종교들이 그렇게 가르쳤지. 선하게 살아라, 착하게 살아라, 올바르게 살아라. 뭘 하지 마라. 그러다가 억울하게 죽으면 부처님의 구원을 받아 다시 환생하면서 삼신할매의 점지로 좋은 부모 만나게 된다고 믿고 있는 것이 너희 나라 아니냐."

"맞아요, 우린 그렇게 알고 있지라. 그런데 아까 저 우에서 들은 얘긴디. 요, 저승에도 못 가고 이승에도 있지 못해 떠도는 원혼들은 왜 그렇게 되 당가요?"

"응. 그건 여러 종류가 있지! 첫째 악귀들이지. 이놈들은 지상에서 태어나서 자기 개발과 자기 사명을 완수해야 된다는 의무를 망각하고. 극악무도한 죄를 짓다가 죽은 자들이지. 원래 인간은 선하게 태어나지만 살아가면서 악에 물든다지 않더냐. 이런 놈들은 악귀가 되어서도 제 잘못인지 모르고 억울하다고 아무 잘못도 없는 인간에게 해 꼬지 하지. 그걸 귀신 씌었다. 고 굿을 하여 악귀를 쫓으려 하는 걸 봤지 않느냐. 외국 영화에서도 이런 소재를 많이 다루거든……. 둘째로 주어진 제 명대로 살지 않고 자살한 귀신들도 아무 데서도 받아들이지 않아 구천을 떠돌게 되지. 원래 모든 생명은 무작정 태어나는 것이 아니야. 다 목적을 갖고 태어나지. 그 목적을 이루기 힘들다고 중간에 포기해 버리면. 예정에 없는 자살이 자주 일어나 봐. 천계에서도 혼란이 일어나게 되는 거야. 그래서 못 받아들이는 것이지.

셋째로 비명횡사하든 병을 앓아 죽든 차에 받혀 죽든 제명이 다되어 죽게끔 예정된 죽음을 인정하지 않는 경우야 이건 반란이지. 인간은 침대에서 고이 죽는 경우보다 전쟁이나 질병 사고 등으로 죽는 확률이 더 높다는 사실을 모르는 것이지. 이 귀신들은 인간 세상. 즉? 이승에 미련이 남아 인간들을 괴롭히는 거야. 왜? 느그들만너희들만 잘 사냐? 고 샘을 내는 것이지. 그놈들은 인간 세상에 머물며 모종의 임무를 수행하는 우리 귀신들과 충돌을 일으켜 골치 아프게 하지. 너희 인간을 잘 다스리지 못 하듯이 귀신들도 전체를 다스리지 못 한다. 틀림없이 시비를 걸어 올 것 같아 미리 말해 두는데 악귀들은 한 번 놓치면 너희 나라 신창원이나 고문기술자 이근안을 못 잡듯이 잡기가 정말 어렵다. 저승사자가 총동원되면 소탕할 수 있지만! 그게 말처럼 쉽냐? 또 아주 악질들을 슬며시 풀어주는 저승사자들도 있거든."

"문제는 악귀를 풀어주는 저승사자들에게도 있군요. 멀라고 풀어 주냐? 지옥 불에 떨구지."

"외국 영화도 보는가?"

"예! 귀신 잡는 영화 **고스트 바스터**에서처럼 악귀를 전부 잡아들이면 될 터인디요."

"몰러! 천계에서도 문제의 영화를 볼 수도 있지. 관심을 가지면 자동으로 전송이 되니까. 회의석상에서 부처님이 너 혼자 생각하는 것을 알듯이. 그래서 그들을 신이라고 하는 것이다. 멀 몰라."

"몰러는 멀 몰러요. 나는 알고 있는디. 그 말을 듣다 보니 인제 생각나는 일이 있는디요. 1996년 추석에 일어난 하늘도 놀라고 땅도 놀라고 온 국민이 놀란 지존파 사건 알지라?"

"지존파? 아! 그 시골 한적한 곳의 지하실에 성능 좋은 보일러와 소각장을 갖춘 집 지어 놓고 돈 울 거 내고도 사람을 죽여 태워 흔적을 없애려했던 놈들 말이냐?"

"잘 알구머니라. 어쩌면 인간이 그렇게 변할 수 있다요? 그놈들 지구를 떠나라고 택배를 했는디 지옥에 갔으라? 아니면 배달사고로 악귀로 남아 선한 사람들을 괴롭히고 있당가요?"

"그놈들 지옥에 왔지. 날마다 사지 절단당하고 몸뚱이는 불구덩이에 집어넣어 재로 만들지. 형벌 중에 제일 강도가 높은 것 중 하나야. 사지 절단도 톱이나 칼로 하는 게 아니야. 지옥 안에도 망나니가 있네. 도깨비처럼 형상이 무시무시한 것은 아니고 예쁘장하게 생긴 도령이 배시시 웃으면서 이놈들의 팔을 완력으로 어깨로부터 우~드~득! 와드득! 뜯어내지. 그 아픔을 상상이나 해봐라. 보통 인간이면 기절하지만 그쪽은 기절은커녕 더 아픔을 느끼게 되지. 그렇게 매일 팔 두 개, 다리 두 개를 뜯기고 몸뚱이는 화력 약한 불에 천천히 태우니. 그 고통이 어디 상상이나 되겠냐?"

"어찌꾸롬 팔다리를 뽈라뿐다요?"

"참게 젓 담글 때 보았느냐? 게 발가락 끝을 전부 절단하지."

"끔찍허요! 듣기만 해도 소름이 쫙 끼치지라!"

"그런데도 요즘 인간들은 지옥을 믿지 않는 데에 문제가 있다는 거지. 그래서 우리에게 이런 특별한 임무가 주어진 것이지만 말이야."

"참으로 큰 문제라요. 인간이 인간에게 고로 코 롬 잔혹한 짓을 하는디. 그럼 구천을 떠도는 악귀들이 인간에게 부리는 행패들은 주로 어떤 것들이라요?"

"너무 많아 열거할 수가 없구나. 이제 김 홍보 관도 눈이 열려 귀신들을 볼 수 있는 능력이 생겼으니 직접 눈으로 보면 되겠구나. 아! 이제 지상에 닿았구나. 지금부터 걷자."

우리는 커다란 묘지가 있는 산 중턱에 도달하였다. 그곳에는 조상에게 성묘하러 온 일가들이 모여 성묘를 끝내고 음복을 하는 중이였다.

지금 몇 시인데 이제 성묘를 하나? 시계를 보니 이럴 수가! 손목시계의 바늘은 10시가 조금 넘은 곳에 놓여 져 째각 거렸다. 그렇다면 나는 불과 몇 분 전에 나의 집 차고의 승용차를 탔다가 급발진을 당했는데 그 짧은 시간에 천계를 다녀와서 우주를 구경하고 지리산에 도착했단 말인가. 참으로 불가사의한 일들이 내게서 일어나는 것만은 틀림없는 모양이다.

"오! 저기 사자 밥이 있네."

저승사자 88호가 반색을 하며 그곳으로 이동한다. 말 그대로 공간 이동하듯이 이 지점에서 저 지점으로 움직이는 것을 보니 몹시 반가운 모양이다.

“꽤 잘 사는 집안이구먼. 음식들이 아주 정갈스러워 보잉께로.”

가까이 간 내가 사자 밥을 보며 한마디 하니까

“그렇지. 자! 오랜만에 포식 한 번 해볼거나.”

입을 크게 벌려 훅 들여 마시니 나의 눈에는 음식들이 두 겹으로 보이더니 한 겹이 그의 입 속으로 들어가는 게 아닌가. 그의 말대로 엑기스만 먹는 모양이다.

“크윽! 맛있구나! 또 다른 곳으로 가서 더 먹어야겠다.”

“어이. 88호! 자네 남의 음식을 가로채면 어떡하나.”

뒤에서 몹시 언짢은 소리가 들렸다. 말소리가 난 곳을 돌아보니 점잖고 기품 있어 보이는 노부부가 저승사자와 함께 오는 것이 보였다.

“아차차! 내 실수 미안하네! 미안해! 너무 오랜만에 지상에 와서 말이야. 자넨 이 노부부와 자주 오잖아.”

“듣고 보니 그러네. 우리야 일 년에 서너 번은 오니까 말야. 설날. 추석에 남편 제사에 마누라 제사에다가 한식날도 챙겨주는 이. 양반들 자손은 너무 좋은 사람들이거든!”

“이봐요! 사자님! 우리 음식 나누어 먹으면 됩니다. 자 이리루 와서 같이 들어요.”

“그래. 그렇게 하게나. 우린 갈 테니까.”

할머니가 사자의 옷소매를 잡아끄는 것을 보면서 우리는 떠났다.

우리는 이제 공동묘지에 들어섰다. 그곳은 아직 성묘객들이 많지 않았다. 지리산이 좀 험한 산세 때문에 성묘하러 오기는 힘들겠다고 생각하며 무덤 사이를 걸었다.

"사자님! 질문 좀 헙시다. 이 비석을 보면 학생學生은 남자묘이고. 유인孺人은 여자 묘인데 성도聖徒는 기독교인의 무덤이고. 처사處士는 불교 신도이고. 천주교우天主交友는 가톨릭 교인의 무덤으로 남녀 구분이 어려우니 세월이 흘러 자기 묘를 잊으면 어쩌지라? 또 배가 침몰하여 죽은 자들은 선장船葬이라고 합동 묘를 해 두었는데 귀신들이 잘 찾아 오 것 으라? 어쩌거나 죽을 것은 동병상련同病相憐 아닌가요!"

"걱정을 마시게 귀신도 잘 찾아가지만 요즘 같은 첨단시대에는 부모 살아계셨을 때만 아니라 사후 장례식에도 비디오로 기록을 남겨 놓으니 얼마나 찾기가 쉽겠냐? 어찌 보면 과학의 발달로 복 받은 자들이 현재의 인간들 아니냐?"

"마찬가지이지라. 우리 후손들은 죽지 않고 영원히 살 수 있는 기술까지 도달할 수 있을지 누가 알 것 으라."

"그럼 안 되지, 그걸 막기 위해 우리가 움직이는 것 아닌가. 신의 영역을 인간들이 자꾸 건들이면 건들인 만큼 마가 일어나서 인간들이 타락하게 될 거라는 생각을 나는 방금 생각해 내었네. 이 화두를 좀 더 연구해 볼 만한 가치가 있다는 생각이 드네. 어이 저기 주인 없는 사자 밥이 있구나. 가서 먹자구."

"아니, 귀신은 잘 찾아온다. 안 했어라?"

"저 귀신은 지옥에서 닥 달 받고 있어 외출을 못하는 줄 알고 있거든. 자, 이리 와서 잠시 앉아 땅기운도 좀 맞기로 하지. 우린 기만 많으면 되니까 말이야."

사자 88호는 사자 밥을 두 손에 받쳐 들고 요것조것 들여다 보다가 아까처럼 엑기스를 빨아들인다.

"음. 별로군. 질이 낮은 음식이야! 그리고 맛도 없는걸! 그 이상하네. 이 맛이 아닌데."

88호는 고개를 갸웃갸웃한다. 그러는 그의 손에 들린 사자 밥을 보다가 감이 떠올랐다.

"중국산 제수용품으로 만든 음식이라서 그라요."

"뭐? 제사상에 중국산이 왜 올라?"

사자가 깜짝 놀란다.

"값싸고. 질 낮은 중국산을 수입하여 국산으로 둔갑시켜 파는 질 나쁜 상인들 때문이지라. 그렇게 하면 이익이 엄청나데요."

"저런. 얼어 죽을 놈! 이번에 이놈들도 손 좀 봐주어야겠어. 이 한반도 땅 자체가 약이라는 사실을 모르는 놈들이지! 왜 고려인삼만이 효능이 있는지를 몰라서 그러는 거야."

"혼을 내주더라고 이 좋은 나라, 이 좋은 땅, 그 좋던 인심들이 왜 이렇게 엉망이 되었는지 원. 이게 다 서양에서 들어온 종교 탓일 것이지라 들어보더라고요 뭔 종교가 저희밖에 모르는 그런 편협함만 가르치는지 자기가 믿는 종교만이 옳은 종교라고 싸움질 거는 종교가 종교의 본질은 가졌는지 모르겠어라. 지구상에 드문 단일민족인 우리는 단군성조의 홍익인간 이념을 근본으로 믿는 나라인디. 단군상의 목을 흉기로 잘라 내는 짓을 허니. 도대체 이 종파는 뭔 종파이고 그들의 선조는 외국인인가요? 제가 보기에는 '+'나 卍자는 뼈대가 같은 형태인데 종교적으로 의미를 부여한다는 것은 내 대그빡으로는 도저히 불가능 허지만 기독교의 열십자 끝 구부리면 불교의 절 사자되고 불교의 절 사자 꾸부려진 곳을 바로 펴면 기독교의 열십자 아니유? 그게 그건디 왜들 핏대 올리는지 모르겠구먼요.

또 불교의 절 사자의 구부림은 돌아가라는 윷판 모양새라 돌고 도는 것이 원이고, 둥근 것은 우주고, 우주는 모든 만물이 형성된 곳임에 우리는 모두 한 원 안에 사는 생명체임에 공존해야 된다고 생각 허지라."

"김 홍보 관은 세설도 횡설수설로 떠는구나. 주제가 뭐냐?"

"그냥 느낀 것이지라."

"그래~애! 그럼 이 공동묘지를 보고 느낀 점을 말해 보시지."

"그렇께 이렇게 조상을 묻고 또 기일이 되면 와서 성묘하는 것은 영적 교류인 셈이라 생각합니다. 심령학자들이나 일부의 정신의학자들 그리고 문화인류학을 연구하는 교수들은 죽은 사람과 산 사람 사이에 영적 교감交感이 실제 가능하다고 굳게 믿는 사람들도 있고요.

세계의 모든 민속신앙을 들여다보면 그 믿음의 뿌리가 똑같은 것이지라 예를 들자면 우리 민족이 제사나 차례를 지낼 때에는 지방紙榜을 쓰고 축문祝文을 읽는 것도 조상의 혼을 부르는 초혼招魂 절차이지요. 오래된 이집트에서는 파라오가 죽으면 별의 나라에서 다시 환생한다고 믿은 것도 그렇고요. 그래서 그 많은 유적들이 한 결 같이 죽은 뒤의 얘기들뿐이지라.

참! 근디 명절날 영혼들을 무더기 외출시켜주는 그 일은 무척 어려울 텐디요. 그냥 저승과 이승을 통하는 문을 활짝 열어 놓는 것도 아닐 거이고 영혼의 숫자가 저승사자보다 훨씬 많을 꺼인디! 다들 자기 무덤을 찾아옵니까?"

"넌 어째 소감을 얘기해 보라는데 엉뚱한 소리만 늘어놓나? 그래 홍보관 말대로 저승사자 수만큼만 내려오든지 아니면 같은 지역인 경우 단체 인솔도 한다네."

"대단한 사명이라. 그러나 활약 치고는 사자 밥은 시 듭허술한 밥 잖은 반면에 데리고 온 귀신 제사상은 다리가 부러질 정도로 잘 차려 놓은 걸 보면 화가 나지 않아요?"

"우린 그렇게 먹는 데 안 따진다."

"아까 보니 제사상 부실하다고 막 패 던디요."

"그건 엑기스가 다 빠진 음식이라 그렇지. 당신은 잘 모르지? 제사 모시는 사람들의 정성이 크면 클수록 음식의 엑기스가 높다는 것을."

"그런 것도 있었어라? 산 자와 죽은 자의 관계도 엄청 복잡허구먼요."

"자, 이제 가자. 인간사 흙에 묻히면 그만인 걸 아동 바둥 사는 것도 우습구나."

"그래도 열심히 사는 사람은 나아요. 청렴을 자랑하는 대한민국 공무원이 있는지는 모르겠지만, 뇌물 처먹고 뭐 잘났다고 의사당에서 단식 농성하는 국회의원에다가 의정활동 한다. 치고 철면피한 짓거리나 허는 똥개 철학도 없는 정치력 부재의 국회의원이 설치는 나라, 무슨 건설회사 사장, 노가다 사장하다 돈 좀 벌었다고 왕창 갖다. 주고 집권당 후보로 나서는 졸부들 출신의 국회의원이 폼 재는 나라에 걸맞게 공금은 먼저 먹는 놈이 임자고, 은행돈을 사금고로 여기는 재벌들 때문에 IMF 치욕을 당했지, 그런데도 돈 있다고 지구촌을 마구 헤집고 다니는 섹스 애니 멀 한국인에다가 3D업종이 싫어 향락산업에 투신하는 대한의 어 여쁜 딸들이며……. 자식은 눈에 넣어도 아니 아프다며 회초리 없이 응석받이로 자라나서 부모 된 세대가 키우는 아이는 인성. 예의 덕목 따위는 살아가는데 필요 없는 항목이며 오직 성적만 좋으면 된다는 일류지향 적 교육 탓에 인간성은 더욱 메말라가나 봅니다. 어휴, 이 문제를 어떻게 해야 하는지 원."

"김 홍보관! 제발 열 내지 마라. 그래서 우리가 가고 있지 않느냐."

"에그 또 열불 내버렸네 삼신할매는 어디서 만납니까?"

"다 왔노라, 저기 할매가 보이는구나."

저승사자 88호가 가리키는 곳에 우리 한복을 곱게 차려입은 할머니가 바람에 두둥실 떠서 산 아래에서 위로 올라오는 게 보였다. 그 빠르기가 쏜살같다.

어려서부터 말로만 들어왔던 삼신할매다. 가까이 왔을 때 보니 머리카락은 하얀 백발이고 얼굴에는 잔주름이 가득한 아주 어진 이웃집 할머니 모습으로 무척 인자한 모습이었다.

"삼신할매는 우리 대한민국 출신인가? 한복을 곱게 입고 머리에 쪽을 찐 것을 보니."

"쪽이 머시다냐?"

"머리카락이 헝클어지지 않도록 둘둘 말아 흘러내리지 말라고 비녀라고 하는 못처럼 생긴 장신구를 박아 고정시키는 머리 모양이지요. 우리 옛 할머니들의 복장이지라. 대한민국에서 잘 나갔구먼."

"그럴 수도 있지만! 그게 아니다. 지금 네가 생각하는 대로 사물이 보이는 것이다."

"모든 사물은 내가 느끼는 대로 보인다. 삼신할매도 아가씨로 보면 아가씨로 보이는 것이다. 우리의 옛 할머니로 보니까 그렇게 보일 뿐이다."

내가 혼잣말을 중얼거리고 있으니

"삼신할매를 악마로 보면 그렇게 보일 것이다. 알았느냐?"

우리가 이야기를 나누는 동안 대한민국 생산 담당이자 신생아를 점지하는 할머니가 우리 앞에 다가와서는…….

"자네가 여기 웬 일인가?"

말은 저승사자 88호에게 하면서 나를 아래위로 유심히 훑어본다.

"예 누님! 좀 만나서 상제님! 말씀 좀 전 하려고요."

"무슨 말이기에 자네에게 심부름 시키나 근데 이 자는 죽은 자가 아닌 것 같구먼, 누구인가?"

"이번에 같이 일을 할 친구입니다. 상제께서 홍보 관으로 임명한 김 대삼 군입니다."

"김 대삼?"

할매가 고개를 갸웃거리며 다시 나의 상판 때기를 뜯어보더니?

"순천의 도홍부락이 고향인 불평불만 많은 놈이구나. 너 혼자 씨부렁거려도 나나 저승사자들은 다 듣는다. 입조심 해라. 언젠가는 혼찌검 당할 거다."

라면서 중얼거린다.

"어? 나를 아세요? 할머니!"

내가 놀라 물으니?

"그럼 이놈아! 내가 널 누구에게 점지해야 될지 얼마나 망서리는데. 모를 리가 있나. 상제께서 너의 임무를 잘 수행할 수 있는 부모를 선택해 주라고 하셔서 여러 날 고생했지. 또 이제 세상으로 나갈 때가 됐는데도 한사코 어미 자궁 안에서 버티다가 내가 네 엉덩이에 프리킥 해서 겨우 쫓아냈지 네 엉덩이 푸른 반점 그때 멍든 거다 흐흐흐. 난 가끔 프리킥 찬스만 오면 내 의무에 긍지를 느끼지 그래야 인간 세상에 나가는 보람을 주거든 자네도 그래 이제야 진정한 임무를 수행할 나이가 된 모양이구나. 참 이러고 있을 때가 아니지 자 날 따라 오거라."

삼신할매가 앞장서서 치마 자락을 휘날리며 이동한다. 우리도 할매의 뒤를 따라 빠르게 움직였다.

잠시 후 우리 앞에 조그만 사당이 나타났다. 삼신할매는 그곳으로 우리를 데리고 들어갔다. 안은 조촐하게 부처상과 호랑이를 데리고 있는 하얀 수염이 긴 산신의 모습이 그려진 그림이 벽에 붙어 있었다.

"자, 앉게나. 그래 무슨 말을 전하겠다는 거야? 들어보자."

"누님께서 점지하시는 총기가 혹 무뎌 지는가. 우려하고 계신 모양입니다! 자꾸 하늘의 뜻에 맞지 않는 인간들이 많아져서 걱정이십니다."

"저런. 저런! 큰 고민을 하시는구나! 그러게. 나도 그 사실을 알고 있어. 내 자료에 의하면 그럴 사람이 아닌데 점지하려 가보면 많이 변해 있더란 말이야. 그래서 이 아이를 줘도 될까 망서 릴 때가 한두 번이 아니란 말이야."

"그런 일이 있었군요. 그래서 태어나는 아이들이 악에 쉽게 물드는군."

저승사자 88호가 고개를 끄덕인다.

"아무리 좋은 씨앗을 주어도 밭이 나쁘고 기후 풍토가 맞지 않아서 부실한 애가 태어나기는 하지만 말이다."

"할머니 데이터베이스database에 바이러스가 침투했나 봐요."

내가 옆에서 한마디 하니까

"이. 녀석아! 내 자료들은 이상 없다. 내가 분류를 못할 만큼 늙지도 않았고 바이러스에 감염될 만큼 우둔하지도 않아. 인성들이 너무 급하게 변해지는 것을 미처 깨닫지 못한 탓이야 있지만 말이다."

"그러니 파일을 다시 손봐야지요. 인간들에게 문제가 좀 있다는 점을 부각시켜야 다음 점지할 때도 참고가 될 것 아닙니까."

"누님! 김 홍보 관의 말도 일리가 있네요."

"그럼 나도 다시 한 번 점검해 봐야겠구나. 내 파일이 감염된 게 아니고 인간들이 감염된 모양이구나! 무엇이 인간들을 감염시키는 건가? 요즘 들어 악귀들이 인간들에게 영향을 끼친다는 정보가 있어."

"인간들은 태어날 때부터 원죄가 있는 거 아닙니까? 내 생각은 대대로 내려오면서 감염되는 것들이 축적이 되어 후대일수록 감염의 정도가 더 심해지는 것이라고 말입니다. 감염이 심해지면 악귀의 유혹에 쉽게 넘어가 죄악의 나락에 빠지는 것이겠지요. 물론 성경에도 이런 말이 있잖습니까. 야훼께서 세상이 사람의 죄악으로 가득 찬 것을 보시고 공연히 사람을 만들었다고 후회하셨다. 창세기 6장 5절 하니 말입니다."

"그래서 대홍수를 일으켰다는 얘기지요. 사자님 말씀이 맞을 겁니다."

내가 아는 척했다.

"여하튼 누님께서는 보완할 건 더 보완하고 고칠 것은 좀 더 세밀하게 고치고 자료정리를 좀 더 하셔서 앞으로 태어날 아기들이 건전하게 자라도록 점지에 신중을 기해야겠다는 게 상제님의 뜻입니다. 즉? 죄질이 높으나 회개할 가망이 없어 보이는 부모들에게는 아예 아기를 주지 말라는 말씀도 있었습니다. 차라리 대를 끊어 나쁜 피가 유전되는 것을 막자는 원대한 계획입니다."

"그렇게 해야지. 지금처럼 대책 없이 그냥 둔다면 인간들은 모두 타락할 걸세. 무슨 조치가 내려져야지 원. 그래 아우는 어떤 임무를 띠고 왔는가?"

할매가 인간 사회를 측은한 눈빛으로 보다가 새삼 저승사자 88호에게 묻는다.

"죄질이 흉악한 인간들을 골라 벌을 주는 장면들을 인간들 텔레비전에 방송하여 일벌백계한다는 복안입니다. 그래도 정신 못 차린다면 상제께서는 지구를 포기하신다고 합디다. 상제께서는 상호주의 정공법으로 다스리겠다는 것입니다."

"그 무슨 어려운 말이냐?"

"네가 패면 나도 패겠다는 말이지요."

"여기가 무슨 복싱도장이냐? 타이틀매치를 하게. 그리고 이놈아! 야? 네가 앞전에 아니 아주. 아주 오랜 옛날에 하느님한테 불려갔을 때 하느님이 아들 예수를 가르치면서 왼뺨을 때리거든 오른뺨도 때려 주세요. 그래도 화내지 말고 이쪽 볼때기 저쪽 볼때기 맞아라. 고 그렇게 가르쳤는데. 지금 네가 쌔리뿔면 나도 쌔리뿐다. 이런 말인 모양인디! 왜? 하느님도 늙은께 노망했나?"

"그것이 아니고 이에는 이, 칼에는 칼이란 말이지요."

"점점 헷갈리게 하네. 그 말이 그 말이 재 이 썩을 놈아!"

"아이구! 머리야! 골통아! 대그빡아! 반찬대가리야! 너 돌려서 말하는 데는 못 당하겠다. 뺨따귀 터지고 피 칠갑하기 전에 할미 헷갈리게 하지 말그라, 댓삼아!"

"노인네한테 야그이야기 할랑께 힘들어 뿌러 정공법이란 법전을 안 보고도 말할 수 있지라 바르고 공평하게 하는 것 하나님을 거역하고 특히 하나님 할부지, 삼신할매의 권위와 영역에 도전을 했으니 가만히 안 둔다는 뜻이지라. 알긋소이?"

"저런 저런 내 손으로 점지한 인간들이 내 눈앞에서 처참하게 죽는 모습을 봐야 될 경우는 없어야 될 터인데."

"조금이라도 희망을 가져봐야지요. 누님! 우린 이제 일 하러갑니다. 건강하게 사십시오."

"나. 이름 부를 때 댓삼아! 하지 말고요 대삼아."

저승사자가 일어나니 삼신할매도 따라 일어나서…….

"좋은 활약을 기다리고 있겠네. 자! 잘 가게나. 댓삼아! 너도 잘 해라."

우리를 배웅해 준다.

"어이구나! 미쳐! 금방 갤차가르켜 주어도 잊어먹는구먼."

우리는 지리산을 벗어나 인간 사회로 유유히 흘러들어갔다. 우리가 간 곳은 진주의 촉석루였다. 사자와 나는 휴일을 맞아 설빔을 입고 즐겁게 떠드는 아이들을 내려다보면서 작전에 대해 의견을 나누었다.

"먼저 잡아갈 녀석이 누굽니까? 빨리 한 놈 잡아 본때를 보입시다."

"한 놈 찍어두었다. 그 녀석을 여기서 잡을 거다."

"이 신성한 남강에서 말입니까? 이 진주성이 얼마나 우리 국민들에게 좋은 교훈을 주는 역사가 살아 있는 장소 아닙니까."

"그래. 살아 숨 쉬는 현장이고 수많은 백성이 숨진 곳이지. 그런 이 남강 가에 러브호텔이니 방갈로니 갈비집이며 온갖 술집이 생기니 문제가 되는 거야. 오늘 그놈은 여기 요정에 올 거란 말이다."

"그놈이 누군데요?"

"오면서 자료를 훑어보았지. 그 녀석 내력을 들어보게나. 자네 캠코더로 한 번 비쳐볼까. 자! 이 파인더로 들여다보면 천계에서 잡은 기록들이 재생될 거다."

"우와! 이런 캠도 있나요?"

"그건 입출력과 송수신 기능이 다 되는 멀티장비야. 자! 시작한다."

그 자는 가난에 찌들린 집안에서 태어나 어렵게 자라다가 온 식구가 뿔뿔이 흩어지는 지경에 이르렀다. 식구와 헤어진 그는 뒷골목에서 망나니짓을 하며 연명하다가도 끼니를 잇지 못하면 매혈賣血↔피를 팔아을 해서라도 목숨을 이어가는 비참한 생활로 어린 시절을 보낸다. 나이가 좀 들은 그는 부랑자들이 쉽게 빠지는 주먹세계로 발을 들여 놓으면서 그의 생활에 변화가 생기기 시작했다. 주먹을 인정받아 조직폭력배가 되어 어떤 정치인에게 빈대처럼 붙어다니면서 생활하다가 쨍! 하고 해가 뜬 것이지. 대박이 터진 거야."

"대박이라니? 또또복권 연승식에라도 당첨됐나요?"

……

비잉신!장애인 육갑하네! 권과 유흥업소가 난장판인 그 지역에서 이들의 협박에 못 이긴 주민들이 몰표를 던져버린 거지. 저그들자기들 말로 누이 좋고 매부 좋은 관계를 맺었더란 말이다. 악어와 악어새의 관계나 소도 언덕이 있어야 비비는 것처럼 소가 손이 있나 발이 있나 등이 간지러우면 긁고 싶어도 별 뾰족한 방법이 없지만 언덕에 비벼대면 가려운 곳을 긁을 수 있지 않느냐.

이 정치인도 보스의 경호원처럼 총재인가. 총재대행인가 하는 사람을 항시 그림자처럼 따라다녀 깡패시절의 의리·충성·믿음·결단력 등을 앞세워 신임을 받은 거지. 배운 게 있나! 가진 것이 있나! 단순한 무식쟁이였지만……. 그런데 대그빡머리을 나쁜 쪽으로 굴리는 데는 남다른 재능을 가졌더란 말이야. 바로 부동산 투기로 졸부들이 생겨나니 덩달아 사회적인 문제가 그 시기에 많이 발생한다. 국가공단이나 지방공단 지역. 그리고 신시가지와 재개발구역 등의 정보를 미리 알아내 타인의 명의로 땅을 사 두었다가 값이 오를 때 되판다는 간단한 산술이다. 거기에다가 땅 살 돈은 은행돈으로 돌려대니 손대지 않고 코 푸는 격이라. 조직생활 할 때 알음알음으로 사귀어둔 자들을 통해 빼낸 정보로 5만 원짜리 땅을 사 두었다가 국가시책 발표나면 땅값은 천정부지로 치솟는다. 이때 팔면 30만원은 거뜬히 받는다. 은행돈 갚고도 다섯 배가 남는다. 이중 10만원은 뚝 떼어 모시고 있는 보스에게 주어도 15만원이 남는다는 산술이니 너도나도 마구 달려드는 시절에 그 작자는 엄청난 부를 움켜진다. 봉급자들이 평생을 모아도 새발피도 안 될 돈이니 계층간의 위화감이 무척 컸다. 그럼에도 재벌들조차 너도나도 목 좋은 땅을 마구 사들이면서 우리의 온 국토가 유린되어 신음하게 된다. 졸지에 살던 집, 살던 땅을 재벌들 손에 넘기고 먹고 살 일거리를 찾아 서울로. 서울로 모여드는 하층민들의 불만은 폭발한다. 부익부 빈익빈이 눈에 빤히 보이니 공장의 근로자들이 데모를 해댔지만……. 이 작자를 비롯해 돈 맛 본 재벌들이 더욱 기성을 부렸다.

이런 와중에 은행들도 덩달아 나섰다. 대출만 해주면 이자 수입이 펑펑 생기니 은행으로서는 대출을 기피할 이유가 없다. 이를 이용한 재벌들이 상상을 불허할 만큼의 거액을 대출받아 오히려 은행의 아킬레스건을 잡아버린다. 이제 은행이 재벌들에게 질질 끌려다니는 빌미가 되어 IMF니 기아사태니 한보사태니 구조조정이니 퇴출은행이니 대우사태가 벌어지게 되는 것이다.

은행돈 빌렸다가 상환 독촉 받으면 오히려 돈을 더 대출해 주면 그 돈으로 상환하겠다는 기막힌 발상을 하며 돈을 대출해 주지 않으면 손 털고 공장 문 닫겠다고 버티니 대출 담당자나 은행지점장은 제 모가지가 고래심줄이냐? 피아노 강선이냐? 아차 잘못하면 댕가당 모가지 짤릴 판이요, 이제는 늪지에 빠진 코끼리 신세라 코로 짚고 일어서면 발이 빠지는 형국이요, 독사한테 물린 쥐 꼴을 만드는 것이다. 독사 이빨은 안으로 굽어 있어 황소개구리 심지어는 두꺼비조차도 못 빠져 나온다.

은행이 이런 재벌과 졸부들에게 물려버려 그들의 요구에 질질 끌려 다니니 땅 투기해서 번 돈을 차명과 가명으로 편법 증여하여 귀때기 피도 안 마른 재벌의 손주새끼는 벌써 몇 백 억만 장자가 되었겠다, 그런 놈이 커서 올바른 인간 몫을 잘도 하겠구나. 특권층 자제들이 공장에 일 나가며 타고 다니는 근로자의 프라이드가 자기의 외제 승용차를 앞질렀다고 집단으로 구타한다. 똥차 주제에 외제 고급차 추월하는 게 건방지다는 이유이다. 이거 말이 옆길로 새었네……. 파인더를 보던 내가 이런 생각에 빠져 있는 동안 졸지에 졸부 된 이 작자 노는 것이 더 가관이다. 1년에 한 번 갈까 말까 하는 외국에 거금을 주고 몇 십 억짜리 별장을 사 두는 등 국내에 두면 안 된다고 해외로 부지런히 재산을 빼돌린다. 그 돈은 우리들의 근로자가 세금 또박 꼬박 내면서 벌어들인 외화가 아니더냐.

이 작자 이제는 제 자식 군대에 안 보내려고 온갖 방법을 다 동원한다. 물론 돈이면 안 되는 게 없는 우리나라가 한심하지만 말이다. 이렇게 군대 안 가도 된 이 작자의 천금같이 귀한 아들은 빨간색 파란색 색색으로 머리카락을 물들이고 미팅·폰팅·번개 팅으로 바쁜 오렌지족이 되어 외제차로 딩가 딩가 야! 타! 라를 외치면서 온갖 나쁜 짓을 다 저지르고 다닌다.

이 작자만 그렇냐? 어디. 어느 재벌 계열의 회장 놈은 1천 1백 개가 넘는 은행통장을 갖고 있다 하니 그 잔고의 합계가 얼마인지 궁금하다. 도대체 한 은행에 열 개 이상의 통장을 개설할 수 없을 텐데 무슨 수로 천 개씩이나 갖나. 혹 은행하고 악어와 악어새 놀이했나? 저러다 뒈지면 욕심 많은 꿀꿀이 돼지가 될라. 자! 이 작자 이제는 품위유지 차원으로 들어간다.

과거의 자기를 우선 지운다. 거리의 똘마니에서 조직폭력배의 전력을 숨기고 어느 정치인의 보좌관이란 화려한 과거를 위조 날조해 나가는 과정에서 대학교 정치외교학과 출신에 행정고시 출신 관료가 되어 있는 것이다.

신변정리를 끝낸 이 작자는 그때부터 주체할 수 없는 돈으로 주색잡기에 접어든 것이지. 주는 술 잘 처먹고 색은 요새말로 미팅·전화방·묻지 마 관광·퇴폐 이발소·터키탕이 변한 증기탕으로. 안마소의 출장 맛 사지에다가 골프관광. 기생관광의 방법으로 동남아로 휩쓸고 다니며 빠찡코·고스톱에 훌라 등의 도박에다 보신관광까지 천하에 못된 짓을 다하고 다녔지. 저승사자 88호는 캠코더의 파인더에서 눈을 떼고 그 뒷얘기를 하기 시작했다.

"그래서 이런 말이 나왔대요. 부동산투기에서 번 돈을 동남아에 나가서 마구 뿌려서. 면전에서는 한국 사람이 최고라고 치켜세우고 뒤돌아서서는 저러니 IMF맞은 나라 놈들이라고 뒤통수에 대고 욕을 한대나요. 진 작에 망할 줄 알아봤다고요."

"그래! 그리고 이 작자는 필리핀에서 저의 조상의 모태 격인 웅녀 즉? 곰 배때기를 칼로 가르고 빨대를 박아놓고 쓸개 담즙을 빨아먹은 놈이야. 천하에 악질이지. 산 짐승에다 그런 짓을 하다니. 아마 그 작자가 이 꽃밭 저 꽃에 물주고! 이 구멍 저 구멍 쑤셔대고! 골키퍼가 있는데도 쑤시고!"

"골키퍼라니요?"

"아이구! 이것아! 알면서 왜 그리 능청을 떠냐? 느그덜너희들 말로 대한민국에서는 아무리 차가 밀리더라도 차 대가리를 먼저 박으면 된다면서 사정없이 승용차 대가리를 밀어 넣고 좆 대가리도성기 먼저 박은 놈이 임자라면서. 남편이 있는 여자한테 그 짓은 남편인 골키퍼가 있는데도 골을 차면 들어가는 수가 있지. 매일 그 짓이니 물이정액 남아 있나? 애기 만드는 물말이야."

"아! 남성호르몬 말이군요. 그 물이 바닥나면 거시기는 바람 빠진 막대기 풍선이지요."

"그 물을 분출할 때 최고의 쾌감을 얻는데 물이 없어봐라. 타이어에 공기를 넣을 때 공기가 많아야 쉬! 소리가 나면서 빨리 들어가듯이. 댐에 물이 많으면 수문을 열었을 때 물이 빠져나가는 힘이 세듯이 섹스의 절정을 좌우하는 호르몬이 바닥나서 그것을 보충하기 위하여 색마가 된 것이지. 그런데 문제는 이 자의 못된 짓에 골문을 제대로 못 지킨 남자가 자살을 해버린 거야. 골키퍼 남편이 골문을 잘못 지켜 골은 들어갔지. 아무리 달래보아도 마누라는 말을 듣지 않고, 사회적인 체면도 있고 자식들한테 볼 면목도 없고 힘으로나 돈으로도 안 되고 결국 골키퍼 마누라도 남의 물 조루 좋아하다가 국제매독에 절단 난 색마한테 병이 옮은 거야. 죽은 남편이 옥황상제께 진정서를 낸 것이지. 원래 자살한 자는 원귀가 되어 구천을 떠도는데 이 자의 억울함을 아신 상제께서 잡아오라 하였지. 그래서 이 작자를 제일 먼저 잡아 치도 곤이를 쳐야 되는 거다. 자 이제 시간이 되었다. 가 보세."

드디어 인간 사냥의 작전이 벌어진다. 그 결과가 벌써 궁금해진다. 우리는 러브호텔인가 관광호텔인가의 앞에서 그 작자가 그 짓을 하고 나오길 기다렸다. 이윽고 그들이 나오는 것이 보였다.

"자! 지금부터 이놈을 잡아가는 것을 찍어라."

그 짓을 하고 나오는 과정을 지켜본 저승사자가 작전을 벌이기 시작한다. 호텔문을 나선 자가용차는 러브호텔에서 도심지로 빠져나가는 길이 비포장도로라 몹시 덜컹거렸다. 사자는 나와 함께 승용차에 타서는 잠시 전 홍콩을 가고 달나라까지 갔다 온 여행의 여운이 남았던지 여자의 손을 색마의 거시기를 만지도록 감정을 이입시켰다. 그랬더니? 여자가 즉각 반응을 보여 거시기에 손이 간다. 그렇다면 여자는 수반가운데 분수대처럼 하늘 끝에 다다르지 못하고 말았던 모양으로 뒤 여운의 아쉬움이 남았던 모양이다!

바깥은 벌써 어둠은 깔리고 전조등이 켜질 시간이 되었다. 사방은 어둡지, 선팅한 차는 외부에서 볼 수 없게 되자 발정난 암캐는 대담해지기 시작한다.

"사자님이 유도한 겁니까?"

"그럼. 들어 봐. 20세기말 천년이 끝나고 새로운 천년이 시작되는 해에 전 세계 언론방송매체에서는 섹스란 단어로 도배질을 하고 소음에 시달리게 했던 사건 있잖아."

"아! 그 야그 말인가요? 세계경찰국가라고 자처하는 미국의 대통령 클린턴 대통령이야~그 말이군요?"

"그래."

"근디! 그게 워쨌다는 거요?"

“그 뭐라든가 참! 부적절한 관계라든가?”

“오메! 그런 애매모호한 말을 하여 해석하느라고 세계백과사전 다 닳고 국문학자 머리를 띵하게 하였던 단어. 변소 칸인가 화장실이라는 데서 르윈스키 암캐가 하던 것.”

“인간들 느그덜 말로 쭈쭈바라던가. 아무튼 아이스케키 빨듯이 한 짓. 그 짓거리를 했단 말이다.”

그 말을 들은 듯이 색마의 여자가 남자의 지퍼를 열고 거시기를 꺼내어 입속에 넣고 빨아댄다. 남자가 시트를 뒤로 밀어 편안한 자세를 갖는다. 비포장도로에서 그 짓을 하기 시작했다. 생각해 보라. 차가 튀는데 자동이지 거시기만 물고 있어도 진동 모타 단 것처럼 자극을 줄 텐데 냅다 빨아대니 운전을 하는 상태에서 결과가 어떻게 되겠는가. 나는 그 장면을 계속 촬영하면서 주위도 열심히 살폈다.

“죽을 짓을 하는구먼!”

남녀가 클라이맥스climax 인가! 오르가즘인가! 홍콩 가는 것이라던가! 왜 이리 한국말은 복잡하냐? 그 지경에 이르면 두 다리를 쭉 뻗을 수밖에…….

“아니. 저렇게 두 발을 뻗으면……. 일 났구먼! 큰일 났어! 두 다리를 저렇게 뻗으면 악세레터에 힘이 가고 차는 총알같이 날아가겠네. 앞에 뭐가 있는지 보기는 봤냐?”

울퉁불퉁한 길을 가던 차가 속력을 내는데 아뿔싸? 앞에는 보이는 시커먼 물체. 분뇨차인 탱크로리다. 눈을 감은 색마는 곧 천국에 갈 모양이다. 목에 있는 동맥은 볼펜대만큼 부풀어 오른다. 클라이맥스 몇 초 전. 차도 떨고 색마도 떨고 있는데

워쩌까이. 워쩌까이! 대형사고 날 터인데! 입 살이 보살이더라고? 발을 쭉 뻗으니 비포장도로에서 차는? 시장에 파려가는 발목 잡힌 망아지가 엄마에게 떨어지지 않으려고 발버둥차는 것처럼! 벌쩍 벌쩍 뛰고 난리를 친다. 쭈쭈바 속도도 빨라지고 절정은 달나라 거쳐 화성까지 간 순간 꽝! 끝난 거야…….

"그래도 뒈져도죽어도 멋지게 뒈졌구먼!"

앞에서 달리던 분뇨차인데. 돼지 똥 소똥을 싣고 가는 탱크로리에 정면으로 헤딩했구먼. 그런 차 뒤따라 갈 때 조심 혀야혀. 미등·차폭등·브레이크 등 잘 안 들어오잖아. 들어왔어도 홍콩 가고 달나라 가고 화성까지 갈 참인데 그게 보이냐? 너무 좋아 다리를 있는 대로 뻗어버려 하늘나라 저승공화국 문턱까지 가서 뻗어버렸지. 여자의 머리가 차의 충돌로 압박받는 순간 여자의 입이 꽉 다물어지고 입 안에 들어 있던 거시기는 단두대斷頭臺로 변한 위아래 이빨이 사형수 목을 자르듯이 거시기 밑 둥 까지 싹둑 해 버렸다.

『고통 없이 죽이는 사형대를 사용하던 때가 1792년 4월 25일 첫 번째 희생자를 낸 단두대斷頭臺↔Guillotine는 프랑스 혁명 당시 수많은 사람을 처형하면서 그 이름이 세상에 알려졌다. 단두대는 글자 그대로 목을 단박에 자르는 도구인데……. 혁명 때 매일같이 노천에서 사형이 집행되고 있었다. 당시는 단두대가 사용되기 전이었다고 한다. 그 도구가 나오기 전엔 형리가망나니 사형수 묶어 놓고 낫으로 목을 베었는데……. 간혹 실수로 단번에 베지 못하여 처참한 광경이 벌어지자? 이 광경을 지켜본 파리대학교 "기요틴"해부학과수가 **죄수의 사회적인 신분이나 위치에 상관없이 같은 종류의 위법 행위는 같은 형벌로 처벌하여야 한다.** 는 생각에 의해 국민회의에 죄수의 고통을 덜어주는 기계를 사용하자는 제안을 했는데……. 이것이 바로 단두대다. 단두대가 사용 되면서 1873년엔 무려 26,000명의 사람이 처형됐으며 그 후 루이 16세와 왕비 마리 아투아네트와 로베스 피에르가 단두대에 죽었다. 이 기계의 설계자는 프랑스외과 학회회원이었던 "앙트완 루이"가 만들었다고한다. 이 기계는 14세기 아일랜드에서 사용되었고 15세기엔 이탈리아 등에서 사용되었다. 단두대를 개인적으로 가장 많이 사용한 자는 히틀러다. 무려 16,000명이나 처형을 했다. 히틀러는 사이코페스로 알려진 인물이다. 아이러니한 것은 그 단두대가 설치되었던 장소에 루이 15세 기마상이 있었는데 프랑스 혁명 때 파괴되고 그 자리에 오베리스크 탑이 세워졌다.

이 탑은 이집트의 조형물인데 프랑스가 빼어 갔다. 23미터 높이에 230톤의 석재물인데 당시에 운반하는데 7년이 걸렸다는 기록이다. 그 몸체에는 당시 운반할 때의 모습이 자세하게 그려져 있다. 전쟁 기념물이라. 해서? 바티칸에 있는 성 베드로 대성당 앞에도 똑같은 모양의 탑이 세워졌는데 탑에 대하여 말도 많고……. 음모론적陰謀論的인 얘기를 하고 싶은 사람들에게는 좋은 소제를 제공하고 있다고 한다. 꼭대기에 있는 십자가는 박해를 받던 그리스도교가 이교異教도를 물리치고 승리했다는 기념 의미로 만들었다는 것이다. 그 탑의 상징은 남성의 성기性器라는 것이다. 그래서 요즘 신흥 종교인들이 가톨릭을 헐뜯을 때 빠지지 않고 사용하는 소재라고 한다』

자동차가 뒤에서 충돌하여 탱크로리 밸브를 부러뜨렸으니 탱크 안에 가득한 가축 분뇨가 흘러내린다. 흘러내린 것이 아니라 소방차 호스에서 물을 풀듯이 죽은 시체 위에 좔좔 쏟아진다. 그 몰골이란……. 분뇨를 뒤집어쓰고 있는 여자의 입은 피로 범벅이 되어 있었으니 그 모습을 상상해 보라. 죽은 시체 입에서 혼 불이 나온다. 그러자 죽은 자의 육신의 혼이 투영된 것을 우리는 볼 수 있었다. 얼떨결에 사고를 당한 색마의 몸에서 뿌연 혼령이 부 시시 일어나서는 절레절레 머리를 흔들며 주위를 돌아보다가 경악해 한다. 똥 범벅이 되어 뒹구는 제 모습과 그의 잘라진 거시기를 물고 절명한 여자의 모습이 적나라하게 펼쳐져 있는 걸 본 것이다.

"이봐. 뭘 봐? 친구. 자넨 참 행복하게 죽었네! 복상사가 아니여서 째끔 유감이지만 그래도 원 없이 쌌으니 이제 죄 값은 해야지."

사자가 그의 어깨를 툭 친다. 그가 놀래서 사자를 보다가 더욱 더 놀라는 모습이 나의 캠 코드에 클로즈 업 된다. 그의 눈이 믿을 수 없다는 듯 부릅뜨다 가 이내 체념으로 바 뀐다. 파인더 안에 창백한 안색의 여인의 혼백이 나타난다. 입속에는 커다랗게 팽창한 채 잘려 진 남자의 거시기에서 피가 뚝뚝 떨어진다. 역시 경악한 모습으로 저승사자의 창백한 얼굴을 보며 비명을 질러보나 입속에 박힌 거시기 때문에 소리도 못 낸다. 남자가 그 여자의 입을 보고 깜짝 놀라 자신의 아랫

도리를 보더니 그 곳이 온통 피범벅이라 펄쩍 뛰어오른다.

"이것. 봐! 그건 달려 있다 해도 이제 아무 쓸모없어. 너희 두 년 놈은 그런 연장이 필요 없는 곳으로 갈 거야. 두 귀신은 이제 나를 따라 오게. 자! 김 홍보관 올라갑시다."

이제 두 남녀는 머나먼 황천길을 가야 하는 자기네들의 운명을 받아들인다.

황천, 여기서 잠시 인제 가면 언제 오나 발길이 떨어지지 않은 발걸음으로 꺼이꺼이 곡소리 들으며 간다는 황천의 어원을 살펴보자.

황천 하면? 우리는 대개 하늘로 올라가는 줄 알고 있다. 이는 잘못이다. 황천黃泉이라고 누를 황. 샘 천으로 표기하는 것으로 미루어 흙으로 태어난 흙으로 돌아간다는 뜻이다. 흔히들 황천黃川으로 해석한다만 이것도 무방하다. 누른 황토물이 솟든 흘러내리든 흙의 의미에는 다름이 없기 때문이다. 혹자는 황천皇天이라고 상제님이 계시는 천상 천국으로 착각하기도 한다. 삶과 죽음으로 갈라지는 장례 절차의 영결식이 끝나고 상여를 메고 갈 때 대맥이 꾼이 흔드는 종핑경, 풍경, 방울, 소머리에 달아둔 종 같은 물건 소리에 마 추어 부르던 노래들을 미루어 죽은 자는 천상으로 가는 것으로 알려졌지만 말이다. 황천滉川으로 불린다. 넓은 강을 건넌다는 의미이다.

한 번 가면 못 온다는 황천길을 따라가는 두 죽은 영혼은 미련이 남아 지상을 내려 본다. 거기에는 어느새 가족들이 모여 있다. 그러나 바람피우며 제명에 못 죽은 남편의 꼬라지에 뿔따구 난 색마의 마누라는 그 자리에서 관에 담아 땅에 묻고 있고, 여자 집에서도 남편이 없어 제대로 상을 치르지 못하고 시부모들은 저 년이 내 아들 잡아먹었다고 그 자리에서 관에 담아 초상을 치루는 초라한 모습이 펼쳐지고 있었다. 명심할지어다. 주색잡기酒色雜技에 능하면 갈 길도 빨라진다는 것을……. 우리가 다시 저승의 세계로 갔을 때 그곳의 풍경은 아까와는 달랐다. 그곳은 거대한 터널이었고 그 안에는 여러 가지 형형색색의 빛들이 서로 엉키면서 기기묘묘한 형상을 계속 만들어내는 환상지역이였고 수없이 많은 영혼들이 그 빛을 받으며 안으로. 안으로 빨려들어가는 모습이 보였다. 그 행렬 중에 저승사자들의 재색 옷은 빛을 받아도 전혀 반사되지 않는 것이 특이했다.

"우리 옷의 재질을 참고로 스텔스기가 만들어졌다는 걸 아마 모를 거야!"

저승사자 88호가 마음의 말을 보내왔다.

"임무가 특수해서 그라요?"

"아니! 악령들의 레이더에 잡히면 좀 번거롭거든. 이놈들은 자기가 이용해 먹는 인간들의 수명을 늘리려고 갖가지 방법으로 우리 일을 방해한다 말이야."

"죽으면 인간들에게서 혜택을 못 받을 테니 말이죠?"

"그럼! 또 다른 인간을 길들이려면 꽤 공이 들 거 덜 랑. 무당들의 푸닥거리에라도 걸려들어 봐라. 공든 탑이 무너지는 형국이 된다 말이야. 그래서 자기가 길들인 인간을 오래 살게 하려는 것이지!"

애기를 나누는 동안 터널의 앞쪽이 밝아진다. 아마 끝인 모양이다. 우리가 터널을 벗어나자 눈앞에는 넓은 평원이 펼쳐져 있고 그 뒤로는 세 개의 봉우리를 가진 높은 산이 깎아지른 듯 거의 수직으로 정상이 보이지 않게 솟아 있었다.

"우와! 엄청 높으요?"

내가 감탄을 하자?

"다용도 산이지. 산이 높으면 골도 깊지. 저 산의 내부에는 온갖 것들이 구비되어 있다네. 자넨 다음 기회에 저 안에 들어가 볼 것이네. 자! 우리는 저리로 가세."

저승사자 88호는 다른 영혼들이 가는 길을 벗어나 두 남녀의 영혼을 데리고 왼쪽으로 휘어졌다. 얼마를 가다 보니 바닥이 푹 꺼진 웅덩이가 보였다. 가까이 가 보니 열기가 후끈후끈 온몸을 감싼다. 더 가까이 가 보니 웅덩이 안쪽이 벌겋게 달아 용암이 부글부글 끓으며 굼틀거리고 있었고 허우적거리며 비명을 질러대는 인간들의 모습이 보였다. 우리가 데리고 온 두 남녀는 그 참혹한 광경에 벌벌 떨기 시작한다.

"너희들은 특수케이스라 염라대왕의 심판 없이 즉결처분을 한다. 자! 들어가서 욕정이라는 그 뜨거운 맛을 평생 누리도록 하거라. 홍보관은 촬영이나 잘 해두게."

사자가 두 팔을 펼치자 둘은 비명소리 없이 욕정의 나락 속으로 떨어진다. 그들이 몸이 용암 위에 떨어지자 뜨거운 용암의 불길이 그들의 사지를 휘감으며 둥둥 떠돌기 시작하자 둘의 표정이 야릇하게 변하기 시작한다. 손발을 허우적거리다가 온몸을 비비꼬는 모습이 그야말로 열락의 늪에 빠진 게 분명했다.

"그러나 클라이맥스climax↔오르가슴. orqasme 절정기. 性的絶頂 orqasmic는 없는 열락이지."

저승사자가 중얼거렸다.

"그럼 저건 고문이 겄네?. 그 완전히 사람 잡는 거이네!"

"생각해 봐라. 저기서도 펑펑 싸대면 그건 호강이게. 아무리 애를 써도 헛것인께 지옥불이지. 자! 또 다른 임무를 위하여 내려 가 볼꺼나."

"저들은요?"

"곧 만나게 된다네."

우리는 다시 지상으로 내려갔다.

"자! 이제 아까 그 러브호텔로 가자. 우리가 그 러브호텔로 가면 내부도 좀 봐야 되겠지. 그 내부도 촬영하여 참고. 하자고. 그나저나 이번 임무는 좀 모르는 게 많구나, 저런 여관인지 모텔인지 구분 안 되는 곳의 단골들은 다 어디서 오는 거지? 또 이 풍광 좋은 곳을 보존할 생각은 않고 무조건 훼손하는 심 뽀도 이해가 안 돼. 정리 좀 해주게나."

"이제는 풍습으로 굳었다고 봐야지요. 시절이 꽤나 사람 잡았지요. 아까 그 작자처럼 사기를 하여 돈을 벌었거나 부동산 투기하여 벌었거나 하는 작자들이 내놓고 여자들과 놀자니 남의 이목이 있고 해서 외지로 돌다 보니 놀 곳이 없지요. 그래서 착안한 게 풍광 좋은 곳에 여관을 짓자. 그러면 떼를 지어 연애 하러 올 것이다."

"그래서 공무원들과 결탁하여 수많은 농토를 절단내가며 여기저기 우후죽순처럼 세워져도 그 벌이가 꽤 짭잘하단 애기군."

"얘긴 즉? 그렇지요. 농사짓기에도 모자라는 땅에다 이따위를 지어놓고 세컨드니 애인이니 첩이니 숨겨둔 여자니 하며 고급차로 데리고 오라고 손님을 끌어들이니 이 대한민국이 **섹스에니멀공화국**이라 씹는 언론인이 있지요. 개탄스러운 일입니다."

"자! 이제 이곳을 구경 하자고. 그 카메라 어깨에 얹어 봐라. 자동촬영 기능이 있어 손에 쥐지 않아도 된다네. 김 홍보 관의 시선에 따라 카메라도 움직이지."

"진작 말하지요. 손에 들고 찍으면 흔들린다 말입니다."

오른쪽 어깨에 올렸더니 자석처럼 달라붙는다. 우리가 훑어보는 러브호텔은 2층 건물이었다. 1층 양쪽으로 10개의 출입구가 있어 칸막이로 시야를 가려놓았고 차들이 후진으로 주차하게끔 벽면에 거울을 부착해 놓았다. 매 칸마다 2층으로 올라가는 계단이 있고 그 곳에는 이용객이 눌리면 버턴 하나로 전동식 셔터가 작동하게 되어 있어 외부에서는 안을 못 보게 하여 차를 숨겨주도록 참 편리하게 만들어 놓았다.

"누구 반찬대가리로 이런 아이디어를 냈을까. 이. 셔터가 내려져 있으면 사람이 있다는 표시도 되는구나. 양쪽으로 차가 10대씩 주차하니 20대라. 그럼 방도 20개이군."

계단을 올라가니 벽 한쪽에는 **〈이 곳에 돈을 넣어주세요. 3만원〉** 이라는 팻말이 붙어 있고 그 팻말 아래 화살표가 가르치는 곳에 투입구가 빼끔 입을 벌리고 있다. 한 개의 차고와 한 개의 방으로만 지어진 건물 구조라 서빙 하는 누구와도 얼굴

대할 염려는 놓아도 된다는, 아무하고도 마주치지 않는 배려가 놀랍다. 벽체를 통과하여 안으로 들어가니 ㄴ자 구조의 방 입구에 목욕탕이 있고, 방에는 대형 침대와 정사 장면을 비쳐줄 대형 거울이 먼저 눈에 들어온다. 다른 벽면에 문갑과 작은 화장대가 놓여 있다. 문갑 위에는 스위치를 누르면 원두커피 두 잔이 자동으로 나오는 커피 자판기가 있고 1회용 면도칼과 칫솔 2개와 성기장화콘돔가 든 종이 곽 하나가 티슈 상자 곁에 놓여 있다. 원형 탁자가 방 한쪽에 놓여 있고 애로물 비디오를 감상할 수 있는 근간에 유행하는 비디오 세트도 큼직하게 자리 잡은 곁에 소형 냉장고가 놓여 있다. 그 안에는 생수와 탄산음료 등의 캔이 들어 있다.

목욕탕을 들여다보았다. 샴푸와 비누가 눈에 띄고 대형 타울 한 장과 작은 수건 두 개, 때밀이 수건이 나란히 줄에 걸려 있다. 이 모텔보다 더 고급스러운 곳은 남녀 가운까지 구비되어 있다는데 항상 새 것인 걸 보면 입었던 것은 버리는지 아니면 아무도 이용하지 않는지는 알 길이 없다.

시내 여관이 일만 오천 원임에 비해 3만원이면 2배나 비싸지. 여기까지 오느라 기름 값도 꽤 들지만 장사가 잘된다는 것은 이렇듯 누구하고도 마주치지 않고 그 짓을 할 수 있다는 점이 계속 이용하게 만드는 것이다. 꽉 닫힌 차고의 유턴처럼 소문나지 않으니 이용객은 계속 늘 것이다.

"사자님! 이런 불법적인 퇴폐 영업장도 21세기 초에는 불황이 닥쳐올 것이지라. 왜냐? 그것은 인공지능 기술의 발전으로 야기될 일인디요. 컴퓨터가 인간의 지능을 대체할 수가 있지

라. 즉? 시뮬레이션이라고 하는 가상공간에서 즐기는 것으로 꿈같은 현실을 TV화면처럼 보고 느끼는 것이지라. 자기가 요구한 여인이 마릴린 몬로나 천하일색 양귀비 또는 유명 연예인이나. 미스코리아 등의 모든 여인과 실제 연인 섹스를 수만 번 할 수 있단 말입니다.

여자든 남자든 자기 마음에 드는 사람을 주문 방식으로 불러서 상대하니 결혼이란 자체가 없어질지도 모르지라. 한마디로 이런 기술의 발달은 현대화가 야기한 문명의 위기. 즉? 지구의 종말이 될 수도 있는 거지요. 왜 그러냐? 처먹고 할일이 있냐? 심심한데 전쟁이나 해 볼까 하는 놈이 나타날 수도 있을 꺼이고 그러면 제 3차 세계대전이 일어날 꺼이고. 제 3차 세계대전은 지구 종말을 예고하는 것이지라."

"그렁께 너 말은 송곳 끝이 너무 날카로우면 부러진다는 간단한 이치구나?"

"암요. 나의 논리가 정확하게 먹혀들지요. 생각해 봐요. 지금 이곳에서 일 치르는 년 놈이 어디 정상적인 부부겠어라? 흠."

방을 다시 한 번 돌아보니 저승사자가 손가락으로 어딘가를 가르친다. 그곳을 보니 호화로운 전구 장식 틈에 콩 알만 한 몰래카메라가 장치되어 있는 게 보였다.

"수신하는 곳에 가 보자. 그놈도 잡아 혼찌검을 내주자구."

"사자님이 보실라구 그러는 거 아니어라?"

"농담 마라! 인간 세상 돌아다니는 게 얼마나 피곤한데 그런 걸 챙길 여유가 어디 있냐?"

우리는 밖으로 나가 몰래카메라 수신 처를 찾아보았으나 쉽게 눈에 띄지 않았다. 방 안에 사람이 없어 기계를 작동시키지 않아서 전파를 탐지하지 못하기 때문이었다.

"드디어 오는구나."

수신 처를 못 찾아 두리번거리던 사자가 중얼거렸다. 멀리서 시골길을 먼지를 일으키며 우리 쪽으로 오는 승용차 한 대가 눈에 들어왔다.

"아니! 저것들은?"

나는 그들을 보고 어리둥절해졌다. 그들은 아까 사자가 욕정의 불덩이 속에 던져 넣은 그 남녀가 아닌가.

"내가 뭐라던? 또 볼 거라 했지. 자! 따라가서 얼을 빼주자."

사자와 나는 또 그들의 승용차에 합승하고 그 모텔로 돌아갔다. 그들은 아무하고도 마주치지 않고 방으로 들어가서 누가 먼저라 할 것 없이 옷부터 벗어 던지고 침대에서 한바탕 굿판을 벌인다.

"이건 뭐야? 무드도 없고 대화도 없고 사전 애무도 없는 이 행위는 짐승과 똑같잖아!"

내가 그들의 속전속결을 보고 중얼거리니…….

"이 짓하러 여기까지 왔는데 무슨 순서가 있나? 그냥 녹화나 해두어."

"근디? 사자님! 이 자들은 어떻게 이곳으로 왔나요? 이해가 안 되네요."

"말로 설명해 줄 수는 없네. 어. 저들이 끝내고 샤워하러 가네. 캠코더 이리 줘 봐. 그리고 잘 봐라. 자! 이렇게 편집을 해서 교통사고로 죽는 장면 앞에 이 정사 장면을 넣고 그리고 저 비디오에 입력시키면 봤지? 어떻게 조작하는지?”

우리들은 그렇게 해 놓고 침대에 걸터앉아 그들이 나오기를 기다렸다. 잠시 후 그들은 알몸으로 나와 냉장고 안의 음료수를 각자 한 캔씩 들고 원탁 앞 의자에 앉아 리모컨remote control으로 TV를 켰다. 별안간 화면에는 기성과 함께 클로즈업 된 남녀의 성기가 출렁거리기 시작했다.

“유선이군 사무실에서 하루 종일 틀어줄 겁니다. 한때는 여관마다 저런 시설이 없으면 손님이 안 들었지요.”

“그래 유식하다! 저런 것도 다 알고.”

앞에 나란히 앉은 두 남녀는 말없이 화면을 보며 음료수 캔을 홀짝이고 있다. 화면은 두 남녀의 전체 모습으로 바뀐다. 여자의 몸 위에서 남자가 껄떡거리는 모습이 잠시 깜빡하더니 화면 속의 주인공들이 바뀐다. 바로 앞에 앉은 그들의 정사 장면이 계속되고 있는데 이들은 아직 눈치를 못 챈 것 같다. 그러다가 여자의 얼굴이 클로즈업되는 순간

“엄마야! 저건 우리잖아. 몰래카메라에 우리가 찍혔어. 어떻게 해? 자기야!”

“어어. 저러면 안 되는데. 아이구! 난 망했다! 도대체 누구냐? 이런 짓까지 하면서 영업을 하는 놈이 어디 있나. 주인을 불러 혼을 내주고 저 테이프도 압수해야지.”

남자가 벌떡 일어나다가 힘없이 주저앉는다. 사자의 힘이 영향을 미친 것이다. 화면 안은 여전히 난잡한 섹스가 계속되다가 다음 장면으로 오버 랩 된다. 승용차를 타고 돌아가는

장면이 이어지고 여자의 손이 남자 바지 속으로 들어가는 장면. 이어서 입을 이용한 장면. 사정하는 남자의 얼굴에 이어 탱크로리와 충돌하는 장면. 그들의 식구들이 나타나 아무렇게나 땅에 묻는 장면에 이어 저승의 욕정 구덩이 속에 빠진 그들의 모습이 차례로 보여 진다.

이제 그들은 화면을 보고 있지 않다. 욕정의 용암에 휩싸여 터질 듯 터질 듯 숨만 가빠오고 터지지 않는 생리적 욕구의 한계에 빠져 허우적거리기 시작한다. 곧 그들은 의자에 앉은 채 상대의 민감한 부분을 움켜쥐고 흔들어 보지만 터져야 할 생리 현상은 일어나지 않는다. 이제 그들의 몸은 내부에서 타올라 내장부터 까맣게 탈 것처럼 보인다. 열에 들떠 몸부림치던 여자가 갑자기 남자를 밀치고는 긴 손톱으로 자기 몸을 긁어 대기 시작한다. 피부가 갈라지면서 피가 송 글 맺힌다. 남자는 일어나서 탁자에 머리를 쿵쿵 찍어댄다. 이윽고 그들은 혼절해 버린다.

"혼이 났겠네요!, 저 정도면."

"아직은 모르지. 이제 저들이 잠에서 깨면 꿈이었는지 생시인지를 모른다는 데 문제가 있지. 그래서 낙인을 찍어줘야 해. 여자는 가슴에 긴 손톱자국을 남기고 남자는 거시기 잘렸던 부분에 이빨 자국을 내주는 거야."

"그걸 보면 저들도 인간이라면 반성할 겁니다."

"희망사항이지. 자! 우리는 저들이 잠이 깰 때까지 몰래카메라나 잡으러 가자."

우리는 다시 밖으로 나갔다.

"지상에 너무 오래 머물렀나 봐. 눈이 따끔따끔하구나!"

저승사자가 눈을 부비며 불평을 한다.

"이 맑은 공기에 눈이 아프다는 게 말도 안 됩니다. 아까 생 비디오 너무 열 내서 본 것 때문이 아닐까요?"

"어허! 생 사자 잡지 마라. 오존층에 구멍이 나서 도시고 시골이고 구분이 없다는 걸 모르느냐? 도대체 인간들은 천혜의 환경을 그대로 두지는 못할망정 훼손하는 못된 무리들이라 그 끝이 어딘지 모르겠구먼."

"하느님께서 자신을 닮은 형상을 맹그셨으니 : 만들어·어쩌겠습니까? 냅둘 수밖에요."

"하나씩 건드리면 시간이 너무 간다 말이야. 근데 우리가 나온 저 모텔 이름이 왜 저래? 왜 하필이면 견광여관. 모텔이지? 견이란 개의 한자어 발음이 아니던가?"

"미친개들이 와서 논다고 견犭 미칠광이狂 붙었겠지요."

"작명 하나 끝내 주는군. 그 개들 잡아먹는 나라가 너희들의 나라 아닌가. 국회의원들이 아주 좋아하는 것 같더라고. 개고기 떳떳이 먹자고. 그래서 법제화 하자는 거지. 안 그래?"

"아니 지라? 개고기 유통이 불투명해서 비위생적이라고! 그리고 기왕에 우리의 식습관이니 식품관리 차원이지요."

"그래서 브리지트 바르도! 에고 뭔 발음이 헷갈리네! 야만적인 나라라고 공박을 당한 거냐?"

"그래서 우리도 공개서한을 보냈지요. 아무리 브리지트 바르도가 세계야생동물보호협회 회장이지만 밍크코트 한 벌 없겠으라? 밍크. 이거 우리나라에서는 사육한다는 말은 들었어도 본 적이 없지만 코트 한 벌 만들려면 몇 백 마리를 죽여 얻은 가죽에서도 좋은 부분만 골라 만든 옷은 억을 호가한다지라 이 밍크도 보호해야 될 동물인데 말입니다. 특히 프랑스의 상류층 여자들은 이 코트 없으면 행세를 못 하는데 자기 나라 먼저 밍크코트 불매 내지 안 입기 운동을 해야지 왜? 남의 나라 민속식품을 폄하하고 나처럼 개고기 못 먹는 사람까지 포함해서 온 국민들을 야만인으로 몰아요, 신경질 나게 야만인이라면 사람 잡아 먹는 식인종을 일컫는 거 아니요?"

"그래 그렇다 치고 그런 욕을 들어가며 먹는 이유가 뭐냐?"

"학술적이 아닌 내 판단으로만 말하자면 개는 한마디로 요망스러운 짐승이지라. 요것들이 못된 짓을 많이 하지라. 물론 사람하고 제일 친한 동물이고 지역마다 특성이 다르고 생김새도 틀리지요. 하는 일도 집을 잘 지켜 집집마다 개를 키우기도 하고요 또 훈련을 시켜 군견·경찰견에 사냥개에 마약탐지견·수색견· 등에다가 썰매 끄는 개 등 운송 수단으로 인간을 도우는 개들이 많은디 우리나라에서는 누렁이라 불리는 황구가 제일 많았었지라. 이 개를 우리는 통상적으로 똥개라고 부르는데 이놈들은 아이들이 마당에 응가 해 놓으면 아주 맛있게 먹어댔어라. 그래서 똥개인디 하는 일이라곤 좀 멍청해서 그런지 타지 사람을 보고도 잘 짓지 않아서 집 지키기에도 마땅 잖아 내버려두면 이 동네 저 동네 떠돌아다니면서 열심히 종족 보존하는 일만 하지라. 특히 우리 선조들은 유교사상을 최고의 학문으로 알고 효와 예절을 근본으로 삼았다 말입니다. 근데 이 누렁이들은 효도 없고 예절도 없시유 한마디로 연애 상대는 무조건 성만 다르면 된다는 것이여 그러니 어미 아비를 알 리 있나 형제자매를 몰라보지 새끼인지 할애비인지 구분이 없지.

온 동네 떼를 지어 싸돌아다니며 때와 장소를 가리지 않고 교접을 해대니 동방예의지국에서 문제가 많은 것이지라. 그래서 복날을 골라 평소의 미운 짓을 몽둥이로 흠씬 두들겨 잡아 뿌릿시유. 그래서 복날 개 패듯이 하는 말도 생겼고, 또 개의 개체수를 인위적으로 줄여야 했거들랑요."

"개를 패서 잡아먹는다는 건 너무 야만적인 게 안튼가?"

"들리는 바로는 개의 근육을 풀어서 잡으면 육미가 더욱 담백하답디다. 고래로부터 내려온 비결이래요."

"너희들은 개를 보신용으로 먹는다고 들었다만."

"몸을 보한다고 보신탕이라 하며 고단백질이라 허약한 사람에게 도움이 되는 건 확실한 모양입디다. 회복기 환자들에게 의사들이 권할 정도랍니다만 소문대로 정력에는 큰 효과가 없대요. 정력제로는 뱀탕이 더 좋지요."

"저런! 저런! 관두자 관두어 당신하고 얘기하다 보면 옆길로 새기 마련이니까! 바르도 얘기로 돌아가자. 그 서한이 뭐냐?"

"아 생기기가 불 독 같고 얼마 있으면 저승사자가 찾아갈 그 가이네여자가 최근에 보낸 것은 99년 6월 1일입니다. 내용은요 이렇습니다.

『또 한 번 애완동물에 대하여 천하고 비열한 행위로 물의를 일으키고 있습니다. 애완동물을 불법시장에서 잔인하게 죽이고 이를 정부가 묵인하고 있는 것입니다. 수 년 전부터 세계의 불쾌감을 자아내는 이 같은 야만성은 오늘날 정치적인 문제가 되었으며 나는 격분하지 않을 수 없습니다. 이는 선택의 문제가 아니고 윤리의 문제이며 인간의 존엄성 수호와 관련된 문제입니다』

"들어보니 미친 개 소리 같네! 너희 나라에서는 애완견은 안 먹는 걸로 아는데."

"맞아요. 우린 아무 개나 잡아먹지 않아요. 외국산 개는 먹지도 않으며 더구나 애완견은 너무 비싸고 무엇보다 영양가가 없고 맛이 없어 못 먹는답니다. 아무리 생선회와 매운탕을 좋아한다고 해서 제 집 어항에 기르는 물고기 잡아먹는 놈 보아서요? 계속합시다."

『나는 개인적으로 1986년부터 수차례 한국 대통령에게 직접 건의했으나 아무 소용이 없었습니다. 이제 귀국이 시대에 뒤떨어진 야만적인 국가의 이미지를 벗고 새로운 이미지를 갖기를 진심으로 바라는 마음에서 한국 언론을 통하여 한국 국민들에게 띄우게 된 것입니다. 이러한 도살은 1988년 서울 올림픽을 계기로 잠시 중단된 적이 있습니다. 이제 2002년 월드컵대회 개최를 위하여 이를 중단해야 할 뿐만 아니라 더 나아가 인간의 가장 좋은 친구가 바로 오늘부터 더 이상 식용으로 희생되지 않도록 이 문제를 단호히 매듭지으려는 것입니다. 목매달고 패고 갈기갈기 찢겨져 잡아먹히는 수많은 개들에게 여러분의 도움이 필요합니다. 여러분들만이 그들을 구할 수 있습니다. 그들을 버리지 마십시오.』

“이상입니다. 한글로 자기 이름을 썼고 알파벳으로 사인을 한 서한이었습니다.”

“잘 썼네! 그 여자가 배우로 활동할 당시는 어땠지?”

“MM이라 불리던 마릴린몬로 다음에 베베 또 세세라 불리며 왕년에 은막의 여왕이었던 세 배우가 있었지요. 브리짓도 바르도라는 베베와 클라우디아 카르디날레라는 세 배우는 육감적인 몸매와 매혹적인 음색으로 세계의 뭇 남성을 사로잡았지요. 그 중 프랑스 출신인 이 베베란 가이네가 영화가 아닌 일로 우리 국민을 유쾌하지 못 하게 뭐 월드컵대회에 구미 모든 나라가 불참하게 하겠다고요. 정말 오랜만에 아시아에서 열리는 월드컵을 볼모로 공갈하다니 보잠지여성 성기 껌 씹는 소립니다.”

“뭐? 무슨 껌?”

“개고기를 먹느냐 마느냐 하는 문제와 달리 동물을 보호하자고 외치는 그들이 정작 밍크코트 같은 모피 옷을 걸치고 나서는 것에 대해 한마디 욕이지라 보잠지는 껌을 못 씹으며 설혹 씹는다 해도 소리가 안 나오는 구조이므로. 그렇께 말도 안 되는 소리란 말이지라.

우린 오래전부터 개고기를 먹는 풍습이 내려오니 그 가이네 말 한마디에 끊어지겠습니까? 오죽하면 우리의 사흘 굶은 흥부가 죽 한 그릇이 아니고 뜨끈한 개장국에 쌀밥 말아서 먹어봤으면, 했겠어 유."

"그렇게 맛이 있다는 건가? 어이, 대삼이! 개장국하고 게놈 프로젝트는 비슷하냐? 슈퍼베이비 광고에서 봤는데 그 게놈 프로젝트의 그 게놈하고는 무슨 상관이 있냐?"

"지금까지 먼 이야그 들었소. 이, 뜬금없이 게놈을 가지고 삼천포로 빠지게."

"아니 난들 아냐? 게놈인지 개놈인지 느그들 말은 어찌 그리 복잡하냐? 개장국 얘기 하니까 게놈인지 개놈인지 헷갈린다."

"게놈은 10만 개의 인간유전자를 30억 개의 염기로 인간 게놈(유전체)에 대한 설계도를 밝히는 일을 통 털어 게놈 프로젝트라고 하는 거요. 먹는 국밥 이야기 하는데 게놈 개놈 하지 마시요이. 식당에서 파는 먹는 국밥을……."

"게놈 프로젝트 때문에 우리가 왔는데 개놈 개 이야기 하니까 자꾸 헷갈린다. 국밥 야그나 마저 해 보거라."

"다른 국은 밥을 말아서 밥만 먼저 건져먹고 또 밥을 더 말면 밥알이 풀어져서 처음 국물 맛이 안 나오지요. 그런데 개장국은 열 번을 말아먹어도 국 맛이 그대로 남는답니다."

"꿀꺽! 이거 침이 다 넘어가네. 그 말이 정말이냐?"

"속아만 봤슈? 내 말을 못 믿으니."

"믿지 믿어. 그 국물 맛 좀 보면 저승사자는 어찌 될까?"

"예로부터 개고기는 부정 탄다. 고 가려 먹었답니다. 흥부 말에 의하면 불교 신도들은 안 먹지라. 그러니 딱 단념 하시랑께."

“호! 그런 것도 있었구나. 분별없이 먹지를 않았다면 식용을 해도 무방하겠는데. 근데 당신도 잘 먹는 모양이지. 그리 잘 알고 있는 걸 보면.”

“@#$%!”

“그 늙은 배우가 남의 밥상을 간섭하다니 너무 튀는 거 아닌가 모르겠네.”

“사자님도 그렇게 생각하시지요. 우리 이번에 이 여자 끌고 올라갑시다. 그래서 밍크로 환생시켜 산 채로 매달아 두고 하루에 두 번씩 통째로 가죽을 벗겨 죽였다 살려내는 짓을 1만 년쯤 하면 안 될까요? 그래서 1만 년 후에는 똥개로 태어나는 걸로.”

“글쎄. 나중에 상제님! 만나거든 기안서 올려 보지. 그리고 너희 나라에서 보낸 서한의 내용은 뭔가?”

“김홍신 의원의 글입니다.”

“김홍신? 그 공업용 미 싱으로 현 대통령 입을 박아야 된다고 하여 국민들에게서 비난을 받은 그 의원 말이지?”

“골고루 아시네.”

“암! 가끔은 심심해서 TV를 보거든. 그 양반 99년 의정활동 잘했다고 1등으로 뽑힌 걸 보면 말은 잘 하겠다.”

“자, 들어보세요.”

『친애하는 브리지트 바르도양에게』

“잠깐, 자기 나라 대통령에게도 입에다 미 싱을 달달 하는 입이 건 사람이 할망구가 시건 방 떠는데도 친애하는……. 하고 나가는 게 이상하구나! 친애라, 그 사랑한다는 뜻에다가 존경한다는 내용이 담긴 말 같은데. 이 대명천지에 웬 염소 물똥 싸는 소리냐? 혹시 이 국회의원 여자라면 미추노소 불문이냐? 아니면 거시기가 쪼끔 모자라냐?"

"아니라. 대쪽 같은 양반이지라."

"그런데 뭐 한다고 좋은 말 쓰냐?"

"동방예의지국의 국회의원인데 점잖은 말로 보내야지. 같이 맛 받아치면 쫌 이지요."

"허긴 글타만! 계속 읊어보시게."

『당신은 지난 6월 1일 한국인들에게 보낸 공개서한에서 우리 한국인들의 두 가지 행위에 대해서 비난을 표시했습니다. 하나는 개를 잔인하게 죽인 것에 대해서이고 다른 하나는 개를 식용으로 한 것에 대해서입니다. 나는 하나에 대해서는 당신과 의견을 같이 하지만 다른 하나에 대해서는 동의하기 어렵습니다. 당신과 의견을 달리 하는 것에 대해서 먼저 말하겠습니다. 당신은 몇 해 전에도 개고기를 먹는 한국인을 야만인이라고 공개적으로 우리를 비난한 적이 있습니다. 나는 한국인이 야만인으로 취급당하는 것에 대해서 분노를 금할 수 없습니다. 나는 이런 당신에 대해 문화적 상대주의도 모르는 무식쟁이 또는 자기문화 이기주의에 빠진 독선주의자 라고 단정 합니다』

"사자님! 말이 좀 어렵지요?"

『나중에 시간 나면 문화인류 학자에게 문의해 봅시다. 그들의 말에 의하면 문화적 상대주의를 이해 못하는 것이 진짜 야만인이라고 합니다. 한 나라의 문화에 대해서 말하고자 할 때는 그 나라의 관점에서 이해를 해야 합니다. 자기 나라 관점에서 다른 나라의 문화에 대해서 좋다 나쁘다. 평할 수는 없다는 것이 문화의 상대성입니다. 음식문화에 대해서도 마찬가지입니다. 모든 나라는 자신들의 역사 속에서 형성된 고유의 음식이 있습니다. 음식은 그 나라의 역사를 반영하는 것이며 그 나라의 문화를 형성하는 중요한 부분입니다. 사람들은 이를 음식문화라는 말로 표현합니다. 유목민족과 우리나라는 근본적으로 역사가 다릅니다. 유목민들은 가축을 기르기 위해 목초지를 찾아 이동하는 민족이었습니다. 우리는 반대로 농경민족으로 일찌 감치 한 곳에 정착하는 정착민족이었습니다. 유목민족은 고기가 풍부하였고 고기가 주식이었습니다. 그러나 우리는 농경민족으로 고기가 귀했습니다. 농경에는 절대적으로 도움을 주는 소가 개보다 훨씬 더 소중했습니다. 집에서 한두 마리 키우는 돼지도 가난한 우리 조상들로서는 1년에 한두 번 있는 잔치 상에서나 맛볼 수 있는 귀한 음식이었습니다. 개와 닭은 우리 조상들에게 단백질을 공급해 주는 중요한 수단이었던 것입니다. 수천 년 역사 위에 형성된 음식문화를 두고 **야만인**이니 **인간 존엄성 수호**니 하는 말을 들먹이며 당신은 우리를 비난하고 있습니다. 이런 비난은 수천 년 우리 민족의 역사의 자체에 대한 비난입니다. 당신들이 즐겨먹는 달팽이요리와 말고기를 우리는 이해 못 합니다. 그리고 일부

나라에서 고급 요리로 취급한다는 원숭이 골 요리도 이해 못 합니다. 하지만 우리는 그들을 비난하지 않을 뿐더러 그들에게 그 음식을 먹지 말라고 요구하지도 않습니다. 왜냐하면 그것은 그들의 고유한 음식문화이기 때문입니다.』

"잠깐! 한마디 하자."

"헷갈리게 하지 말고 고마 들어보시오. 이."

"야, 이 썩을 놈아! 궁금한 게 있단 말이다. 쩌그 머시냐? 방금 전에 네가 핸 말 원숭이 골이면 뇌 아니냐? 원숭이 뇌를 먹는다고. 야만인들이냐?"

"아니지라. 우리나라의 어떤 무역업자가 중국의 성장우리나라로 치면 도지사급의 만찬에 참석하였는데 그곳에 차려진 진수성찬 가운데 우리나라 궁중에서 사용했던 신선로 같은 게 놓여 있더래요. 신선로는 음식을 따뜻하게 데워먹는 것인데 불길이 안 보이고 김도 안 나는데 신선로 뚜껑이 달그락. 그려 밑에 불이 있나 하고 고개를 숙여 보니 원숭이가 손발이 묶여 있는데 손을 싹싹 빌더래요. 만찬이 시작되자 웨이터가 와서 회칼처럼 날카로운 칼로 뚜껑을 열고 원숭이 대갈통을 칼로 V 자로 내려치니 원숭이 골이 나오는데 다른 사람들은 스푼으로 퍼서 먹더래요. 그런데 자기는 손님으로서 안 먹으면 결례가 되기 때문에 목숨이 끊어지지 않고 싹싹 비는 원숭이 골을 먹었대요."

"됐네. 이 사람아! 구역 질 나네. 아이구! 개자식들!"

『1968년 일본 도쿄 올림픽 때 벌어졌던 〈스시 논쟁〉을 기억하실지 모르겠습니다. 당시 미국 타임지는 팔딱거리는 생선을 즉석에서 회로 먹는 일본인의 식습관에 대해 야만스럽다. 라는 기사를 대대적으로 실은 적이 있습니다. 그러나 30년이 지난 오늘날 스시는 미국에서 그것도 상류층에서 스시를 먹어보지 못한 사람은 상류층에 속하지 않는다는 얘기가 나올 정도로 고급음식이 되었습니다. 작년 말에 우리는 우리의 개고기 식품에 대해서 주한 외국대사들에게 설문조사를 한 적이 있습니다. 10명 중 8명꼴로 한국인의 개고기 식용에 반대하지 않는다는 답변을 했습니다. 그들은 한국인이 식용 개와 애완견을 구분하고 있다고 답했습니다. 그렇습니다. 돼지를 애완용으로 키우는 당신의 친구들이 돼지고기와 애완돼지를 구분하듯이 우리는 애완견과 식용 개를 구분하고 있습니다. 어떻게 들릴지 모르겠지만 우리 한국인들은 당신들보다 더 개를 사랑하고 잘 돌봐주고 있습니다. 우리는 결코 개를 굶겨 죽이지 않습니다. 먼 곳에 길을 떠났다가도 밥 때가 되면 특별히 집에 볼일이 없는데도 돌아옵니다. 개를 포함한 가축들에게 먹이를 주기 위해서입니다. 그런 전통이 우리에게는 있습니다. 그러나 당신들 나라에서는 매년 여름휴가 때면 길거리에 굶어죽는 개들이 즐비하다고 합니다』

"사자님! 빌어먹을 년 제 코도 못 풀면서 남의 코나 걱정했네요."

"제 코도 못 풀다니?"

"아이구! 속 터져! 설명하는 것이 더 힘드네! 두 사람이 길을 가는데 한 친구가 코맹맹이 소리를 하자 너 코 좀 풀어라 답답하다고 하자 그 말을 들은 친구가 충고한 친구를 보니 그 친구 콧구멍에서 누런 코가 고드름처럼 나오고 있더래요."

"됐네."

"그 뒤는 상상해 봐요. 머라고 했겄소?"

"그 꼴을 보고서……."

"다음 이야그 할까요?

"@#$%! 잔소리 들은 바에 한 가지 더 물으면 안 되냐? 아까 까. 너 외제 승용차를 앞질러 프라이드 승용차가 지나가자 재수 없이 프라이드가 앞서간다고 호적등본에 잉크도 안 마른 졸부 자식 놈들이 비웃는 걸 보고 비 맞은 개 먼지가 나도록 쌔리패 폭력↔구타 뿌렀다고 안 했냐? 하도 궁금하여 지금까지 참았는데 먼지내고 간다고 쌔리패뿌렀냐?"

"그 사람들은 돈 몇 푼 벌려고 노가다 일터에 가는 노동자들이였는데 너무 늦어 빨리 갈려고 앞질러갔는데 안 그러요? 지 놈들은 하루 저녁에 몇 십 몇 백 만원을 술집에서 탕진하면서……. 아이구! 느~으~그~미. 쓰~벌. 마음대로 생각해요, 혈압 오릉께. 야그 계속합시다."

『그리고 애견이라는 이름으로 행해지는 개를 학대하는 각종 행위들에 대해서 나는 반대합니다. 개꼬리가 보기 싫다고 잘라 버리는 행위·개 짓는 소리가 시끄럽다고 개의 성대를 절제하는 행위·개의 무분별한 출산을 막는다고 거세시키는 행위·이것이 개의 입장에서 진정한 애견인가요? 개를 식용으로 하는 과정에서 잔혹하게 죽이는 행위를 막기 위해서도 우리의 축산물가공처리법은 개정되어야 합니다. 여기에 개가 포함되어 있지 않음으로 해서 지금 우리나라는 개를 태워 죽이든 몽둥이로 패 죽이든 나무에 목매달아 죽이든 단속할 방법이 없습니다. 이를 바로 잡아야 합니다. 우리 국민의 건강은 외국인의 시선보다 우선하기 때문입니다. 우리 민족은 세계 최초의 금속활자인 직지심경을 가지고 있습니다. 또한 우리는 가장 과학적이고 인간적인 한글을 우리말로 사용하고 있습니다. 우리 민족은 자기 민족만의 고유한 문화 체계를 가진 세계에서 몇 안 되는 민족 중의 하나입니다. 그만큼 우리는 높은 문화의식을 가지고 있습니다. 남의 문화에 대해 비판보다 깊게 이해하려고 노력합시다. 우리도 당신만큼 동물을 사랑합니다. 그리고 우리는 당신의 문화를 존중하는 만큼 우리의 문화를 존중해 주기를 바라며 그만 이 글을 마칠까 합니다. 1999년 8월 17일 한국에서 개고기 합법화를 추진하는 대한민국 국회의원 김홍신』

"왔다 메! 너무 길게 답신을 해서 무식한 할망구가 읽고 이해하겠는가다 읽고 보니 합법적으로 하면 큰 문제는 없겠구나. 대한민국에서도 보호하는 개가 있지?"

"충직하고 영리한 개 진돗개는 족보까지 있어 잘 보호하고 진도 섬 지역을 떠나 육지에 반출하려면 반출증이 있어야 하지라. 또한 털이 지저분해 보이는 삽살개도 보호받고 있는 개이고요."

"개 문제가 심각하구나!"

"영국에서 개 때문에 한바탕 난리가 났으라 왜냐? 그쪽은 엘리자베스 여왕 때문인데요, 자기 며느리 인 다이애나 황태자비가 바람피우다 죽은 뒤……."

"아! 그 교통사고로 죽은 그 여인네 말이냐?"

"야! 다이애나하고 결혼하여 자식까지 있는데도 찰스 왕세자는 옛 여인을 못 잊어 첫사랑 연인과 밀회를 하자 '너 그라면 나도 바람피운다'하여 맞불작전을 폈는데 다이애나가 여러 남자와 스캔들을 뿌렸어라."

"아니. 황태자는 한 여인만 좋아했는데 여자가 너무했구나! 왕실에 완전히 똥칠을 하였구나!"

"해도. 해도. 너무한 남편이 옛사랑을 만난다고 자기도 바람을 피워 공개적으로 맞불을 놓은 다이애나를 여왕께서 이혼을 시켰는데. 이혼하자마자 고삐 풀린 망아지처럼 난리를 피우니 결국은 당신들 저승사자께서 그 안전하다는 벤츠차를 사고가 나게 만들어서 데려가 버렸지라. 그래도 온 세계에서 다이애나를 좋아하는 사람들이 추모비를 세우려고 하였으나 왕실에서는 이를 거부하였지요. 그러니 세계 각국에서 항의 전화가 오고 난리가 났지. 라. 헌 디 문제는 왕실에서 키우던 개가 죽으면 샌드링엄에 있는 여왕 소유의 땅에 기념비를 세우는가 하면 건물 외벽에 작은 묘비를 세워주는 등 각별한 배려를 해주었다는 것이지요."

"그러니까 너 말은 다이애나는 개만도 못하다는 것이냐?"

"이제야 나하고 필이 통하는구먼. 왕실 사람들은 동물들에게는 다정할지 몰라도 인간미란 눈곱만치도 없는 냉정한 사람들이라."

"허긴 그렇다. 나가 들어 본께로 노골적으로 왕실의 체면을 깎는 며느리의 추모비를 세워줄 사람은 어디에도 없겠구나."

"그라고 또 있으라. 얼마 전에 영국 왕실의 개 사육사가 왕실의 개들에게 술을 먹여 한바탕 소동이 있었지라. 그러니 개요? 골 아파요. 우리가 제일 많이 사용하는 욕은 남녀노소를 가리지 않고 하는 욕. 대한민국에 개가 들어간 욕은 욕 기네스북에도 올라갈 정도이지요.

개새끼, 개 같은 놈, 미친 개 같은 년, 개잡년, 개 + 할 년, 개보다 못한 놈, 개 같은 자식, 개 씹 할 놈, 등 수 도 없이 많아요. 게다가 요것들이 새끼를 다산하지라.

비 맞은 개 냄새 한 번 맡어 뿌면 십 년 체증이 내려갈 정도고요, 개벼룩이 많아 사람한테 옮기면 피부병에다가 또 광견병이 있는 개한테 물리면 사람도 미치지유 이 병은 잠복하였다 몇 년 지난 뒤 발병하기 때문에 고치지도 못하는 불치의 병이랑 께요."

"그렁께그러니까로 프랑스에서는 그 말썽꾸러기 말을 잡아먹는다 이거지. 조물주가 무서워 도망쳤다가 인간들이 성도착증에 이르게 한 실수를 저지르게 한 그 못된 말을 먹어치운다?"

"시방! 먼 소리요? 말을 싫어하는 한 부류가 생겼다고 좋아하는 것이라?"

"이. 늙어빠진 할망구한테 조물주에게 건의해서 보너스를 하나 주어야겠다."

"혹시 먼 비리 저지르려고 하는 짓 아닙니까? 제 펜대가 가만히 안 있을 것입니다. 정의와 진실은 펜 끝에서 나옵니다. 이것은 칼입니다. 프랑스에서 사형수 목을 자를 때 사용하는 단두대와 같은 것입니다."

"그 사형 기구를 만든 자 역시 그 단두대에 목이 댕경 잘려서 죽은 것 알지. 펜 끝도 조심해야 한다."

"겁주지 말고 보너스 얘기나 좀 해봐요."

"보너스는 삼신할매가 알아서 줄 것이다. 브리지트 바르도인가 발음이 제대로 안 나온다. 이 여자는 1차, 2차 형기를 마치면 프랑스 원적지를 찾아서 말로 환생시켜 운명을 다하거든 잡귀로 남게 하라. 조물주의 법은 절대로 못 고친다. 말로 태어나서 죽고 난 뒤 잡귀신으로. 개 이야기는 그만 하자. 또 있거든 뒤로 미루고."

"그럽시다. 근 디 몰카몰래 카메라 수신 처를 찾아야지요."

"이런 떡을 칠 우린 또 옆길로 갔네."

"전파 탐지해 봐."

"뭐로요?"

"만능 캠 코드를 전파 탐지 모드로 돌리면 위성에서 잡은 이 동네 지도가 나올 거야."

"후와! 이거 대단한 물건이네요! 이."

어깨에 붙은 캠 코드를 떼어내어 파인더를 보니 이 마을의 거리와 건물이 선명하게 보였고 붉은 점과 녹색 점이 점멸하고 있었다. 자세히 보니 붉은 점이 견광 모텔 자리에서 깜빡였다.

"아하! 붉은 점은 송신 장소. 그렇다면 녹색 점이 수신 처라 그 참 편리하네!"

"이봐! 구시렁거리지 말고 어디냐?"

"3시 방향 300m. 우와 이 카메라 성능은 다른 것의 열 배나 되네. 갑시다."

……우리는 순식간에 공간 이동을 하여 수신 장비가 갖추어진 밀실에 들어갔더니 이게 웬 소란이냐. 얼굴이 헬 숙한 사내 앞에 방송국 모니터보다야 엄치 작은 5인치 모니터가 일렬로 상하 20개나 놓여 져 있고 몇 개는 꺼져 있지만 켜진 화면 속에서 온갖 음탕한 신음이 화면과 함께 모니터 되는 중이였다.

"허허! 참으로 막가는 세상은 맞구나. 이봐! 저 친구 주민등록증 촬영해 투시모드로 하면 보일거야."

시키는 대로 그 자의 옷을 훑어보니 뒷주머니에서 지갑 속의 주민증이 보인다. 그걸 찍고 저승사자를 돌아보니 모니터 20개를 꼼꼼히 살펴보는 중이다.

무얼 찾나 싶어 보니 맙소사! 견광모텔과 똑같은 방 구조에 빈 침대도 보이고 열심히 흔들어대는 모습도 보인다.

"아까. 우리가 간방은 몇 호지?"

저승사자가 중얼거린다. 그때 여자의 비명소리가 터져 나오는 모니터가 있었다. 셋의 시선이 일제히 그 모니터로 향한다. 그 곳에서 여자가 자기의 앞가슴 유방이 시작되는 부분을 가리며 계속 비명을 지르고 있었다. 여자의 가슴에는 선혈이

붉게 물들여진 손톱자국 한 가닥이 5cm 쯤 그어져 있었다.

여자의 비명 소리에 잠자던 남자가 헉! 악몽에서 갓 벗어나는 모습이 잡힌다. 그는 눈을 뜨자마자 제 물건을 들여다보다가 으악! 외마디를 내지르고는 혼절해 버린다. 잘라졌다가 봉합된 성기의 상처에서 피가 뚝뚝 흐르는 것이 우리 눈에는 선명했지만 이 헬 숙한 사내의 눈에는 보이지 않는지 고개만 갸웃거린다. 남자가 혼절하자 여자도 스르르 무너져 남자의 몸뚱이 위로 엎어진다. 발가벗고 시체처럼 겹쳐져 쓰러진 두 남녀의 모습이 보기 흉하다. 이제 그들에게 그들만의 결단만이 남을 것이다.

■2부

“다음엔 누굴 잡으러 갑니까? 그 녹화하던 놈도 잡아가야지요.”

“그놈은 나중에 그걸 팔 때 잡으면 되고 지금은 저승노잣돈이 증발되어 하늘이나 극락極樂, 지옥地獄 모두 세수가 부족하여 괜스레 삼신할매와 저승사자들이 오해를 받고 있다네. 그래서 그 문제부터 해결해야 하네. 특별명령이라네. 특히 병원 영안실에서 데려온 놈들이 여비가 없어 어떤 때는 우리 돈을 털어서 세수를 보태야 하는 지경에 이르렀다네. 시간을 넉넉히 줄 테니 꼭 밝혀내라는 게 상제의 명령일세.”

“저승에는 돈이 필요 없다고 했으면서 무슨 세수가 부족해요? 천당이고 극락이고 지옥이 건 간에 돈은 필요 없는 줄 아는데요.”

“필요 없지!”

“그런데 돈 타령은 왜 합니까?”

“그것은 지상에서 근무하는 신들에게 필요한 것이니라.”

“아니, 신들은 인간의 눈에는 안 보잉께로 은행이나 재벌

회사 금고에서 훔쳐 쓰면 되는데 와 그란다. 요?"

"그럴 것 같으면 죽은 귀신 특히 구천에 떠도는 악귀들이 돈을 훔쳐서 지상에 살고 있는 자손들에게 갖다 주지 이놈아! 저승의 법률에 의하면 그런 짓을 하면 안 돼. 또한 그럴 수는 없는 거야. 지상의 신들도 절대로 인간의 돈을 훔칠 수는 없다."

"이해가 안 되는구먼."

"씰데 없는 데 신경 쓰지 말고 잡으러 가자."

"삼신할매를 모셔 가면 안 될까요?"

"너 꼴린 대로 하여라."

"그놈의 말 때문에 지구가 이 지경이 되었는데 또 그 소리요. 정신 차려요."

"이 썩을 놈아! 너도 늙어 봐."

"그런데 삼신할매는 너무 늙었으니 안 되겠고 저승사자님! 그냥 우리끼리 갑시다."

"그래 나는 쉬어야겠다. 어 같이 가거라."

세수 문제 당사자인 삼신할매가 언제 왔는지 옆에서 한마디 거든다.

"어디로 갈 거냐?"

"병원 영안실로 가야 되지라."

"가자!"

도로에는 명절이라 놀러나온 차량으로 꽉 메워져 있다.

"그 도로 한 번 비좁구나. 빵빵거리고 혼잡하니 듣기도 지겹고 보기도 싫으니 어디 가까운 데 없느냐?"

"순간 기체 이동은 안 됩니까? 천상에서 했던 것처럼요."

"안 돼!"

"왜 안 됩니까?"

"지상에서는 우리가 보이지 않는 혼이지만 이동할 때는 차를 타거나 다른 물체에 붙어 이동해야만 하지. 우주 공간에서나 가능한 게 기체이동이야."

"가까운 곳이라……. 아! 저기에 가면 있습니다."

"저곳은 교회 표시 아니냐?"

"병원도 십자마크지요."

"왜. 그러냐?"

"종교인들 가슴 속의 희망인 마크이지라. 십계十戒의 계율이란 뜻도 되고요. 하늘에서 생명을 좌우한다고 믿고 있기 때문인데 병원도 마찬가지이지라. 하늘도 하느님을 믿은 자만 구원해 주고, 역설적인 이야기입니다만 사람들은 병원을 믿는 것보다 돈의 위력을 믿지요. 돈이 많아야 살 수 있는 확률이 많아지니까요."

"시끄럽다! 빨랑빨리 가자꾸나."

"이 길로 곧장 조금만 가면 국립병원이나 종합병원에 가면 쉽게 찾을 수 있을 것이구먼유."

"그러지 말고 이 근처에 있다가 한 놈 잡자."

"죄도 안 지은 생사람을 잡는다 말이요?"

"짜~아식! 이 세상에 죄 안 지은 놈이 어데 있느냐. 어디 한 번 볼까나."

"그것이 뭐라고요?"

"이것은 이승에서는 스타라이트스코프라고 하지. 밤에도 보이는 적외선 망원경 같은 것. 지옥에서 인간 세상을 보려면 볼 수가 있지. 너 월남전에 가서 밤에 보초 설 때 졸병들한테 스타라이트스코프로 개울에서 옷 벗고 목욕하는 월남 꽁까이들월남 여성이 다 보인다고 구라거짓말쳐서 서로 외곽 초소 보초 서려고 지원자가 몰렸잖아. 그래서 외곽 초소 경계병 명단 수월하게 작성을 했지만 보이긴 뭐가 보여 월남 아가씨가 훌러덩 벗고 간혹 개울가에서 목욕은 하는데 끝내주게 잘 보인다고 하여 서로 자원하던 일 생각나지? 너 꼴통 굴리는 데는 천재야!"

"모르시는 말씀! 그렇게 거짓말을 해 두어야 그것 볼라고 졸지 않고 경계를 철저히 서서 아군 피해가 없도록 한 이 명석한 두뇌 덕분에 마빡에 하사 계급이 중사 계급으로 된 것도 모르는 구마이!. 대한민국 육군 최 말단 지휘자라면 그 정도는 돼야 허는 구마이. 그렇지 못하면 전쟁이 나면 어찌 꾸롬 적을 무찌를 것이요? 그랑께로 통빡을 굴려야 했뿐 당께."

"구마이가 무슨 말이냐?"

"전라도 토종말이요. 어데 잡을 놈 보이요?"

"조금 기다려라."

달려오는 승용차가 왔다리 갔다. 리 하면서 라이트 불빛이 이쪽으로 왔다 저쪽을 비추곤 하니. 캄캄한 밤에 너무도 선명한 라이트 불빛은 살아 움직이는 야수의 눈 같이 보인다.

"저기 쌍 눈깔이 요리조리 돌리는 차가 있는데 저 차는 모가지가 있냐?"

"아니지. 라. 술 처먹고 운전하고 있는 모양인데요."

"나는 저 차가 수입차라 목이 있는 줄 알았다. 음주 운전이라, 이 짓은 자기 목도 위태롭고 남의 목숨도 가져가는 짓인데. 저 놈을 잡기로 하자."

"차. 안에 몇 사람이 있습니까?"

"혼자다."

"그래도 혼자라서 다행입니다. 짜~아~슥. 술 먹은 것을 아는 모양인가 두 손으로 운전대를 단단히 잡았군요."

"그걸 워째. 아냐?"

"나가 누구요? 술 처먹고 한 손으로 잡아 서서히 운전하면 차체가 정확히 가는데 두 손으로 잡고 운전하니 뒤에서 보면 약간 왔다. 리 갔다. 리 하지요."

"이놈아! 새끼! 너도 음주 운전 했지?"

"쪼끔 먹고 한 번 했지라. 양심적으로 말 헝께말을 하니까 시비걸지 마시요. 이."

"도둑이 제발이 저리다. 하더니 네가 그 짝이다."

"어떻게 잡으려고 헙니까?"

"조금. 기다려! 저 놈! 신상파악을 해야겠다. 완전히 깡촌빈민촌 놈이군. 어릴 적에 집이 가난해서 보리 풋대죽보리를 맷돌에 갈아 쑨 죽을 처먹고 호박이나 감자 고구마 잎 등을 넣어서 끓인 돼지죽을 쑤어먹고 살던 놈인데, 그 배고픔이 너무 심해 제대로 배우지도 못하고 객지로 흘러들었지. 여러 공장을 떠돌며 사회생활을 악착같이 하여 돈을 조금 모아 못 생긴 여자를 만났군! 여자 집은 제법 잘 살아서 못난 딸 때문에 처가 집에서 도움을 많이 주었구먼. 그럭저럭 자식은 셋을 두었고 재수가 좋아 사두었던 부동산의 값이 뛰는 바람에 한밑천 잡았군!"

"지금은 무얼 합니까?"

"짜~아 슥! 할일은 없고 하는 짓이라는 게 모두 엉터리지만 부동산을 임대하여 처먹고 사는데 허세가 많아서 말소리만 들으면 착한 척하지만 저 놈의 내면세계는 아주 고약한 심보가 있는 것이다."

"워~째 그런 걸 다 안다요?"

"너도 모르는 것이 있냐? 나한테 물어보게 내가 보려고만 하면 다 보이는 저승사자 아니냐? 인간에게는 선과 악의 양면성이 있는데 악을 다스리지 못하면 그렇게 된다. 저 자슥 여럿이 있으면 착한 척, 선한 척, 의리가 있는 척, 덕목이 있는 척, 학식이 있는 척. 그저 지 놈 스스로 부처님이야!"

"그 내면을 이야기하라니까요."

"자기가 없을 때 얼마나 고통을 받으며 셋방살이를 하였고, 남의 공장에 세를 살면서 얼마나 괄시를 받았으며 못 배워서 설움을 얼마나 받았는지를 두고두고 씹으며 이제는 고진감래라고 제 잘된 것이 제 복이라고 여기며 큰소리만 치는 놈이다. 지금 자기 부동산인 건물에 세 들어 사는 사람들을 업 수이 여기며 거짓말을 수시로 하고, 약속도 안 지키고, 자기가 정한 것이 부동산법이며. IMF로 힘든 세입 회사들에게 다른 건물들은 20%이상 세를 감면해 주었는데 한 푼도 안 내려주고,

친구를 고용하면서 최저생계비도 주지 않는 아주 악질이다! 십여 년을 세 들어 사는 친구와의 약속을 깨고 무소불위無所不爲로 삐딱하면 나가라 하는 놈이다."

"그렇다면 꽉! 하면 되지 않습니까?"

"자기가 어렵게 자수성가하였으면 자기가 당한 어려움을 잘 알잖아. 그 어려운 것을 배웠다면 남에게 베풀어야지. 저런 못된 짓을 하며 술 처먹고 운전하는 놈이니 데려 갈란다. 이 고개만 넘으면 내리막길이다. 바로 삐끗하면 낭떠러지. 지옥의 언덕으로 떨어진다."

말 그대로 "꽝!"이다. 여기는 병원 영안실…….

"아이고! 아이고! 여보! 날 두고 가면 어떡해?"

"울어대는 여인은 그리 서러워 보이지 않는데요!"

"서러울 리가 있나. 재산 많이 남겨두었겠다, 이제 여자 나이 마흔일곱이면 한창 나이 아니냐. 요즘 여인들은 남편이 죽으면 부엌에 들어가면서 거울에다 얼굴을 비춰보고 "**자기 멋쟁이**!" 한다면서? 왜? 그 모양이 됐냐? 옛날에는 마누라가 죽으면 변소에 가면서 씨~익 웃었다는데. 세월이 바뀌니 판도가 달라졌다."

"초상나면 여자는 거울보고 웃고. 남자는 변소에 가면서 웃는 이유가 뭐냐 하면요 여자가 거울 앞에서 자기 멋쟁이 하는 것은 젊은 자기 얼굴을 보니 시집을 가거나 꽃밭에 물 줄 사내를 생각해서 빙긋 웃는 것이고. 남자가 변소에 가면서 웃는 것은 그것도 모르요? 치깐변소↔화장실에 가야 거시기 꺼내서 실험해 볼 것 아니요."

"미친 놈! 냄새나는 통이 있는 그곳에서 딸딸이핸드풀이↔손으로 음란한 행동를 한단 말이냐?"

"왔다. 메! 초상나서 사람이 많은 데서 딸딸이를 어떻게 해본단 말이요? 숨어서 해보고 기능이 제대로 되면 꼬질 대성기 청소할 생각에 기분 좋아 웃는 건데요."

"이놈의 새~끼! 마누라 장래는 어떡하고? 또 죽은 놈의 억울함은 어쩌고?"

"그거야 간단하지요. 죽어라 돈 벌어서 남한테 원성 듣고, 친구들한테 배신당하고. 세입자들에게 원한 사가며 제대로 돈 한번 써보지 못하고 어떤 년 놈 좋은 일 시킨 거지요."

"그게 무슨 말이냐? 어떤 년 놈 좋은 일 시키다니?"

"돈 벌어서 모아 두었더니 며느리 들어와서 시애비가 좆 빠지게 벌어 논 돈을 물 쓰듯이 써니 며느리 년이 신나고! 마누라 는 젊었으니 혼자 살 수 있나? 남자 맛을 알대로 안 숙련된 몸인데 그렇잖아도 요새 영감 물 조루가 신통치 않았는데 좋은 기회 아닌가. 젊은 놈 한 놈 끌어 차 봐. 그 젊은 놈 좋은 일시키는 거지!"

"……."

"누나! 나. 용돈."

"그 말은 제비족이 하는 말 아니냐?"

"당근이 쥬 아이~구 병신~엉~신 새끼! 못된 짓 하여서 천당은 못 가고 지옥으로 가겠군요! 이 자의 벌은 무엇으로 할까요?"

"너가 정해 보거라. 악행도 지능적으로 저지르는 악질이니

오장육부가 뜯기어 나가는 아픔보다 더한 벌을 주거라."

"지가 유? 지가 정해도 돼 남요?"

"내가 누구냐? 모든 걸 위임받은 저승사자 아닌가."

"나도 저런 놈한테 당한 적이 있는데 내가 저놈한테 당한 기분이구먼 저 놈은 입으로 거짓말만 하여 신의를 지키지 않아스닝께 사막에서 자란 요강 같은 선인장에다 매일 입으로 헤딩뽀뽀을 하게 하여 입술이 저팔계처럼 되도록 한 100년쯤 두었다가 삼신할매한테삼신할머니 보내어 찢어지게 가난한 집구석에 환생시키면 어떨까요?"

"그걸 벌이라고 내리냐? 요강 같은 것이 무슨 뜻이냐?"

"할미들이 소피보는 둥그런 놋그릇이요."

"그렇게 생긴 선인장은 가시가 억셀 텐데……."

"그렁께 매일 입으로 헤딩시킨다는 벌이지요."

"천 년 동안 그 짓을 하도록 다시 기록하여라. 일구이언一口二言 자는 이부지자二父持者라 했거늘 친구를 배신한 것은 무척 큰 벌을 내려야 된다."

"그것이 공자가 헌 말인데 어찌 꼬롬 알았소. 이?"

"그건 자네가 신경 쓸 일이 아니네! 아무튼 너도 이제는 무거운 벌을 내릴 줄도 아는구나."

"알겠습니다. 벌을 받은 뒤 다시 환생시켜 기아에 허덕이는 미개인 나라에 출생시키도록 하겠습니다."

"곡소리가 많이 나는 것을 보니 이곳이 시립병원 영안실이구나."

"맞지라. 가족을 잃은 유가족의 애통한 마음을 이용하여 온갖 비리와 부정을 저질러서 저승으로 갈 노잣돈을 수탈하는 그 영안실이라요."

"그런데 저쪽 여자는 어찌 저리 울어 대냐? 시끄러워 죽겠다. 초봄에 개구리 암내 낼 때 울어대는 소리 같아서 귀가 송 시러워 못 듣겠다."

"저. 여인은요 중학생 아들과 초등학생 아들이 있는데 애들 아빠가 부두 노동자로 일했구먼요. 배에서 물건을 지고 출렁거리는 판자로 된 다리를 내려오다가 발을 헛디뎌 떨어져 죽었는데 선주 쪽에서 보상을 적게 준다고 저 난리를 치는 것입니다."

"나는 아무 것도 필요 없소. 당신이 우리 애들 데려다가 공부시키고 결혼시켜 주면 나는 한 푼도 필요 없소. 보상금 같은 건 필요 없으니 당신이 우리 애들 데려가서 잘 키워 주시요. 아이고! 아이고! 서러워라!"

딴에는 맞는 소리다. 젊은 나이에 과부가 되었으니 그럴만도하다. 비록 얼굴이 곰보라지만 얽은 곰보 자국에도 정이 들어 있다는데.

콧물 눈물 뒤범벅인 곰보 아줌마 울음소리에 영안실에 있는 사람들은 죽을 지경이다. 항간에는 곰보 얼굴인 자는 악질이라고 하지만 마마 자국은 하늘이 내린 병이고. 살아생전 안 하면 죽은 뒤 시체라도 그 병을 한다는 한마디로 천형인데 요즘은 미리 백신을 맞아 하나님도 마음대로 못 한다는 것이다.

"곰보 자국이 수없이 얼굴에 있는 빡 보는마마를 두 번 하는 사람을 일컫는 말↔이 병은 생전에 안 걸리면 죽어서 무덤 속에서도 걸린 다는 무서운 병 그 구멍마다 정이 있다 하여 서로 차지하기 위하여 옛날 남정네들이 악질이라고 하였데요."

"그~노무 새~키~털! 여인들 옹달샘에 풀밭이 없는 여자무모증와 관계를 가지면 3년 재수 없다는 말도 위와 같은 맥락에서 붙여진 말들이구나! 그나저나 빨리 해결해야 되겠구나. 이쪽에 앉아 있는 사람은 오늘이 9일째인데 장례를 치루지 않은 이유가 무엇인가 조사해 보거라."

"이 사람 말이군요. 이쪽은 일가친척이 없는 남편을 가진 여인인데요. 나이는 젊고 아는 게 없어 교통사고로 숨진 남편의 장례와 보상금을 합의하기 위해 먼 곳에서 대기업 기술개발팀장으로 현장에 있는 오빠에게 연락하여 사고를 낸 버스 회사 측에 협상을 해달라고 부탁하였대요. 그 먼 곳에서 중요한 자리에 있는 오빠가 왔다는 것을 알고 있는 사고 회사 업무상무가 협상을 질질 끄는 것이지요. 거의 모든 운수회사 업무 상무는 교통경찰 사고처리 반에서 정년퇴직한 놈들인데 이놈들처럼 고약한 놈은 없지요.

그러는 동안 업무 상무는 경찰 출신임을 이용하여 오빠의 신분을 조사하여 뭔가 꼬투리를 잡았구먼요. 털어 먼지 안 나는 놈 없다는 얘기 아시지라? 동생이 사고 버스 회사에 오빠 신분을 밝히는 바람에 약점이 잡혔군요."

그 약점을 이용하여 협상하자고 와서 개 값으로 보상비를 제시한다. 유족과 맞을 리가 있나 철수한다, 바쁘다고 내일 온다고 간다. 매일 그 짓을 일주일쯤 끈다. 그러면 유가족은 지친다. 결국 항복할 수밖에 없다. 젊은 여자는 마지막으로 도장을 찍으며 저주를 한다.

"지옥에 떨어져 죽을 놈! 네놈도 언젠가는 이렇게 당할 것이다. 하늘이 보고 땅이 알고 있는 한 너도 언젠가는 천벌을 받을 진데 젊은 나이에 여자 혼자 몸으로 애들은 어떻게 키우라고 이따위 개 값으로 보상을 하냐? 네놈도 가족이 있을 것이고 그 가족이 교통사고로 안 죽는다는 보장이 없을 것이다. 그때 당신이 어떻게 하는가를 하늘이 두고 볼 것이다."

더운 여름이나 추운 겨울에 시립병원 영안실이면 시체 보관 냉동고가 열 개쯤 되는데 그곳 생활 일주일이면 시체가 들어올 때 울어대고 관에 담으려고 염할 때 울어대는 유족들의 울음소리에 아예 미칠 지경이다. 까마귀 떼 울어대는 소리는 호리빵빵이다. 비좁은 영안실에 며칠 있으면 보는 것은 죽은 시체요. 듣는 것은 울음소리다.

"아~이구 느~그미 씨~이블. 영안실에 못 있겠구먼!"

유독 자동차 사고로 죽은 시신은 정말 싫다. 유족들이 지쳐서 개 값 보상으로 끝나는 것이고 지쳐서 그냥 갈 판이다. 지금은 좀 조용하다. 배에서 사고로 죽은 유족의 울음소리가 없다.

"그런데 영안실이 왜 이리 조용하냐?"

"아까 사자님! 잠잘 때 보상협의가 다 잘된 모양입니다요!"

"나가 잤다고 했냐? 시방?"

"입을 헤 벌리고 잡 디다. 그 뿐입니까? 잠자고 있을 때 암매장된 썩은 시체가 들어 왔지요. 그때 따라온 왕파리 두 마리가 있었는데요. 그 시체 썩은 물속에서 놀던 파리들이 사자님 혓바닥에서 기어 다니면서 놉디다."

"뭐야? 그놈들이 손발도 안 씻고?"

"그럼요. 제사상에 차려놓은 술 처먹고 취해 가지고 썩은 시체에서 놀았으니 흠뻑 젖은 채로 입 안에서 탱고 춤을 추면서 놀 더 랑 께요."

"으악! 이 쓰~벌 놈아! 말이나 하지 말지."

"그랑께 졸지 말고 정신 차려요. 참! 저기 곰보 아지매가 오는데요."

울다. 만 낯짝에 미소를 머금고 팔자 걸음걸이로 엉덩짝을 흔들면서 영안실로 들어오고 있다.

"근디. 왜 웃고 오냐? 어제만 해도 쥐구멍에 날 날이 벌이 들어간 것처럼 요란하더니. 보상을 생각보다 많이 준 모양이지? 지금 웃고 궁둥이 들썩이고 속곳에서 바람이 씽씽 불어도 보상금만 많이 주면 신난다. 말이지."

"여부가 있나요. 아 참말로 절에 부처님도 돈 많이 주면 빵긋 한당께로."

"너도 돈만 많이 주면 비리를 저지를 놈이구나!"

"이 세상에 돈 싫은 놈 있으면 나와 보라 하세요. 절에 가면 부처님이 엄지와 중지 끝을 서로 붙이면 원이 되지요."

"동그라미 말이야?"

"그것은 삼신할매가 말했듯이 원이란 해도 둥글고 달도 둥글고 지구도 둥그니 원 안에서 울타리라는 뜻도 되어 한 가족이 테 안에서 살라고 하여 그 뜻을 중생들에게 일깨우게 하기 위하여 앉아 있는 모습이라고 했지 않습니까."

"너는 애기 점지해 달라고 불공드리러 오는 여인들에게 구멍 즉 옹달샘을 달라는 뜻이라고 해석하여 책을 발표하지 않았느냐?"

"허! 모르는 소리 허지 마시요. 이 모든 중생은 우주의 원 안에 살라는 뜻도 됩니다. 또한 신랑하고 살아도 아이가 없으니 여자하고 연애를 해야지 아기를 갖지요."

"이런 시~러비 헐~놈!"

"그런 못된 말은 아니지라. 그렇게만 곡해하지 말고 끝까지 들어 보랑께 하나님은 마리아에게 수태시켜 아들 예수를 탄생시켰지요. 부처님은 그런 능력이 없어라. 우리나라와 이웃에 있는 나라에서는 처녀가 시집가면 먼저 스님하고 첫날밤을 가진 뒤 신랑하고 거시기 했어요."

"거짓말?"

"참말이랑께요. 그래서 성병이 만연 했어라."

"정말이냐?"

"진짜 랑께로 절에 가서 절하는 것 많이 보았지요?"

"그럼!"

"기독교는 두 손을 모으고 기도하지요. 불교 신도들이 절하는 것을 보면 손을 모아 엎드릴 때는 손등이 보이게 하고 엎드려요. 그런 다음 손바닥을 발라당 뒤집어요. 손바닥을 부처님이 볼 수 있도록 그 이유를 모르시지요?"

"안다, 이놈아!"

"어찌꾸롬 알아 뿌렀다요?"

"부처님이 한 손에는 동그라미. 이건 돈이라는 뜻이고. 다른 한 손은 내밀고이지 달라고 그래서 돈 없다고 손바닥을 뒤집는 것이다. 한 푼도 감추지 않았고 없다고 이렇게 말 하려고 했지?"

"어휴! 성님형님도 인제 귀신 다 됐네!"

"일마가! 저승사자가 귀신이 아니고 사람이더냐? 부처님도 돈이라면 벙긋한다 이 말이지? 그랑께 곰보여자의 자식만 가르치고 키워 달라고 하는 여인의 말을 믿을 수 있냐?"

"말짱 거짓말이라요. 수절 과부로 지낼 쌍통이 아니라. 저 여자 사타구니는 부산항이 대 뿔 것이구먼."

"그 무슨 말이냐?"

"아무 배나 드나드는 곳. 저기 뭐시 당가 거시기가 지랄들 허겄지요."

"아무 배나 드나들면 분명 오염될 터인데! 가수 심수봉이가 노래한 남자는 배 여자는 항구."

"노래가사가 맞아요. 여자 다리를 벌리면 바닷가 배가 들어오는 항구처럼 보이고! 그곳에 배가 들어오면……. 남자가 뭐시냐? 조금 음란한 것 같은데……. 십중팔구 저 돈은 자식새끼 시가댁에 맡기고 절반은 뚝 떼어 우물 청소하는 데 쓰겠지요!"

"잘 녹화해 둬. 자식새끼 버리면 죄 중에서 제일 큰 죄지."

"왜 그런다요?"

"진드기 작전, 거머리 작전에 온갖 소음 공해를 발산하여 영안실을 개판으로 만들어 놓고는 자기 보상 많이 받았다고 자식새끼들을 버린다면 나는 절대로 용서 못해. 부부는 헤어질 수도 있고 사별할 수도 있다. 그게 인륜이다. 인륜의 고리는 사람의 마음속에 있으니 끊을 수 있다고 생각하면 된다. 몇 십 년을 살다가 헤어져 남남이 되면 특히 부부간에는 원수지간이 된다.

그러나 자식과는 천륜天倫이다. 하늘이 맺어준 인연이다. 이 인연의 줄은 보이지도 않는다. 연결 고리로 하나님과 조물주가 있고 극락세계에서 꼭 가야할 집에 삼신할미가 점지해주는데 그런 인연의 고리를 억지로 끊으면 가만히 있겠느냐? 저승사자에게 부탁하여 제일 큰 벌을 내린다. 알겠냐?

"뭐. 그리 뿔따구 내고 그라요? 혹시 사자님 마누라 고무신 거꾸로 신은 것 아니요?"

"야~이~이 시러비헐놈!"

"우이씨~ 헌디 무슨 벌을 내리지요?"

"열 손가락 깨물어서 안 아픈 손가락 없다고 했지? 자식을 버린 여인은 자식을 낳을 때보다 더 힘든 고통을 준다."

"출산할 때 보니 엄청 아픈가 봐요? 우리 아들 낳을 때 병원에 못 가고 집에서 출산하였는데 장모님이 왔어요. 나는 물 데우느라고 부엌에 있는데 고래고래 고함지르는 소리가 몇 시간이나 계속되는 것 같았어요. 점점 신음소리가 커지더니 날 불러요. 아기가 나오는 중인데 장모님이 항문이 빠질 수 있다면서 그 쪽을 손바닥으로 눌러라 해요. 아기의 까만 머리가 3분의 1 정도 나오는데 갑자기 마누라가 내 멱살을 잡더니……. 여기서 욕을 또 써야겠네요. 우리 마누라는 절대

욕 같은 것은 안 하는 동래 정씨 양반 가문 27대손인데 그때만은 욕을 하대요. 야~이 개새끼야! 너 때문에 나죽는다- 하면서 사랑하는 남편을 자기 어머니가 옆에 있는데도 양반집 가문의 여성이 그런 욕이 나올 정도면 겁나게 아픈 모양입디다. 얼마나 아파뿔면 그런 쌍스런 욕이 나오느냐고요 너무 서운해서 나중에 그 이야기를 했더니 자기는 모르는 일이래요. 우리 어머니는 자식을 많이 출산을 했는데 자식을 낳으려고 안방에 들어갈 때면 보통 방에 들어갈 때는 신발을 앞쪽으로 벗고 들어가는데 어머니나 옛날 여인들은 반대로 돌려서 토방에 가지런히 놓고 들어가면서 저 신을 다시 신을 수 있을까, 삼신할매 저 신을 꼭 신을 수 있게 해달라고 빌면서 들어가 자리에 누웠답니다."

"너희 어머니는 자식 정이 많았느니라 삼신할매 말을 잘 들어서 계속 점지하였더니 십 남매인 아들 다섯과 딸 다섯을 하나도 실패하지 않고 출산하여서 저승길에 데려갈 때 고생치레 안 시키고 순간적으로 데려갔다. 자식 잘 낳아서 잘 기르면 죽어서 삼신할매 소속이 되어 편안한 저승 생활을 하는 것이다. 알겠냐?"

"아무리 좋은 일 했다고 하지만 자식들에게 유언도 못 하게 하고 데리고 갔습니까?"

"그게 현세에서 내세로 갈 때 제일 큰 복이며 행운이다. 그것이나 알고 말대꾸해라. 지금은 병원에서 무통분만해서 자식도 쉽게 버리는 것인가? 죽을 고비를 넘기고 자식을 출산하여야 자식 귀한 줄을 알지. 요새 젊은 것들은 무통분만을 하니 이혼하면 서로 키우지 않겠다고 버리는 것을 보면 천륜의 끈도 썩은 모양이다."

"자식을 버린 여자의 벌은 어떤 벌입니까?"

"사람의 육체 중에 제일 고통스럽게 아픈 곳이 어디인가 아나?"

"뜬금없이! 그게 뭔 소린지 모르것구만이라요. 나야 고루고루 안 당해봐서 모르겠는데요. 한번은 쓸개에 염증이 생겼을 때 어찌꾸롬 아픈지 미치고 폴짝 뛰것습디다."

"자식은 천륜 아니냐?"

"앗다, 성님! 몇 번 강조 안 했소. 보이지 않는 연결의 고리로 칭칭 동여매어졌고 끊어지지 않는 끈이라고 계속 씨부렁거렸쓰면서로."

"자식이란 빌 게이츠가 억만금을 주고 사가도 그것은 그 자의 자식이 아니라 너의 자식이다."

"그거야 내 핏줄이고 첨단과학이 달리는 이 세상에 DNA를 검사해도 같은 DNA가 없으니 분명 내 자식이지요."

"그렇께 자식을 학대하고 자식을 방패삼아 못된 짓을 하고 보험금 타려고 자식을 죽인 뒤 사건을 은폐하려고 불을 지른 놈, 손가락을 절단한 놈, 요구르트에 독약 탄 자, 자기 자식 아니라고 천대하고 학대하는 장화홍련전의 계모 같은 년들과 수많은 방법으로 아무튼 자식을 학대한 자의 벌은 가시방석 의자에 앉혀 놓고 팔다리를 묶은 다음 뺀찌나 닙빠로 손톱 열 개와 발톱 열 개를 굴껍질 까듯이 매일 까는 거다. 그 아픔은 아무리 글 잘 쓰는 네 손으로도 표현 못할 것이로다. 이자 슥 손에 소름 돋는 것을 보니 겁나는 형벌인 줄은 아는구나?"

"나는 자식들에게 잘 했으니 그런 일은 없을 것이고! 징징울어 정신없게 만든 곰보 여인 녹화 잘 되었습니다."

"교통사고 보상은 어떻게 되었느냐?"

"고래 심줄보다 질긴 사고 회사 상무 놈에게 결국 유족이 손들었어요. 앞발, 뒷발 다 들던데요."

"인간이 앞발, 뒷발이 어디 있느냐?"

"와따 성님! 말 좀 새겨들어요. 아인지 어인지 구분도 못해요? 똥인지 된장인지 만져보면 알잖아요."

"어떻게 아느냐?"

"별 것 다 알려고 하네! 미끈미끈하면 똥이고. 콩 조각이 있으면 된장이고. 쿵 하면 담 넘어 호박 떨어지는 소리이고. 앞발은 손이고. 뒷발은 발이지요."

유족인 젊은 과부새댁 아니? 헌 댁이 뒷발을 들어 엉덩방아를 찍어대더니 그때부터 분이 안 풀려 웁디다. 어떻게 할까요? 분하지만 오빠 걱정해야지. 지금의 IMF 같으면 명퇴됐지. 덕장에서 말리는 명태도 황태가 아니고. 물러가는 것. 모가지 안당하고 명예롭게 물러나는 것이라지만 황당하게 당하면 그것은 황태 입니다. 일일이 설명하려니 너무 힘들어 죽겠네!"

"그것은 설명 안 해도 안다."

"그 어려운 문장은 어떻게 아는 교?"

"짜~샤! IMF 유행을 모를 리가 있나. 명태 아니 명예 퇴직되어 할일이 없어 무력감에 시달리다가 마누라 눈치보고 이런 저런 일로 노숙자 신세가 되어 자살하는뭐~우울증이라고 하든가 자들이 많이 왔느니라. 너무 불쌍하여 염라대왕 몰래 극락으로 보내자고 상제께 건의했었지 다시 환생하여 좋은 세상에서 다시 한 번 살아 보라고 말이다. 너희 대한민국을 발전시킨 멋진 아버지들이 아니냐."

"그런 행위는 부정과 비리인데요."

"그래도 어쩔 수 없다. 그런 일을 약간 부정하게 처리해도 욕할 사람 아무도 없쓰야. 알긋써? 그라고 사투리 좀 쓰지를 마. 잘 못 알아 묵겠쓰니께."

"알것으라. 나도 그 팀에 끼일 정도는 되는데요."

"지금 홍보관 자리 준 것도 다. 그러한 아버지로서의 공을 참작한 것 아니겠나. 자! 이제는 버스 회사 업무 상무를 다그쳐야겠다. 그 놈의 집으로 가 보세."

우리는 영안실을 나와 한순간에 상무의 집 상공으로 이동했다.

"우와! 집하나 끝내준다. 이건 대궐이네 대궐."

"이놈 새끼 잘 사는구나. 으리으리한 저택에 없는 물건도 없고. 사고 내고도 합의한답시고 생사람 애끓게 하고 재낀 돈으로 삐~까. 뻔쩍하게 해놓고 산다 이거지 가족사항을 보자꾸나. 흥! 노부모가 아직 살아 있고, 건방지고 콧대 센 버릇이라곤 전혀 없는 자식이 넷이나 되네. 자! 이놈을 그냥 데리고 갈게 아니라 지 살붙이가 당하는 꼴을 보고 또 본 후에 데리고 가야지. 지난번 거시기 절단 사건은 너무 야해서 보여주지 못했는데 이번에는 확실히 보여주자. 우선 방송국 기자에게 특종을 만들어주고 김 홍보 관은 저 상무가 합의하는 장면을 많이 확보해 두도록 하시게."

"어떻게 할 것입니까?"

"미리 알면 안 되는 줄 알면서 물어. 상황이나 놓치지 말게. 지금부터 시작하겠다."

저승사자 88호는 천계를 향해 대화를 나누기 시작했다. 이런바 핫라인이었다.

"총장님! 저의 구상이 어떠합니까?"

"그 아주 좋은 방법이다! 내가 그렇게 안배하겠다."

"그럼 당장 실행해 주시기 바랍니다."

"알았다. 88호는 수고하게."

천계와 통화를 한 후 무척 심각한 얼굴로 저승사자는 나를 데리고 급히 방송국으로 이동했다. 방송국 안은 취재를 나가고 들어오는 기자들과 카메라맨들로 북적거렸다. 그는 나가는 기자들을 유심히 살피더니 한 팀을 향해 무어라 속으로 중얼거려 놓고는 나를 데리고 다시 업무상무의 집으로 갔다.

상무의 집에는 두 노인네와 그의 부인과 상무 넷이 앉아 TV를 보고 있었다. TV에서는 드라마를 하는 중이였다. 나는 사자와 함께 그들의 뒤에 앉아 별 재미도 없는 드라마를 보며 무슨 일이 일어날지 기다려야 했다. 연속극이 끝나면서 정기 뉴스 시간이 되었다.

"시내 노선버스와 승용차 정면충돌 장면을 우연히 그 근처에서 취재하던 카메라에 잡혔습니다. 이 사고로 승용차의 운전자가 즉사했습니다. 자세한 소식을 현장에 있는 김 기자로

부터 화면과 함께 보도해 드립니다."

이 일대는 마의 곡선지대로 지난 한 해 동안 18번이나 교통사고가 난 도로로 많은 커브의 바깥쪽이 높고 안쪽이 낮아야 함에도 그 반대로 잘못된 노면 구조 탓으로 사고가 빈번하다고 지적하는 곳이나 당국은 어떠한 대책도 내어 놓지 않아 마치 방치된 도로이며 또 이 사실을 잘 아는 운전자들도 난폭운전이 여전하여 사고의 위험성이….

기자의 내레이션NARRATION↔영화. 방송. 연극 등에서 줄거리나 장면에 관한 해설과 함께 화면은 높은 곳에서 부감한 차량이 질주하는 도로의 모습이 보인다. 화면의 오른쪽은 카메라를 향한 차선이고 왼쪽은 차량들의 꽁무니만 보이는 구도로 잡혀 있다. 멀리서 시내노선버스가 전속력으로 달려오다가 갑자기 중앙선을 넘어 마주오던 승용차를 정면으로 받아 승용차가 충격에 튕기어 도로 아래로 굴러떨어지는 장면이 시뮬레이션으로 처리되고, 화면에는 사고 뒷수습하는 장면이 보이며 119구조대가 활동하는 현장 그림이 보인다. 그러자 그 일대가 아수라장이 되는 현장이 생생하게 담겨 있다.

"저건 우리 회사 버스잖아."

상무가 상이 노래진다. 카메라가 줌인 하여 튕겨나가 종이곽처럼 구겨진 승용차를 잡아 가다가 번호판을 커다랗게 확대를 한다. 다시 운전자의 모습을 더듬어 보나 잡히지를 않는다. 그러나 여자의 비명소리는 방 안에서 터져 나왔다.

"여보! 저건 상기 차! 상기 차예요. 어젯밤 꿈자리가 사납더니 우리 아들 상기가 대형 교통사고를 내다니……."

"뭐라고? 상기! 상기가 왜 저기에. 이봐! 정신 차려!"

그러나 상무의 부인은 혼절한 뒤다. 뒤늦게 무슨 사건이 일어났는지 알게 된 두 노인네가 끄응 신음을 내면서 역시 혼절해 버린다. 마누라와 부모가 기절하니 상무의 얼굴은 벌레 씹은 얼굴이다. 개구리가 파리 사냥을 하려고 엎드려 있는 모습으로 TV화면을 쳐다보고 있는데 갑자기 화면이 찌르르 흔들리다가 다른 장면으로 바뀐다. 거기에는 놀랍게도 업무 상무가 교통사고 합의 장면에서 지능적이며 악랄한 수법으로 피해자 가족을 다루는 장면이 설명과 함께 방영되기 시작한다. 그리고 젊은 여자가 하는 말이 이어진다. 당신도 가족이 있을 것이고 그 가족이 교통사고로 안 죽는다는 보장이 없을 것입니다. 그때 당신이 어떻게 하는가를 하늘이 두고 볼 것입니다.

질기기는 소가죽 같으며 명주실 타래처럼 길게 늘어지는 보상 장면과 업무 상무를 저주하는 여인의 음성에 엎드려서 화면을 응시하던 자세가 옆으로 장승이 넘어지듯 넘어지더니 헉! 상무의 입에서 신음이 터진다.

저승사자의 안배는 그렇게 시작되었다. 상무의 아들은 차례로 너무나 우연찮은 교통사고로 죽어갔고……. 그의 부모와 아내도 쇼크로 죽었다. 그리고 상무는 아들 넷에 대한 보상비를 놓고 갈등을 하게 된다. 자기네 회사 버스에 죽은 아들의 보상금 청구를 자기가 요구해야 되는 어처구니없는 사항인데 구두쇠로 유명한 사장이 상무에게조차 보상금을 깎으려 드는 짓까지 하게 된다. 있는 욕! 없는 욕을 있는 대로 다 들으며 회사를 위해 일한 보람도 없이 그는 회사에서도 배신을 당하는 꼴이 된다. 자기 탓으로 하늘의 벌을 받게 되었고. 회사에서는 배신당한 상무는 끝내는 목을 매단다.

"어이! 당신! 잘 나가다가 졸지에 망했군?"

상무의 영혼이 육신에서 빠져나오자 기다렸던 저승사자가 그의 어깨를 툭 친다. 한눈에 저승사자임을 알아본 상무는 꾸벅 절을 한다.

"자! 따라가실까?"

일행은 곧장 지옥으로 이동했다. 상무는 입을 꾹 다물고 침통한 표정으로 줄곧 정면만 응시하고 있다.

"당신은 지옥에 가서 무슨 벌을 받을 것 같나?"

"그게 무슨 의미가 있겠습니까. 내 손으로 부모와 처자식을 죽였는데요. 천 번 만 번 불구덩이 속으로 빠져도 용서해 달라고 빌지 않겠습니다."

어~쭈. 구리! 그 악랄한 철면피 가죽이 벗어졌냐 아니면 하나님의 종이 되었냐?"

너무 공손한 상무의 태도에 나도 깜짝 놀랐다. 저승사자 앞에 선 상무의 모습은 상대가 버거우면 꼬리를 내리는 개꼴이다. 하기 사 살아생전 노인정에 가서 얼굴에 저승꽃이 잔뜩 핀 노인들에게 제일 두려운 게 뭐냐고 물어본 적이 있다. 제일 걱정스러운 것은 죽는 것과 제일 무서운 것은 저승사자라고 한 결 같이 대답했듯이 저승사자 앞에서는 누구나 순한 양으로 변하는 것인가 보다. 그래서 인간이 늙으면 말소리가 선하고 새는 늙으면 그 울음소리가 구슬프다고 한다. 상무는 모든 것을 체념해 버린 모양이다. 그렇겠지 자살까지 한 영혼이 무얼 바라고 있겠나. 저승사자의 안배가 상무를 완전히 바꾸어 놓았는지도 모른다. 과연 그는 언제 상무를 깨울지 모르겠고. 그 후의 상무가 궁금해지기도 한다.

“자! 여기가 자네가 형벌을 받을 문이다. 안은 캄캄하니까 발밑을 조심해라.”

사자가 문을 열자 시커먼 입구가 입을 쫘~악 벌린다. 그 안으로 상무를 탁 밀어 넣는 사자의 손길이 매섭다. 상무는 떠밀려 안으로 들어가자마자 허방을 밟아 한없이 아래로 떨어진다. 어둠 속에서 그의 비명소리가 긴 여운을 남긴다. 한없이 떨어지는 이 구덩이가 끝이 없다고 상무는 생각한다. 그리고 그는 영원히 추락해도 좋다고 느낀다. 그의 의식은 아래로 추락하는 만큼 차츰 흐려지기 시작한다. 그렇게 몽롱한 상태에서 어디선가 희미한 빛이 느껴진다. 다 온 것인가? 소음이 들린다. 그 소음이 귀에 몹시 익다. 꽝! 그의 몸이 바닥에 닿는 충격에 눈을 번쩍 뜬 상무의 눈앞에 마누라가 걱정하는 얼굴로 내려다보고 있다.

“헉! 여보! 여기가 어디야? 여기서 당신을 만나다니. 어머님! 아버님은? 그리고 애들도 다 여기 있소?”

마누라의 손을 잡고 흔들어보는 상무의 눈에 눈물이 흐른다. 얼굴은 겁에 질려 창백하다기보다는 하얀 백지장 같다.

“당신! 왜 그래요? 어디 아파요? 졸다가 소파에서 굴러떨어져서는……. 어머님! 아버님! 이이 얼굴 좀 봐요. 식은땀을 다 흘리고 잠자다 깨어 울다니. 여보! 정신 차려요.”

"뭐? 내가 잤다고? 그럼 그건 꿈이라고?"

상무가 벌떡 일어서서 제 목에 손을 대본다. 뭔가 감촉이 다른 것을 느끼고 거울을 들여다보니 희미하게 밧줄 꼬인 형상의 흔적이 보이는 게 아닌가?

"꿈이 아니야! 꿈이 아니야!"

눈물범벅 땀범벅에 표정까지 변하며 절레절레 고개를 흔드는 모습을 바라보는 부모와 마누라의 표정이 혼란스러워 보인다.

"쓰~벌~놈의 새끼! 혼이 나기는 된통 난 모양이군!"

"잘 되겠지? 김홍보 관은 어찌 생각하나?"

저승사자가 몸을 일으켜 나의 손을 잡고 바깥으로 나가면서 물어본다. 내 마음 같아서는 생명의 줄을 끊었으면 하는데 지옥의 문턱을 경험한 이 자를 살려두는 것도 하나의 방편이 될 수도 있다. 어쩌면 그의 안배가 절묘한 것일지도 모른다. 아마 상무는 그 버스 회사를 그만두고 남은여생은 남을 위해 살게 될 것이다. 그리고 목에 나타난 희미한 흔적을 보여주며 그의 꿈 아닌 꿈을 다른 사람에게 얘기해 줄 것이다. 우리는 다시 영안실로 갔다. 영안실 입구에 들어서니 이젠 가족들도 지쳤는지 날씨가 꾸리. 무리할 때 울어대는 청개구리 울음소리와 향불 태우는 냄새가 실내에 진동한다.

아침에 죽은 자의 입관이 시작되는 모양이다. 눈물을 뚝뚝 흘리며 가족들이 둘러보는 가운데 장의사가 염을 하고 있다. 그 모습을 보며 저승사자가 혼잣말로 중얼거린다.

"저것은 하나의 배려이니라. 죄를 짓고 죽든 억울하게 죽든. 현세에서 있었던 일들은 모두 업보로 여기고 이승을 떠나가게 하기 위해서다. 슬프게 우는 가족들의 얼굴, 자식 마누라 그리고 부모보다 먼저 죽는 불효자가 되어 부모 얼굴을 못 잊도록 가리는 것이니라. 깨끗한 수의를 입혀 이승의 마지막 세상인 현세의 공기도 못 들여 마시게 코까지 막아버린다. 사람의 아홉 구멍을 전부 막으며 새 옷을 입혀 현세를 떠나게 하는 장면이 염이니라."

"저승 갈 노자 돈을 넣어 주시요."

고개를 들어 나는 저승사자의 얼굴을 살폈다. 저승사자의 눈은 장의사 직원의 입에다 고정시킨 조명등처럼 새파란 빛이 발하고 있다. 동공의 움직임이 멈추었다는 표현이 나올 것이다.

염은 영안실 한쪽에 자리 잡은 장의사의 직원들이 하는데 이들의 비리가 문제다. 교묘한 수법으로 죽은 이와 헤어지는 자리에서 가족들이야 슬픔에 젖어 있건 말건, 비통에 빠진 유족들의 마음은 아랑곳하지 않고 저승 가는 데 차비를 많이 주어야 한다며 옷을 한 겹 두 겹 입힐 때마다 돈을 요구한다.

유족들은 눈물과 콧물이 범벅되어 잘 보이지 않는 것을 이용해 계속 돈을 요구한다.

"큰딸 누구요? 저승 갈 노자 돈 준비 하시요?"

사위 아들 손자 작은 딸 사위 아들 며느리 막둥이까지 온 식구들을 다 불러 모아 저승사자에게 잘 보이려면 노자 돈을 많이 넣어야 한다며 재촉한다.

하지만 철모르는 막둥이가 돈이 있나. 장의사 직원은 어머니가 막둥이라고 얼마나 귀여워했고 예뻐했다고 어머니 가는 데 차비를 보태야지라고 은근히 강요하자 어린 막둥이는 가진 돈도 없고 온 가족이 울어대니 덩달아 울기만 한다. 저 어린 자식이 천륜의 끈이 끊어지는 고통인 어머니와의 마지막 이별의 장에서 헤어지는 아픈 마음을 모질게 들쑤시는 저 독사보다 못한! 장의사 직원의 독촉에 큰형 큰누나가 얼른 주머니와 지갑에서 돈을 꺼내 막내의 손에 쥐어주니 독사혀 같은 장의사 직원의 손은 돈을 순간적으로 받은 다음 관 속으로 들어가는 척하면서 자기의 주머니 속으로 손이 들어간다. 번개 불에 콩 볶아 먹듯이! 해치우는 것을 보니 저 놈들은 전직이 소매치기가 아닌지 모르겠다. 손이 다 보이지 않을 정도다. 전부 그런 식이다. 단 한 푼도 관 속에 들어가는 돈은 없다. 저승 갈 노잣돈은 전부 이 자들이 가로챈다. 관은 나무못으로 마무리되고 광목 끈으로 묶은 다음 영결식을 마치면 장의차에 실려 화장터로 출발한다. 장의차에 실을 때도 돈 내란다. 이미 영혼은 천국이나 지옥에 가서 수속 중인데도 며칠 동안 같이 있은 영안실 친구들과 헤어지기 싫다며 친구들한테 파티를 하라고 돈을 주고 싶어 한다고 관이 땅바닥에서 안 떨어진다고 거짓말을 한다. 영안실에 있는 다른 송장들에게 갈 돈도 제 호주머니 속으로 사라진다.

에고! 저놈들……. 이런 양상들이 대한민국 영안실의 대표적인 비리다.

그런 꼴을 가만히 보고 있던 저승사자는 한숨을 쉬다가 차츰 갑자기 씩씩거리며 코를 불고 야단이다.

"왜? 씩씩댑니까?"

빙긋이 웃음 띤 표정으로 내가 묻자

"음~마. 난 미치고 폴짝 뛰겠는데! 넌 마스크가 째지게 웃고 있냐? 이 썩을 놈아! 나 도저히 못 참겠다, 열불이 나서. 저 새끼들이 나를 빙자해서 돈을 챙겨 넣는 것을 보니 내 속이 부글거려서 기름 끓는 가마솥 같다!"

"관둬요? 그 돈 관 속에 넣어 봤자 땅 속에 묻혀 썩어버리거나 화장하면 불에 타기 밖에 더하겠어요. 그리고 우리나라에서는 돈을 묻거나 태우면 벌을 받아요. 장의사 직원들도 나름대로 애국하는 것이라고 할 수도 있고요."

"이런 쳐 죽일 놈! 남을 빗대어 돈을 옭아내고 그것도 모자라 어린 자식들에게까지 저런 식으로 저승 노잣돈을 빌미로 돈을 착취한다면 그게 옳은 일이냐?"

어지간히 화가 난 모양이다. 고정되어 있던 눈빛이 움직이기 시작한다. 야수의 눈빛처럼 시퍼런 불빛인 저승사자의 안광이 아니라 서치라이트 불빛 같다.

"고만 하시요. 이. 그러면 다음 장면을 못 봉께로. 혹시? 성님! 영혼들을 저승으로 데려갈 때 저자들처럼 부정을 저지린 것 아니요?"

"이승에서나 공무원들이 그런 짓을 하지! 나는 절대로 안 한다."

"성님이 그런 짓을 하지 않았으면 되얏지 참으시소!"

"자네가 암만 그래도 성님은 못 참겠다."

"시끄럽소! 버스 출발할 모양이니 우리도 탑승해야지요."

버스가 출발하면서 또 돈! 돈이다. 빙 둘러 앉은 유족들의 등 뒤로 새끼줄이 걸려 있다. 기사는 룸미러로 뒤를 자주 바라본다. 전부 상복을 입고 있어 미니스커트를 입은 아가씨도 없는데 운전은 똑바로 안 하고 뒤쪽만 힐긋 힐긋 바라본다.

"오라! 이 개 쌍놈의 자식!"

눈길이 가는 곳은 버스 중앙에 매어 놓은 새끼줄이다. 새끼줄은 관 길이만큼 약 2m 정도 된다. 만 원짜리 요즘 식으로 말하면 그린벨트 녹색 돈인 만 원권이 한 필지 두 필지 점점 늘어난다. 그린벨트는 영광굴비 엮어서 햇볕에 말리는 것처럼 보인다.

"에구! 저런 시~러~비 할 놈! 요새 귀신은 뭐하고 있는지. 저런 놈 안 잡아가고."

나도 뿔따구가 나서 무의식중에 한 말인데 갑자기 뜨끔해서 저승사자 얼굴을 보니 도끼눈을 해갖고 나를 째려본다. 귀신을 곁에 두고 귀신타령을 하며 투덜댔으니 불난 곳에 기름을 드럼통으로 부은 격이다. 저승사자는 버스 안에서 계속되고 있는 장면을 보고 여전히 씩씩대고 있다.

버스 속에서도 염할 때와 같은 짓을 하고 있다. 다리를 건널 때 고인이 좋은데 갈려면 통과 세를 줘야 된다고 씨부렁거리면 유족들이 돈을 새끼줄에 꽂는다. 그러면 입이 귀 밑에까지 찢어진 운전사가 하는 말은 이 다리가 천국으로 가는 다리란다.

……. 한참 가다가 신호등이 있는 곳에 도착하여 파란불이면 이 노인네 복도 많네! 파란불이 들어와서 천국으로 무사통

과한다며 유족들의 기분을 띄우고 자기도 기분이 엄청 좋다고 떠들어댄다. 아니 남은 죽어 저승 가고 유족들은 슬픈데 자기가 기분이 왜 좋은가? 또 사거리나 갈림길에서도 뭐라 할 것 없이 모두 돈이다. 돈을 원할 하게 걸지 않으면 숫제 협박을 한다. 즉? 과속방지턱을 과속으로 통과하는 것이다. 과속방지턱을 통과하는 사실을 아는 기사야 대비를 하지만 모르고 당하는 유족들은 육체적인 충격이 꽤 크다. 관 속에 누운 송장이 벌떡 일어날 정도로 차체가 통 채로 들썩들썩하게 된다. 그 충격에 저승사자의 몸이 공중에 붕 솟구쳐오르더니 한 바퀴 빙그르 돌다가 버스 바닥으로 떨어진다. 꽤 충격이 큰지 한참을 헤매다가 간신히 의자에 앉으며…….

"오메! 아파 뿐 거! 어디 지진 났냐? 허리가 삐끗한 거 같다! 어이 홍보관! 방금 와당탕한 것은 무엇 때문이냐?"

"저기 운전하는 기사 눈을 보시요. 뱁새눈을 해가지고 뒤를 한 번씩 힐끔. 힐끔거리는 게 안 보여요?"

"왜? 그러냐? 우리가 탄 것 눈치 챘냐? 원래 우리는 인간들의 눈에는 안 보이는 존잰데 혹시 저 새끼 잡귀 아녀! 잡귀라면 내가 알아볼 터인데. 그도 아니면? 뒤 자석에 앉아있는 여자들이 미니스커트를 입어서 팬티 색갈이 궁굼하여서 돌아보나 앞을 잘 보고 가야지 저러다가 사고 난다. 전방을 주시해야지."

"왔다. 메! 헛소리 좀 그만 하랑께요. 성님도 지구에 오더니 영 성격이 베래부렀구만! 유족 중에 두 사람이 빨래 줄에 돈을 안 걸었다 이거지요 시방!"

"아! 그린벨트 말이냐? 그렇다고 과속방지턱을 이리 험하게 넘으면 되냐? 춘향이가 문지방방문턱 넘듯이 살며시 넘어야지! 잠든 송장이 놀라서 잠깨겠는데 어쩌면 쓰겠냐? 대삼아!"

"아! 송장이야 진즉 저승공화국에 가서 입국 수속 중일 것인데! 뭘 자꾸 물어싸요."

"아이쿠 허리야! 목이야! 저 시~러 배. 아들 같은 놈! 아무리 돈이 좋다지만 운전을 저 따위로 하다니. 너 말처럼 사랑때문에 흘리는 눈물보다 돈 때문에 눈물을 흘릴 때가 더 많고 질병 때문에 고통을 받는 것보다 돈 때문에 고통 받는 것이 살아가는데 훨씬 많다고 하더니 너도 그런 고통을 받아보았느냐? 비라먹을 저승길 가면서까지 이렇게 고통받는 송장을 보니 인간들이란 쯧쯧……."

유족들도 구시렁거리며 몸을 이리저리 비틀어 본다.

"건설교통부 장관한테 진정서를 다시 올려야겠다. 과속방지턱은 높이가 10cm 이상 되지 않도록 하라 했는데, 미끈한 새색시 다리에 왕 거머리가 붙어 있듯이, 멀쩡한 도로에서 30cm는 족히 될 높이의 과속방지턱 때문에 모가지, 허리 삐끗했잖아."

"허리 삐끗해 봐. 요즘 같은 세상 세 쌍 중에 한 쌍이 이혼하는데 허리 삐여 그 짓 못해서 용도폐기 처분이 내려지면 책임질 거요? 어이 기사양반! 대답해 보세요. 우째서 그러코롬 사정없이 넘어뿌요. 시체 담은 관이 마빡이마을 박고 바닥을 쳤으니 깨었을지도 모르 것 구만이라."

내가 씨부렁거린다고 기사에게 들리지도 않겠지만 그래도

분한 김에 고함을 질러보았다. 저승사자 역시 골이 잔뜩 났다.

“저 새끼! 나가 데리고 가야겠다. 노잣돈 전부 착복하고 저승 갈 여행경비까지 가로채니 죽여야겠구먼. 네가 저놈 주머니 뒤져서 그린벨트를 줄에다 빽빽히 채워 주거라. 이대로 가다가는 내 허리 작살나겠다. 저승에 가면 우리 마누라가 이승에서 못된 짓 하고 온 줄 알고 용도폐기 시키면 내 입장만 곤란하다.”

호~이~홋!

……저승사자한테 배운 대로 운전기사 주머니 속의 그린벨트를 끄집어내어 몽땅 걸었더니 운전기사 눈깔이 알사탕만큼이나 커진다. 마스크 한쪽이 귀까지 닿을 정도고 껄껄 웃는 모습이 하마 입 같다. 목젖이 다 보일 정도다. 나중에 제 주머니 속의 돈이 없어진 걸 보고 화들짝 놀랄 것을 생각하니 웃음이 절로 난다. 옆에서 그때까지도 씩씩거리며 코 숨을 쉬어대던 저승사자가 내 옆구리를 툭 친다.

“너. 이 새끼! 남은 화가 나 죽겠는데 날아가는 기러기 보잠지성기를 보았냐? 왜 웃느냐? 셔터마우스 닫어. 임마!”

“서울역에서 얻어터지고 남산에 와서 흘겨본다더니 사자님 모습이 꼭 그 짝이요?”

돈을 처먹으니 확실히 차가 부드럽게 간다.

“저 육실 헐 놈의 기사와 염할 때 노잣돈 훔친 도둑들에게 무슨 벌을 내릴까요? 아주 박살을 내버립시다.”

"가만히 좀 있어 보거라. 법전을 한 번 보고 제일 고약한 벌을 내리겠다. 이놈들은 가재 같은 것 있잖니 거머시더라 생각이 잘 안 나네."

"법전에 쓰여 있잖소."

"억수로. 어려운 말이었는데. 아까 한 번 튕겨버리고 나니 정신이 아리. 까리하다. 사막이나 밀림지역에 사는데 물렸다 하면 죽는다. 너 혹시 모르냐?"

"가재 같은 거라니요? 전갈 말입니까?"

"옳거니. 이놈들은 꽉 막힌 방에다가 전갈을 반 정도 채우고 매일 옷을 전부 벗고 들어가 춤을 추게 하자. 일만 년을 매일 그 방에 들어가 전갈한테 물려서 고통을 당하게 하고. 그 벌이 끝난 뒤 잡귀로 떠돌게 하자구."

"뿔따구가 엄청나게 나쁜 모양인 갑 소. 이? 홀라당 벗고 전갈한테 물리면. 아이구! 죄 짓지 말아야지. 생각만 해도 몸서리가 쳐지네."

차가 커다란 벽돌건물이 턱 버티고 있는 곳에 도착한다. 높다란 굴뚝에는 시커먼 연기가 나고 매캐한 냄새가 나는 것을 보니 지금도 시체를 태우고 있는 모양이다.

"이곳이 화장터냐?"

"맞습니다요. 버스에서 내리면서 팁을 또 달라고 하는 모양입니다요! 이번에는 아마 죽은 시신이 주어야 하는 모양인데요."

"오면서 딸딸이 같은 차에다 뒤통수 다치고 이마빡 박고 허리 척추 나간 송장이 무엇이 고마워 팁을 주냐? 저 거머리 같은 자식을 단 한 방에 조물주의 칼벼락을 쳐서 죽여야겠다. 태풍이 일어나게 하자."

"태풍이면 물난리가 나는데. 우리나라는 지금 엄동설한이어서 큰 일 난께 그러지 마시요이."

"너는 사사건건 청탁하려 드느냐? 감사를 나온 나한테 봐주라고 하면 어떡하냐?"

"사자님과 나는 시방 일심동체 아니요. 그랑께 내가 부탁한 것도 좀 들어 줘야제 이"

"야가 시방 뭔 뜬금없는 소린 겨? 너하고 나하고는 피도 안 섞이고 똥구멍도 맞대보지 않았는데 뭔 일심동체냐?"

"또~옹구 멍은 왜요? 남 덜이 보면 우리가 동성연애 하는 줄 알것소 이. 그랑께 나가 하고 싶은 말은 둘이서 한 묶음으로 일 헌 께 일심동체 아니고 뭐요? 그라고 우리 국민들 불쌍해요. 정책 입안자들의 텅 빈 골통 때문에 얼마나 살기가 힘든 줄 아요? 자살할 판이요. 그러니 차라리 마른 대낮에 날벼락을 쳐 버리더라고 이."

"알겠다. 다음부터는 풍신에게 뇌물을 주어 태풍이 오면 될 수 있는 대로 일본이나 중국으로 거쳐 가게 하겠다. 대삼아! 나 돌아갈 때 밍크코트 하나만 지구에서 잘난 년, 고위층 여인들이 입으니 풍신 마누라한테 선물로 주게."

"그런 소리 마시요이 땅에 내려오더니 저승사자까지 오염되고 말았지요.. 그렇잖아도 우리나라에서는 1년 넘게 그놈의 코트지 밍크 게이트지 때문에 공직자들 모가지 날라 가고 국회에서 쌈 박 질 인디 저승에도 코트 갖고 가서 청문회

열 일 있소? 씨알도 안 먹히는 소리 허들 마시요. 이 관을 화장장으로 옮기는 모양인디! 싸게 싸게 언넝능 따라가 봅시다. 지금 구울려고화장 허는 모양인디!"

"허리가 삐끗해서 얼른 못 가겠다."

화장터에는 6개의 화구가 있다. 불을 지피는 쪽의 뒤쪽과 앞쪽에는 시체를 담은 관을 넣을 화장장이 있다. 화구 문을 열자 문은 위로 올라가고 바퀴가 달린 화덕 침대가 나온다. 침대는 내화벽돌로 바닥을 장식하였다. 그 위에 관을 올려놓으면 이승을 떠나는 영혼에게 마지막 인사를 한다. 악한 자든 선한 자든 미운 자든 사랑하는 사람을 마지막으로 보내는 현세와 내세의 이별장이다. 분해서 우는 눈물, 억울해서 우는 눈물, 사랑하는 사람을 보내는 눈물, 수정체 같은 눈물, 방울방울 흘러 떨어지는 저 눈물들, 감정의 정화로 인한 구슬이지만 각기의 눈물의 의미는 다른 것이다.

옆의 화구 앞에는 조그마한 관이 두 개 놓여 있다. 관 앞에서 데굴데굴 구르면서 울부짖는 저 여인은 사랑하는 자식을 보내는 눈물이 화장장 바닥에 수없이 떨어져 보는 이의 안타까움을 자아내게 한다.

화덕은 들어가고 샤 터가 내려온다. 스님의 목탁소리, 교회 목사의 기도소리, 가족들의 울부짖음, 그 속에 불은 지펴지고 둥그런 유리창 구멍으로 저승의……. 지옥의 불구덩이처럼 화마의 혓바닥이 시신 담은 관을 감싼다.

길고 긴 시간이 흐른 뒤 화구는 열리고 화덕이 나오니 흉한 얼굴도! 어여쁜 미인도! 천진난만하고 천사 같던 어린애 얼굴도! 흔적 없이 모두 사라지고 큰 관절뼈와 하얀 돌 같은 뼈만 몇 군데 남는다. 죽음이란 모두 저 모양인데 산다는 것은 무엇이며……. 왜? 아~둥~바~둥. 거리며 살아야 하는지 지금 이 자리에서는 심각하게 생각해 보지만 삶의 현장으로 돌아가면 망각의 강을 건너버렸는지 이런 생각들은 까맣게 잊어버리는 것이 사람들의 살아가는 모습이다. 화부는 유골을 담기 위하여 호미처럼 생긴 도구와 깡통을 가져온다. 이곳에서도 또? 비리는 있다. 화부들이 상습적으로 하는 말이 있다. 잘 구워 준다고, 깨끗하게 태워 준다고 돈을 내란다. 이런 빌어먹을 놈들! 사람을 태우는데 잘 구워 준다고 웃돈을 내라고 손을 내밀다니.

갈비 집 서빙을 하는 것도 아니고 죽은 송장을 잘 구워준다고 팁을 달라는 저승꽃이 만발한 늙은 화부들 얼굴을 보니 어이구! **원수 같은 돈!**

갑부의 돈은 닦지 않아도 빛이 나지만 졸부들의 돈은 아무리 닦아도 빛이 나지 않듯이 저승 가는 송장이 준 돈은 재수가 없는 것이다. 돈이란 잘 쓰면 인격을 논하지만 잘못 쓰면 독이 된다는 생각이 든다.

화부들은 거의 대부분 늙은이들로 자기들도 머지않아 저승길을 갈 것인데 돈이란 게 무엇인지 돈이 탐이 나서 저런 짓을 하다니. 자기들은 매일 보고 몸으로 느낄 것이다. 인생은 빈손으로 왔다가 빈손으로 가는 공수래공수거인 것을…….

천석꾼 부자도, 억만장자 재벌도, 천하를 호령하던 군주도, 천하일색

양귀비며, 항우 부인 우미인, 깡통 차고 구걸하던 걸인도?

모두 똑같이 가는데……. 이세상의 인간의 삶은 미완성이다! 인간은 모두 태어날 때나 이승에서의 많은 업보도 떠날 때는 모두 빈손으로 가는데 사람에게 있어 돈이란?

비리라는 게 모두 돈 때문이다. 돈! 돈! 돈! 돈! 하다 보니 돈다. 해까닥 돌아 버린 모양이다. 망자의 유품을 태우기 위하여 보따리 채 가져오면 그것을 슬픔에 겨워 울부짖고 서러워하는 유족들의 혼란스러운 틈을 타서 재빨리 뒤 창고에 숨겨 버린다. 어떤 의미로는 좋은 일인지도 모른다! 그 옷이나 유품들은 태워 버리면 낭비가 아닌가. 이 지구상에는 헐벗고 굶주려 죽은 사람이 얼마인가 기아에 허덕이는 아프리카를 비롯하여 세계 도처에서 하루에 수많은 사람들이 죽어간다. 그런 곳에 보내준다면 이 화부들은 죽어서 극락으로 보내든지 천국으로 보내든지 화부들의 뜻대로 전출시켜주면 되는데.

또 한바탕 울음바다다. 어제, 그제, 그끄제의 살아 있는 얼굴은 아른거리는데 몇 조각 유골을 바라보노라면 배꼽 아래에서부터 밀고 올라오는 슬픔은 그 누구도 참을 수 없으리라. 쇠로 된 절구통에 유골을 넣고 쇠절구로 유골을 빻으니 쿵쿵 덩~더 쿵. 유족들이 한 번씩 절구질을 하면 마지막은 화부 몫이다. 이때 또 나타나는 당연한 비리. 잘 빻아 준다고……. 밀가루처럼 곱게 만들어 준다고 돈 내란다. 이런 화부들의 얼굴을 보면 저승사자 얼굴보다 더 무섭고 한층 밉상이다.

어이구! 늙어도 곱게 늙어라. 너무 추잡하게 돈 거 아니냐? 돈에 돈 모양이다. 욕심도 대충 부리시요. 시~러비럴. 영감쟁이 놈들 더럽고 치사하다. 이들을 단체로 데려갔다가 단체기합 주면 효과도 단체로 나겠다는 판단에 그날 밤은 치사한 수작으로 돈을 뜯어내던 장례 관련 인간들을 불러 모은다고 나와 저승사자는 정신없이 바빠야 했다.

물론 이들도 모두 지옥으로 끌려가서 살아생전 저지른 모든 죄악을 객관적인 관점에서 바라보아야 했고……. 전갈이 득시글거리는 밀폐된 실내에서 전갈의 독침에 수도 없이 찔리고 또 물렸고 아침에 잠에서 깨었을 때는 하나같이 이마에 흉터를 갖게 되어. 지난 밤 꿈이 얼마나 끔찍한 악몽이었는지 뼈저리게 깨닫게 되었다. 그들은 또 그렇게 치사한 방법을! 예전의 수법을 그대로 사용할 것인가? 살아있는 자들이 영혼은 죽지도 소멸되지도 않으며 당하는 고통이 끝이 없이 연결된다는 것을 모르고 죄를 짓는다. 만일 불구덩이에 빠지면 현세에서는 순간적으로 죽기 때문에 고통도 잠깐이지만 지옥에서의 벌로 불구덩이에 빠지면 영혼은 죽지 않으니 고통은 계속 이어진다.

"만약 이런 일을 겪고 난 후에도 여전히 그런 짓을 한다면 인간이기를 포기한 것이겠지."

"그들이야 그렇다. 치더라도 지옥을 경험하지 못한 인간들은 계속 나쁜 짓을 할 텐데 그들을 일일이 잡아갈 수도 없고."

"그래서 촬영한 것을 활용해야지 메인 뉴스시간에 살짝 끼워넣어 실제인 것으로 내보내자구."

우리는 화장터를 떠나 큼직한 건물이 있는 곳으로 갔다. 그 건물 주변에서는 이상한 냄새가 코를 찔렀다.

"아니! 이거 무슨 냄새야? 왜 이리 독하지?"

"소독 냄새에 피 냄새까지 나네. 아하, 여기가 해부하는 곳인가 봐요."

"무슨 해부?"

"사람이 죽었는데 죽은 원인을 모를 때는 그 원인을 밝혀야 하니 돼지 배를 가르듯이 인간의 신체를 쪼개서 분석해 보는 것이 랑께."

"그래서?"

"자연사냐? 자살이냐? 타살이냐? 사고사이냐를 밝혀 범죄 요인이 있으면 수사를 할 것이고 그렇지 않다면 그렇게 저렇게 처리하는 겁니다."

"쯧! 죽은 것도 억울한데 배까지 갈라놓으면 그 신세도 참 처량하구나. 에고! 삶이란 또 그렇고 그런 것인데 그 늙은 화부들에게 벌을 준 게 잘못되었구나."

"아, 그게 머~땀 시무엇 때문에 잘못된 거라유?"

"하루에도 수십 구를 태우는데 어찌 맨 정신으로 견디겠냐? 그래서 술을 마셔야 하고 술을 마시자니 돈은 없고 그래서 그렇게 된 것 아니냐. 그걸 벌을 주다니 잘못되어도 한참 잘못되었다. 그 벌로 인해 충격을 받아 몸에 이상이라도 생기면 누가 돌봐줄 것인가. 안 그런가?"

"듣고 보니 글네요. 하지만 어찌 하겠스라 끝난 일인디 근데 사자님도 감정이 있나요?"

"무슨 소리 하는 게야? 나도 한때는 인간이었다는 사실을 잊었는가?"
하고 저승사자가 눈을 딱 부라린다. 아이고! 저승사자가 따로 없네. 영판 저승사자네!

"저렇게 시신을 태우는 일을 하면 꿈에 영혼들이 나타나 내 육체 돌려달라 하며 마구 엉겨들기도 하겠지? 그치?"

"그럴 수도 있겠네요. 이. 아참! 사자성님! 나는 죽으면 국가 유공자이여서 현충원에 묻는다는디, 그러면 화장을 해야 하는데 나는 뜨거워서 화장화덕에서 나와 뿔라요"

"일마가! 그래서 사람이 늙으면 치매가 오게 한다. 또한 병들게 하여 살을 빼게 한다. 왜? 뭇겠지! 치매가 걸리면 뜨거운 것도 모르고! 병들게 하여 살 빼는 것은? 운송비 때문이다."

"그러면? 살찐 사람은요?"

"일마가! 째래보기는 그 소리 나올 줄 나는 뻘새진즉 알았다. 살찐 사람은 지옥이다. 왜? 하고 묻겠지! 지구상에 헐벗고 가난한 사람이 많다. 굶어죽는 사람이 얼마나 많은지 너는 알 것 아닌가? 남을 도와주지 않고 살이! 발로 차버린다. 바로 지옥으로 떨어진다."

"그러니까 잘 봐달라고 와이로蛙利쓸鷺↔뇌물를 받은 것 아니요. 우리나라 대다수 기업인들 정치인에게 정치자금으로 ……!!"

"그런 일이 없으면 대한민국 정치인들 한 명도 살아남지 못한다. 뭐 정치는 생물이라던가? 그리고 대한민국 재벌들

저거 잘 살아야 100년 안이다. 현세에 살면서 온갖 비리 다 저질러 모은 돈으로 떵떵거리고 살며 좋고 큰 집에, 좋은 음식에 몇 천만 원짜리 옷 걸치고 다니다가 죽어서도 큰 묘 자리에 명당이라고 팔자 좋게 눕겠지만 어림없다. 요것들은 내가 몽땅 초청하여 천년은 얼음 굴속에 또 천 년은 불구덩이 속에 또 끓는 기름 솥에 천 년을 튀긴 후 만 년 동안 후회와 참회의 돌탑을 쌓게 할 거다. 현세 100년 결코 길지 않다. 김 홍보관! 아니 이 호칭도 마음에 안 든다. 이보 게 아우! 앞으로 이렇게 부르자. 가만, 어디까지 했더라?"

"어허, 사자님! 흥분하지 맙시다. 사자님 본업을 해야지 와 이런 당가?"

내 말에 저승사자가 머쓱해지더니?

"그래도 그 노인들에게 그리 하는 게 아니야. 살날도 얼마 안 남았는데."

"아, 그럼 죽으면 좋은 데 데려다 주시구려."

"굳! 베리 굳! 베리 굳! 아이디어."

비로소 저승사자의 얼굴이 밝아졌다.

"현세에서 고생했으니 내세에서 편안해야지. 현세에서 편안했던, 잘 살았던 녀석들 모두 저승 가서 고생 좀 해야지. 암 그렇고. 말고."

"저, 사자님! 옛날 왕들이나 지금의 대통령도 저승 가면 특별초청대상이 됩니까?"

"당근이지! 그들도 인간이니 대상이 될 거구 또 텍도 없이 많이도 죽였잖나, 무슨 사화니 무슨 난이니 하면서. 아차차!

내가 그때 당했다는 기억이 나는구나. 아마 내가 그 무렵 연산군 손에 죽었을 거야!"

"누구였는데요?"

"그걸 모른다 말이야? 사람은 죽으면 전생의 기억을 모두 잃게 되는데 왜 이런 경우 있잖아. 난생 처음 본 사람인데 어디서인가 자주 아니면 많이 보았던 것처럼 눈에 익은 경우 말이야."

"아! 그게 전생에서 알던 사람이었다가 환생해서 또 만난다는 경우이겠네요."

"그렇지 아우는 똑똑하군! 그래서 옛날 왕들도 저승 와서는 그 치적에 따라 상벌이 나누어지는 게지."

"참으로 죄를 짓지 않고 사는 것이 힘이 드는 인생입니다. 죄 짓지 않고 바르게 살려는 기독교인들에게도 시험에 들게 하여 죄를 짓도록 꼬시는 판이니."

"그러니 하물며 권좌에 앉은 무소불위의 왕들이 권력에 취해아차! 하는 순간 제 부모 형제는 물론이요, 제 핏줄 죽이기 십상이요. 민가의 여인들 능욕하기. 그것도 모자라 채홍사까지 두었으니 그런 짓을 한 왕들 참으로 긴 시간 동안 형벌을 받고 있구나. 앞으로도 계속 받을 것이고. 참으로 죽고 싶어도 못 죽는 곳이 저승이 아니더냐. 삼천궁녀까지 죽여 가며 저승에 온 백제의 의자왕은 아직 한 가지 형벌도 끝내지 못했지, 아마."

저승사자는 만감이 교차하는 표정으로 하늘을 올려다본다. 인간 사회에 너무 오래 머물다 보니 인성이 되살아나는 모양이다.

"아우는 군대 갔다 왔지?"

"나야 대한민국 육군 분대장 출신이지라."

"그럼 빳다 맞아 본 적 있냐?"

"군대서 안 맞았다면 하느님 아들이고 부처님 아들이고 염라대왕의 아들일 것이요. 이."

"헛소리 마라. 맞을 때 얼마나 아프냐?"

"줄 빳다를 맞다 보면 한 일주일쯤 고통스럽지. 라."

"그렇지만 지금은 아프지 않지? 하루나 일주일 정도 지나면 고통은 사라지지만 지옥에서 겪는 고통은 영원히 계속되는 것이니 그 육체적 정신적 고통을 어찌 필설로 표현하겠는가."

"그래서 그 고통을 살아 있을 때 주자는 거 아니유."

"그래, 맞다. 자! 여관으로 돌아가자 에고, 허리가 아프다. 그 장의차 운전수 난폭운전에 내 허리 다 망가졌구나."

"그 허리는 저승에 가서 새 걸로 교환할 수 있나요?"

"쓸데없는 소리 하지 말거라. 아까 화구는 뭘 하러 갔더냐?"

"어린애 둘이 죽었기에 조사해 본다고요. 그랬더니 화부들이 망자의 유품보따리를 태우지 않고 창고 안에 숨겨둡디다. 아마 세탁하여 중고시장에 내다 팔 요량으로 감춰두는 것이겠지요."

"그럴 거야! 유골이 타고 나면 화덕에서 끌어모으면 번쩍번쩍하는 게 보이던데 그게 뭣이지?"

“망자의 금이빨이 녹아 뭉쳐진 것이지요. 가족들이 죽은 자의 이빨을 뽑지는 못하니 이건 화부들의 부수입이지라.”

“그럴 때는 괜찮은 직업이구나.”

“어린애 둘이 왜 죽었는지는 알아봤느냐?”

“죽은 애들의 애비가 그 짓을 했답니다.”

“그래. 짐작이 가는구나. IMF가 사람 꽤 많이 죽이는구나. 그 애들 애비도 한때는 촉망받던 젊은 엘리트였는데 다니던 회사가 부도나자 선후배들을 위해 명퇴를 자청하여 회사를 나와 개인 사업하다가 그것도 여의치 않아 말아 먹었지. 온 나라가 절단난 판에 무슨 사업인들 되겠는가. 그것도 사회 물정 모르는 월급쟁이가 말이다. 다 치우고 인턴사원으로 응시해 보았지만 그것도 전공이 틀려 채용이 안 되어 버렸다네.”

“참! 그 인턴 인턴사원 하는 게 무슨 말임감요?”

“이런. 똑똑한 척은 제 혼자 다 해놓고. 정작 쉬운 거는 모르네!”

“아땀시, 너무 괄세를 마시셔 아 사전에 없는데 내가 어디서 주어 듣는 당가?”

“호! 사전에 없다. 이보 게 아우님! 요즘 새로 생기는 말들이나 10대들이 만들어내는 신조어는 사전에 등재되어 있는가? 시대의 첨단을 달려야 할 사람이 왜 이리 뒤 걸음 치는가. 아우는 인스턴트INSTANT↔즉각 하자마자 순간·식품 좋아하지?”

“에이! 그 인스턴트에서 나온 말입니까? 일회용 간편 식품이니 인스턴트 사랑이니 하는 그 일회용이지요, 다 쓰고 나면 용도폐기 되는?"

"누가 뭐랬나? 갑자기 흥분을 하네."

"인턴사원 되어도 걱정 안 되어도 걱정이니 그 단어 어감이 쪼깐 안 좋아 뿌렀네."

"그래 결국 인턴사원으로도 채용되지 못 했구요. 퇴직금까지 사업한다고 다 날려버렸으니 이제는 꼼짝없이 집구석에 처박혀 있어야 되니 경제활동은 자연히 허드레 잡일이 많은 여자에게로 돌아갔네.

여자는 생각보다는 취직할 곳이 많다 말이야. 그래 이 친구의 부인이 음식점에서 서빙이라든가 하는 일을 하게 되었는데, 이 여자 얼굴이 워낙 반반한지라 너희 나라 속담에 있잖냐? **그릇을 바깥으로 돌리면 깨어진다**라는."

"그래서요! 그 그릇 깨어졌나요?"

"어쭈구리! 그런 얘기 나오면 눈빛이 반짝반짝 살아난다 말이야. 그래도 얘기 중간에 끊는 건 나쁘다. 알긋냐?"

"아. 그래서 뒤가 우째되었는가 빨랑 얘기해요."

"참 되게 보채네! 자네! 지금 뭐 마려운 개처럼 낑낑거리고 있는 줄은 알고 있는가?"

"아무려면 어때요. 바깥으로 돌린 그릇이 깨어질 판인데."

"저런! 저런! 일마가 남 잘못되는 걸 은근히 즐기는 악취미까지 갖고 있구나!"

"아 아니지라, 그런 뜻에서 한 얘기가 아닌데."

저승사자가 나를 험악한 표정으로 내려다보다가 고개를 절래절래 흔든다. 나도 내가 너무 촐싹거린 기분이라 잠자코 있기로 했다.

“음식점 서빙이 다 그렇지만 은근히 추파 던지는 남자가 있는가 하면 노골적으로 몸을 더듬는 치한 수준까지 있다. 또 돈으로 유혹하는 남자에다가 한눈에 홀까닥 가는 순정파도 있다.

이 남자의 마누라는 그즈음 심신이 다 망가진 남편이기에 잠자리 같이 한 지도 오래되어 욕구불만의 감정으로 어느 한 순간의 유혹에 쉽게 넘어갈 몸과 마음의 준비가 되어있는 셈이었지. 어느 한 남자의 데이트 신청에 못 이긴 척 따라나서게 되었던 것이다.”

“그래서 남녀칠세부동석이라 했구먼요. 근다고 장마다 꼴뚜기는 아닐 것이고 한쪽이 맹목적으로 달려든다고 스토리가 이루어지는 법은 없을 터.”

“야가 또 나서네. 이 여자는 욕구불만으로 꽉 찼다 말이야. 그리고 전기란 항상 + 로 존재하고 남녀도 다 그런 것 아닌가. 여자 몸에 마이너스 기운이 충만한데 이를 해소시켜줄 +가 필요하니 어쩌겠냐.”

“당연히 스파크가 생기지요.”

“이제야 뭐 아는 소리를 하는구나. 원래 이 식당에 취직이 된 것은 초등학교 학부모 계모임에서 같은 계원의 소개로 가게 된 것이고 이 식당 주인은 그 계원의 친구였다. 그래서 남편도 마누라가 식당에 나가는 것을 반대하지 않았지. 그리고 호구지책일 수밖에 없으니 반대하나 마나였고.

근데 사실은 식당 주인 여자가 이 여자를 노리고 있었던 게야. 이 여자를 미끼로 손님을 끌어모았지. 그 전에 계 꾼들 불러 선심도 써가면서 안심을 시켜 놓고 뒤로는 단골 남자들에게 소리 소문 없이 주위에 참한 서빙하는 여자가 있으니 능력을 발휘해 보라는데 주저할 남정네 있으면 나와 보라 그래. 갖은 방법으로 모두들 눈에 불을 켰지, 이빨을 세웠지, 힘 자랑 돈 자랑에 정력 자랑에 이 여자 맥없이 넘어간 거야."

"예 맞는 말입니다. 한 잔 두 잔 건네주는 술에 아리. 까리해 졌을 테니 무슨 정조관념이 있을 것이며 모두가 단골손님이니 낯가릴 일 없고 그러다보면 견광 모텔 같은 데 돈벌이 되는 거. 그게 다 연계사업이지라."

"나는 남 얘기하는데 말허리 자르고 들어오는 놈이 제일 밉다 했다. 자꾸 끼어들래? 허긴 상말로 차 대가리든 뭔 대가리든 먼저 밀어 넣는 놈이 장땡이라며."

"아이고, 저승사자 88호는 이제 완전히 가 버렸지. 청량리 588에나가 보실 까? 그게 가면 아무리 팔팔한 놈도 시들어 버린 당께 사자님도 우~째 좀 뭐하요 이"

"사자는 농담도 못 하냐? 자 얘기 끝을 내자. 아까 남편은 의기소침했지 스트레스 팍팍 쌓이지 술로 세월을 보내다가 이제는 물 조루 기능까지 상실해 버렸다고 얘기했지. 이 불쌍한 IMF 아버지가 이제는 잠자리에서도 아내 눈치 보게 되었으나 아내는 남의 물 조루 물로 꽃밭을 꾸려나가니 그 재미에 중독이 되어 남편의 입장 따위는 헤아릴 필요도 없어 졌다. 식당 여주인은 손님 많아 좋고 이 여편네는 몸 주니 쾌락

오지 돈 들어오니 누구 좋고 또 누구 좋다. 그냥 죽이 딱딱 맞는 것이야."

"그 식당 주인을 소개해 준 같은 사람은 같은 계원을 그 모양으로 굴리고 죄 안 받을까 모르겠네. 벼락을 아니, 번개 칼을 맞을 년! 그냥 요것을 콱!"

"콱! 해서 어쩔래? 응?"

"아. 그걸 그냥 두어요?"

"인과응보라 했거늘 더 두고 보자. 그 여자의 남편은 아무리 술로 날을 보낸다 하더라도 마누라의 변신을 어찌 눈치 채지 못하겠느냐. 가끔은 폭력으로 주의를 줘봤으나 여자는 변함없이 이 물 조루 저 물 조루 물 받아 치장하니 얼굴은 점점 더 화색이 돌지요, 몸은 요염한 색 기 가 은연중에 풍기지요, 누가 봐도 여자가 변했다는 걸 알겠는데 하물며 그래도 명색이 부부라고 한 이불 덮는 사이에 그걸 왜 모르겠나.

거기다가 들어올 때마다 한바탕 격정 후의 나른함이 샤워를 한 후에도 남아 있지. 입에서는 술 냄새 풀풀 풍기지. 그런 날 마누라 꽃밭에 손이 가 보면 바싹 말라 있어야 할 꽃밭이 촉촉한 것이 아닌가. 몇 시간 전의 불륜의 여운이 남아 옹달샘의 물이 넘치는 거야. 이제는 의심의 여지는 없지만 추달하고 닥 달할 힘도 남아 있지 않았지. 차라리 이 여자 죽이고 두 아들 죽이고 자살하는 게 최선의 해결 방법이라 마음먹게 되는데, 그렇다고 확실한 증거가 없어 실행에 옮기기도 좀 뭣 했지. 결국 여자의 꼬리를 잡기 위해 미행을 할 수밖에는 그래서 여자가 근무하는 식당 근처에서 며칠을 서성이다가 끝내는 여관으로 직행하는 마누라를 보게 된 거야. 그런데 여관으로 들어가던 마누라가 행여나 자기를 보는 눈이 있나 없나 힐끗 살펴보는데 아차! 얼핏 남편의 모습이 보이지 않는가. 깜짝 놀라 황급히 여관 안으로 들어가 문 사이로 보니 역시 남편이다. 여자는 그날로 가출하여 버렸고 남자는 두 아들을 데리고 살 길이 막막해 졌지. 결국 마누라를 죽이고 자살하겠다는 계획이 수포로 돌아가자 자기 손으로 두 아들을 목 졸라 죽이고 강물에 뛰어들었어. 더러운 어미에게 자식을 맡길 수 없다며 인간의 죄악 중에 가장 무서운 것인 제 아이들을 죽인 거야."

"IMF가 정말 사람 여럿 죽이네요. 노숙하다 죽은 사람, 기업 망해 자살한 사람. 빚에 시달려 오히려 거꾸로 채권자를 죽인 채무자까지 인간들이 죽을 수 있는 갖가지 유형으로 죽어갔건만……. 이 환란의 주범은 어디에 있는지 서로 늬 탓이요 제 잘못이 아니라니, 결국 아이의 엄마도 피해자이면서 한 가정을 작살낸 가해자로서 벌을 피할 수도 없게 되었습니다."

"그래! 지금 당장 벌을 줄 수가 없지. 그보다는 아우님 말마따나 환란의 주범을 가려내는 역사적 작업이 더 중요한 일이다. IMF국회 청문회도 별 수 없고 재벌들의 수작에 금융당국의 방만함이 일으켰다고 보면 될 테지만 하여튼 이 주범이 확실하게 밝혀지면 수많은 가정을 파탄시킨 죄! 인륜의 고리를 끊도록 몰고 간 죄를 물어 1만년의 형벌을 물어야 되겠지."

"1만년 동안 천 근 무게의 돌을 가슴에 얹어 살게 합시다."

“그래 맞다. 수많은 사람들의 가슴에 피멍이 들게 했으니 그 정도는 약과다. 보너스 주는 셈 치고 등에도 천 근 무게의 쇳덩어리를 달아주어야겠다.”

“식당 주인 여자도 벌을 주어야 되겠습니다.”

“그래! 그 여자는 오늘 밤 꿈에 방글라데시의 창녀촌에서 창녀가 되어 석 달 열흘을 그 짓만 하다가 매독 임질 에이즈 등 온갖 성병에 하초가 녹아내려 죽게끔 벌을 주자꾸나.”

“어휴. 벌 치고는 고약한 벌이네! 썩는 냄새가 당장 풍기는 거 같네!”

“그리고 섹스 관련 사업하다 진짜 죽으면 구천을 떠돌게 하며 잡귀들에게 강간당하게 하여 단 하루도 편할 날이 없게 할 것이고 그 자녀와 후손들에게도 그 형벌을 내리게 할 거다.”

“사자님이 자꾸 인간을 닮는다 했더니 이제는 성질까지 베려버릿꾸마버려 아. 와! 그란다요?”

“그냥 저승사자로 왔다리갔다리 할 때는 그런 것에 별로 관심이 없었는데 이제 임무를 부여받고 보니 한심하기 짝이 없네!. 도대체 언제부터 이렇게 되었는가?”

“인간의 역사가 시작 될 때부터이지요. 아니 뱀이라는 요사한 동물을 조물주인지 창조주인지 창조하고 난 뒤부터요. 그래서 에덴동산이 무너졌고 소돔과 고모라 성이 벼락에 헐렸고….”

“관 두어라, 또 그놈의 원죄가 시작되는구나. 나는 좀 이상한 생각이 가끔 든다.”

"무슨 생각이요?"

"한번은 지나가던 길에 어느 넓은 마당에 사람들을 모아놓고 성경 이야기해 주는 곳을 보았다네. 거기서 아담과 이브에다가 요셉이니 모세니 하며 이스라엘 민족의 선조인 그들을 우리의 조상이라고 목사가 핏대를 세우더란 말야. 아니 우린 단군의 자손인 배달민족이 왜 이스라엘 민족의 조상을 갖게 되었지? 뭐가 어떻게 되었기에 갑자기 조상이 바뀌는 거야? 내가 사자가 되어 모르는 것은 아카바기록으로 두루 섭렵을 했는데도 이 문제는 해답이 없어."

"성경을 해석하며 우리 풍습에 맞게 꾸며야 했는데 자구 하나 뜯어고치지 못하게 했기 때문이지요. 오죽하면 자라나는 어린학생에게 우리의 시조 단군을 기리기 위해 단군 상을 만들어 초등학교 교정에 세웠다고 그게 우상이라는 기독교인들 아닙니까? 그럼 워싱턴의 무슨 기념관 앞에 놓인 링컨 동상은 괜찮고 그 동상을 똑같이 만들어 초등학교 운동장에 세우면 우상이라 목을 칠겁니다."

"참으로 개탄할 일이다. 어느 집에서는 마누라가 열렬한 교회 신도인데 남편은 종교가 없는 그런 집에서는 조상 제사 지내면서 부부 싸움 한단다. 남편이 장남에게 절을 시키면 마누라는 우상숭배라고 못하게 한다는구먼, 아마 그 여자는 자기 선조도 우상이라고 여기는 모양이지."

"그래서 그 집 장남은 조상에게 절을 못했어요?"

"아버지가 아들에게 신중하게 물었단다. 넌 지금 사물을 판단할 만한 나이가 아니지만 우리 집안의 장손임은 알고 있지? 아들이 고개를 끄덕이자 너가 앞으로 기독교인이 될 참이면 절을 안 해도 된다만 그래도 한 집안의 장손으로 조상의 제사는 어떤 식으로든 모셔야 된다. 그리고 네가 교인이 아니라면 네 판단에 따라 절을 하든지 말든지 해라."

"그래서요?"

"한참을 생각하던 장남 왈 '교회 안 가고 절 할게요'하니 그 엄마 뭐랬는 줄 아니? 자기 남편보고 사탄이래. 아들이 사탄의 유혹에 넘어갔다면서."

"애고애고! 종교가 뭐 길래. 참! 얘기가 왜 자꾸 옆길로 샙니까? 집 나가서 가정 절단 낸 그 여자는 어떻게 처벌할 것입니까?"

"참으로 난해한 문제다. 어쩔 수 없이 생활 전선에 뛰어들었다가 그렇게 되었지만 사랑하는 자식을 죽음에 몰아넣은 그 고통만 해도 큰 벌이 아니겠냐? 죄는 밉지만 남편과 자식을 다 잃었으니 불가에 귀의하는 마음을 일으켜 평생을 수도하며 살게 할 것이다. 다 그게 본인의 팔자소관이 아닐 런지.

자식 죽인 애비는 물에 빠져 죽었으니 용궁에서 허드렛일이나 시키고 영문도 모르고 죽음을 당한 아이들은 다음 세상에서 행복하게 살도록 환생시켰을 거다. 참으로 그게 업인지 아니면 돌연한 IMF탓인지 이제는 이 사자도 헷갈리는구나!"

저승사자가 헷갈린다면 나도 물론 헷갈린다. 인간은 운명을 타고난다고 그렇게 믿게 한 천상에서도 작금의 인간 행적에 기가 찰뿐이니 이 인간들이 사는 사회는 과연 무엇으로 통제해야 되는가. 저승사자 88호와 홍보 관인 나 김 대삼의 업무가 더욱 막중해진다.

"수도하며 살게 될 마음을 준다고 그 여자가 그렇게 할까요?"

"생각해 봐라. 자식 죽인 고통도 보통 사람들은 감당하지 못한다. 더군다나 동방예의지국이라는 이 나라에서는 자식을 위해 목숨을 내놓는 부모들이 얼마나 많으냐.

그런데도 어미로서 자식을 죽였는데 어떻게 평상심으로 살 수 있을 것인가. 차라리 죽는 것보다는 수도하며 죽은 자들의 명복을 빌어주는 게 양심의 가책을 좀은 덜 것이 아닌가. 아마 저 여자는 지체부자유 어린애들을 돌보는 현세의 천사로 거듭날 거다."

"아. 그렇게 돼요? 한 집안을 간단히 절단 내버리고 난 후 천사가 된다고 해서 잘됐다 잘못됐다 할 수는 없지만 이런 경우 누구를 탓해야 하나 갑갑하지만 원흉은 분명히 밝혀야 됩니다."

"그런다고 이 나라 정치인들 정신 안 차리지. 도대체 정치란 국민을 위해 있는 거냐? 당리당략을 위해 있는 거냐? 아니면 사리사욕을 위해 있는 거냐? 그 정치인인지 정치가인지 국회의원인지 모를 사람들은 1년 내내 싸움질만 해대는데 세비는 왜 주냐?"

"아이고! 사자님! 안 그래도 복잡한 머리에 그 쪽 얘기는 왜 합니까. 국민 혈세로 잘 먹고 잘 살고 자기 돈 아니라고 외국 가서 돈 펑펑 쓰고. 국회 회기 중에 회의장에는 안 가고 바둑이니 고스톱이니 하다가 언론에 보도되면 온갖 해명 변명 다 해대도 누구 하나 뭐라 하지 않는 이 나라 아닙니까.

차들도 결함이 있으면 리콜이라는 제도가 있어 정비 가능하면 고쳐주고 정비 불가면 새 차로 교환해 주는데 국회의원 자질 없는 자는 표를 준 시민이 단결하여 혼내주어야 합니다. 아! 선거 때면 90도가 아니라 허리가 겹질려질 정도로 인사하다가도 당선만 되면 배며·목이며·눈에까지 힘주고 거들먹거리며 자기를 뽑아준 시민에게까지 군림하려 드는 정치인 얘기는 왜 합니까?"

"아우가 더 떠드네!"

"지가 흥분했나. 보네요. 이. 좀 부끄러워라. 사실 국민의 가려운 곳을 시원하게 긁어주고 국민의 알 권리를 챙겨주는 선량이 없는 것은 아니지만 아무래도 정치의 진정한 길이 뭔지를 모르는 사람만 그곳에 있고. 또 그런 사람을 선거에서 당선시켜주는 형편없는 유권자들도 있으니 할 말 없네요.

그라고요 한때는 좀 이름에 유명세를 탓 다 하면 표 마구 찍어준 적도 있어요. 코미디 황제라는 코미디언이 국회의원이 되지 않나, 노래 한 번 시원하게 잘 부르는 어린 여가수를 시의원인지 기초의원으로 뽑아주지를 않나, 우리나라 수준이 이래서 언제 제대로 된 민주주의를 한 번 구경하겠어요."

"내가 천기를 누설하는 것은 아니다만 올해는 아마 시민단체들이 들고 일어나서 자격 없는 정치인들 낙선 운동 시킬 거다."

"그러면 전라도 시민단체는 경상도 출신 낙선 운동 시키고 경상도 시민단체는 전라도 국회의원 모함하겠네."

"그게 무슨 소리고?"

내가 빈정거리자 사자는 이해를 못 하는 모양으로 어리둥절해 한다. 아마 저승사자 88호는 미래를 내다보는 능력이 많이 모자라는 모양이다.

"생각해 보세요. 우리나라만큼 편 만들고 당 만들고 무슨 단체 만들기 좋아하는 국민 봤습니까? 온갖 압력단체 만들어 영화가 야하다고 시비 걸고, 여승을 모델로 영화 찍는다고 데모하고, 약간의 용공성 발언을 했다 하면 여의도광장이 무너지려는 판국에 시민단체가 무슨 용빼는 재주 있답디까?

온갖 리스트에 마타도어가 횡행하는 판에 옥석이 구분될 리가 없어요. 가까운 서울의 넓은 광 장 놔두고 걸핏하면 비싼 차비 써 가며 부산역에서 규탄대회니 뭐니 하는 지역감정에 이번에는 우리 지역에서 대통령이 나와야 된다고 노골적으로 말하는 정치인들……. 그렇게 대통령이 되었다고 얼마나 덕 봤는지 모르지요? 대통령은 국부입니다. 한 집안의 가장이 제 자식 편애하지 않듯이 대통령도 어느 지역 한 곳만 혜택을 주지 못합니다. 다 당신께서 통치해야 할 우리 땅 아닙니까. 일국의 통치권자인 대통령은 전국을 훤히 들여다보며 어느 지역을 무엇 때문에 교통이 불편하며, 왜 저 지방은 농사짓는데 물이 부족한가, 어느 지역은 농사짓기도 뭣한 땅이니 공단을 세워 주민 소득 사업을 하게 해야 되겠다고 각 지역 특성에 맞는 사업을 하는 등 체계적으로 국토를 균형 발전시키는데도 지역이기주의라 해 싸니 참으로 뭘 해먹기 힘든 나라입니다."

“너. 시방! 무슨 소리 하노? 국회의원 해먹기 좋은 이 나라를 와 그리 폄하하는고?”

“사자님하고 다니기 전부터 빼딱한 게. 나 아니우. 근께 그런 소리가 나는 거요. 서로 양보할 건 해 가면서 차곡차곡 일하면 좋을 텐데 꼭 자기 지역부터 먼저라고 지역구 따지는 국회의원들도 문제입니다.”

“문제 많다, 많아. 너무 많아서 어데서 부터 손을 써야 될지 모르겠네. 이러니 대통령도 판단력에 문제가 생길 끼라.”

“신도 실수를 한다고 들었는데 인간인 대통령이 실수 안 할 리 없고 그때는 솔직히 사과하면 된다 말입니다.”

“그래 맞다. 너희 나라 대통령도 지역이기주의를 깨뜨리지 못하면 이 나라 장래가 걱정이 될 것이다. 단일 민족이라 그렇게 자랑하다가도 지역감정 내세울 때는 꼭 약간 맛이 간 것처럼 보인다니까.”

“옛날처럼 고구려 신라 백제로 나누어 살면?”

“죽는 건 조조 군사라 안 되지. 차라리 천지개벽을 하는 게 낫지.”

“어라! 만일 천지개벽을 한다면 지구를 끝장내겠다는 뜻인데 그러면 저승사자 당신은 할 일도 없거니와 그 많은 귀신들을 어떻게 처리하려고 그러는 거요?”

“옛날에야 개벽을 했다지만 지금도 물론 개벽을 할 것인가는 좀 생각해 봐야겠다. 지진으로 개벽을 하면 지하기지에 숨겨둔 핵폭탄이 터져 지구상의 모든 것이 싸 그리 날아가는 그런 불상사가 일어날 것인데 인간들은 그것을 원하는 건가?

그렇게 지구가 처음 형성되었을 시대로 돌아가 문명을 되찾을 때까지 얼마나 기다려야 되지? 또 누군가가 강대국 지도자들의 마음을 조정하여 3차 세계대전을 일으킨다면 인류가 멸망되지는 않을지 몰라도 아마 1%도 남아 있기 힘들 것이다. 너희 인간들이 스스로 무덤을 파고 있는 거다."

"그것은 참으로 허망한 끝이겠네요."

"우리가 내려온 목적이 무엇이냐? 인간을 복제하고 유전학을 이용하여 먹을 것을 해소하고. 첨단 컴퓨터로 로봇 같은 것을 만들어 인간은 손이 필요 없는 세상이 되면 너희 인간들은 할 일이 없을 것이고 히틀러 같은 인간이 생기지 말란 법이 없다. 그리고 지금도 지구 도처에서 인종 청소 같은 일들로 전쟁이 일어나고 있지 않느냐? 자기 종족만 우수하다고 다른 종족은 씨를 말려야 한다고 생각하고 행동하는 아마 히틀러와 같은 유전인자를 가진 자인 모양이니 이런 인간을 잡자는 우리의 임무를 소홀히 해서는 안 되는 거야."

"그런데 천지개벽이란 뭘 말하는 것이지요?"

"이봐! 김 대삼 씨! 이런 말 들어본 적 있나? '해가 서쪽에서 뜬다면' 하는 말을."

"지가 자주 써 먹던 말이지라."

"그래! 그럼 당장 그렇게 되면 무슨 일이 일어날까? 생각해 봤어?"

"아니요. 있을 수 없는 일이니 생각할 일도 없으라."

"그럼 어디 생각 좀 해 보렴. 얼마나 끔찍한 일이 일어날지."

나는 잠시 그의 말 속에 숨어 있는 뜻이 무엇인지 생각해 보았지만 내가 너무 단순해서인가 해 뜨는 방위만 바뀔 뿐 무슨 문제가 일어날 것 같지는 않았다.

"해가 서쪽에서 뜨면 지구의 극이 바뀐다네. 지구의 극이 바뀌게 되면 날아가는 새도 비행기도 목표를 잃게 되지. 극이 바뀌면 달의 인력에 따라 생기는 조류가 이상을 일으켜 말 그대로 상전벽해가 될 테고 지역마다 기온 차이가 변하면서 무슨 일이 일어날 것 같나? 북극과 남극을 잇는 자오선이 적도로 변하면 그 엄청난 빙하가 다 녹는 동안 지구상 지표는 얼마나 남을 건가?"

"아니, 그런 엄청난 일이 생긴단 말씀이요?"

"그렇지. 그게 바로 천지개벽天地開闢 이야. 이건 조물주의 장난이 아니야. 지구는 언제인가는 뒤집어지지, 지구 나이로 이만 육천 년에 한 번씩 일어나는 거야."

"설마 그런 일이 있을라고요? 그럼 그때에 가서 죄 많은 인간들을 싸 그리 없애면 되겠네요."

만일 서쪽에서 해가 뜬다면 삼위일체이자 우주의 중심축인 해와 달과 지구가 뒤집어지니 개벽은 개벽이겠구나! 또 있지. 인간의 삼위일체인 육신과 혼과 백중에 한 가지만 뒤틀려도 죽는 것인데 나가 왜 그것을 몰랐을까?

"그러기에는 아직 세월이 요원하지. 그동안에 똑똑한 과학자들과 돈에 혈안이 된 악덕 재벌들이 무슨 일을 꾸밀지 뻔하지 않느냐?"

"우리나라에서는 지금 IMF 때문에 재벌들이 해체되고 있응께로 천지개벽은 하지 말고 첨단 과학의 극치를 달리는 선진국 과학자만 몽땅 잡아가 뿌면 될 거인디 와! 그라요?

그 머시냐? 하고. 또 하는 말이지만 조물주는 왜 인간을 자기랑 똑같이 만들어 고생하는가 모르겠네. 창조주 하나님이 에덴의 동산에서 아담을 만들고, 아담과 이브가 거시기하여 카인과 아벨을 만들고, 그리고 말이 난 김에 예수도 아담하고 이브 만들 때처럼 만들지 않고 왜 그 후손인 마리아한테 애 만드는 정자를 어떻게 보내어 임신을 시켜 마 굿 간에서 예수를 낳게 하였는지? 또 예수는 총각으로 살았는지. 예수는 진짜 하늘로 갔는지 모두가 궁금하네."

"또. 옆길로 빠지냐? 너는 우짜어찌 그리 궁금한 것이 많으냐?

"그렇지요. 제가 교회 목사님을 열 분도 더 만나 예수의 출생과 일생 등에 관해서 물어보았지요. 한 사람도 답을 못해요. 변명 비슷하지만 말만 하구요.

공통된 말은 하느님이 내게 시험에 들게 하고 있다는 겁니다. 학교도 아닌데 무슨 시험이 그렇게 많은지요. 하나님의 종이랍니다. 종교인들 말로는 종이라는 게 땡땡 치는 학교종이 아니라 우리말로 하인이나 머슴 같은 것, 서양식으로 노예라는 뜻인데 그것은 인권을 유린하는 것 아니에요? 인권을 유린하면 유엔에서 제재를 가하거나 다국적군을 파견하여 그런 일이 일어나지 않도록 하는데, 하나님은 이브의 자식이고 예수의 자식인 우리들을 종으로 부린다면 무엇을 더 갖고 싶어 종으로 부리려는지? 따지고 보면 우리도 하느님의 손자·손·손·손·손자인 셈인데 할아버지가 손자를 제일 귀여워하는 것이 인지상정인데! 그렇게 괴롭히면 하나님이 먼저 벌을 받아야겠는데요. 그리고 예수가 태어난 나라 이스라엘의 수도 예루살렘은 팔레스타인들이 자기들의 성지라고 하는데 가만히 둡니까? 자기가 태어난 곳에서 전쟁이 일어나는데 하늘에서 구경만 한다면 그것은 인륜을 저버린 것이며 천륜을 저버린 것인데 둘 다 큰 죄가 아니던가요?"

"못 싸우게 하여야지."

"아참! 예수가 죽어서 하늘로 간 뒤 3일 만에 살아나 승천했다는데 죽어 하늘에 간 것입니까? 부활해서 간 것입니까?"

"뭐? 뭐라구? 아이!, 골치 아픈 비라먹을 놈! 그런 건 내 소관도 아니고 조물주 소관이니 이따 들어가서 물어 봐라. 뜬금없이 하나님의 종도 모르는 나한테 물으면 내가 아냐? 지구에 파견되기 전에 하느님에게 물어보든지. 애수에게 물어 보았으면 될 것을 이제 와서 자꾸 알려고 하느냐? 천지개벽 이야기가 하나님의 종까지 나오고 예수의 출생 비밀까지 나오니 허긴 그 듣고 보니 예수의 출생은 궁금하기는 나도 마찬가지다."

"연애도 안 하고 애기가 생긴다? 지금 같은 시대는 첨단과학의 시대라 말이 되지만 그때는 과학이라고는 화약을 이용할 정도의 수준이니 체내이식은 어림도 없었을 테이고. 아무래도 가브리엘 천사가 마리아와 간음 간통한 게 아닌지."

"그래. 너 마음 꼴린 대로 씨 부려 보거라. 어느 목사 마누라가 애를 낳았는데 너희 나라에서 모 가수가 검둥이 애를 낳은 것처럼 목사 마누라가 검둥이를 낳았다면 그 목사는 하나님의 자식이라고 아멘! 할렐루야! 하며 기뻐할까? 그리고 몇 해 전 말 못하는 고릴라가 마누라와 자기는 검은 색이고 늙지도 않아 흰머리 털이 하나도 없는데 흰 새끼고릴라를 출산했다고 마누라를 의심의 눈초리로 바라보았는데……. 목사가 하나님 자식이라고 웃어넘기며 마누라를 의심하지 않으면 그 목사의 아이큐는 고릴라 수준이겠지?

또 얼마 전에는 모 방송국 앵커인가 MC인가하는 그 예쁜 여자가 출산한 자식이 남편 자식이 아니라고 재판을 해서 한바탕 소란이 있었는데……. 예수가 하나님의 자식이라면 하늘에 계신 하나님도 재판정에 나오든지 아니면 정자 샘플을 너희 나라 국립과학수사연구소에 보내서 과학적 근거를 밝혀야 할 것이다. 그렇다면 하나님은 애초부터 존재하지……. 아니! 내가 지금 무슨 헛소리를 하고 있는 거야. 도대체 당신 김 대삼이 하고 오래 있다가는 내가 돌겠네! 정말 돌아 버릴 거야! 게다가 한참 이야기하다 보면 그 이야기 속에 끌려들어가서는 사투리까지 배워서 써먹으니 정말 큰일 났구먼."

그러타. 우린 어디서 와서 어디로 가는지 모른다. 그것의 잘못은 조물주냐? 하나님이냐? 아니면 전해져 내려오던 복음서가 변질된 것일 수도 있다. 어쩜 지금의 성경은 판타지 소설일 수도 있겠다. 결국은 인간 탄생의 비밀을 영원히 풀지 못하면 이런 논쟁은 끝이 없을 것이다.

"이봐! 참으로 인간 세상은 복잡하다 그지? 내가 그냥 죽은 영혼만 데리고 오르락내리락 할 때가 천국이었다. 그런데 지금은 지구 걱정에 이 사자가 죽을 지경이다. 봐라! 지구에는 수도 없이 많은 종족이 있다. 서로의 종족이 우수하다고 여기기 때문에 국경이 있고 통치 스타일이 틀리고 상상과 이념 또한 틀리 며 종교도 모두 다르다.

한 종족 같은 민족 심지어 가족 중 부부간에도 종교가 다른 가정이 있다. 너희 대한민국에서도 불교, 기독교, 힌두교도, 알라신도 일본 천황을 믿는 남묘호랑계교도 있다. 수많은 지역신이 있고 토속신앙이 동네마다 다르다. 바다를 업으로 사는 사람들은 용왕 신을 믿고 산을 믿고 삶의 터전을 일구어 사는 사람들은 산신을 믿고 그 부분에 관한 걸 연구하려면 끝도 없다. 그래서 신앙과 이념이 틀리다. 싸우고 배타적이고 차별하는 등 이제는 곧 너희 나라의 총선이 시작될 터인데 지역감정으로 덕을 보려고 정치인들은 지역감정을 부추길 것이다.

에고! 이건 저승사자가 관여해야 되는 게 아닌데! 네가 한 번 씨 부려 보거라. 너도 할 말이 많을 거인께."

"맞아요! 아프리카 오지의 어떤 나라는 국민들이 믿고 있는 신이 자기 나라 인구수보다 많은 나라도 있대요. 그라고 정치인들 말은 전부 구라 빵 이지라."

"구라 빵이라니?"

"구멍이 숭숭 뚫린 빵! 텅 빈 빵이지 라."

"그래서 신을 믿는 것이 훨씬 이득이라 이 말인가?"

"그렇지라."

“보이지 않는 손신↔神은 안 나타난다고 하지 않았느냐?”

“신앙과 이념이 틀리다고. 한민족이면서도 경계구역이 틀리다고 자기 패거리들끼리만 살겠다고 하는 이기주의적이고 배타적인 생각이 팽배해서 생긴 대한민국의 지역감정은 온 국민이 망국병이어서 버려야 한다고 하면서도 이런 감정도 거의 하나의 신앙처럼 굳어져 있는 판국이고 선거철만 되면 유령처럼 되살아나고 있으라. 우리나라에서 1999년 2월 26일 한때는 대전시장도 지냈고 야당의 대전서구 을 지구당 위원장을 지낸 모씨는 대전시의 한 작은 호텔에서 기자회견을 갖고 정치활동을 중단한다고 말한 뒤 총총히 사라졌지. 라. 그는 두터운 지역감정의 벽에 갇혀 분열과 파괴의 정치가 지배하는 우리 정치 현실에서 더 이상 정치 이상을 실현한다는 것이 불가능하다고 판단하여 물러난다고 했지라.”

“우와 따! 멋쟁이 정치인이다! 속이 꽉 찬 인물도 있네!”

“끝까지 들어보고 이야기 합시다.”

그의 발언은 현실 정치권의 큰 흐름에 묻혀 들리지 않는 작은 목소리이지만 지역감정으로 인하여 지역 선거와 총선에서 다른 당의 지역이기주의 바람에 잇따라 낙선의 쓰디쓴 고배를 마신 결과였다.

그는 아이러니하게도 지역감정을 불붙이고 다니던 야당의원이 아닌가? 그는 본연의 직업이던 대학교수로 돌아가면서 지역감정은 망국병이다. 라고 한마디 해주고 자기가 소속한 당에 이제는 지역감정은 부추기지 말라고 동료와 총재에게 한마디 해주고 떠나야만 했다. 그는 제3세계 종속이론을 전공

한 정치학자로서 그렇게 했어야만 21세기 주역인 우리의 신세대를 가르칠 수 있는 교수가 될 자격이 있다.

“그는 억울하다고 국회의원 선거에서 탈락한 불만만을 이야기하고 역사의 뒤편으로 사라졌지라.”

“정치판은 더럽구나! 실력이 있는 자가 당선되는 것이 아니라 지역이기주의가 팽배한 지역 인사이면 당선되는 것이니 아주 오염된 썩은 물이 흘러나오는 쓰레기 집하장 같은 곳이로구나. 정치판도 오폐수 정화하듯이 하면 안 될까?”

“정치판에서 잘 빠져나오긴 했지만 정치를 떠나는 기자회견 내용이 쬐끔 씁쓸합디다. 정치판 정화에 대해서는 두말하면 잔소리이니 전부 불태워 없애버리는 것이 더 나을 것 같은데요.”

“너도 정치할래?”

“그런 소리는 입으로 말도 하지 마소. 자그마한 땅덩어리를 남과 북으로 갈라놓은 것도 정치인들이어서 열불이 날 일인데 데다가 그 한 많은 휴전선을 맹글어만들어 갖고 얼마나 많은 이산가족이 생개뿌렀소. 명절 때면 망향 각에서 제사를 지내거나 혹시 아는 사람이라도 찾을 수 있을까봐 서성이는 나이 드신 분들을 보면 그런 일 하나 해결하지 못 하는 정치인 따위는 되고 싶지 않으라. 또 작금의 정치인들을 보면 선거철만 되면 선량한 국민들에게 국회 관광이다 뭐다 온갖 공세를 퍼부어 당선이 되고 난 후에 정치판에 조금만 변화가 생기면 옮겨 다니는 철새들이지라. 그라고 당리당략에 휩싸여 민생법안은 심의할 생각도 않고 갖은 정치 공세로 쌈박 질이나 하며 분열된 모습을 보이다가 자기네들 세비 올리는 데는 엄청나게 단합된 힘을 보입디다. 그런 속에 내가 끼어야 사자님은 속이 시원하겠소? 지금 세상이 쌀로 밥을 해먹는 세상인데."

"야! 이 잡놈아! 쌀로 밥을 해먹지. 그리고 입으로 말을 하지 항문으로 말을 하냐? 아까 우리가 화장장에서 보니 화장하니까 깨끗하더라. 그런데 너희 나라는 화장을 잘 안하더니만."

"화장火葬은 유교의 본바닥인 중국은 물론 일본에서도 사람이 죽으면 거의 화장을 하는데 우리나라에서는 극히 일부이지요. 서양에서는 유교의 지나친 조상 숭배를 주검숭배라고 혹평을 하는 자들이 많은데 아까 화장장에서의 느낌은 죽은 몸도 뜨거움을 아는 이가였어요.

저기 저 공동묘지도 골치 아프게 되었습니다. 화장한 후 유골을 남겨 제사를 지내거나 납골당에 봉납하면 될 터인데 우리 대한민국은 유독 화장을 하면 죽은 이에 대해 죄를 짓는 것으로 여기어 크고 작은 무덤을 쓰는 것이지요.

군사정권 시절에 부산에는 동명그룹이라고 하는 회사가 있었지. 라. 국내에서는 몇 손가락 안에 드는 재벌이었는데 수출도 많이 하여 수출산업훈장도 받은 기업이었어요. 근디? 이 회사 회장님이 죽은 후에 들어갈 묘지를 크게 만들었다고 정부에서 칼로 목을 쳤지라."

"아니. 이놈아! 수출하여 외화를 벌어들였고 많은 근로자들한테 일자리를 제공하였다고 훈장까지 받은 기업 총수를 칼로 댕거덩 목을 쳤단 말이냐? 그런 법이 어디 있느냐?"

"그렁께 기업은 망나니가 칼로 목을 치는 것처럼 목을 치는 것이 아니라 특별 세무조사를 하면 대한민국 재벌 중에 살아남을 기업이 없는 그런 형편이지라."

"머~땜시! 그렇다냐?"

"정치자금을 조끔 줘서 그런 게 아니고. 묘지 땜시 그래 당께."

"와?"

"그새 잊어 먹어 뿌요? 그 회장이 동명불원이란 자그마한 한 절을 짓고 그 지하실에 자기가 죽은 후에 그곳에 묻히기로 하였는데 그 호화스러움이 옛날 왕들 묘 이상으로 호화스럽고 일국의 대통령 묘보다 크니까 '**저 새끼! 쳐!** 했지라."

"그래서 댕~거~덩 했냐? 아무튼 너희 대한민국은 무조건 큰 것을 좋아하여 문제를 일으키는구나. 그곳은 어찌 되었느냐?"

"그 동명불원은 지금도 있으라."

"그렇다면 큰 것은 덩치가 큰 사람이고 적은 것은 얘들 것이냐?"

"그렇게 반찬대가리대 기빡↔머리 통가 안 굴러가요? 큰 묘는 권세 있고 돈 많은 부자 새끼들이고 적은 것은 못 사는 서민들의 것이다. 이거요. 우리 소시민들이야 화장하고 작은 묘야 별 문제가 되지 않지만 권력자들이나 부자들이 생전의 호화생활을 잊지 못하여 큰 묘를 만들어 환경을 파괴해 가면서 공덕비를 세운다, 석축을 쌓는다. 난리지요. 그러니까 졸부

새끼들도 따라서 더 난리고. 또 자기네들은 사고의 전환이 필요하다고 하면서 국민들에게 화장을 권하지만 자기네들의 생각과 행동은 결코 바꾸지 않는 임마요."

"너 시방 임마! 라고 했냐?"

"끝에다 '요' 안 붙였능교? 이런 비능률적인 국토 낭비가 바로 유교에 중독된 탓이라고 하지요. 그래서 장묘 문화 바꾸기 운동을 하는데 화장을 한 후에 인터넷을 통하여 참배하고 제사도 지낼 수 있도록 **하늘나라 우체국**이라는 사이트를 열기로 했답니다."

"뭐! 인터넷? 하늘나라 우체국? 너무 어려운 말이라 내 능력으로는 이해하기 힘들다."

"더럽게 귀찮게 하네! 당신! 아이큐가 얼마인교? 돌고래 수준? 그렁께로그러니까 말씀인 디 고인의 행적을 기록 사진에다 목소리까지 비디오테이프에 담아 동영상으로 볼 수 있도록 한다는 것이지요. TV방송국에서 옛날에 죽은 배우나 가수들의 기록 영화 같은 것을 자료보관소에 보관하고 있다가 찾아서 재생하면 그들의 얼굴과 말소리를 들을 수 있는 것처럼 가족의 구성원들이 보고 들을 수 있도록 그때그때 기록하여 만들었다가 재생시켜 볼 수 것이지. 라. 요즘은 족보도 CD에 저장하여 영원히 보관하고 볼 수도 있지요. 타임캡슐 같은 것도 이런 것과 유사한 것이지. 라. 멀리 외국에 있거나 차가 밀려서 고향에 가지 못하거나 몸이 불편해서 이지 못할 때 자손이 노트북이나 컴퓨터만 있으면 제사를 지낼 수 있다는 것이지요."

"지그미 시러비헐 놈들! 처먹고 하는 게 그런 연구냐? 그런데 그것도 괜찮은 방법인데 그 화장을 못하게 하고 매장을 하게 하는 공자라는 인물은 누구냐?"

"중국 사람이지요, 성인인데 내가 늦게 태어나는 바람에 그 사람이 좋은 말을 다해 버렸지요. 제자들도 똑똑한 분만 가르쳐 선생이 하는 말을 기록하여 후세에 남겼지라."

"또 공갈치네! 이. 자슥이! 네가 공자보다 먼저 이 세상에 태어났다면 공자가 한 말을 전부 네가 했다고 하겠네! 각설却說 하고……. 공자가 한 말 중에 제일 공감이 가는 말이 있으면 소개해 보거라."

"제가 제일 좋아하는 말은요, 과욕過慾은 사심邪心을 낳고 사심은 무리를 낳으며 무리는 근심을 낳게 되고 근심은 불행을 낳는다. 반면 과욕寡慾↔적은 욕심은 청심淸心을 낳고 청심은 순리純理를 낳으며 순리는 즐거움을 낳고 즐거움은 행복을 가져오는 것이 세상살이의 이치다.

그래서 적은 욕심은 맑은 마음의 근원이 되고 근심을 버리는 것은 즐거운 성품의 바탕이 된다 하였지라. 사람은 너무 지나치게 과정을 소홀히 하고 결과에 집착하면 진정한 삶의 과정이 인생의 행복에 얼마나 중요하게 영향을 끼치는지 깨닫지 못하고 있다는 것이다 이 말이지라.

공자 선생님은 자장子張이라는 제자가 세상을 가장 어질게 살 수 있는 방법에 대하여 묻자 이렇게 대답했대요. 사람은 언제 어디에서나 공恭·관寬·신信·민敏·혜惠이 다섯 가지만 착실하게 행하고 살면 가장 훌륭한 인생을 살 수 있느니라라고 했지라. 그렁께로그러니까 공경을 하면 남이 나를 업신여기지 않게 되고, 관용을 베풀어 너그럽게 처신하면 여러 사람이 나를 따르게 되어 많은 사람을 얻게 된다. 믿음이 있으면 남이 나에게 많은 일을 맡기게 되니 사회적으로 유용한 사람이 되며, 민첩하게 활동하면 많은 일을 이루게 되어서 성공할 수 있다. 은혜를 베풀면 사람들이 나의 뜻을 따라주니 많은 사람들을 부릴 수 있어 세상을 살아가는데 어려운 일이 없을 것이며, 존경받는 인생을 살아갈 수 있다는 말이지요. 부정하게 얻은 결과는 화를 불러오지만 어질게 살아가는 착실한 과정은 복된 결과를 가져온다는 뜻이지요. 지나친 욕심은 행복을 앗아가고 파멸을 부른다는 뜻 인기라. 요. IMF로 인하여 개창 작살난 재벌들을 두고 한 말인데 배때기하고 어깨에서 힘 빼고 살아라. 인간들아 이런 말이라요."

"잘 알고 있구나! 내가 한 번 자네 실력을 테스트해 봤다. 그런 생각은 너희 나라 정치인들 교육의 지표로 삼았으면 되것다."

"근데 조물주는 아담과 이브를 만들기만 했지 어떻게 살면 인간답게 살 수 있다는 말은 해주지 않았을까요?"

"그래서 공자란 분을 내려 보내어 인간들을 일깨우려 하셨지 않느냐."

"그때 나가 점지되어 태어나 뿌렀어야 핸 거 인디."

"그놈 참, 쫑알거리기는. 힘들다, 쉴 만한 곳이 어디 없냐?"

"쩌~그! 고속도로 휴게소에서 좀 쉬어 갑시다."

우리 앞에 휴게소가 보인다.

"임~마! 우리가 지금 자가용 타고 다니냐? 영구차 타고 다니지."

"그러니 이 사람들 쉴 때 우리도 쉬자고요."

"그러자. 목도 마르고 쉬도 마르니?"

"아니 먹은 것도 없는데 뭔 쉬라요? 저기 좀 보세요. 이곳은 장애인들의 편의를 위하여 주차장 면적도 훨씬 크지요."

"장애인을 괴롭히거나 흉보고 멸시하면 큰 벌을 받는다."

갑자기 저승사자와 나 사이에 삼신할매가 나타나 한마디 던진다.

"아니 할매가! 여기 웬 일이당가? 혹시 우리들을 미행하지 않았능교?"

"시끄랍다!"

"그라먼 연락도 없시 머땜시 와 뿌렀소?"

"야! 이. 썩을 놈아! 조물주하고 몰카 보려니까 숨이 답답하더라. 인간들이 하는 짓거리라는 게…….

신경 쓸 거이 업승께 느그덜네 놈들 어디로 갈라고 하냐? 나도 따라다녀야 허겄다."

"할매! 맘대로 해뿌시요. 장애인들 멸시하면 어떤 벌을 내린다. 요? 우리 사회에서는 장애인들을 위하여 전 재산을 내놓아 사회 복지시설을 만들려고 하면 지역이기주의에 편승하여 복지시설을 만들 수 없도록 끝까지 데모를 하여 허가가 나지 않는 일이 많은데요."

"데모한 자는 저승에 오면 다시 환생시킨다."

"머시라 그랬으라? 환생시키면 큰 죄도 아니네 뭐."

"썩을 놈아! 할미가 그것도 모를까 봐 그러냐?"

"환생시키면 자식을 장애자로 태어나게 한다. 그래서 본인은 장애자 자식을 기르게 한다. 다시 죽으면 이번에는 다시 환생시켜 본인을 장애자로 태어나게 만든다. 이런 과정을 30대에 이어 역순으로 진행되어 자신이 장애자가 되어 고통을 당하게 하고 장애자 부모로 태어나게 하여 장애자를 기르는 부모의 고통을 알아야 한다. 얼마나 힘든 일이냐? 그러니까 장애인을 보거든 도와주고 보살펴 주거라. 괴롭히면 30대에 걸쳐 벌을 받은 뒤 나중에는 지옥 불에 떨어뜨린다. 겁나 뿔재?"

"지옥의 유황불에 떨어지면 억 수로 뜨거울 낀데. 삼신할매 벌도 겁나 뿔구마이!화가 많이 우리 할매! 같이 생각했다가는 작은 코 다치겠구먼!"

"시벌 놈의 새끼가 전라도 오리지널 말과 경상도 사투리를 섞어서 쓰니 말 해석하기 어려워 죽겠다. 그래서 그곳에 주차하면 인간들도 벌금을 많이 내게 하는구나."

"장애자들을 업신여기거나 복지시설을 세우는데 반대하는 인간들은 무지막지한 벌을 받는구나. 그들도 우리 사회의 구성원들로서 비록 벌을 받고 태어났지만 그들을 업신여기면 결국에는 반복되는 인생살이의 역경을 겪는구나. 그런 사람들 잘 기억해 두었다가 저승에 오면 불구덩이에 넣어 바짝 구워 주시요. 이. 복지시설에 대해 한 번 데모를 하면 그 시설은 요원한 이야기가 되고 말이요. 장애자 집단 수용소나 특이한 불치병을 앓는 중증의 장애인들에 관한 시설은 국가에서 해결해 줘야 해요. 일부의 장애인들은 우리 사회의 한 구성원으로 더불어 살아가고 있지만 대부분은 그렇지 못해요. 그러니 집단으로 민원을 야기 시킨 자들에게는 꼭 무서운 벌을 내려 주시시요 이."

"너나 조심 하거라."

"시방 나도 급발진사고 땜 시 다리를 다쳐 뿌렀는디. 그렁께로 나도 전생에 장애인을 학대했다는 이 말씀이지라."

"나가 핸 말은 시방 그 말이 아니랑께로. 태어날 때 장애자로 태어났다가 죽는단 말이다. 어이구! 똥 가리야! 똥 가리야! 반 똥 가리야!"

"똥 가리라 라니 요?"

"벼~엉 신! 육갑하네! 너 대한민국 표준 키가 얼마냐?"

"자존심 상하게 키는 와 물어싸요? 쩌 번에 신문에 나온 걸 봉께로 우리나라에서 국방의 의무를 지키고 있는 신세대 장병들 키가 171cm인께로……."

"그렇게 고추 가루 먹은 놈처럼 궁시렁거리지 말고 말 좀 새겨들어라. 긴 간지 깨를빨래 줄이 처지지 않게 받쳐주는 대 다무 반으로 짤라 놓은 것 같은 니 키는 반 똥가리로 작다는 뜻이다. 태어날 때 장애인으로 태어나지 않았으니 너는 전생에 죄 지은 것 없다."

"그래도 소시 쩍에는 버스 타고 다른 사람들이랑 키를 대봉께 나보다 작은 사람들이 솔 찬이 있어서 깐 만족스러워하면서 살았는 디 키 갖고 너무 그라지 말더라고요. 하지만 지금은 쪽팔려서 승용차로 다니지라. 근디 삼신할매! 할매는 신이니께 나 좀 도와주면 안 됩니까?"

"네가 일을 잘 허면 되돌려 보내주마. 너를 데려온 것은 저승사자이나 너는 우리가 인간 세상에 온 이유를 잘 기록하여 인간들에게 읽게 하여 많은 깨우침을 얻을 수 있게 하여 저승으로 올 때 현세의 좋은 일들이 기록카드에 쓰이도록 노력하고 맡은 임무에 충실 하 거라. 인간들이란 그저 쯧쯧……."

"혀는 왜 차요 전라남도 지리산 중계소에 갔다 오더니 사투리를 너무 많이 쓰는데요?"

"열심히 일하면 어련히 알아서 해줄까. 잔소리 말고 너는 무조건 임무에 열중해라. 상을 줄지 훈장을 줄지 벌을 줄지 누가 아느냐."

"그렁께로 오늘을 열심히 살지 않고 내일을 논하지 말라이 뜻이군요?"

"얼래! 입으로 옳은 소리는 잘 하는구나! 모든 중생들이 선과 자비를 베풀지 않고 천당이나 지옥 이야기를 하지 말란 뜻이니라. 올바른 행동은 하지 않고서 극락 갈 생각을 하거나 천당에 갈 생각을 하는 어리석은 인간들을 두고 하는 말이다."

"아무튼 고맙소 이 뜬금없이 나타나서 우리한테 장애인들의 출생 비밀을 갤차 준께로 고맙소이."

"인간은 신神 앞에서 한없이 조그마한 존재다. 네가 남긴 기록을 보고 그동안 지은 업보도 핏빛 고뇌와 깨우침으로 일관하도록 하여라."

"이제 골통에 필링이 쬐깐이 와 뿔라고 허네요 이"

"필링이 확 오면 죄짓지 말그라. 죄는 병의 근원이다. 죽기 전에 천당이냐 극락이냐 지옥이냐를 많이 생각하다 보면 병이 생길 수도 있느니라. 또 고민하는 것도 병이니라."

"저는요, 쬐깐조금 살았는데 업보나 윤회輪廻 역시 인습에 묶이어 인간의 내면 깊은 곳에 있는 선과 악의 두 마음을 다스린다는 것은 성인이나 신선이 아니면 어려울 것 같아요."

"왜?"

"조물주 그 분이 인간에게 선과 악의 두 마음을 만들어 놓았거든요. 그런데 선을 다스리는 쪽이 좀 약한 가 봅니다. 사람은 겉으로 보면 선하고 착하고 신이고 용서하는 하느님이고 사랑만 하는 예수이고 자비를 베푸는 부처님이고 성모 마리아이고 천사 표 인간이라고 떠벌리지만 내면의 모습을 보면 맹수, 독충, 악마, 지옥사자절에 가면 칼 들고 창 들고 서 있는 거 머시드라. 잊어 묵어 뿌렀네. 아차! 사천왕·악의 기세가 더 센 것 같아요. 착한 사마리아인이 되기는 틀린 것 같아요!"

"무슨 이유로?"

"독선이나 아집 또는 편견, 욕심 때문인가 봐요."

"아가야!"

"웜~엄~메! 이때까지 겁난 말만 해뿌렀는디 갑자기 닭살 돋아나게 부드럽게 부르기는요 할미 말 잘 들어라. 삶과 죽음의 순환을 지혜로 풀어야지 가난해도 화목하면 마음은 부자다. 라는 어느 거지 이야기 못 들었느냐? 집도 절도 가족도 없는 거지는 마을 뒷산에서 자고 일어나 아침 햇살을 타고 피어오르는 굴뚝 연기를 보고 야들이 밥을 하는가 보구나! 밥 먹으러 갈까 하면서 하루 일을 시작한단다. 그 거지는 이 동네 저 동네가 다 자기 집이요, 밥 하는 여자는 자기 마누라 며느리고 딸이라고 생각하는 것이여. 그러니 어딜 가나 밥을 먹을 수 있는 곳이기에 마음은 항시 부자란다. 배때기에 개떡이나 보리국수든 뭐든 배만 차면 부러울 게 없다. 똥 기름 배불뚝이 비계 덩어리인 재벌의 배나 거지의 배나 무엇으로든지 채우면 그 포만감은 거지나 재벌이나 느낌은 같은 것이라 이 말이다. 재벌이 사흘을 굶고 한정식상을 떠억하니 한 상 받아서 먹으나 사흘을 굶은 거지가 국수 한 사발을 얻어먹거나 배부른 것은 마찬가지니라. 그래도 욕심 낼 거냐? 그러니까 입만 벌리면 남을 비난하고 원망하고 나는 안 돼 라고 하거나 그냥 무관심·무기력·무감동해서 **노력도, 시도도, 계획도, 희망도, 꿈도 무얼 해보겠다는 의지도**· 없이 일상생활을 소홀히 하면서 자기 분수에 맞지 않는 것을 생각하며 허영과 오만으로 불평과 불만이 가득 찬 눈빛으로 매사를 남의 탓으로 여기고 자기의 잘못을 뉘우치지 못하고 모든 것이 자기에게 불리하였다고 세상을 원망하여 무례하고 거친 말로 가족 친지 이웃과 주변 사람들에게 상처를 주었던 과거의 일들을 깨우치고 뉘우쳐야 할 것 아니냐. 또 무엇이든지 이것이 나에게 주어진 운명이라는 나약한 생각을 품고 살아서는 인생을 제대로 살 수 없을 것이야. 모든 걸 신의 탓이니 운명 탓이라 생각하지 말고 정신건강을 확고하게 정립해서 자기에게 주어진 업보를 깨우치고 지금 이 순간이라도 좋은 기회를 포착하여 값진 인생을 살도록 해야지."

"그건 말이 쉽지 제대로 됩니까? 어려서는 흑과 백을 분별하지만 어른이 되면서 부정과 비리에 타협을 하지요. 그것이 인간의 본마음이 랑 께요. 잘 안 되면 남의 탓이요 세상 탓이라고 단정 지어 버린 께로 세상이 어지럽지요."

"너 말은 어린 아이는 검은 것은 검고 흰 것은 희다고 바른 말을 하였는데 커가면서 사회에 적응하기 위하여 거짓말을 한다 이 말이구나."

"그렇지요. 당장에 들통 날 일을 아니다. 라고 해요. 뇌물을 처먹고는 안 먹었다고 오리발 내밀고 금방 바람피우고 와서는 절대 그런 일 없다고 잡아떼고. 또 있어요? TV로 생중계되어 온 국민이 지켜보는 국회 청문회장에서도 정치자금은 받은 적이 없다고 자기는 결백하다고 하다가 뽀록나고. 대한민국 휴전선에 고엽제는 뿌리지 않았다고 미국 국방부나 대한민국 국방부가 큰소리 빵빵 친 3일 뒤에 '**나가 뿌렸소**' 하는 증인이 나타나자 그제서 야 마지못해 뿌렸소. 라고 인정은 하는 판이니……."

"누님! 그만 합시다. 이놈 아 새끼! 씨 부리는 거 다 들어줄라며는 골치아픈께 마! 고만 하이십시더. 그라고요 조물주가 싸게. 싸게 핑- 얼러 능 속곳 가랭이에 찬바람 들어오도록 갔다 오라고 해뿌렀는디 시방 조물주 마빡에 덕석이 몇 개 쌓여 있고 대그빡. 꼭대기에 연기 나게 생겨 뿌렀는디. 후딱 가이십시다."

"허어 동생! 자네 말투가 왜 그렇나? 이 이상한 친구랑 같이 있다가 말투도 닮아가는 데다가 사투리까지 완전히 짬뽕이 되어 버렸구만 그려!"

"사자님은 걱정을 허덜하지 마소. 조물주는 시방 몰 카 보느라고 아랫도리 텐트치고 천막 쳤을 것인디! 한 군데 구경 더 하고 갑시다. 정신 병원인데요 아주 말썽이 많이 났지라."

"무엇이 문제였는데?"

"할매는 그것도 모르요? 장애자 점지해 주었다면서."

"그거야 이야기하지 않았느냐?"

"하늘에서 내린 간질병이 일시 발작 후 깨어나는 병과 해까닥 돌아서 물인지 불인지 모르는 사람, IMF로 이런 사람이 많으며 부도가 나서 자식 부모 형제 부부간에 너무 사랑하다가 어느 한 쪽이 먼저 가면, 사랑하는 남녀가 헤어지면, 너무나도 그님을 사랑했기에 하여 정신병이 난 사람들. 치유가 불가능하다고 판단되어 강제 불임不妊 수술을 하여 사회 문제가 되었지요. 장애자는 자식을 못 두게 하기 위한 방법으로 한 일인데 장애인으로 태어는 것은 삼신할미가 벌을 주기 위해 점지해 준 터인데 탄생의 신비인 생식의 구조를 인간의 의술로 제거해 버리면 조물주나 삼신할미의 권위에 도전했으며 이것은 항명에 가까운 큰 죄인데 어떡하실 것입니까? 왜 이렇게까지 데는 줄 아십니까?"

"싸게 말해 보거라."

"뜸들이지 말고."

"유럽의 여러 민족들 사이에서 생긴 마찰의 절반 이상은 제국주의자들이 열등 인종과 그 영토에 대해 문명을 위한 수탁자의 역할을 떠맡겠다고 나선 데서 비롯됐다고 합니다. 천제께서 노한 일. 인간을 마 춘 옷처럼 아들과 딸을 마음대로. 미인과 추녀를 터미네이터와 피그미족으로 만들 수도 있다는 것이지요. 그렇께 우리가 어렸을 때 병아리는 암 닭이 알을 품에 품고 25일간 정성을 다하여 부화를 했는데 지금은 병아리 부화장에서 기계로 한꺼번에 수도 없이 부화를 시키고 수 닭으로 태어날 알은 식용으로 쓰고 암 닭이 될 알만 깐답니다."

"왜? 수 닭은 먹어 치우냐?"

"수 닭 없어도 암 닭이 알을 낳으니까요."

"과연 너 말대로 남자가 으~으~으. 기분 좋아하면 수십만 애기 씨가 들어 있는 정자를 병아리 부화하듯이 터미네이터 같은 수놈은 양귀비 같은 미녀를 주문하면 너희들 같은 왜소한 동양인은 생기지 않겠구나?"

"그래서 제가 하늘까지 초대되었지 않습니까? 한 세기 안에 그런 기술이 틀림없이 완성될 것 같은데요. 1세기 전만 하여도 병아리는 암 닭이 품어서 부화시켰는데 지금 보세요, 그런 일이 없으리라고 누가 장담하겠습니까?"

"그런 일을 막기 위하여 우리가 파견된 것 아니냐."

"대부분의 역사학자들은 제국주의자들의 침략과 병합이 강압적인 통치의 명분이었다고 말합니다만 덧붙이자면 나치 독일이 일으킨 제2차 세계대전도 게르만 민족의 우월성으로 열등 민족을 지배해서 말살시키자는 히틀러의 뒤틀린 야망에서 비롯됐지요."

"히틀러라니?"

삼신할매가 되묻는다.

"그 인간 백정 말이냐?"

이번에는 저승사자가 눈을 동그랗게 뜨고 나에게 묻는다.

"아니. 삼신할매께서 점지한 놈일 것 인디 와 꿀 먹은 벙어리처럼 아무 말도 안 해뿌요?"

"이놈아! 내가 그 인간을 점지하지는 않았고 그것은 각 지역 출생 담당관의 책임이나 출생 관 전체를 관장하는 부서의 장으로서 책임을 통감하고 있다. 천상 회의에 참석할 때마다 회의 의제로 하여 다시는 그런 일이 일어나지 않게 하려고 하지만 그런 사람도 하나의 메신저 역할을 하기 위하여 보냈느니라. 네가 말한 대로 대한제국의 이완용도 어지럽던 그 시절에 나라를 빼앗기면 얼마나 핍박을 받을지 알면서도 나라를 팔았고, 또한 IMF를 받아들이게 정치를 잘못한 정치인도 계획상 다 준비되어 있었느니라. IMF로 경제를 재건하는데 얼마나 많은 희생을 치루는 가를 나라를 되찾기 위해 얼마나 많은 희생을 치러야. 하는지를 보여주기 위하여 미리 프로그램 된 사람을 보냈는데 그것도 모르고 대한민국 땅에서는 이완용과 IMF를 초래한 두 사람을 태어나지 말았어야 할 사람이라고 나불대지 않았느냐. 너는 모든 문제를 익히 알고 있으면서 근력 없는 할미한테 불평 좀 하지 말거라."

"그놈은 천제께서 제일 잘못 태어난 인간이라고 하더구나."

저승사자가 삼신할매를 두둔하면서 한마디 거든다.

"그 자가 저지른 일을 보면 1945년 1월 폴란드 남부의 화학 공업도시인 오슈비엥침을독일어로 아우슈비츠로 표기 점령한 소련군은 나치가 유대인을 멸종시키기 위해……."

"잠깐!"

"유대인은 예수가 태어난 이스라엘 민족 아니냐?"

"예수님이 왜 도와주지 못했냐? 성모마리아가 태어난 곳인데 하느님도 너무 무심했다! 마누라 나라이고 아들 예수가 태어난 곳인데 그런 짓을 하도록 놔두다니 죽어가면서도 하늘에다 대고 무심하다고 원망했겠다."

"남 이야그 하는데 귀신 씨 나락 까먹는 소리 작작 하소. 아마! 그때 하늘나라에 정전이 되어 하느님이 못보았는갑소 이 이야그 끝나거든 다시 거론합시다. 나! 그 계속 헐라요. 나치 독일이 유대인의 씨 자체를 없애기 위해 운용해 온 대규모 강제 노동 수용소를 소련군이 발견했는데 나치 독일이 폴란드를 점령한 직후 비밀리에 건설한 이 수용소는 40개의 캠프에 약 25만 명을 수용할 수 있는 규모로 대량 살상을 할 수 있는 가스실과 시신을 처리할 수 있는 화장장도 갖추고 있었지요……."

"또 말을 가로막아 죄송합니다만, 야! 이 자슥아! 너희 나라는 사람 태우는 곳은 화장터 소피나오줌 대변보는 것도 화장, 여자들 얼굴에 뭐 바르는 것도 화장이라서 무척이나 헷갈린다."

"나도 그라요. 그 당시 가스실을 통해 살해된 유대인과 전쟁포로는 4백만 명으로 추산되었지요. 나치는 시신에서 나온 금니와 머리카락과 지방 등을 자원으로 재활용했다고 해요.”

“자! 잠깐.”

삼신할미가 말을 중단시킨다.

“4천명도 아니고 4백만 명이 학살되어도 하늘에서 가만히 있었단 말이지.”

“그라문요. 점지시킬 때 뭐 했습니까?”

“나야 뭐 대한민국 생산 담당이지만 하느님 오빠는 잠만 잤나! 아니면 눈을 감고 있었나! 아들놈 태어난 곳이고. 마누라 나라의 백성들이 그 많은 죽음을 당하는 것을 그냥 지켜만 보다니”

“그래서 나가 존재하지 않는 신은 인간의 마음을 황폐하게 만든다고 떠벌이는 것이요이”

“그것은 내 소관이 아니다.”

“그러면 종교인들 말처럼 시험에 들게 하였단 말이어라?”

“내 소관이 아니랑께 대삼아! 그 지독한 악마들이 시체를 통조림으로 가공하여 아프리카 식인종들에게나 공급하지 기름을 만들어 사용했다니 그 기름의 사용처가 궁금한데 더는 모르느냐?”

“잘 모르겠지 만 비누 만드는데 썼다고 허더구먼요.”

“참! 1996년의 추석이 발까닥 뒤집어진 지존파 갱단의 그 놈들 어머니가 혹시 독일에 놀러갔다가 나치 독일 후손의 물을 받아먹고 출산한 것 아니냐?”

“아니어라 가만히 봉께 할매는 순전히 직무유기 했군요?

대한민국 생산 담당이라면서 그런 놈들이 태어나는 것도 몰랐소? 그놈들 생김새는 토종인 우리와 똑같아요. 단지 하는 짓거리가 나치만큼 지독한 것 아니겠소? 6명을 불태워 죽이고 살을 바베큐BARBECUE 해먹은 놈들이니.

나치들은 수용소 입구에다 노동은 자유를 만든다라는 기만적인 구호가 적힌 플랜카드를 걸어 놓고 유대인을 집단 살해한 가스실 입구에는 욕실 청결 건강이라는 가증스러운 표어가 붙어 있어 공산주의 종주국인 소련도 분노케 했답니다."

"그러니까 그 표어를 보고 목욕탕인 줄 알고 가스실에 들어갔다가 죽었구나. 그놈은 사람이 아니라 악마구나."

"정신병자인 모양인데요! 그놈은 아마 유럽 담당 삼신할미가 점지했을 것이요?"

"그런 인간이 다시는 나오지 못하도록 경고하기 위해 보낸 놈이지."

"인제서야 실토를 하시는구먼 할미는 지존파도 손수 점지해 놓고서 시치미 뚝 떼고 나치 후손이냐고 물어 보더라만."

"신도 실수할 수도 있는 것이다. 조물주 실수에 비하면 아무것도 아녀"

"변명하지 말고 그 자의 기록이나 볼까요? 1945년 4월 30일 베를린에서 아돌프히틀러56세는 이날 베를린이 소련군에 의해 함락되기 직전 지하 벙커에서 전날 결혼식을 올린 애인 에바 브라운과 함께 권총으로 대갈통에 대고 타~앙 자살했지요. 시체는 부하들이 화장시켰답니다."

"그곳에도 여필종부 제도가 있냐?"

“뭔 소리라요 시방?”

“남편 따라 죽었으니 여필종부이지!”

“그 여자 되게 운수 사납구나 겨우 첫날밤 치루고 죽었으니 그것도 늙어빠진 전범이자 악마와 결혼하여서…….”

“또 있지요. 제2차 세계대전으로 수많은 사람이 희생되고 많은 재산 피해가 나는 와중에 태평양전쟁을 일으킨 장본인이고 아시아 각국에서 많은 원망을 산 일본 놈 도조 히데키는 1945년 9월 24일 자살을 기도했다가 실패, 3년 뒤인 1948년 국제전쟁재판소에 의해 교수형에 처해 졌는데 교수형은 너무 관대한 형벌이지요. 그놈의 자식은 생선회 치듯이 조근 조근 칼로 쪼사뿌러야 하는 거인디 교수형이라니…….”

“그렇지 않아. 저승에 가서 그때 전쟁에서 죽은 아시아인들이 관광와서 1cm 크기로 살을 도려내 간단다. 또한 기름이 끓고 있는 가마솥에 구리 기둥을 세워 두고 알몸으로 뜨거운 기둥을 오르게 하고 있고 그러다 미끄러지면 펄펄 끓는 기름 가마솥에서 튀겨지기도 한단다.”

“히틀러 놈은 어떤 식으로 벌을 받고 있습니까?”

“육식을 하는 땡기 벌을 백 평 정도의 방에 가득 채우면 4백만 마리가 되는데 이 벌떼 속에서 벌거벗은 채 400년의 고통스러운 생활을 하고 형기가 끝나면 얼음나라에서 벌거벗은 채 400년 열사의 나라에서 머리가죽이 벗긴 채 400년의 고통을 받은 뒤 인간 세상으로 보내어 참회케 할 것이다.”

“그 인간은 참회를 할지 모르겠네. 그 새끼는 4백만 명이나 죽였으니 온몸을 저며서 고추 가루 끓인 물에 4백만 년 동안 수영이나 하게 만들어야지.”

“그 전쟁은 언제 끝났으며 전후 처리는 어떻게 되었느냐?”

“1945년 8월 6일 폴티베츠 주니어 미국 공군 대령이 조종하는 B-29 폭격기인 에놀라게이 호가—비행기 이름을 차라리 일본 놈 놀라게이 호로 하던지—아무튼 이 비행기가 이날 오전 8시 15분 히로시마 상공 9,480m 높이에서 인류 최초로 원자탄을 투하했지. 라. 그 순간 6천m의 시커먼 구름이 쾌청하던 히로시마 하늘을 뒤덮었으며 직경 8km의 도심이 쑥밭이 되었는데 원폭은 투하한 조종사도 원자폭탄의 위력에 놀라지 맙소사를 연발했대요.

이 폭발로 하루 일과를 시작하려던 시민 8만 명이 사망하고 20여만 명이 치명적인 화상을 입거나 방사능에 노출됐으며 시가지 건물 7만 6천여 채 중 7만 채가 파손되었대요. 연합군 측의 항복 요구 최후통첩을 거절했던 일본은 원폭의 위력이 상상을 초월하자 무조건 항복을 심각하게 고려하지 않을 수 없게 되였지라. 신으로 받들어지던 천황이 인간으로 격하되고 일본은 무조건 항복을 하고 패전국이 되었지라. 그 무렵은 1939년 독일군의 폴란드 침공으로 발발한 제2차 세계대전도 막바지 초읽기로 들어가고 있었어라.

그러나 이 전쟁은 전쟁의 양상을 획기적으로 바꾸어 놓았으니, 바로 전쟁 당사자가 아닌 민간인도 전장에 무방비로 놓여진 전선 없는 전쟁이고 전후방이 없는 전쟁이 되었구먼요.

이렇게 된 것은 각 나라가 개발한 첨단 무기 탓이었습니다. 이 무기들은 적국의 산업 기반 시설을 파괴하는 후방 교란작

전과 무기 개발을 막아보려는 폭격으로 이어진 것이다.

이로써 각 나라는 공습이 가져다 준 재산 및 인명 피해가 극에 달하게 되었는데, 독일이 개발한 로켓 폭탄 V-1. 2는 프랑스에서 발사되어 도버해협을 날아 영국의 수도 런던 한 가운데를 강타하였고 이에 대응한 영국의 작전은 독일 하늘을 새까맣게 덮는 대규모 폭격기의 융단 폭격이었습니다. 적의 로켓 폭탄이 날아오는 동안 공습경보는 시가지를 비상상태로 만들었고 대규모 폭격기의 등장은 수백 대의 방공포가 하늘을 화염과 연기로 뒤덮었지요. 물론 민간인들에게는 공습경보가 가슴에 비수를 꽂듯이 파고 들었지라.

이 전쟁의 끝을 보기 위해 만든 것이 원자폭탄이죠. 루즈벨트 대통령은 끝없는 소모전과 셀 수 없는 인명 피해를 막기 위해 특별 프로젝트팀을 미국과 영국의 과학자들로 구성해서 연구에 뛰어들어 개발한 우라늄과 플루토늄으로 만든 폭탄의 위력은 인류가 만든 무기 중 최강의 가공스러운 것의 시초가 됩니다. 물론? 전쟁은 이 폭탄 하나로 끝났지만 민간인의 희생은 전체 사망자의 70%인 4천만 명에 달한 것도 무차별 폭격 탓이었죠. 이후 일어난 전쟁에는 국지전이든 전면적이든 반드시 민간인의 피해가 더 늘어나기 시작했고, 그리하여 전쟁의 위협에 안전한 곳이 없고 전쟁에 말려들지 않는 사람이 없는 진짜 전쟁은 제2차 세계대전이었고 지금도 세계 도처에서 인종 청소 작업이 진행되는데 코스보 사태나 중동 국지전 그리고 인도네시아 인근의 동티모르와 아첸의 유혈 사태 등 끝이 없는 상태입니다.

세계의 화약고인 중동이나 한반도도 핵탄두 미사일이라는 가공할 협박에 강대국 미국도 끌려다닌다니까요 이런 말 있지라 폭력조직 깡패가 무섭다 고하나 너 죽고 나 죽자 하는 놈에겐 못 당한다고요. 북한이 그래요. 이건 공산당이 변질한 것인지 괴상한 사상의 집단이 세계 유일의 단일 민족이라고 단군성전을 지어 놓고도 호시탐탐 우리를 노리고 있지 않습니까, 한국전쟁6.25으로 인하여 1,000여 만의 이산가족이 생겨났고 200여 만 명이 죽었으며 20여 만 명의 미망인이 생겼으며 20여 만 명의 고아가 발생을 했습니다. 김일성이란 북한 악질이 저지른 것입니다. 민족의 목숨을 앗아간 전쟁이 불과 반세기 전임에도 지금도 독가스를 만들고 툭하면 원자폭탄을 만들겠다고 세계 민주 경찰국가임을 자처하는 미국과의 협상에서 항상 유리한 쪽으로 이끌고 있으니 우리 민족은 역시 머리가 좋은 모양이지요? 안 그래 유?"

"그 좋은 머리가 내어 놓은 게 분단국인가? 너는 18세에 자원입대를 하여 1군 하사관학교지금의 육군부사관 학교를 졸업을 하고 최전방 경계부대서 분대장으로 근무 중 북한테러부대 김신조 일당 31명이 박정희 대통령을 암살하려 왔다가 실패하여 김신조만 남고 무두 군경에 의해 사살되는 사건이 있었지?"

"대통령은 전쟁을 하려고 했으나. 당시에 우리나라는 미국과 월남에서 연합되어 합동 전쟁을 하였지요. 미국이 2개의 전쟁을 할 수 없다고 반대를 하자. 대통령은 우리도 김신조가 속해있는 부대처럼 테러부대북파공작원 만들어 김일성이 목을 가져오라고 하여……. 강제로 차출되어 5개월간 인간병기가 되는 특수훈련을 받고 첫 침투 조 팀장이 되어 8명의 부하를 데리고 개성을 지나 평산까지 갔으나……. 정쟁이 벌어 질 거라는 정부 고위들의 건의로! 철수하라는 난수표비밀암호를 철수를 하면서 적의 휴전선 경계내무반을 초토화 시키고 왔지요."

"그러니 너는 죽으면 지옥행이다. 1개 소대면 최소한 경계 근무를 나갔어도. 20여 명은 될 것인데! 2번을 넘어가 적 중대 본부와 경계소대를 완전 괘 멸 시켰으니 네 명령에 최소한 50여 명은!"

"그 때 암호를 못들은 척 하고 작전을 했어야 하는데. 그 이야기 그만 합시다. 지리산 중계소에서 조물주가 영상 녹화를 하고 있을 텐데 하느님이보시고 나를 지옥으로 보낼 것 같습니다! 삼신할매와 사자님이 도와주겠지만!"

"글시! 너는 우리더러 부정을 저질러라! 그 말이냐? 시방? 그렇게 하여 나라를 지켰구나? 김일성이가 네가 한 행동을 알고 있어 북한 테러부대를 남쪽에 침투를 못하게 되었구나!"

"한 핏줄이 그 놈의 사상이 뭐고 이념이 뭐라고 그게 다르다고 하느님도 안 믿고 예수, 마리아, 부처님도. 안 믿고 오직 김일성의 족보 체제만 믿으니……. 긍께로 이제는 죽은 김일성은 신이 되었고. 그 아들은 장군이니. 주석이니. 그 아비에 그 아들 잉께 통일은 글러 뿌렀는가 시프요 이! 우리나라 정치인들만 봐도 알것지만! 자기만 해먹을 라고 베락빡벽에

똥칠을 할망정 꽉 쥐고 있지요. 자기 패거리면 무조건 옳고 다른 패거리는 무조건 틀렸담시로 국민이야 보던 말 던 거짓 말에 욕설과 폭언에 몸싸움에 패싸움까지 하고. 에고. 사자님! 어쩌다 우리가 이리 되앗뿌렀소. 민주주의가 물 건너오다가 중요한 건 몽땅 물에 빠진 게 아닌가 모르겠네요. 이. 그러니 민주주의를 표방하겠다고 하는 나라에서 이 모양이고 이 꼴 이지라. 그래도 일인 체제의 우상주의 나라인 저 북한 땅 보담 은 쪼깐 낫것지라. 그래도 그쪽은 지역분쟁이나 지역감정은 없는 걸 보니 단일 민족은 맞긴 맞나 봅니다! 나는요 북한 공산당보다 우리 남한의 지역감정을 더 걱정 허요. 그들이 침략해 오면 경제력이 우위에 있고 확고한 국가관과 강인한 체력을 바탕으로 한 첨단장비로 무장한 세계 강군인 우리 젊은이들이 지키고 있지만 우리의 지역감정은 무엇으로도 해결할 수 없는 망국적인 병으로서 21세기 첨단의학도 치유시 킬 수 없는 병이지라."

"사설이 길다. 지역감정은 게놈 프로젝트가 완성되면 해결 되지 않겠냐?"

"사자님! 노망들었소? 시방! 그걸 해결책이라고 말하게."

"도대체 북한은 원폭을 가졌느냐 아니면 개발 중이냐?"

"아마 어느 정도의 수준에 이른 것은 확실헌가 봅디다."

"가졌다면 큰일이겠구나! 세계 어느 종교 집단보다 신념이 강하고 결속력이 좋은 이들이 아는 것이라곤 김일성 교주뿐 이니 이판사판 합이 육 판으로 같이 죽는 판을 선택할 뿐이구나. 북한은 사회주의 종교 국가이지!"

"예! 하지만 종교는 없고요 오직 김일성과 김정일만 있어요. 세계에서 제일 우월한 김일성 교이고 김정일 교입니다. 아마 무지막지하기에는 이슬람교보다 못할 것이 없을 것입니다. 김정일 교라 부르는 것은 권력과 욕망 악과 혼돈 신화적 상상력을 혼합시켜 맹목적으로 몰고 가다 보니 선善도 없고 질서도 평화도 없는 모순투성이의 종교이지요."

"기독교가 존재하지 않는 지상의 천국이라고 선전도 많이 한다면서? 허기사? 너희들도 삐~뜻 하면 천당이니. 지옥훈련이니. 지옥 철이니. 하며 천당과 지옥을 거론하는데 지옥에 갔다 온 놈 누가 있냐? 천당에 갔다 온 놈은? 천당이나 지옥에 갔다 온 자는 한 사람도 없는데 그런 말을 쓰는 것이나 김정일이 다스리는 나라에서 지상의 낙원이니 인민의 천국이니 하는 표현에 대해서 시비 걸 일이 아니지 않느냐? 그들도 김일성이가 교주가 되어 천상에서 국가를 건설하고 있다고 가정한다면 북한 주민들은 그 사실을 믿고 있을 터인데 아무튼 너희 배달의 자손들은 어느 세월에 통일 하겠냐?"

"예! 그것은 잘난 정치인들의 요원한 생각이겠지요. 북쪽에서도 단군신화는 믿는 모양입디다만 다른 종교는 아예 없고요. 김일성과 김정일만 존재하는 곳이지라. 이들 둘이 북한 주민을 제다 먹이고 입히고 그래서 지상천국이라 하는데 이게 질량으로 텍어림도 없는데도 저그 말로는 낙원이지라 굶어 죽는 주민이 몇 십 만인 낙원이니 한마디로 정신착란증에 빠진 집단이지요. 핵시설을 핑계로 미국의 약점을 잡아 식량을 원조 받는가 하면 이산가족 상봉을 빌미로 비료 보내라

해 놓고 10만 톤을 우리에게서 뜯어갔지요.

우리 정부가 비료 떼이고 하는 말 있지요. 이자까지 받아낼 거래요. 원금도 못 찾는 재주에 이자는 무슨 이자? 또 말이 샜네요! 하여튼 김정일도 유대인 말살과 세계제패를 목표로 전쟁을 일으킨 히틀러와 같은 정신병자라고요. 어? 정신병자의 범죄는 무죄라. 든데."

"야! 이놈아! 정신병자이든 아니든 히틀러는 모든 우생학을 동원하여 지구상에 있어야 할 종족과 없애야 할 종족으로 분류하여 없애야 할 종족의 씨를 말리고. 이건 너희 나라 국회의원들에게도 좀 해당되는구먼!

어디까지 했더라. 그러지? 자기네 독일 순수 민족인 게르만족. 즉? 모두 금발에 푸른 눈의 건강한 민족의 혈통을 보존하려 한 자를 정신병자라고 풀어주리?"

"어허! 누님! 똑똑하시다. 그걸 어찌 다 압니까?"

"김대삼이 덕에 나도 공부 좀 했지. 히틀러가 유대인을 말살하려한 것은 또 다른 차원에서 보면 유대인의 장구한 세월에 걸쳐 일구어낸 높은 정신史가 독일 문화의 재건에 결정적인 장애가 되었을지도 모른다는 설도 있지."

"그럼요. 세계 최고의 베스트셀러가 성경 아닙니까."

"불경은 어떠냐. 그건 세계적인 고전이 아니냐?"

"일반인이 불경을 보기 시작한 것은 최근의 일입니다. 그전에는 해석하기 어려운 한문이라 아무나 보는 게 아니었으니까요."

"흠! 그래서 인간들이 더 사악해 진 것이겠지. 팔만대장경도 빨리 한글화해서 성경처럼 모든 불교 신도들이 갖고 다니며 읽어야 자비가 이 세상에 가득할거다."

삼신할매가 조용조용 얘기하는 것을 들어 보니 모든 게 하나하나 다 옳다.

인간은 누구나 선하게 태어나지만 알게 모르게 죄를 짓다가 때가 되면 죽는다. 영혼이 육신을 떠나면 육신이 죽는다는 말이다. 혼령은 지옥으로 아니면 극락으로 아니면 연옥으로 간다. 그리고 환생의 절차를 밟아 다시 태어난다.

"아마 히틀러는 환생이라는 말을 몰랐거나 믿지 않아서 전쟁을 일으켰을 겁니다. 생각해 보세요. 이스라엘의 유대 민족은 창세기에서부터 예수 이후 12제자 때까지의 기록을 남겼어요. 그게 환생을 믿은 것이 아닐까요?"

내가 생각난 듯이 다시 얘기를 하자

"환생이 아니고 부활이고 영생이겠지!"

저승사자가 한마디 거들고 나온다.

"부활이라니요? 예수가 죽은 뒤 3일 만에 하늘나라로 갔다는 게 정말일까? 내사 모르겄소! 그걸 알면 모든 것 뿌리치고서 교회에 다니겠는데 해답이 업시요."

"너는 절대로 안 믿는구나!"

"그걸 말이라고 해요? 십자가에 못이 박혀 죽었는데 용이 승천하듯 천국으로 갔다니 말이 됩니까?"

"용이란 상상의 동물이지 않을까?"

"그랑께로 예수의 승천은 상상이다. 이거요."

"그렇지 않으면 또 무엇이냐?"

"예수의 제자 중에 마술사가 있어가지고 여러 사람이 보는 가운데 시신을 다른 곳으로 옮겼든지."

"이놈아! 많은 사람이 보는 곳에서 또한 로마군이 시신을 지키는데 그런 일을 할 수 있냐? 너 맞아도 많이 맞아야겠다."

"헤, 또. 시비 거네! 임무 끝나거든 미국에 한 번 가봅시다. 부활하는 장면을 볼 수 있응께로."

"그것을 볼 수 있다고?"

"암요. 세계적으로 유명한 데이비드 카퍼필드란 마술사는 오토바이를 타고 석축으로 만든 만리장성을 지나갔고 미국의 자유의 여신상을 사라지게 하였으며 원형 톱에 자기 몸을 반으로 절단하였지요. 그랑께로 그런 마술사가 그 당시에 있었다면 예수의 시신을 치우고 자기가 예수가 되어 하늘로 사라지는 것은 쌀로 밥 해 먹는 것보다 쉽 당께."

저승사자는 고개를 갸웃하더니

"그 말도 일리는 있다. 마술 쇼라."

"그라고요 유대인들도 문제가 많은 민족이었을 것입니다. 오죽하면 여호와 하느님에게 죽임을 당한 자는 여호와를 안 믿었거든요. 그래서 이를 깨우치기 위해 민족의 역사를 남겼을 것입니다. 사실 이스라엘 근처는 척박한 자연 환경으로 식량 생산량이 모자랐을 것입니다. 그러니 먹고 살기 위해 죄를 짓고 그러다보니 죄 지으면 지옥 간다는 책을 남겼고요. 또 예수를 내려 보내 인간성 개조를 하려 했고 또 예수처럼 생각하고 살라고 모델로 그 일대기를 기록한 것 아닐까요."

"야. 이 녀석아! 예수처럼 무위도식하면 농사는 누가 짓냐?"

"어! 그러네요, 말도 되고요! 그래도요, 옛날 책이란 사람답게 살자는 죄지으면 벌 받는다는 권선징악을 내세운 게 가장 큰 덕목이었어요. 일부종사의 백미로 춘향전이 있고 백성을 위하여 홍길동전이 있고 나쁜 일 하면 벌 받고 좋은 일 하면 상 받는다는 장화홍련전을 보세요."

"어이구! 똑똑하다. 김대삼! 이제 사설은 여기서 그만 풀고 다른 이야기는 나중에 듣기로 하고 지금은 이 차에서 내리자."

우리는 장의 차량이 상주들의 집 근처에서 정차하자 그 차를 떠났다.

"할매는 어디로 가실 것입니까?"

"산부인과를 좀 둘러보려고 나왔지."

"그 쪽은 왜요?"

"모월 모시에 태어나야 할 아기가 태어나지를 않아. 그렇게 되면 그 아이의 장래 배필이 될 아이는 결혼 상대가 없어져 독신으로 살아야 하잖냐?"

"무슨 그런 말씀을 태어나도록 점지해 주었으면 자연의 법칙에 따라 당연히 태어나야죠."

"넌. 똑똑하다가도 가끔은 바보 천치가 되니! 내가 갈피를 못 잡겠다. 언제는 산아 제한 한다고 내 업무를 방해하더니 이제는 아들 선호한다고 뱃속에 아이를 떼어내지 않나, 장애자니 뭐니 해서 불임 수술을 시키지를 않나, 너무나 자연의 이치를 벗어나 행동하니 그 실태를 직접 가서 보자꾸나."

"정신지체 장애자들에게 불임 수술 하는 것도 한편으로는 긍정적인 면이 있잖아요."

"물론 있겠지만 전생에 자연의 법칙을 거슬리고 그렇게 태어난 장애자들에게 내리는 벌이라고 생각해라."

"그러나 이런 얘기 들으면 생각이 달라질 겁니다. 정신병을 앓던 여자가 있었답니다. 인물이 절색인 이 여자에게 약간의 정신질환이 있어 입원했던 병원에서 어떤 남자가 한눈에 반했습니다. 그에게 천운이었는지 둘이 자주 만나고 정을 주고받다 보니 여자가 정상으로 돌아왔대요. 그래서 둘은 결혼하여 떡 두꺼비 같은 아이를 얻었고요. 어느 날 남편이 퇴근하여 집으로 오자마자 아이를 찾았으나 보이지를 않아요. 그래서 부인에게 물었지요. 봐라, 우리 아는? 그랬더니 부인이 지금 목욕시킴니더 하고 손가락으로 가리키는 곳에는 커다란 찜통이 김을 펄펄 뿜고 있었지라 무슨 말인지 못 알아들은 남편이 찜통의 뚜껑을 열어봤더니 그 안에 무엇이 들어 있었겠어요? 애기를 빨래 삶듯……. 관둡시다."

"얘기를 지어내도 그런 끔찍한 얘기는 하 덜 말거라."

저승사자가 내 머리를 쥐어박는다. 하지만 어쩌겠나. 미치면 무슨 짓인들 못할 것인가.

"할매! 옛날에는 인간도 원숭이처럼 꼬리가 달려 있었다면서요?"

"그래, 있었지. 그런데 언제부터인가 애기들이 바깥 세상에 아니 나가겠다는 거야. 인간 세상이 너무 험악해 졌다는 것을 알게 된 것이지. 그래서 꼬리로 어미의 몸을 똘똘 감고 버티는 거야. 사람은 태어나는 시가 계산대로 안 되면 팔자가 이상하게 변하게 되요. 그래서 내가 발로 차버렸더니 꼬리는 떨어져 나가고 엉덩이에 푸른 반점이 생겼지. 그걸 몽고반점이라 한다네."

"에이! 할매도. 그건 몽고족에게는 다 있다면서요."

"그랬나? 난 다른 민족으로 나와 버려서 일 한 적이 없어 모르겠구나. 세상이 오염되어 가서 그런 일이 생기는 모양이구나."

"할매! 변명으로 일관하려 드는데요. 그라지 맙시다. 사자님! 산부인과 의사는 출산을 도와주면서 낙태 수술도 하니 좋은 직업인지 나쁜 직업인지 알 수가 없네요."

"그래서 어떤 벌을 내릴까 궁리해 봐도 마땅한 게 없다네. 홍보 관이 잘 생각해 보게 딸이라서 낙태시키는 부모도 그렇고 의사도 그러니 벌은 당연히 주어야지. 인간의 목숨은 누구도 마음대로 할 수 없지.

자네 이야기처럼 아니 대한민국에서 벌어졌던 아홉 살 난 아들과 열다섯 살 난 딸을 피 보험인으로 보험을 들어서 이천오백만 원의 보험금을 노리고 불을 지른 그런 일이 인간으로서 할 수 있는 짓이냐? 노동으로 생활하면서 돈이 모자란다고 살기 어렵다고 자신의 핏줄을 이 땅의 희망의 씨앗인 아홉 살 난 아들을 불태워 죽이다니 말이다. 다행히 딸은 그 무서운 악마의 손에서 벗어나 목숨을 구했지만 도저히 이해할 수 없는 이런 일들이 무엇 때문에 벌어지는지 모르겠다. 자식을 죽이는 자는 그 죄가 죄 중에서 제일 무거운 죄인 줄 모르기 때문일 것이다. 또한 세상 햇빛을 못 보고 거룩한 어머니의 뱃속에서 칼과 가위로 난도질당하여 죽는 태아들을 생각해 보거라. 심성이 약한 인간은 물고기 한 마리도 못 죽인다는데 인간의 생명을 죽인다는 게 얼마나 잔인한 일이냐? 태아 살인에 대해서는 나도 문책을 받아야 할 판이다."

"왜요?"

"왜요 라니? 점지해 준 태아들이 전생의 업보로 축복 속에 태어나서 환생의 길을 걸어야 한다. 하지만 그게 제대로 시행되지 않은 탓으로 그에 관한 모든 문제는 우리가 책임져야 하기 때문이다. 꼴린 대로 만들어 놓고 제 마음대로 죽이니 인간들은 이 지구상에서 제일 악한 동물이다. 지구상의 다른 동물들은 굶주린 배를 채우기 위해 필요할 때만 사냥을 하지만 인간은 배를 채우기 위해서가 아닌 생존경쟁이 아닌 대를 잇기 위한다는 이유에서 살인을 한단 말이다. 아마 수백 명을 죽인 의사도 있을 것이다."

"이런 방법은 어떨까요? 의사는 지옥에 끌고 가서 팔뚝보다 더 굵은 메스로 배를 쫙쫙 가른 후 전봇대만큼 굵은 바늘로 기워주는 것이지요. 그리고 암시를 줍니다. 또 다시 낙태 수술을 하면 너희 집안의 대는 이렇게 끊어진다라고 비행기 사고로 죽는 아들과 손자, 관관여객선 침몰로 죽는 차남 부부, 열차 사고로 죽는 후손들의 미래의 모습을 보여주는 것이지요. 너 때문에 네 일가는 물론 불특정 다수가 함께 죽는다. 그런 억울한 영혼이 밤마다 꿈에 나타나는 악몽을 평생 꿀 것이다라고 암시를 주면서 이 경험담을 너희 의사회 총회에서 발표하게 하라는 것이지요. 물론 영상 제공은 우리가 하고요."

"그것 참 좋은 방법이다. 그럼 자식을 낙태시킨 부모들은 어떻게 하냐?"

"그건 시각 효과가 확실해야 되니 나한테 맡겨 봐요. 같은 시간에 모두 같은 경험을 하게 하지요. 내가 안배해 볼 것이니 앉아서 구경만 하시라고요."

"쇼킹해야 되는데. 그래야 머리통 속에 꽉 박힐 것 아닌가? 내가 봐도 소름이 쫙 끼치도록."

"아, 염려 붇들어 매시라 이거여. 내가 확실히 보여 줄 거이니께것이다 그라고 사자님은 내가 원하는 무대만 만들어 주는 겁니다."

"자, 그럼 어느 산부인과로 갈까요?"

"제일 실적이 많은 곳으로 가서 의사도 혼내주고 그러자꾸나이 할매가 안내하지."

우리는 삼신할매가 안내하는 산부인과로 이동했다. 그곳은 아주 소규모 병원으로 나이 지긋해 보이는 의사와 접수대에 앉아 있는 간호사 단 둘뿐이었다. 마침 낙태 수술을 마친 한 여인이 퇴원 수속을 밟고 있었다.

"우린 이 여자의 집으로 갈 것이다."

"알았어요. 자! 우리도 따라가세."

밖에는 그 여자의 남편이 차에서 대기하고 있었다. 우리는 그들의 차에 올랐다.

"몸은 괜찮아?"

"괜찮아. 그래도 태아가 자꾸 눈에 밟히는 게 께름칙해요. 내가 너무 우겨서 죄송해요."

"그래도 어쩌겠나. 아들 아니면 안 된다고 박박 우기는 어머니 때문에 어쩔 수 없었던 거 아니오. 또 딸을 낳고 어머니한테 구박받을 당신 신세를 생각하니 이 방법이 제일 좋았던 거야. 돈이 좀 많이 들어도 태아 성별을 알아낸 것이 다행이지. 당신 몸만 건강하면 곧 아들을 볼 수 있겠지."

"어라, 야들 봐라, 참말로 못 말리겠네. 다음에 또 임신하면 태아 감별을 받겠다는 얘기네."

"부부 합동으로 처벌해야겠구먼."

"지금 당장 할 거냐? 생각한 거 한번 펼쳐봐라."

"아니요, 여기서 그렇게 처리하면 시어머니가 모르는 일이 되지라. 긍께 시어머니까지 같이 혼찌검을 냅시다."

"그런데 너희 나라에서는 무엇 때문에 남자 아이를 원하느냐? 너도 그러냐?"

"암요."

"요놈 봐라. 너도 설마 그런 짓 한 거 아니겠지?"

"나는 그런 짓 안 했어라. 나는요 우리 마누라가 제일 먼저 아들을 낳고 뒤에 딸 둘을 낳았기 때문에 그런 짓 안 했어라."

"너 마누라 어려서 출산한 것 알고 있어. 그것도 죄야 이놈아."

"할매! 근디 그런데 저런 짓은 할매가 못 말리는 것이라요?"

"나는 점지만 해주지 태아 감별하는 것은 내 힘으로도 어쩔 수가 없구나. 저 부인이 불쌍하다만 한 무대에 세울 수밖에 없으며 더구나 너희 나라에서 집계된 낙태 현황을 보니 연간 3만 명 정도라고 하는데 아마 더 많을 수도 있을 거야. 세상 구경을 못하고 죽어가는 생명체가 그것도 내가 심혈을 기울여 점지한 여자 아이들이 어쩌면 세상을 깜짝 놀라게 할 엄청난 일을 하거나, 나라를 잘 통치할 수 있는 아이들도 있을 것인데 가부장적 유교사상이 팽배한 너희 나라에서 남자를 선호한다는 이유로. 그들이 단지 여자 아이라는 이유로 희생되는 것을 보면 슬픔을 넘어서 참담한 비애를 느낀다만 나도 어쩔 수가 없구나."

차는 주택가를 지나 산자락에 볼썽사납게 우뚝 솟은 아파트를 향해 갔다. 나는 시어머니를 참여시키는 방법을 강구해야 했고 그들도 처참하게 결말을 보도록 해야 했다. 산비탈 아파트 진입로는 산을 깎아 길을 만들다 보니 한쪽이 옹벽으로 된 절벽이었다. 됐다.

"사자님! 시어머니를 이 길로 나오게 합시다. 그래서 이 차를 함께 타게 하고……."

"알았어. 자! 염력아 가거라. 호~잇-."

저승사자 88호가 손가락을 튕기자 뭔지 모를 빛이 한 줄기 쏟아져 나간다.

"아우도 아기공룡 둘리 흉내 낼 줄 아는가?"

삼신할매가 호호호. 웃는다.

아파트 부인회관 앞마당에서 또래의 부녀회원들과 자식이며 손자 얘기를 나누던 시어머니는 갑자기 떠오른 생각에 벌떡 일어섰다.

"필이 할매! 나 잠깐 나갔다 올껴."

시어머니는 아파트 정문을 향해 부리나케 걸으며 '왜 이리 가슴이 두근거리고 머리가 어지럽고 앞에 헛것이 보이누?'중얼거리며 정문 앞에 서서 아파트 진입도로를 내려다보는데 어디선가 갑자기 들려오는……. 소리? 할머니! 할머니는 왜 나를 죽였어? 왜 세상 구경도 못하게 나를 죽였어? 온몸에 상처를 주며 엄마 뱃속에서 나를 긁어내었어? 라는 어린애의 귀 째지는 함성이 들려온다. 시어머니가 보니 눈앞에 참혹하게 어머니의 자궁에서 끌려나온 태아의 시신들이 벌겋게 피를 뚝뚝 흘리며 주위를 빙글빙글 돈다. 우리는 할머니를 저주할 거다. 우리가 지금 무슨 짓을 하는지 할머니는 눈 똑 바로 뜨고 잘 보아라. 잘 보아라! 눈 똑 바로 뜨고 잘 보아라. 태아들이 우르르 탯줄을 빙빙 돌리며 진입도로 아래로 몰려간다. 그쪽에는 아들 부부가 타고 오는 승용차가 보인다.

"여보! 저기 붉은 색이 뭘까요?"

차 안에 있는 여자가 갑자기 눈앞에 덮쳐오는 피 빛 무더기에 잔뜩 겁을 내면서 남편에게 묻는다. 하지만 대답은 피 빛 무더기에서 울려 퍼진다.

뭐긴 뭐냐? 엄마! 같지 않은 엄마가 버린 지 새끼와 그 동무들이지. 깔깔깔…….

"아악!"

여자는 그 말이 무얼 뜻하는지 금방 알아듣고 비명을 지른다. 아직 남편은 사태의 의미를 모른다. 차 앞으로 달려드는 피 빛 무더기가 운적 석 앞 유리에 철벅 붙자 그제 서야 그것이 무엇인지 알고 헉! 하는 신음 소리만 낸다.

당신이 내 아버지인가? 딸은 인간이 아니던가? 뱃속의 아이는 지 자식이 아니란 말인가? 나를 죽여 놓고 평생 잘 살 줄 알았냐? 이제 우리 낙태당한 태아들의 영혼이 뭉쳐 구천을 떠돌며 한 명도 빠짐없이 자기를 죽인 부모를 찾아가 복수할 것이다. 그리고 할머니도 죽일 거야. 자기도 여자이면서 우리를 이런 꼴이 되게 하였으니 복수할 거야. 깔깔깔……. 그들이 차의 앞 유리에 턱턱 붙어 운전자의 시야를 가린다. 차 안으로도 태아들의 시신이 들어와 탯줄로 부부의 목을 칭칭 감아 조인다. 우리가 잘못했다! 살려줘! 다시는 안 그럴게. 이번만 살려줘 애야! 부부가 빌고 어쩌고 할 새도 없이 차는 난간을 들이받고 웅 벽 아래로 추락하고 만다. 멀리서 이 광경을 보던 시어머니는 그 자리에서 혼절해 버린다.

"많이 늘었구나! 김 홍보관! 이 장면을 지금 각 산부인과의 TV에 방영하자. 사무총장님! 준비해 주십시오."

저승사자 88호가 하늘로 향해 음성을 보내자

"너희들 정말 잘 하고 있다. 우린 너희들의 활동의 결과를 의심치 않을 것이다. 자, 지금 각 병원의 TV는 우리가 제어하겠다. 송출하게, 김 홍보관!"

제우스신의 말이 나의 뇌를 울린다. 나는 핸디 캠의 송출버튼을 눌렀다. 이제부터 산부인과의 모든 TV는 물론 각종 모니터에도 이 장면이 방영될 것이다. 그동안 우리는 태아들의 복수로 죽은 부모의 영혼을 다스려야 된다. 탯줄에 목이 감긴 채 떨어진 부부는 차체가 찌그러진 만큼 시신도 참혹하게 찢어져 영혼이 빠져 나오는데도 오랜 시간을 버둥거리며 몸부림쳤다.

그들이 허우적거리며 육신에서 빠져나오는 모습이 실시간으로 방영될 것이다. TV를 보는 모든 시청자들이 아마 이 사실을 황당한 착각이라고 여길 것이다. 세상에서 일어날 수 없는 사건이, 그것도 방송국의 실수로 괴기드라마의 한 부분이 방영된 것이라고 믿을 것이다. 그러나 일부는 이 이해할 수 없는 사건을 심각하게 받아들일 것이다. 그것이 우리가 노리는 방향이 아닌가.

그날 밤 우리가 찾아간 낙태 수술의 최고의 실적을 올린 산부인과 원장은 낮에 방영된 TV 소동에 얼이 빠져 있었다. 그야말로 완전하게 쇼크를 먹은 것이다. 그가 지금까지 대수롭지 않게 처리해 온 행위가 그때마다 살인이었다는 것을 깨달은 그는 살인자라는 죄의식과 함께 태아들의 복수에 겁이 나서 바짝 얼어 있었다. 그런 그에게 저승사자가, 산 자와 대면을 못하는 사자의 신분임에도 불구하고 나타나서 심술을 부렸다. 갑자기 의사 앞에 놓여 있는 TV의 on, off 스위치를 몇 번 조작한 것이다. 의사는 갑자기 TV의 화면이 팟! 하고 켜졌다가 피~유~ 하고 꺼지기를 몇 차례 반복하자 아예 얼굴이 사색이 되어버렸다. 그는 낮에 저절로 켜지는 TV 화면에 충격을 받았고 그것이 자기네 의사들과 관계가 있다는 것에 경악한 참이었는데 이제는 자택 거실의 TV가 혼자 작동하려다 중지했으니 얼마나 놀랐을까? 그는 그만 쿵! 하고 뒤로 나자빠져버렸다. 그 소리에 안방에서 잠자리를 준비하던 그의 부인이 뛰어나와 쓰러진 남편을 끌어안고 마구 흔든다. 그동안 의사는 우리를 따라 형벌의 장으로 가서 우리가 안배한 모든 것을 단숨에 거치고는 휴! 한숨과 함께 깨어났다.

"왜 그래요? 여보!"

"나 이제 의사 안 할래. 여보! 나 방금 지옥에 갔다. 왔어."

의외로 의사는 침착했다.

"산 사람이 어떻게 지옥을 다녀와요?"

부인은 믿지 않는다.

"내 말 들어봐. 오늘 낮에 우리 병원에서 이런 일이 있었어. 마침 환자가 없는 시간이라 담배를 한 대 물고 흡연실에 앉아 있는데 갑자기 TV가 켜지면서 어린아이들의 외치는 소리가 들리는 거야. 놀래서 쳐다보니 화면에는 낙태 수술로 죽은 태아의 시신들이 집결하여 탯줄을 빙빙 돌리며 자기를 죽인 차를 몰던 부모를 공격하여 차가 낭떠러지로 떨어져 부모가 즉사하는 거야. 이건 드라마도 아니고 특별히 기획한 것도 아닌 게 아무래도 이상하다 여기며 보고 있는데 죽은 부모의 영혼이 육신을 떠나 저승사자를 만나 저승으로 떠나는 거야."

"설마! 그런 일이. 지금 세상에 어떻게 그런 일이 있을 수 있어요? 여보! 당신 요새 낙태 수술 한다고 제대로 먹지도 못하고 잠도 못 잤으니 피곤해서 그럴 거예요."

"당신이 몰라서 그래. 내가 본 건 사실이야. 그래서 내가 일찍 퇴근한 거야. 당신도 알 것 아니야. 사실 난 그 장면을 보고 못할 짓 했다고 느껴 앞으로 병원을 어떻게 운영해야 하나 고민도 하고 또 그 태아들이 다른 부모를 찾아간다고 우르르 몰려가는 것을 보고 내게도 올 것이라 겁을 먹고 있었던 거야."

"그래서 아까 퇴근할 때 당신 얼굴이 그렇게 창백했구나."

부인은 그제 서야 사건의 심각성을 어렴풋이 느꼈다.

"당신이 평소 나의 직업 때문에 절에 자주 가는 것이 마음에 조금은 위안이 되었는데도 오늘 본 그 현상에 나는 완전히 얼어버린 거지. 그런 현상은 신이 아니면 못 내릴 거라고……. 그렇게 죄의식에 사로잡혀 있는데 갑자기 텔레비전 켜졌다가 꺼지고 또 켜졌다가 꺼지는데 심장 약한 내가 어찌 견디나. 그냥 쓰러졌더니 이번에는 저승사자하고 하여튼 귀신 둘이 나를 끌고 올라가서 내 배를 가르고 궤 매면서 미래를 보여주는데 우리 아들들이 모두 비명에 죽어가는 거야. 다시 또 낙태 수술을 하면 다 죽일 거래. 그리고 당신 불심 때문에 살려준다고 나를 내려 보낸 거야."

"정말 이예요? 지옥까지 갔다는 것은 꿈이겠지요!"

"뭐! 꿈? 그럼 그게 꿈이라고? 그럼 다행이지. 이런 황당한 경험을 산부인과의사협회에 보고하라고 했는데 꿈이면 안 해도 되네. 말도 안 되는 짓을 안 해도 된다니 다행이요. 그러나 이제 낙태 수술은 어떤 경우에도 안 할 것이요."

말하며 의사가 일어서는데 부인의 눈에 잠옷 사이로 남편의 배가 보인다. 거기에는 무슨 흔적이 보여…….

"여보! 당신 배에 뭐가 묻었어요."

말 하면서 잠옷 자락을 펼쳐보다가…….

"남무아미타불~남무관세음보살."

꿇어앉아 합장을 하며 불경을 왼다. 부인은 남편의 배 아래쪽에 선명한 칼자국과 궤 맨 흔적에서 부처님의 큰 뜻을 본 것이다. 모든 중계된 내용은 죄목에 해당되는 자들의 눈에만 보일 뿐이다. 일반인들에게는 보이지 않는다. 같은 방에서 TV를 보든 꿈속에서든 낙태 수술을 한 산부인과 의사들과 낙태를 한 부모 즉 죄를 지은 당사자들의 눈에만 보이는 것이다.

이 의사의 내면을 들어다보면? 의과대학시절 산부인과를 선택했던 것은 여성들의 성기를 원 없이 볼 수 있는 직업이라! 교수들이 교육현장에 데려가서 수술이나 시술을 할 때 여성 성기를 보려고 서로 까지 발을 하여 보았었다. 졸업 후 인턴으로 병원에 취업을 하여 그런대로 근무를 하다가 자신의 병원을 차려 일을 하는데 출근을 하면 보는 것이 여성들의 성기라 출산 또는 성병이 걸린 여자들을 치료를 하는데? 오징어 젓갈 비슷한 냄새에 피를 만지는 일이니 일이 끝나 집에 오면 웃음을 잃어버린 것이다. 매일 술을 먹고 잠이 들어 각시가 걱정이 이만 저만이 아니고 아예 섹스를 거절하는 것이다. 그래서 각시 마누라가 친구들에게 이야기를 하였더니? 익살스런 친구가 "내가 책임지고 웃게 만들겠다"고 하여 허락을 하였는데? 친가 자기성기의 털을 드라이로 양쪽으로 음모를 동구라 게 말아서 성기가 잘 보이게 하여 친구 남편 병원을 가서 성기가 아파서 왔다면서 시술대위에 하반신 나체로 들어 눕자? 친구 남편이 박장대소를 하고 간호사들도!

……

“낙태 수술도 긍정적인 면도 있지요.”

“너 시방! 뭐라 했냐? 내가 점지해 준 생명을 인위적으로 죽이는 살인인데도 말이냐?”

“자연 법칙대로 살라면서요?”

“생명의 신비인 탄생도 모르느냐?”

“그것을 모르는 바보는 없승께.”

“그럼 알면서도 벽창호 짓을 한단 말인가?”

“아니지라. 모든 지구상의 동물은 먹히고 먹는 자연의 법칙에 의해 살아갑니다. 개구리가 뱀에게 먹히고 뱀은 인간이 먹고요 그렇게 해서 개체 숫자를 조정하지요. 허나 인간을 잡아먹는 동물이 없어요.”

“식인종이 있잖냐?”

“할매는 지구상에서 식인종이 얼마나 된다고 보요? 생기는 대로 출산하다 보면 그 인구수를 어떻게 감당합니까? 그래서 중국에서는 한 자녀 출산을 장려하고 대한민국에서도 한때는 딸 아들 구별 말고 둘만 낳아 잘 기르자는 구호 아래 불임 수술을 권장하여 혜택을 주었으며 두 자녀 이상은 세제 혜택도 주지 않았지요. 그 뒤에는 잘 키운 딸 하나 열 아들 부럽잖다 라면서 한 자녀 갖기 운동도 펼쳐졌으리라. 인간의 수명은 늘지 지구는 좁지 그 문제를 어떻게 해결합니까? 이런 우스개 소리가 있어요. 중국 인구 10억이 동시에 팔짝 뛰면 무게의 차이 때문에 지구 자전이 흔들린다고요. 그래서 대한민국은 출산 조절을 해야 해요.”

“야! 이놈! 대삼아! 출산을 조절하는 불임 수술하고 낙태 수술은 엄연히 다른 것이여. 똑똑히 알고나 떠들어."

"할매가! 본보기를 보였으니 우리끼리 논쟁은 고만 헙시다. 다른 일이 또 기다린께로. 그라고요 장애자에 대하여 더 물어볼 게 있는데요."

"속 썩이지 말고 여쭈어 보거라."

"우리나라에서는 선거철만 되면 병역 문제로 한바탕 소란이 벌어지면서 99년도 한 해 동안 병역 비리 조사를 하였는데 들리는 말에 의하면 고위층에서 또한 군부에서 압력을 가하여 제대로 수사를 못하고 말았다고 하던데요."

"뜬금없이 병역 비리하고 장애자 이야그는 멀라고 하냐?"

"연관이 있으라! 할매가 이들에게 장애자를 점지하여 주는가 시퍼서이지라."

"썩을 놈! 이놈아! 그런 적 없다. 장애자를 업신여기고 천대하는 사람에게 벌로서 점지 해준다고 하지 않았느냐? 금새 잊어먹었구먼?"

"에~헤이! 들어 보랑께요. 긍께로 시방 시비 거리는 우리나라 병역 비리를 보면 돈 많은 집구석, 재벌들, 고위공직자, 끗발 좋은 집구석 등 서민들 자손보다 병역 면제 판정을 많이 받는구먼요. 부자 집이나 고위공직자, 재벌들 새끼들은 잘 처먹고! 돈도 많아 병원에 자주 갈 터이고! 보약도 많이 먹을 것인데 아픈 데는 우째 그리 많으며 허약체질로 인해 면제 판정을 받는 것을 봉께로 할매가 그렇게 만들어 뿌렀나 하고 생각을 했당께로 우리나라 대통령으로 출마한 사람이 판사 직업인데? 이자의 두 아들이 병역이 면제 되었지오. 사자 들어간 사람이 되기를 우리 부모들의 소원이지요. 돈을 많이 버는 직업입니다. 그들의 자식은 잘 먹고 병원의 수혜도 많이 받을 텐데 불합격이라니요. 또한 이명박 대통령도 병역 불합격 판정을 받았는데 기관지 확장 증으로 병역 면제를 받았습니다. 그 소리를 듣고 적당히 큰 욕을 해 주었습니다. 나도 어려서 기관 확장 증이 있었는데 논산 훈련소 1개월 하사관하교 교육 4개월 북파공작원 교육 5개월을 받고 앞서 이야기했지만 북한에 두 번 침투를 하고 35개월 18일의 병역 의무를 마치고 전역을 했습니다."

"너는 국가를 위해 어린 몸으로 그 힘든! 군복무를 끝냈는데 정치인과 일부 부자들이 못된 놈들이로구나! 잘 살고 고위층이면 서민보다 복 받은 삶이 아니더냐. 솔선수범하여 나라를 지켜야지. 너희가 분단되고 전쟁으로 인하여 같은 동족을 죽이고 죽는 아픔도 그 잘난 위정자들의 잘못이 아니냐? 또 돈 많은 재벌들은 돈 벌어 헛것에 팡팡 쓰는 것을 보니 혹시 환자들 아니냐? 세금 많이 내서 나라가 부강하여야 하는데 해외로 외화 빼돌린 골빈 자들! 권력에 빌붙어 자기 밥그릇 챙기는 위정자들 땜시 이 모양 이 꼴로 분단국이 되었는데 지 놈들 자식은 돈을 쓰거나 고위직 빽으로 면제를 받은 것은 잘못이지?"

"저는 할매가 미워서 빙신 새끼들을 점지하였는가 싶어서! 물어 봤당께로. 그래 갖고 군대 당당히 갔다. 온 사람들이 하도 떠들어 댕께로 우리나라에서 처음으로 실시된 고위공직자와 그 아들들의 병역을 공개한 내용을 보면 장차관과 국회의원 같은 고위공직자 아들들의 면제 율이 전체 평균치보다 높은 것이 아니고라…….”

“근디 무슨 상관이냐?”

“에~헤이! 들어 보랑께로 그요. 일반 장정의 현역 면제 이유를 보면 저학력에 생계 곤란이 다수인 반면 고위공직자 아들의 현역면제 사유는 질병이 반수를 넘어 뿐께로. 몸이 아프고 신체 일 부분이 벼엉신장애자인 께로 한 말이 재 이.”

“그렁께 니가 할라고 하는 말인즉슨 보통 사람들보다 고위공직자 층에 질병이 더 많은 것으로 나타난 통계를 어떻게 설명할 수 있냐? 색다른 부류다 요 말이렸다 너희 나라 졸부들과 고위층은 또 다른 유토피아를 건설하려고 하는 모양이다.”

“그라문요, 유토피아란 희망을 간직한 기다림이라는 것인데요.”

“허허! 그놈 참. 희망의 기다림이 아니라 이놈 새끼 덜 영혼의 안식처도 못 갈 거잉 께. 걱정이랑은 하덜 말아. 돈을 많이 가졌거나 힘 있는 사람들이 가장 신경을 쓰는 것이 무엇일까 헤아려보자. 그것은 필시 말할 것도 없이 교육과 건강일 것이다.”

“암요! 두 말허 먼 잔소리인디.”

“평소에 병이 있어 병원에 가보면 보통 사람들보다 우선적인 특진特診 혜택도 보았을 것이고 대학병원에만 갔을 터 그런 유력 층별종인간이 보통 사람보다 건강하지 못하다니 해괴한 일이 아닐 수 없고 귀신이 곡할 일이다. 또한 수천 만 원씩

주고 불법 과외 하여 공부도 많이 시켰을 것이고………. 그 참 이해가 안 간다."

"그래도 천만다행인 것은 군 장성 아들의 현역 복무 율이 공직자 그룹 중 가장 높은 것이 대단한 것이지요. 사실 따지고 보면 우리 보통 서민이 제일 많은 것 같은 디요."

"그랑께 사회가 갈 데까지 가고 정치가 엉망이어도 그런 투철한 국군의 장군들이 있으니 나라가 지탱하지. 그렇지 않다면 폴 쎄진즉 전쟁이 났을 것이다. 호시탐탐 적화통일을 노리는 붉은 집단이 코앞에 있는디. 그런데 병무 행정을 담당하는 병무청 간부 아들의 현역 면제 율이 높은 것은 역시 문제가 있구나. 이들 때문에 사기가 떨어진 군인들의 기분도 그렇겠고."

"제가 99년에 펴낸 '애기하사 꼬마하사 병영일기'에도 많은 병역 문제를 지적하였지요."

"병역 면제를 받으면 신의 아들 보충역 판정이면 장군의 아들 현역으로 입영하는 장정들은 어둠의 자식들뿐이라는 위화감을 자극하는 말은 쓰지 말았어 야제. 이놈아! 꿀밤 한 대 먹어라."

"나한테 시비하지 마시요이. 그런 은어가 돈 것은 오래 전부터였지 라. 저희가 근무할 때는 가방끈 짧고 무식한 농민의 자식이 최 일선 전방에서 근무하였지요."

"그라먼 병역 문제는 그 당시부터 비리의 씨앗을 잉태하였겠구나."

"그런 것 같아요. 군의 정예화와 강군強軍의 기본 조건은 바로 장병들의 교육 수준이고 정신적 육체적 건강인데 그것은 사회 지도층이 누리는 삶의 내용과 일치한 것이지라. 지난 세월에 유럽에서는 나라의 주인 행세를 하는 귀족들은 그만큼 솔선해서 군 복무를 하였어요. 근대에 와서도 영국 왕실의 왕자들도 현역에 복무하였고 현대전인 포클랜드 전투에서도 영국의 둘째 왕자가 전투에 참가하였지라. 고대 그리스의 민주적 토론장인 아크로폴리스에서는 병역 의무를 다한 시민이 아니면 입장이 허용되지 않았다는 기록을 본 적이 있지라. 그만큼 국방의 의무는 신성한 것이라요.

이제는 분단국인 우리나라에서도 본인이나 자손이 병역 의무를 마치지 못했으면 공직 임명 시에 감점을 해야 한다는 말도 있으며. 아예 임용을 못하게 하자는 사람도 많은 실정이지라. 또한 면제받은 자들이 있다면 장애인 빼고는 남들 군 복무 기간에 받은 임금을 세금으로 내어야만 공평성에 있어 합당하지요."

"그라니까 너 말은 남들 군대 생활할 때 사회에서 받은 임금을 최소한의 생계수단용으로 제하고 나머지 임금은 국가에다 내라 요 말이. 재."

"그라문요."

"나가 그런 국방 관계까지 왈가왈부할 일이 아니다."

"무슨 소리라요. 시방! 대한민국 생산 담당 삼신할매가 관여를 안 하다. 니요? 나는 남녀평등권을 주장하는데 여자들도 평등권을 이야그할라면이야기하려면 그들도 똑같이 세금은 내야 해요."

"실직자면 어떨 할래?"

"공공사업에 투입하면 되지라. 군 필한 남자들 공직 임용시험 때 가산점 준다고 떠들며 열불 내던 여성들이 어떤 반응을 보일지 궁금하지라."

"가만 있거라 내 이번 일 끝내놓고 생각해 보마 고위공직자나 재벌 놈이나 끝 발 좋아서 아들 군 면제시킨 자손들을 전부 빙신을 만들까보다."

"그건 사자님이 할일인데요."

"나도 할 수 있다."

"제가 할 터이니 공연히 혈압 올리지 마소."

저승사자가 옆에서 말리는 투로 이야기한다.

"빨 랑 가자."

하면서 사자는 나의 똥 자발엉덩이 끝을 발로 찬다.

"워~메 아파뿐 거! 시방! 찬 곳을 잘못 차서 미주 바리항문 빠져 뿔먼 어짤라고 그러 코~롬 차 뿌요."

"아이가! 야가 지금 눈 평수 넓히면눈을 크게 뜨면 어쩔라고? 야! 임마! 평수 줄여 어~쭈~구리 한쪽은 팔아 묵었냐? 동자가 안 보인다. 그래도 너는 군대 생활 잘하고 왔다고 폼 잡는 거 아니냐?"

"나는 스스로 자원입대하여 국민의 4대 의무 중 하나인 국방의 의무를 충실히 하였다 이거요."

"어린놈이! 키는 땅딸보작은 키에다! 고생 쬐금 했겠네?"

"지금 메라고 씨부렸능교?"

"이놈이 갑자기 날뛰기는 오뉴월 메뚜기 뛰듯이 지랄이

냐."

"나의 최후의 자존심을 건디러 뿌렀는디……"

"그라먼 세계 인권협회에 싸게 전화해 뿔거라. 겁나는 게 한 개도 없승께. 느검니너의 어머니가 아그들을 많이 출산 하였는디. 느가부지너의 아버지가 너무 거시기를 많이 해뿌러 갔고 원료가 부족 핸 것이 아니냐?"

"할매!"

"멀라고 부르냐? 너 그덜 둘은 붙었다 하면 싸우냐? 쪼께 생각 좀 해 보거라. 원료가 부족한 것하고 우량아는 별개의 문제야. 그리고 그 당시 너희 나라는 풍요를 요구하는 농경사회여서 다산은 하나의 복으로 여겼다. 자손을 많이 둔다는 것은 번영의 뜻도 되었고 그래서 생기는 대로 출산했응께 모두 아니 둘 다 입 다물 거라 남자들이란 늙어 가면서 자손이 없으면 그것만으로도 텅 빈 가슴이 된다고 한다. 자손이 없으면 삶의 의미도 존재의 의미도 없어져버린 텅 빈 가슴팍이 되어 멍울져서 아무 의미도 못 느낀다고 한다. 노인의 우울증은 바로 자신의 손孫과 연결된다고 한다. 또~옹 마려운 강생이강아지 같이 왔다 갔다 괘종시계 추냥 지랄 떨지 말고 앙그앉자 제발 네가 그래쌍께 정신이 하나도 없다, 좀."

"그랑께 병역 비리하고 장애인하고 상관관계가 안 있소."

"그래 맞다. 니 말이 다 옳다. 됐냐?"

3부

“할매! 우리 절에 한 번 가자고요.”

“뭔 절에?”

“사자님은 공양 먹을 때가 안 됐수?”

“절밥은 맛이 갔을 텐데.”

웬일인지 먹을 것을 자주 밝히던 저승사자 88호가 탐 탁치 않게 여기는 눈치다.

“그 맛있는 절밥이 가다니 말이 안 되지.”

“허구 헌날 염불엔 뜻이 없고 잿밥에만 눈독 들이는데 그 밥이 맛이 안 갔겠냐? 내 이야기 하나 함세.

옛날 옛날 아주 잘 사는 부자 집에서 잔치가 있었지. 손님들이 여러 차례 다녀가는 건 당연한데 손님 대접 상에는 먹음직한 커다란 생선 한 마리가 통 채로 올라 있었는데 손님들이 아무도 그 생선에 손을 못 대는 거야. 누군가가 생선 몸통에 젓가락 자국을 내주면 마구 뜯어 먹겠는데 모두 체면이니 체통이니 하여 손을 안대니 그 생선은 상을 물리면 부엌으로 갔다가 상을 차리면 밥상 한가운데 자리 잡기를 수차례. 그날 잔치가 끝나도 그 생선은 흠집 하나 없이 남게 되었지. 이제 이 집에 일하는 머슴들과 하녀들이 밥을 먹을 차례라 모두 침을 삼키며 그 생선이 들어오길 기다렸지.

그런데 집주인이 그들의 상 위에 오른 생선의 꼬리를 냉큼 집어 들고 성큼성큼 마당으로 가서 누렁이한테 던져주니 아랫것들 눈알이 홱 돌지 누구는 뚜껑까지 확 열리는데 누렁이는 덥석 생선을 물고 마루 밑으로 가버린 거야.

모두들 투덜거렸지 우리는 마루 밑의 개보다 못한 신세이구나 생각하며 주인마님을 원망할 수 없으니 제 신세 나쁜 것을 탓할 수밖에. 그래도 다른 음식이 많이 남아 있어 배부르게는 먹었지만 그 촌에서 귀하디귀한 생선 맛을 못 본 게 한이 될 지경이다. 그들이 음식을 다 먹고 설거지 등 뒤 처리를 하는데 갑자기 누렁이의 고통 찬 비명이 온 집안을 울리는 거야. 하던 일을 멈추고 마당에 나가 보니 마루 밑의 누렁이가 벌벌 기어 나와 침을 질질 흘리며 고통을 참지 못해 마당을 박박 긁다가 숨을 거둔다.

저게 웬일인감? 생선 안에 독이 있었구나. 아니 누가 감히 잔치 음식에 독을 넣은 거야? 모두 의심의 눈으로 서로를 돌아보니 갑자기 주위가 냉 해진다. 그때 주인마님이 대청에 나와 으흠 큰 기침을 하며 말했지. '저 고기는 체면이니 체통이니 하는 그것에 집착하여 먹고 싶어도 못 먹은 양반들의 눈독에 중독된 것이니라. 나도 우리 누렁이가 죽을 만큼 독성이 강하리라 생각지 못했는데 아까운 누렁이만 죽였네. 여봐라 저 누렁이의 내장을 깨끗이 들어내고 너희들이 개장국을 만들어 먹도록 하거라 원 쯧~쯧 소위 양반이란 것들이"

"우와 사자님! 대단합니다! 우째서 그런 야그도 안다요?"

"홍보관! 사자 밥 먹는 처지에 가려먹지 않다가 변을 당하면 안 된다는 게 우리의 철칙이다."

"그러니 절의 밥도 눈독 들인 파계승 때문에 오염되었을 터"

"맞습니다. 누님!"

"그걸 보러 가자는 겁니다. 이 패 저 패 나누어 잿밥 싸움하는 절이 저 참에 있는디 가서 그 가관을 보고 우째서 수를 좀 써보자고요. 물론 절밥 맛도 보긴 봐야지요."

"오호라! 그래서 절밥 얘기가 나왔구나. 그럼 잽싸게 가더라고. 이."

우리는 문제의 절로 이동을 하였다.

"그 잿밥 때문에 싸우는 중들은 전생에 어떤 인연들이 있었기에 그렇게 한사코 싸우려 들까? 할매는 알고 있지라?"

"안다고 하더라도 말을 못하지."

"왜 우리는 전생을 모를까이? 전생을 알면 인연도 안다든디."

"네가 이승에 오기 전에 극락에 있었는지 지옥의 불구덩이에서 벌을 다 받고 나왔는지 현세에 올 때는 모든 기억이 없어진다는 것을 모르는가? 왜 뻔 한 내용을 끄집어내는 거야."

"왜냐 하면요, 전생을 알면 그때 내가 배웠던 것들도 지금 알고 있으면 얼마나 편리 하겠소! 또 인연이란 걸 알면 우리의 미래도 알게 될 것이고!"

"너에게는 그런 능력이 없다는 것을 알려주어야겠구나 그래야 헛꿈을 아니꾸지."

"아니! 그럼 누구는 그런 능력 있능감?"

"어이 김 대삼! 잘 나가다가 왜 또 그래. 다 아는 사실을 갖고. 사명대사나 서산대사 같은 옛날의 유명한 스님들은 모두 앞날을 내다보는 능력을 갖고 있지 않았냐. 그런 걸 미루어 보아 김 대삼의 헛꿈에 애도를 표하네 그려."

"우와! 내가 그 분들 반열에 올라갈 꿈을 꾸었구먼 에고 쑥스러워 근디 요새는 왜 그리 유명한 스님이 안 계시나 몰라."

허긴 현세의 스님들은 높은 자리에 앉겠다고 데모를 하질 않나, 폭력을 휘두르는 깡패 같은 짓거리에 자비니 살생 금지는 아랑곳하지 않고 난데없이 장가들어 아들 딸 낳아 기르고 최고급 승용차에 주색잡기에 빠지는 이런 판국에 어찌 도를 턴 스님이 나올꼬…….

"삼신할매! 직속상관이신 극락세계 부처님 관할의 현세의 스님들은 서로 높은 자리에 앉으려고 데모를 하고 폭력을 휘두르는 깡패 스님들 때문에 소란스럽습니다. 자비를 베풀어라, 살생을 하지 말라 하여도 요즘의 스님들은 장가들어 아들 딸 낳아서 기르고 최고급 승용차에다 주색잡기에 능한 땡땡이중들이 있어 사회 문제가 되곤 하는데 이것은 부처님이 너무 자비를 베풀어서 그런 게 아닌지요? 불교계도 수많은 종파들이 있어 서로가 싸우는 것을 보면 이들에게도 큰 벌을 내려야겠지요. 스님이란 오로지 욕심의 늪에서 벗어나야하거늘 사기·간통 등 수없이 많은 사건들을 야기해요. 제가 지적하고 싶은 것은 일반인도 아닌 종교인으로 선과 사랑을 베풀고 천제의 뜻을 받들어서 불쌍한 중생들과 어린양들을 보살펴야 할 메신저MESSENGER↔심부름꾼로서 모든 신도들의 규범이 되어야 할 지도자들이 신도들을 동원하여 전쟁을 치루는 것을 보면 부처! 염라대왕! 하느님! 예수 등 모든 신들은 직무유기 책임을 회피하기 어렵다고 생각합니다.

옛날에는 말이지 가을 중의 발걸음을 보면 그 절의 발전을 미루어 짐작한다 하였는데요. 부지런히 돌아다녀야 시주를 많이 걷고, 신도를 많이 모아 세를 확장시켜야 절이 번영할진데 지금의 절간 돌아가는 꼬라지를 보면 최고급 승용차에 곡차 마시고 여신도들 치맛자락이나 들어 올리는 짓을 하니 그것이 문제라. 이 사실은 거짓말이 아니고 실제 신문에 실린 것인디 믿거나 말거나."

"스님이 신도의 치맛자락을 들 추 다니 그게 무슨 소리인가?"

"아니 지금 자다가 봉창 두드리는 거요? 요즘에는 스님 아닌 스님을 사칭한 중은 중 인디 중 같지 않은 못된 사이비중이 많아요. 불도에 입문했으면 수도에 정진해야 마땅하거늘 ……."

"야가! 헷갈리게 말을 하네! 중은 중 인디 스님은 아니라는 말은 뭔 뜻이며 어떻게 스님이 아니라고 싸잡아서 야그하냐?"

"내 말인즉슨 부처님을 모시고 목탁을 두들기며 염불을 하니 일반인이 보기에는 스님이죠. 요 작자들이 하는 짓거리가 범죄자들 같단 말입니다."

"무슨 짓거리냐? 치마 들 추는 건 아무 것도 아니잖아 너희들 어릴 때 아이스케키막대 얼음과자 하면서 여학생들 치마 들추는 거 많이 했잖느냐? 출가한 후 궁금하여 들 처 본 것이겠지."

"참~! 할매! 이야기가 딴 방향이지만? 심청이가 아버지 눈을 뜨게 하려고 공양미 삼 백석을 받고 임당 수에 뛰어 들 때 치마를 안 입고 뛰어 들었다는데 그게 사실인지요?"

"일마가! 웬 뜸 금 없는 소리냐? 누님은 알고 있습니까?"

"야들이 뜸금없이! 삼천포로 가느냐? 용왕님께 물어 보거라! 뭐땜시 그것을 알려고 하느냐?"

"제가 만약 환생된다면 작품을 써보려고 합니다. 저는 속옷을 안 입고 뛰어 들었다고 하려고요."

"그래. 어떤 식으로?"

"심청이가 죽어 용궁에 갔는데……. 용궁 저승사자가 너무나도 잘 생긴 아가시가 죽어서 용궁 대청에 누여 났는데 모든 고관대작들이 모여서 구경을 하는데? 그때 떠돌이 바람이 육지에서 바뿐데 자기들 갈 길 빨리 비껴주지 않는다고 행패를 부리고 잠시 쉬려 용궁에 온 것인데 그 바람에 의해 심청이 치마가 날려 사타구니를 보니 팬티를 안 입은 것을 보고 탄성을 지르자 용왕이 와서 보고 '다 큰 처자가 팬티를 벗고 다니느냐?'고 묻자. 심청이는 '팬티 사 입을 돈이 있으면 아버지에게 따뜻한 막걸리라도 대접을 하겠소!' 대답을 하여 효심이 가득한 심청이를 연꽃에 태워 '좋은 남편 만나서 잘살고 생을 다한 뒤에 내 딸로 태어 나 거라!'하는 쪽으로 글을 집필하려고 합니다. 어치요?

"어떻게 그런 생각을 할 수가 있냐? 진짜 그럴 수도 있겠다!"

"그래서 방송에서 심청이에 대한 드라마를 하면 TV를 설겅선반위에 올려놓고 보면 다 보일 것 같구나!"

"이번 일만 잘 하면 지구로 돌려보내 마 하여튼 너 머리 하나는 끝내 준다! 그래서 지구로 파견 된 인간신이로다."

"……."

"대삼이 이야기 같이 심청이 치마를 들어 올리는 것처럼 못된 파계승들의 비리가 많을 것이다! 그들의 꼬임에 길들여진 보사들이 문제다. 남편의 사업이 잘 안 되어서 자기는 불교 신자도 아닌데 용하다는 스님이건 사주나 관상 미래의 운세를 잘 보는 스님을 말한다이 있다는 올케의 말을 듣고 절을 찾아갔는데 쓰~벌 놈의 땡땡이중이 새로 온 보살이 삼삼삼하고 늘씬한 거라."

"삼삼삼하다니? 삼삼삼은 구 갑오 아니냐? 끗발이 끝내 준다 이 말이냐?"

"어이구! 속 터져! 눈이 크고 유방이 크고 엉덩이가 크면 세 개가 크고 손이 작고 입이 작고 옹달샘이 작고 이렇게 세 개가 작고 눈의 흰자위가 희고 이빨이 희고 살결이 희고 그랑께로 **삼백**三白·**삼소**三少·**삼대**三大하여 동양의 최고 미인이더라 이 말이요."

"썩을 놈! 풀이 하나는 잘한다! 그래서?"

"중놈이 새로 온 보살한테 당신 밑의 옹달샘여자 성기에 나쁜 귀신이 들었으니 그 물을 문종이에 받아 불태우면 모든 일이 잘 풀린다고 꼬여서 법당에 눕혀 놓고 여인을 전라로 만든 다음 여자의 돌팍을 만졌지라."

"돌 팍은 또 뭐냐?"

"삼신할매가 있어 좀 껄끄러운디요!"

"난 괜찮혀, 늙었승께!."

"말해 보거라."

저승사자는 은근히 호기심을 나타내며 재촉한다.

"그랑께로 여자 꽃밭의 돌팍편편한 돌이니 그냥 돌팍이 아니고 대음 순을 쪼물락주물럭 거리니 흥분이 될 수밖에 제일 은밀한 곳을 지분거리니 여자가 몸을 비틀어대니 스님! 왈 부처님! 전에서 그 무슨 망측한 짓이냐 흥분되더라도 참아야지라며 나무란다. 그러나 신체의 비밀은 오묘해서 여자의 성감대를 계속 쪼물락애무 대니 꽃잎은 젖어들고……."

"그래서는?"

"사자님! 군침 고마 삼키시오 보기 숭흉헌께 결론은 스님이 거시기해뿌린 거시여. 계획적으로 그러면서도 궁둥이까지 때리는 시늉도 하는 그런 연극이었는데 여인의 달아오른 정염은 결국 큰 문제를 일으켰죠. 너무 많은 여자 신도와 거시기한 스님과의 관계로 오염된 옹달샘을 지니게 된 여자는 결국 남편에게 들통이 나서 가정에 파탄이 났지라. 종교 문제는 종교인들이 해결해야 하는데도 사회 질서와 범죄 단속에 골머리를 썩 히는 민중의 지팡이인 경찰병력이 동원되어 억압과 폭력으로 질서를 다스려야 하니 맛이 가도 한참 가서 내일모레면 구더기가 생길 판국인데도 무슨 욕심들이 그리 많은지 모르것구마이. 높은 자리에 앉으면 그렇게 좋은 것인지 개지랄을 뜬다 말일시."

"그래 맞는 말이지! 문제는 인간은 누구나 자기 자신의 부족한 것만 생각한다. 자기 자신이 이 세상에서 둘도 없는 만물의 영장인 가장 위대한 존재라는 것을 모른다. 그러기 때문에 한없이 부하게 살고 많은 사람들이 자기 밑에 종속되기를 바라니까 시도 때도 없이 싸우고 질투하고 시기하고 사기치고 그러지 않느냐? 내가 이 세상에 태어난 것으로 만족하고 축복받은 자다 이렇게 생각하면 될 터인데!"

"좋은 일로 태어났다면 축복받은 일이지만 벌로서 태어나면 좋은 일이 아니지요."

"벌로서 탄생하였어도 그 벌을 감량할 수 있지 않느냐 인간들은 신성한 노동의 가치를 부정하고 부정한 방법으로 편하게만 살려고 하니 자칫 잘못하면 무력감에 빠져 자신의 가치를 잊고 살아가는 게 문제다."

"맞습니다. 내가 죽은 영혼을 데리려 다니면서 느낀 것인데요. 사람은 어떤 때는 외로움에 찌들어 가슴이 휑하니 뚫려 있고, 가난에 찌들어 땟국이 졸졸 흐르다 보면 우울해지다가 나이가 들면서 주위에서 죽음들을 보게 되면 이젠 자기도 갈 때가 되었다는 죽을 준비를 한다 말입니다. 어려서는 할머니 할아버지가 먼저 돌아가시지, 장성하여 손자 볼 나이 때면 부모 돌아가시지, 그렇게 가까운 식구들의 죽음을 차례로 지켜보다 보면 사람은 겸손을 배우고 욕망의 사슬에서 벗어나는 거지요. 그런 죽음이 아름답더라고요."

우리는 호반을 낀 한적한 전원 근처를 지나는 중이였다. 양지 바른 쪽에 할머니 몇몇이 모여 앉아 담소를 하는 게 보였다. 얼굴은 세월이 지나간 흔적인 주름살이 가득하고 눈은 인생살이의 고달픔이 아직도 배어 있었다.

저승꽃이라는 검버섯이 얼굴이며 손등에 점점이 피어 있는 할머니들은 인생의 끝자락에 서서 무슨 생각을 하고 있을까? 할머니들의 마음을 읽어보았더니 놀랍게도 할머니들 모두는 저승사자를 제일 두려워하고 있었다.

가난과 질병 속에서도 자식 기른다고 온갖 고생으로 점철된 이승에 무슨 미련이 많은지 죽음을 거부하는 마음이 얼핏 이해가 되지 않았다. 이승에서의 몸 고생 마음 고생한 거 저승에 가면 다 보답 받는 다고 종교인들은 누누이 설득하지만 할머니들의 귀에는 제대로 들리지 않는 모양이다.

하늘나라에서 천사가 와서 자신의 영혼을 인도해 준다고 믿는 노인네들은 아무도 없다. 그들에게는 살붙이와 어울려 울고 웃는 인생이 더욱 중요한 것이리라. 또 그렇게 살아온 것이 삶의 전부가 아니었던가. 그리고 죽어서 갈 극락보다 언젠가는 올 내세미륵불이 올 내세를 더 그리워하는 순하디 순한 우리의 민초들이다. 삶이란 완성하기 위한 몸부림이라고 얘기들 하지만 먹고 살기 위한 삶 자체가 죄라는 말도 있다. 남편을 위해서 그리고 자식을 위해서 살다 보면 어느 자연의 섭리를 어겼을 수도 있고 인간다움에서 벗어났을 수도 있었을 것이다. 그런 이 땅의 어머니들에게 극락이 주어질 리가 없음을 미리 짐작하지 않았을까? 그래서 저승사자가 무섭다는 것인가보다 그걸 알기에 남은여생은 남을 위한 욕망과 욕심을 버린 오직 자기 마음 닦는 일에 매달릴 것이다. 절에 가는 것도 그렇고 공양하는 것도 그렇고 보시하는 것도 그런 먼 길을 떠나기 위한 마음의 준비이리라. 그런 인생을 누가 성공하지 않은 삶이였다고 비하할 것인가.

호반 근처에 오니 날씨가 한결 온화하다. 둘러보니 어느새 주변은 파릇한 잔디가 새싹을 내민다.

"아니. 아직 하루가 아니 갔는데 봄이란 말인가?"

속으로 몹시 의아해 하는데 저승사자 88호가 내 맘을 읽고는?

"천상의 하루가 지상의 1년이란 소릴 듣고도 잊어버렸구나."

"근다고 이리 소식도 없이 봄이 오고 여름이 간다면 아무리 귀신이라 해도 어지럽지라."

호반 주변에 있는 수양버들의 앙상한 가지들이 잎망울을 터뜨리며 바람에 살랑인다. 그 나무 아래로 앙증맞은 제복을 입은 유치원생들이 그림을 그리고 있다.

"저 천진난만한 아이는 이 세상에 무서운 것이 무엇일까?"

내가 그런 생각을 품고 아이들을 보니

“우린요, 이 세상에서 제일 무서운 게 울 엄마예요.”

“아니, 이거 먼 소리당가? 제일 가까운 엄마가 무서운 존재라니, 이건 말이 안 된다.”

“말이 돼요. 들어 보세요 아찌 울 엄마는요, 하는 말이 딱 두 개 뿐 이예요. 해라와 하지 마라예요. 하고 싶은 건 무조건 하지 말라 이고요 하기 싫은 건 무조건 해야 된대요.”

“맞아요. 난 미술학원 가고 싶은데 피아노학원 가래요. 싫다고 그러면 말 안 듣는다고 때려요.”

“그래요, 옆집 민애가 피아노경연대회에서 상 탔다고 나더러 피아노학원 다녀서 그보다 더 큰 상을 받아야 된다는 거예요. 그래야 엄마 체면이 세워진다나요.”

“사실 그 상도 돈 주고 산거래요.”

“돈 안 주면 아무리 실력 있어도 상 안 줘요.”

“그럼요. 학원 원장이 먼저 나서서 누구 엄마, 이번에 대상 받게 해 줄 테니 얼마 내 세요 그런대요.”

“우와, 유치원생 입에서 온갖 소리가 다 나오네요. 이. 애들이 성숙한 건가? 영악한 건가? 아니면 세상이 그렇게 만든 건가? 오메 잡것! 입에서 욕이 다 나와 뿌네.”

참으로 한심하다. 아기는 천사이다. 그냥 하얀 백지처럼 순수하다. 그리고 자라면서 옳고 그름을 배운다. 흑백을 구분할 수 있는 눈이 떠지는 것이다. 그리고 어른들의 행동을 보면서 혼란해 지고 어른이 되었을 때는 역시 부정과 비리에 타협하는 신세가 된다. 그러니 중들을 탓할 게 아닌가? 동자승으로 절집 생활을 시작해도 끝내는 추해지고 마는가? 그게 업보인가?

“중들까지 타락한다는 건 말세가 가까웠다고 인간들을 경고하기 위해서였는데, 인간은 그 사실을 귀담아들으려 하지 않고 술로 귀를 막고 눈을 막고 마음의 문도 닫는구나.”

공수래공수거를 모른다 말인가? 그렇게 악착스레 모은 재산이 그 돈으로 사회의 지탄을 받는 짓만 저지르고 감방에서 죄 값을 치루고, 그렇게 온갖 수단 방법 가리지 않고 모은 돈을 귀신도 혀를 두를 방법으로 귀하디귀한 자식에게 물려주었더니 그 아비에 그 아들이라, 재벌의 자식은 주가 조작으로 몇 천 억 꿀꺽 하고 애비는 불법증여로 법망을 피하지만 그 시러비 같은 인간들이 죽어 1원짜리 동전 하나 몸에 지녔든가?

죽어서 호화로운 모피코트 걸치고 천국에 갔던가? 국산으로 둔갑한 중국제 수의도 오감타 재벌 치고 죄 안 지은 놈 없다 든데 이들을 지옥에 가두고 하루 종일 돈 세는 사역을 시키면 어떨까 모르겠네. 그 지폐에 독을 발라 손가락 살점이 녹아나고 하루 일당 량을 채우려면 뼈까지 시리다가 밤새 끙끙 앓다 일어나니 손가락은 원 상태라 또 진종일 손가락이 녹아나게 돈만 세도록 하면, 과연 저들은 삶과 죽음이 동시에 존재하며 삶의 다음에 죽음의 삶이 이어지고 죽음의 삶 다음에 또 이승의 삶이 있다는 윤회의 겁을 몰라 그렇게 돌아가지 않는 대갈통을 굴려 경쟁하는 건가. 그래서 가난하여 소외되고 헐벗은 자들, 삶에 지친 장애자들, 향락의 구렁텅이에서 헤매는 청소년들을 돌보지 않겠다는 건가? 그리고 꼭 테레사

수녀 같은 분들에게 돌보는 일을 맡길 건가? 이 황폐해지는 지구를 우주에서 제일 아름답다는 푸른 별 지구를 위해 싸운다는 헤밍웨이의 말과 같이 모든 인류가 갈등 없이 살 수 있는 그런 푸른 별은 에덴의 어느 구석에서도 찾을 수 없는 건가.

"그참! 뱀은 왜 만들어가지고."

생각이 말이 되어 입 밖으로 튀어나왔다.

"이봐, 김 홍보관! 자넨 기독교 신자 아니잖아. 그런데 왜 성경 말만 곧이곧대로 듣는 거냐? 인류의 조상이 아담이란 근거를 대어 봐. 그리고 이브를 유혹한 뱀은 무슨 종의 뱀인지 알 것 같아? 단군이 이 지상에 먼저 왔는지 예수가 이 지상에 먼저 왔는지 알기나 해?"

"어허 사자님! 흥분하지 맙시다. 옛날 중국에는 반고란 창조주가 천지를 만들고 일월성신도 만들었다는데 내가 너무 편협하게 기독교 성경만 탓하네요.

그런데 6천 년 전에 아담이 만들어졌다면 우리 단군님하고 비슷한 시기이네요. 반만 년 역사나 6천년이나 그럼 천 년 동안에 그렇게 인구가 불었나? 그리고 그 험한 자연 환경에서 이 동방의 자그마한 나라까지 어째서 인류가 그렇게 넓게 퍼진 당가? 사자님 말씀 듣고 보니 그 아무래도 성경이 좀 묘하네요."

"성경은 중세기 때 성직자들이 저들 편하도록 편집되었다는 설이 있느니라. 소금의 바다 사해 근처 동굴에서 발견된 사해문서와는 내용이 많이 틀린다더라. 그러니 전래 동화 같을 수도 있는 성경을 그만 씹어라."

"그려유? 알겠어라 나 입 꾹 다물고 간당께 아니 한마디 더 합시다."

"또 뭐냐?"

"내가 눈으로 직접 본 것들이 조금 부적절하더라 이 말씀이다. 요. 직접 밝히기는 찝질하더마. 한번쯤은 짚고 넘어가야 허는 게 좋을까 싶소이."

"도대체 무슨 이야기할려고 그렇게 뜸을 들이느냐?"

삼신할매가 짜증을 낸다.

"그렁께 얼마 전 전라남도 순천 서남사 절에서 본 것이구먼요. 여름철 승려들 공부하는 그 뭐라더라?"

"하안거 말이냐?"

"맞아 뿌렀어라. 그 땅 위의 곤충들이 활동이 많을 때 이들을 실수로 밟아 죽이는 걸 미연에 방지하자고 여름에 교육만 하는 그 하안거 맞지라.

근데 그 교육에 참가한 스님들 복색이 지 각각이라 좀 혼란스럽더만요. 수료식 한다고 모였는디 빨간 장삼에 태극 마크, 학 그림 아니면 웬 임금 王자에다 노란색·회색 장삼의 여스님! 개떡모자일본말로 도리모치 쓴 스님에 스포츠형 머리라 이건 스님들 패션쇼장 같았지라 아마 전국 같은 종파의 사찰이나 암자의 지주나 원장들을 모아 교육한 것 같았는데 수료식을 원장 축사로 끝을 맺으며 단체로 기념사진 촬영도 하더라고요. 그리고는 이 사진 값은 만 원이나 무슨 불사를 하기 위해 부득불 만 오천 원으로 받겠다고 양해를 구하더라구. 모두

찍 소리 한번 안 하고 물러나더니 몇 명이 모여 수근 거립디다. 마침 가까이 있어서 잘 들렸는데 별 소용도 없는 사진을 비싸게 찾아봐야 그러니 중간쯤 가다가 휴대폰으로 사진 구입 의사가 없다고 말하자는 것이었어라."

"당연하지 않나. 그게 무슨 부적절이니 하는 요즘 새로 나온 단어를 남용하는 거냐."

"에이! 사자님도 하나는 아 능 거 같은 디! 둘은 모른다 말일시 아 면전에서나 사진 필요 없소 할 용기가 없어 말을 못 했응께 거짓 의사 표현이요. 솔직히 그 사진 값 너무 비싸 못 사것소? 하면 인화할 사진의 장수가 적어 낭비 안 할거란 말일시 또 있소? 며칠 동안 절밥 공짜로 먹이며 강의해 주어 깨달음의 경지를 한 차원 올려주었으니 배은망덕 아니어라? 고마움도 모르고 세속 물욕에 젖어버린 스님이 중생을 구해? 단돈 만 오천 원이 아까운데 관광버스 대절은 뭐며 삐 가 뻔쩍한 자가용은 또 뭐여라. 관광버스 안에는 갖가지 음료수가 잔뜩 쌓여 있는 걸 보니 속세를 멀리 하던 옛 고승들이 무지 그립더라고요. 그들은 만나면 인사가 농담 겸 욕하는 말일 때도 다반사이지만 한 점 물욕 없이 시주 배낭을 지고 천리를 멀다 않고 더 높은 수양을 위해 찾아다녔건만. 원 요새 중들은 승용차로 뽀~로~록 오고 가고 휴대폰으로 삐리~릭 시주 강요하고, 옛날 중이 게으르면 절간이 텅 비는데 요새 중은 게을러도 절간에 시주 돈 넘치고 이거 뭐가 잘못 되어도 한참 잘못 되아 뿌렀어라. 왜 요로코롬 변했버렷당가?"

"김 홍보 관은 전체 스님을 시방 매도하고 있는 거야."

"어이구. 사자님! 내 눈에는 99%란 말일시, 안. 그러요. 할매?"

"그래도 1%가 남아 있으니 다행이 아니냐. 아까 고승들 농담 잘 한다고 했으니 내가 한 자락 해주마. 두 고승이 만났지. 여! 땡 중 그 오랜만에 보는구나! 흐~흠! 땡초가 요즘 번쩍 뻔쩍한 걸 보니 또 절이 커졌나보네"

"고럼 고럼, 보살들이 많이 늘었지. 그러니 곳간에 가득한 게 쌀가마라 한 몇 년은 염불만 하면서 살 수 있지"

"그런데도 이 추운 날씨에 염불은 아니 하고 어딜 돌아다니는가?"

"아! 그게 말이야 보살들이 많다 보니 측간이 작아서 영 불편하다 말일세 그래서 일꾼 구하러 간다네"

"호! 그 좋은 현상이네 측간이라면 우리 절 측간 구경 한번 하고 짓는 게 어떨 런지 모르겠네."

"땡 중도 측간을 늘렸나?"

"날세 내가 무슨 돈이 있어 측간을 늘리겠나? 구덩이를 좀 깊게 팠더니 아 보살들 볼일 보고 옷 입고 문짝 열고 나오면 그때서야 퉁! 하고 통시소리가 난다는 거야 글쎄 난 시주 다닌다고 우리 해우소를 자주 이용할 틈이 없어 모르지만 말일세."

그 소리를 들은 스님이 통박을 굴려보니 볼일 보는데 보통 5분이 걸리는데 그럼 변이 5분 동안 낙하한다면 그 깊이가 얼마인가.

"옛끼! 이 땡 중아! 그런 거짓말 마시게"

"아. 글쎄 난 몰라. 나야 시주 얻으려 다녀야 겨우 입에 풀칠이라도 하는 거 땡초가 더 잘 알잖아. 하여튼 측간인지 뭔지 지을 때 한번 참고하게나, 난 그만 가야겠네."

"그러는 땡 중 자네는 어딜 그리 바쁘게 가시나?"

"아! 우리 절에 온 보살들을 공양시키려고 팥죽을 끓이는데 죽을 저으려고 배를 타고 가마솥에 들어간 상좌가 풍랑을 만났는지 석 달 열흘이 넘어도 오지 않아 내가 찾으려 나선 길이거든. 상좌 놈이 죽을 잘 저어야 공양이 될 것 아닌가 잘 가게나 남무관세음보살 이랬다는 거야 제 절 자랑하다가 제 코가 납작해 진 땡초가 그 말을 받아"

"……."

"아! 그 상좌 말인가? 내가 얼마 전에 봤는데 우리 절간 쇠솥 씻으려고 맹물을 담가 두었는데 거기서 팥죽 묻은 옷을 빨고 있더라. 난 그녀석이 왜 우리 솥 안에서 노는 가 했더니 그런 깊은 사연이 있었구먼 흡흡 그럼 빨리 가 보게나 보살들 공양시간 늦으면 쓰나 흡흡 기실 이 스님들 암자에 가 보면 상좌승 하나 둔 자그마한 절이지, 그야말로 세속에 물들지 않고 비록 절 살림이 작 다해도 연연해하지 않는 덕승들이지! 김 군 말마따나 요새 중들 중생을 구한다는 본래의 사명은 다 잊어버리고 지 절간 키우기 자기 배 채우기 바쁘니 원 그래 이제 다 왔는가?"

"예! 저 절이지요."

"저 절은 무슨 절이냐? 처음 보는 절이로구나."

"사이비 절입니다."

"뭐? 사이비似而非 절이라고?"

"누님은 사이비란 말을 못 알아들으시네요, 영어로 Cyber 즉? 가상공간이라고 하지요."

저승사자가 유식함을 뽐낸다.

"아우는 하나만 알고 둘은 확실히 모르는구나. 진짜인 척하는 가짜 사이비나 현실에 존재하지 않는 가상공간이나 오십 보 백 보가 아니더냐. 그래도 내가 무식하냐?"

"으와! 할매! 그거 말 되 네요! 동서가 화답을 하는구나."

우리가 도착한 사이버 절 안에는 빡빡 깍은 머리에 붉은 띠를 두른 험상궂은 얼굴들의 중들이 각목을 들고 출입구와 창문마다 지키고 있었고 그와 대치하여 흰 띠를 두른 중들과 신도들이 안으로 들어가기 위해 기세를 올리고 있는 중이었다. 물론? 그 두 집단 사이에 방패와 죽 검 그리고 해 볕에 눈부시게 반사되는 헬멧으로 무장한 전투경찰들이 제방의 둑처럼 두 집단의 접촉을 차단했다. 그리고 그 주위로 국내외 유명 언론사들의 취재기자들과 구경꾼들과 경찰 차량으로 마구 엉켜 무척 혼잡스러웠다.

"우와! 대단하구나! 쩌 거 쫌 봐. CNN뉴스 차량에 일본 NHK도 왔네요. 이 정도면 우리나라 불교 망신 다 시키고도 남아 뿌렀어."

"그래. 내가 봐도 그렇군! 지난번 경찰들이 진입하다가 사다리가 끊어져 추락하는 사진 장면이 전 세계로 전송되어 창피를 있는 대로 샀건만 도대체 정신들을 못 차려."

"저 사람들 다 소림사 불교무술 전수자들이냐?"

각목 든 중들을 보고 삼신할매가 묻는다.

"아니지라 그건 아닌 디, 이거 영판 홍콩 무술영화 장면 같다. 사자님은 무술영화 본 적 있으라우?"

"보긴 뭘 봐. 알라 장난 같은 것을."

"쯧쯧! 이거도 똑 아가들 장난처럼 유치 해뿌렀어. 아 1600년 전통을 자랑하고 우리나라에서 현존하는 유형문화재의 대부분을 제작할 만큼 훌륭한 불교가, 우리나라 백성의 4분지 1이 신자인 이 불교가 우리나라 종단의 최고라는 이곳이 이 지경이니 원 에고 한심스럽다!"

"양측이 종교적으로 신행信行이 다르다고 이럴 수가 있나? 원래는 한 뿌리요, 형제간이나 다름이 없었건만 그 믿고 실천한다는 방법론이 그렇게도 심각한 문제인가? 어리석은 중놈들! 쯧쯧."

삼신할매가 혀를 차며 절 안으로 들어가잔다. 절 안은 무슨 전쟁 준비하듯 경계가 삼엄하고 곳곳에 바리케이드를 쳐 놓았다. 마치 한 총 연 데모하며 학교 시설물 끌어 모아 바리케이드 쳐 놓은 것과 똑같다.

출세간出世間의 수도修道에 귀한 생을 바치겠다는 초발심은 어디로 가고 대화로도 풀지 못하고 연례행사처럼 치루는 전쟁놀이인가. 결국은 피를 보아야 풀리는 문제인가?

"그 홍콩 무술영화 수입하지 말아야지. 이거 보통 문제가 아니구먼. 이것들 싸 그리 잡아갈 수도 없고 이걸 어떻게 해결해야 하나?"

저승사자가 중얼거리고 있는데 어디선가 우당탕 무너지는

소리가 들리며 곧 사람들의 비명소리가 터져 나왔다. 전경들의 차단벽이 느슨해진 곳에서 절 안으로 진입하려던 무리가 전경들을 밀어내고 산문 앞에서 두 세력이 충돌을 일으킨 것이다. 우리가 나가 보니. 각목이 난무하는 도중에 빡빡 깎은 머리가 터져 선혈이 낭자하다. 기어코 피를 본 것이다.

인간은 피를 보면 흥분하고 흥분한데다 피를 보면 미친다. 난장판이 벌어지는 형상을 보면서 저승사자가 한마디 했다.

"우리 부처님은 이 꼴들을 보고 뭐라 하실꼬 이건 내 소관이 아니니 김 홍보관 그냥 가자 인상인무人上人無고 인하인무人下人無라 했거늘 이 무슨 망발이냐."

"시방 나한테 먼 문자 써요?"

"니놈! 대그빡 좋다고 자랑할 때가 언제더냐? 참으로 딱하도다."

이제는 내가 아니라 저승사자가 중얼중얼 구시렁거린다. 확실히 쇼크를 심하게 받았나보다.

"스님들도 처음 출가할 때는 수행에 정진하려고 불교에 입문을 하였지요. 그러나 수행을 하며 세상의 중생을 보살피려고 다니다 보면 스님도 신이 아닌 인간인 이상 나쁜 유혹에 젖어들 수도 있어요. 옛날에 어떤 스님 한 분은 시주 배낭을 지고 전국 방방곡곡을 두루 살폈지요. 하루는 마포나루에 있는 주막집에 들렀다가 술이 거나하게 취한 두 사내의 이야기를 듣게 되었는데 이들은 시정잡배였어요. 이들이 하는 말이 이 주막 주모의 조개(옹달샘) 물맛이 너무 맛있고 물도 많이 나온다고 입에 침이 마르도록 자랑을 하면서 자기는 그것을 먹으려고 집을 한 채 다 밀어 넣었다고 자랑하는가하면…….

다른 사내는 논밭을 팔아치웠다. 고하는 소리를 듣고 무슨 물이 그리 맛이 있는 가 궁금하여 밤새 잠이 안 와 주모를 불러 그 물 한번 먹는데 얼마냐고 묻자 주모는 열 냥이라고 대답을 한다. 무슨 물이기에 그리 비싼가 하고 물으니 주모 말은 남들이 하는 말로는 내 물이 숨이 넘어갈 정도로 맛이 있다고 하더라. 그러자 스님은 나도 죽기 전에 한번 맛을 보리라 작정을 하였다. 그동안 시주한 돈이 제법 있어 열 냥을 뚝 떼어 그날 밤 주모의 물맛을 보기로 결행하였다. 훌러덩 벗은 주모를 방 가운데 뉘여 놓고 숟가락을 꺼내 물을 뜨려니 물이 없는지라 숟가락으로 자꾸 옹달샘만 파고 있다. 눈을 감고 누워 있는 주모는 하마나. 하마나 들어올 물건을 기다렸지만 들어올 물건이 안 들어온다. 스님은 나온다는 물이 하마나. 하마나 기다려도 나오지 않아 숟가락으로 누룽지 긁듯이 더욱 세게 옹달샘을 파니 주모는 색다른 경험을 하는구나하고 흥분이 되어 드디어 물이 나오기 시작한다. 스님은 그 물을 숟가락으로 가득 떠서 입에 넣으니 목욕탕이 없던 시절이라 시큼하고 닝닝한 냄새가 나며 맛도 별로이니 스님 왈? 미친 중생아! 이 물이 그렇게도 맛있느냐.'라며 탄식을 내뱉더랍니다."

"거룩하신 부처님의 뜻을 받들어 방황하는 중생들을 구하라고, 8정도를 행하고 온갖 지혜를 모아 장엄한 빛이 있는 도량으로 불국정토를 이어가야 할 사찰의 스님들이 시기와 질투. 욕망과 탐욕으로 점철되다니 그야말로 방황하는 인간들의 등불이 되어야 할 이 절이 시궁창 같은 절이 되었구나.

김 홍보관! 절 문 안의 사천왕상을 보았겠지? 악마들을 하나씩 밟고 눈알을 부라린 그 흉맹한 용태로 저 중놈들을 다 밟아버리고 싶구나 아니면 홍수로 휩쓸어버리던지 해야지."

"핵폭탄 한방 꽝 하면 안 될까 이?"

"제3차 세계대전으로 인류가 멸망할지도 모르지! 그러면 저승사자도 삼신할매도 존재의 의미가 없어지는구나."

"그럼 또 신인류가 탄생하겠지요. 원죄도 없는 완전한 인간 말입니다. 사실 성경의 토대인 창조론과 과학적 근거에 의한 진화론이 설 켜 많은 논란을 일으키지만요. '우주가 만들어졌을 때 나는 그 자리에 없었다.' 고 말한 과학자도 있고요. 또 그렇게 말한 기독교 신자도 있었지요."

"그러니까 생명체가 처음 지구에 나타났을 때 아무도 그 자리에 있지 않았다라는 말이지?"

"그래서 생명의 기원에 관한 주장은 아직은 사실이 아니고 이론일 뿐이지라 나야 진화론을 믿지요. 인간이 갓 태어났을 때는 아무 것도 아는 게 없는 백지상태에서 차츰 자라며 배우고 익혀 발전하듯이 먼 옛날 우리의 선조, 즉 고대인들인 인류의 조상들도 원시시대에서 점점 현대인으로 진화를 하잖수 문명도 그렇게 발전했고요 아! 종교도 마찬가지 아닙니까? 처음엔 무조건 믿으라에서 지금은 이론과 논리로 신앙을 가르치걸랑요. 이 점은 불교든 기독교든 이슬람교든 다 마찬가지 아니 것 어라? 기록도 벽화에서 활자로 그리고 지금의 인쇄술에서 멀티미디어인 인터넷까지 진화에 진화 아닌 게 없다. 니께요."

"진화론을 믿은 너는 인간이 어떻게 진화하였다고 생각 하냐?"

"지처럼 아둔한 놈이 전 세계의 유수한 과학자와 문화인류학을 연구한 학자들 온 세계 각 처의 종교 지도자 점성가 등도모르는 걸 내가 어찌 알 깜요."

"그래도 너하고 이야기하다 보면 창조되었다고 믿지 않는 것 아닌가."

"지금 우리가 같이 행동하여도 저는 지금 악몽을 꾸고 있는지 실제 저승에 왔는지 모르겠으라. 꿈이 여도 상관없고 실제여도 상관없고 다만 진화론을 야그하랑께이야기 현세에 있을 때는 개구리 알이 올챙이가 되고 개구리가 되며 누에알에서 누에. 번데기. 나비. 그런 순으로 진화하지 않았나 생각해요."

"넌 지금 실제도 아니고 꿈도 아닌 두 곳에서 헤매는구나. 모든 게 꿈 같기도 하고 그것도 악몽 같겠지만 실제인 것 같기도 하고 개구리와 누에는 연속으로 이어지는 것이니 진화로 볼 수는 없지 않는가."

삼신할매는 듣다가 지겨운지 짜증을 왈칵 내며…….

"그만 떠들 거라, 귀 따갑다. 빨리 이곳이나 뜨자. 절밥 먹으러 왔다가 싸움 구경만 실컷 하구 가네."

할매가 방방 뜨면서 투정을 부리니까?

"누님이 방방 뜨니까 생각났다. 아우는 요즘 무슨 방! 무슨 방 하는 거 정리 좀 해 보거라"

하고선 나를 보고 말한다.

"우선 노래방이 있지요. 1시간에 얼마 주고 인원수에 관계없이 방 하나 빌려 잘 부르거나 못 부르거나 고래고래 고함을 질러 스트레스 확 푸는 곳입니다.

그 다음 비디오방 이거는 좀 문제가 있지요 밀실이라 남녀가 꼭 붙어 야한 비디오 보면서 스파크를 일으키는 곳이지요. 그 다음이 전화방입니다. 보이지 않는 곳에서 전하 통을 듣고 이런 저런 얘기를 주고받지요. 물론 음담패설도 좋고 음탕한 얘기도 서로 주고받나 봐요. 당국의 단속과 전화국의 규제로 기세가 많이 죽었다나요. 그 다음 보도 방입니다. 보도방의 어원은 잘 모르겠고 룸 싸 롱이거나 단란주점 같은 수요가 있는 곳에 여자. 그것도 주로 영계들을 보급해 주는 곳입니다. 단속을 피하기 위해 여자들을 한 곳에 모아두고 방주가 휴대폰으로 요청받는 만큼의 여자들을 보급해 주지요. 그 다음 PC방입니다. 이건 개인 컴퓨터가 없는 학생 내지 직장인을 위한 일종의 컴퓨터 대여업이지요. 물론 시간 단위로 오락을 하 든 리포트를 만들든 간섭이 없지요. 아! 통신으로 채팅도 하고 인터넷 들어가서 헤매기도 하지요."

"헤매다니?"

삼신할매가 말꼬리를 자른다.

"야! 그게 이런 말이네요. 길을 못 찾아 헤맨다는 뜻도 있고요. 여기 저기 사이트를 힐끔거린다고 헤매는 거죠. 배회한다고 할까요. 그 다음 야한 사이트에 들어갔다가 뿅 가서 헤매는 거구요."

"그 인터넷 겁나는 거구나."

"불가 근 불가 원이라고. 새로운 산업 즉 굴뚝 없는 산업이라고 한 10년 전부터 불기 시작한 벤처산업이라는 겁니다. 돈 벌이가 무척 잘 된다고 지금은 너도 나도 뛰어들지요. 심지어는 이번 IMF로 직장에서 쫓겨나는 월급쟁이의 운명을 두 눈으로 똑똑히 본 대기업 사원들이 너도 나도 사표를 내고 벤처산업에 뛰어들어 오히려 정부가 그렇게 구조조정! 구조조정! 외쳐도 꾸물거리던 대기업이 지금 그 큰 덩치로 벤처산업에

뛰어들 준비를 하면서 인력난을 겪고 있답니다. 그래서 요즘은 신 3D가 인기입니다. 디지털·디엔에이·디자인 업이 각광을 받고 있는 거지요."

"방은 또 없냐?"

"있지라, 요즘 인기 있다는 대화방!"

"그건 서로 마주보고 말만 주고받는 면회소 같은 거냐?"

"뭐 남자 애간장 녹이는 데라고 알면 되네요."

"그건 왜 빼 먹었냐?"

"빼 먹은 게 아니고 인터넷에서 잠깐 삼천포로 빠졌지라. 대화방에 대해서 내가 리포트를 써 논 게 있응께 읽어 보드라고. 이."

"대삼이는 앞일을 미리 내다보는 눈이 있었구나. 이런 준비도 해놓고."

삼신할매가 고개를 끄덕인다. 내가 이번 임무를 맡은 적격자로 이제 확신하는 모양이다. IMF한파가 아직도 매섭게 삶에 지친 자들을 절망의 질곡 속으로 몰아넣고 있던 1999년의

여름. 경남 창원시 중앙동의 알만 한 사람이면 다 아는 K관광 호텔 로비의 엘리베이터 승강장 근처에 화장품을 떡칠한 30대 중반쯤의 여인들이 모여 떠들고 있었다. 옷치장이며 하는 행동을 봐서 아줌마이며 주부들 같이 보인다. 요새 젊은 주부들은 옷맵시 등을 아가씨보다 더 잘 빼 입어 주부인지 아가씨인지 구분이 안 간다. 이런 주부를 미 씨 족이라 부른다는 것은 알지만 지금 저 아줌마들은 분명히 주부라는 게 아무리 멍청한 눈에도 보일 것이다. 여자들은 자그마한 핸드백과 커다란 쇼핑백을 공통으로 들고 마침 문이 열리는 엘리베이터 안으로 우르르 들어간다. 얼핏 봐서 7,8명쯤 되어 보이는 이들은 4층에 함께 내린다.

4층은 가운데 길 다란 통로가 있어 우측에는 합판으로 급조한 싸구려식당이 나란히 있고 좌측에는 샌드위치 빔으로 만든 칸막이로 그 안이 보이지 않는다. 통로의 끝 쪽에 화장실이 있고 그 근처에 칸막이 공간의 출입구가 있다.

엘리베이터에서 내린 여자들은 여전히 조잘거리면서 그 출입구로 들어간다. 그 문에는 아무런 표시가 없어 뭘 하는 곳인지 들어가 보지 않으면 알 수가 없다. 아무도 이 여인들을 관심 있게 보는 사람이 없다. 통로 끝쪽의 식당에 가거나 화장실에 갈 것이라고 단정해 버릴 만큼 4층의 구조가 단순하면서도 묘하다. 그리고 식당이 여러 개이니 아무도 그들 존재를 의식할 필요도 없을 것이다. 여자들이 들어간 출입구로 해서 안으로 들어가면 한눈에 간편한 사무실 구조가 보인다. 그리고 코너에 두 개의 문이 보인다. 사무실을 지키는 사람은 경리를 보는 아가씨만 보이고 다른 사람은 어디로 갔는지 보이지 않는다. 다만 코너에 시야를 막는 구조물 뒤로 문이 있고 그 안에 20여 개의 방이 있다. 문을 열고 방 안에 들어가면 한눈에 평범한 1인용 침대와 패트플라스틱 물병과 잔이 놓인 탁자가 보이고 침대 앞쪽 탁자에는 흑백TV 한 대와 전화기가 놓여 있다. 방 전체는 2평 정도이고! 샌드위치 공법의 칸막이라 옆방의 소리도 다 들린다.

이곳이 이름 하여 대화방이라는 곳이다. 전화방이 조금 발전한 것이라 서로 화면을 보면서 대화를 나누는 곳이 이곳 특급호텔 안에 버젓이 자리 잡고 있는 것이다. 이곳에 들어가려면 1실 당 15,000원을 주어야 하며 1시간 동안 대화할 수 있다. 아까의 그 여인들이 남자들의 대화 상대가 되는 것이다.

아줌마들, 요즘 한참 아줌마의 가치 내지 정체성에 대해 언론이 다루고 있지만 우리나라 30대 주부의 하루 일상은 거의가 대동소이하다.

그들의 일상을 보자. 35세가량의 가정주부라면 자식 키워 유치원이나 초등학교 저학년에 다닐 때이다. 남편은 직장 가고 애들은 공부하러 가면 설거지 집안청소 끝내면 11시가 훌쩍 넘는다. 그때부터 한가한 시간을 갖게 되지만 오히려 한심한 시간이 된다. 요즘 여성들 대개가 고등교육 이상을 수료한 재원들이다. 그러나 결혼하여 가정에 매이다 보면 자기만의 꿈꾸던 생활이 되지 않아 생긴 욕구불만에 쌓이는 것은 스트레스이다. 그 스트레스를 풀려면 자기와 처지가 비슷한 학교시절 친구에게 전화를 걸어 수다를 떠는 것이다.

그 수다가 지나치면 이런 말이 나온다.

"얘! 우리 갑갑하게 전화로 하지 말고 한번 만나 커피나 한잔 하자 응."

"그래 어디서 만날까? 기왕이면 무드 있는 곳에서 만나자."

"우리만 만나지 말고 혜숙이도 불러내자."

이렇게 만나다 보면 주위의 친구를 모두 불러내게 된다. 우리나라 여자들 혼자 있으면 얌전하게 보이지만 모였다 하면 별의별 소리가 다 나오는 기질을 갖고 있다. 오직하면 일본의 여인이 우리나라 여자들 모임에서 남편과의 잠자리 얘기에 너무 황당했다는 신문기사까지 있었으니까 말이다. 그렇게 우리나라 여자들은 개방적이라고 봐도 되겠지만 우리 옛 속담에 여자 셋 모이면 질그릇 깨어진다고 이런 모임이 간혹 말썽을 일으킨다는 것이다.

이 사회 구성원 모두가 부정과 비리를 저지르지 않는 것처럼 모든 여성 모임이 다 그런 건 아니지만 서로 정보를 주고받고 서로의 놀이에 동참하다 보면 선은 행하기 어려워도 악은 행하기 쉽다고 그야말로 쉽게 악한 관습에 빠져든다. 컵 속에 담긴 물이 아무리 맑아도 단 한 방울의 잉크 물을 떨어뜨리면 그 한 방울의 잉크 물 때문에 컵 속의 물 모두가 흐려진다. 그와 마찬가지로 일부 여성들이 부정이나 불륜에 빠져들면 언론의 호재가 되어 사회여론을 일으키게 된다. 일이 이 지경이 되면 이 세상 모든 남성과 특히 젊은 부인을 둔 남성들은 혹시나 내 마누라가 하는 불안감이 들 것이다.

이렇게 여자들은 가정의 그늘에서 나오는 것이 바람직한지 아닌지는 사회학자들이 따질 문제이고 이 대화방에서 만난 여자들에 대한 리포트는 계속 하자. 경리 아가씨에게 만 오천 원을 지불하면 방을 하나 잡아주면서 기다리라고 한다. 방으로 들어가 한참을 기다려도 전화가 오지 않는다. 대신 없어져도 한참 전에 없어져야 할 흑백 TV에서 3류 저질 영화만 보여준다. 그렇게 조용히 30분쯤 지나니 전화벨소리가 울린다. 전화기를 드니 매력적인 여자의 음성이 들려온다.

"안녕하세요, 사장님! 반갑습니다."

코맹맹이 소리를 까는 것이 과연 남자들에게 섹시하게 들릴까?

"예! 반갑습니다."

"저, 사장님! 채널 3번으로 맞춰주세요."

속삭이는 소리가 뇌쇄적이다. 시키는 대로 채널을 돌리니 듣던 대로 모니터 상에 전화기를 든 여인의 모습이 보인다. 상대방은 침대가 아니라 의자에 앉았는데 그 자세도 도발적이다. 남자에게 무조건 사장이라 부르는 게 이 동네의 통념인가보다. 백수든 건달이든 역전 지게꾼이든 공항의 택시기사이든 무조건 사장님이라 불리면 그냥 기분이 풀어진다는 심리를 기초로 한 장사하는 곳이다. 허긴 요새는 선생님의 부인이라야 들을 수 있는 사모님 소리를 아무에게나 해대니 이제는 사모님! 하면 아줌마의 별칭이라도 들은 양 기분이 좋을 것이다. 더 보태어 좀 젊게 보인다고 아가씨 하고 불러주면 제 풀에 뿅! 갈 것이니 여자가 뿅 간다는 것은 끝장을 본다는 뜻이다.

각설하고 모니터 속의 여자가 온갖 감언이설로 아양을 떨기 시작한다. 사장님 얼굴을 보니 참으로 점잖게 보인다면서 모니터 앞에 바로 좀 앉아달란다. 그제 서야 TV 위에 성냥갑만한 네모 박스에 빨간 불이 들어와 있는 게 보인다. 소위 구형 몰래카메라에 속하는 것이다. 시키는 대로 바로 앉았더니 보기보다 더 미남이라고 한다. 내가 미남이면 이주일 선생은 선글라스 끼고 봐야 된다. 왜? 그 분의 인물은 너무나 눈부시니까. 아무튼 내가 미남이라면 카메라가 고장이든지 모니터가 고장이든지 아니면 저 여자의 입에 발린 거짓말일 것이다. 그것도 아니면 저 여자가 돌아버렸던지 뭐 그런 거다.

여하튼 추켜올려주고는 별의별 것을 다 물어본다. 사장님 사모님은 예쁘냐고 묻더니 잠자리 잘 해 주느냐? 고도 묻는다. 그리고는 사모님이 잠자리 끝내주면 여기 올 필요가 뭐 있겠느냐 어딘가 미흡하니까 온 것이라 단정 짓고는 나중에 테크닉을 좀 가르쳐주겠다고 음탕한 미소를 흘리며 슬쩍 발을 바꾸어 무릎 위에 포개는데 이게 어디서 많이 본 장면이다. 이 장면을 저승사자가 본다면 새우 눈이 개구리 왕눈이로 변할 것이고 삼신할매가 본다면 3년은 밥맛이 없을 것이다. 그 장면은 이 영화 하나로 미국 최고의 스타가 된 **샤론 스톤의 출세작. 원초적 본능**에서 취조실의 형사들 넋을 빼 놓던 장면……. 노 팬티의 그 충격적 장면으로 눈 밝은 사람은 봤고 어두운 사람은 그냥 그늘로만 보였던 그 장면을 이 여자가 지금 연출하고 있는 것이다.

그러고 보니 엘리베이터 탈 때 입었던 옷이 아니고 몽땅 갈아입은 모습이다. 초미니 스커트에 옹달샘은 몰라도 거시기는 비쳐 보이는 망사 팬티 그것도 V형이 아닌 T형이라 허벅지가 움직일 때마다 이쪽 저쪽 보일 듯 말 듯 하니 대한민국 건장한 남자의 거시기가 꼿꼿이 고개를 든다. 왈 텐트 친 것이다.

"더 보다가는 실례할 것 같은데 저 아가씨! 한번 일어나 볼래요."

유도를 하였더니 일어나서 한 바퀴 뱅그르르 돌고는…….

"오래 앉아 있었더니 엉덩이가 아파요."

짧은 스커트 속으로 손을 넣어 둔부를 주무른다. 것이 내 눈에는 애무하는 것 같다. 미국 영화 속에서 술집 무대에서 기둥 잡고 춤추는 엉덩이 흔드는 춤은 너무 노골적이라 보기 민망하던데 이건 아예 영화의 그 뇌쇄적인 장면보다 더 흥분시킨다. 여자가 또 한 바퀴 돌면서 말려올라간 스커트 자락 아래로 망사 팬티에 비치는 여자의 거웃이 화선지에 먹물 쏟은 것 같이 보인다. 남자가 한숨을 쉰다. 그랬더니 여자가…….

"뭘 더 보여 드려요?"

물어온다.

"찌~찌통."

남자가 자그맣게 말하니 여자가 못 알아듣는다. 손으로 가슴을 가리키니 여자가 깔깔 웃으면서…….

"생 밀크 통 말씀이네. 자! 한번 보세요."

윗옷을 후딱 걷어준다. 그러자 밀크 통 두 개가 화면에 출렁거린다. 유방이 쳐지지 않고 봉긋한 것을 보니 성형을 한 유방이다. 출산하고 아이 젖 먹여 키운 유방이 아니다. 남에게 보여주기 위해 성형까지 했다고 보면 틀리지 않을 것 같다. 이런 야한 장면이 국내에 공개적으로 보여 진 것이 88년 올림픽 치룰 무렵이었다. 웬만한 나이트클럽에 가면 볼 수 있었고 삼류저질 영화에서도 많이 울거 먹은 모습이다. 우리들의 청소년조차도 자주 접한 모습이라 무슨 얘기 거리냐? 하겠지만……. 이렇게 보여주는 여자는 남편이 있다는 게 문제인 것이다. 남편에게만 보여주고 자식에게만 보여주어야 될 가정주부가 생명부지의 남자에게 은밀하게 보여준다는 것은 도덕이 무너지는 증거인가! 아니면 성의 개방이란 풍조 탓인가. 직업여성의 영역에 평범한 가정의 주부가 뛰어들어 음담패설을 주고받고 나체 쇼 비슷한 것도 해주는 사회가 된 것이다. 이렇게 한 20분 시간을 보내더니 할당받은 1시간을 다 보냈다. 여자 말로 교통이 복잡하여 30분 떼먹었고 급히 온다고 소피를 못 봐서 10분 빼앗아 죄송하단다. 그리고 '다음에 오시면 우리 저녁식사라도 같이 하면서 데이트 즐깁시다'하고는 화면에서 사라진다. 어이구! 아랫도리 탱탱하게 텐트까지 치게 해 놓고 사라진 여자의 모습이 모니터에 나타날 일이 없는데도 허전한 마음에 빈 의자만 달랑 놓인 모니터를 쳐다본다. 그리고 아랫도리 잠 재워야 밖에 나갈 수 있고 벌겋게 달아오른 얼굴도 식혀야 된다. 그래서 침대에 잠시 더 누워 있는데 전화벨이 울린다. 받아 보니 경리아가씨이다.

"사장님! 시간이 짧아 좀 미안합니다. 조금만 기다리시면 더 멋진 여자 소개해 드릴게요."

이건 또 어쩌자는 거냐. 호의를 베푸는 거야? 아니면 바가지 덤 테기를 씌울 참인가? 그래. 어차피 이곳 실태파악이 첫 번째 임무 아니냐.

"사장님! 어떻게 하실 건가요?"

대답이 늦어지니 독촉까지 한다.

"그렇게 해요."

더 빵빵한 여자 보여준다는데 마다 할 이유가 없다. 침대에 누워 기다리다 보니 텐트는 사라졌는데 거시기 끝에 조금 새어나온 것이 팬티를 축축하게 한 것 같아 찝찝함을 느끼는 순간 벨이 울린다. 수화기를 들자 모니터에 아까보다 더 야한 여성이 나타났다. 얼핏 봐도 30살 아래쪽으로 보인다. 유심히 보니 하얀 면 티셔츠에 노브라라 유두 부분이 시커멓게 보이고 움직일 때마다 육감적으로 출렁거린다.

"하이 사장님! 제가 좀 섹시하게 보이나요?"

아예 시작부터 노골적이다.

"그렇게 보이네요!"

대답을 하니까

"아이! 그렇게 보이면 안 되는데. 야단났네."

얼굴 표정을 보니 야단은 하나도 안 났다.

왜 야단이 나느냐?고 물었더니?

"저는 예! 여기 창원에서 살면서 시를 좀 쓸려고 지금 열심히 습작을 하고 있거든 예."

아~쭈~우 구리! 꼴에 고상한 척하네. 너희가 시를 쓴다면 그 시는 온통 노란색일 거다. 그러나 말로 할 수는 없는 것이니 참 고상한 작업이라고 추켜 주었더니…….

“사장님은 시를 좋아하세요?”

화제를 문학 쪽으로 끌고 가려고 한다. 내가시라고는 학창 시절에 몇 편 읽어보았으나 기억이 날 리가 없다.

“저는요. 유치환 선생님의 시를 참 좋아해요. 있잖아요. 그 파도야 나는 어쩌란 말인가 하는 시요.”

느거미럴! 파도가 뭘 어째. 그냥 철썩 거릴 뿐인데!

“사장님은 어떤 시를 좋아하세요?”

간신히 생각났다. 요즘 정치인들이 잘 써 먹는 말 ‘한 점 부끄럼 없이’하는 구절이 이 시에서 따 왔다는 것이다.

“난 서시를 좋아합니다.”

했더니?

“어머나! 그 여자 참 섹시했다면서요. 사장님은 보기보다 색을 밝히시나봐. 그 서시라는 여자는 몸매가 아주 작아서 남자들이 모두 좋아했데요.”

아이구! 골치야! 이 여자는 나를 데리고 갖고 노는 것인지 아니면 무식한 건지 내가 알 수는 없지만 그래도 당나라 시대 여자를 들먹거리는 것을 보면 그런 계통의 책은 좀 읽은 모양이다.

“사장님! 난요. 요기 온 지 이틀 되었어요. 사실 혼자 살면 말동무가 필요한데 난 여기 창원에는 아는 사람이 없거든. 예.”

혼자 두어도 1시간 내내 떠들어 댈 것 같이 쫑알거리더니

빨딱 일어서서

“제 몸매는 어때. 예?”

요염한 포즈를 잡는데 보기보다 몸매가 죽여준다.

“한때는 예 미스 코리아 나가려고 했는데 그 돈 많이 들데예 그래서 포기 했어예.”

말을 하면서 야하게 보이는 폼은 다 잡아본다. 객관적인 관점에서 보면 잘 빠진 몸매일지 모르지만 내면에는 얼마나 썩었는지 알 수가 없다.

흔히들 우리는 여자의 미를 인물과 몸매 등 시각적으로 보는 오류를 잘 범한다. 우선은 예쁘게 보여야 된다만은 머리로 기준해서 본다면 지성의 정도로 미를 측정하는 것이 중요하다. 아무리 몸매가 좋다고 하여도 옷 입는 맵시 떨어지면 미녀로 보이지 않는다. 좋은 옷 비싼 옷 입는다고 미인이 안되듯이 하이 힐 신을 때와 운동화 신을 때를 알아 조화를 이루어야 아름다운 것이 아닌가. 이 여자는 그런 관점에서 본다면 술집 작부 출신이거나 아니면 매음굴에서 굴러다녔을 것이다. 그걸 감추기 위해서 시를 쓴다고?

“사장님은요. 섹스 체위 몇 가지 아세요? 아휴 더워.”

티셔츠 자락을 위로 돌돌 말아 젖무덤 아래쪽이 노출되게 한다.

내가 미쳐 대답을 못하자?

“예 사장님! 몇 가지 아세요?”

글쎄다 정상위가 있고 후하위가 있고 우리 마누라하고 몇 가지 잡아봤던가? 음란영화 본 것에서 몇 가지 아는 것 같은

데 갑자기 물으니 알 수가 없다.

“글쎄 잘 생각이 안 나네.”

어물거리니까

“저는 예! 오십 여섯 가지를 알아 예 내가 한번 폼 잡아 볼 테니 사장님! 상대하는 방법 연구 하이소?”

말릴 사이도 없이 여자는 체위를 의자를 상대로 잡아보는데 얼핏 봐도 그게 어떤 건지 알겠다. 여자가 이렇게 저렇게 꼬부렸다 폈다 누웠다 섰다 비틀고 있으니 엎드리면 티셔츠 속의 유방이 보이고 다리를 벌리면 미니스커트 자락이 말려 올라가면서 앞만 겨우 가린 팬티 가장자리로 음모도 보인다.

여자가 의도적으로 했든……. 그냥 손님 눈요기로 보여 주었든 보는 남자 입장에서는 그림의 떡이 아니라 모니터 속의 그림이다. 자세 하나마다 숨이 가빠지고 다시 온몸에서 열이 나니 아예 미치는 줄 알았다. 그렇게 30여분이 흘렀다. 여자는 색색거리는 음성으로…….

“아이~그마! 너무 진해버렸나 팬티버렸써 예?”

하며 마릴린 몬로의 입술 내미는 모습을 잠깐 보여주다가

“사장님! 오늘 여기 창원에서 늦게까지 계실 꺼며는 예 제 휴대폰으로 전화 주이소.”

불러주는 휴대폰 번호를 나중에 확인하니 가짜다. 골이 삔 남자라서 전화를 걸었겠지! 여자가 가고 나자 경리아가씨가 만 오천 원 더 달란다. 이른바 두 탕 했다는 것이다. 글쎄 그 돈 중 얼만 큼이 그 여자들 수중에 들어갈까. 그리고 저 여자들은 IMF로 실직한 남편을 두고 생계수단으로 나왔을

까? 쫓겨나 고개 숙인 남편을 위해 신성한 유방 불가침의 꽃밭을 골빈 남자에게 전시시키니 과연 놀랄 존재는 누구일까.

자기 몸 구경시켜주고 받은 돈으로 애인하고 여관방에서 뒹군다면 어느 놈이 똑똑한지를 알 것이다. 허긴 뭐 사창가 창녀에게도 기둥서방은 있다하더라. 이 대화방보다 더 발전한 것이 있으니 이름 하여 출장 맛 사지라는 최신 업종이다. 출장 맛사지 이전에는 지금은 증기탕이라 바뀌었지만 그 당시는 터키탕이 있었고. 지금도 시각장애인에게 안마사로 허가를 주고 있지만 이것이 변질된 것이 출장 맛사지업이다. 참으로 어느 놈의 대갈빡에서 이 직업을 고안해 놓았는지는 몰라도 세상에 남녀가 있고 섹스가 존재하는 한 이렇게 성에 관련된 직업은 계속 사회를 더럽힐 것이다.

그런데 남녀관계가 불륜인 경우 먼저 매도당하는 것은 남자이다. 대부분의 여자들은 드라마나 영화를 보면서 '저 쳐죽일 놈'은 남자이고 여자는 무조건 피해자의 신분으로 보는 역 평등의식이 강하다. 정작 문제는 여자에게도 있는 것 아닌가를 생각도 해보지 않는다는 거다. 가끔은 아무 것도 모르는 체 여자에게 유혹당하는 남자의 신세도 생각해 주어야 할 것이 아닌가.

예를 들어보자. 몇 년 전 서울역 앞 북창동에 동양고속터미널 후문으로 가면 지하에 동양이발관이 있었다. 지하계단 끝쪽에 찻집과 나란히 있는 이 이발소는 겉으로 보나 안으로 보나 뭐 별로 이상한 징후가 없는 곳이었다. 중앙에 통로를 두고 이발의자 세 개가 나란히 벽을 보고 아니 대형거울을 마주보고 놓여 져 있었는데 양쪽 의자들을 한 칸씩 엇갈리게 놓아 이발하러 온 손님이 거울을 통해 자연스럽게 뒤쪽을 관찰할 수 있게끔 놓여 진 것이었다. 그러니 화장을 해주든 면도를 해주든 안마를 해주는 아가씨의 몸매도 구경할 수 있다는 것이다. 이 이발소는 퇴폐이발소로 제일 처음 단속에 걸려 신문지상에 대서특필된 화려한 전력이 있는 업소이며 여기에 근무하는 면도사 아가씨들은 엄밀한 의미에서 화장과 안마만 해주는 아가씨가 아니다.

면도 양들은 무릎 위 30cm 이상의 초미니 스커트를 입고 면도한답시고 엎드리면 통 좁고 기장 짧은 치마가 말려 올라가 팬티가 건너편의 거울에 다 비쳐보인다. 그 쪽의 대갈통 벌초하는 아저씨 눈깔이 뱁새눈처럼 찢어질 듯이 거울을 들여다본다. 남자란 이상한 존재이다. 남의 여자 팬티 좀 은밀히 본다고 거시기가 일어서니 말이다. 사실 이상한 논리가 있다. 수영장에서 아슬아슬한 비키니 수영복 입은 절세미인을 보아도 거시기 텐트 치지를 않는다. 공공장소에서 공공질서라는 걸 무의식으로 느끼기 때 문일 것이다. 만약 거기서 자기 역시 팬팽한 수영복 입었는데 그 놈이 불끈거리다가는 그 자리에 있을 수 없다. 아니 수영장이나 해수욕장 근처도 못 갈 것이다.

그런데 요렇게 닫힌 공간에서는 생각만으로도 못된 개새끼처럼 고개를 꽂 꽂이 든다는 사실적 논리 말이다.

면도 양들의 태도도 몹씨나 유혹적이다. 허리를 너무 숙여 코와 코가 닿을락 말락하지 유방은 남자의 턱과 입술에 닿을

듯 말 듯 하지 자기의 아래 계곡 옹달샘 부위를 남자의 무릎에 밀착 시켜 슬슬 문지르지 그러다가 남자의 다리 사이에 제 무릎을 집어넣어 은근슬쩍 닿도록 하니 참으로 어떤 시~러~비 놈이 그 짓을 교사했는지 모르겠다. 여자가 그 정도로 앙큼을 떨면 세수 할 때마다 하얀 물 같은 거품 뜨는 늙은 할배도 거시기가 벌떡 일어날 판이다. 면도가 끝나면 이번에는 계란 맛사지를 한다고 계란을 깨뜨려 흰자로 얼굴에 칠갑을 하고 휴지로 도배를 한 후 숨을 쉴 수 있게 콧구멍만 뚫어주고 입은 봉해버린다. 그런 후 수건으로 얼굴을 덮어버리니 갑자기 시야가 막힌 남자 손님은 묘한 기분이 든다.

다음 코스가 무엇인지 가늠이 안 된다. 솔직히 남자들은 이발소에서 면도 할 때 마다 공포분위기 느낀다. 날카로운 칼을 든 면도사가 갑자기 정신이상으로 제 귀를 벤다면? 하는 상상 안 해 본 남자 있을까? 그런 기분에 시야가 가려진다면 공포심이 올만도 하고 내 몸 어디를 어떻게 할 것인가 두렵기도 할 것이다. 한마디로 스릴 만점에 오줌을 찔끔거릴 게다.

그런 순간에 여자가 움직이는 기척이 들린다. 이발의자 옆에 간이의자를 놓고 꼭 붙어 앉는다. 그런 다음 양손을 아가씨 손가락과 남자의 손가락을 서로 깍지 낀 후 팔 전체를 쭉 당겨준다. 그런 후 맛사지를 시작한다. 그야말로 완전히 무방비 상태에서 여자가 하는 대로 몸을 맡겨놓아야 된다. 여자의 손길이 어깨에서부터 시작하여 팔 아래로 쭉쭉 훑어내려 손가락 하나하나를 두 손가락으로 낚아챈다. 숙련된 솜씨일수록 딱! 소리가 경쾌하다. 다섯 손가락을 차례대로 딱딱 끝낸 후 손등을 휘어 여자의 날카로운 엄지손가락으로 휘어진 손바닥을 훑어준다. 입김까지 호호 불어주니 무척 시원하다.

그리고 어깨를 겨드랑이에 양손을 넣어 양 어깨를 슬쩍 들어준다. 온몸에 막힌 기운들을 풀어주는 행위다. 그런 후 팔을 머리 위로 그리고 뒤로 재낀 다음 사정없이 놓아버린다. 어깨에 짧은 통증이 온 후 시원함이 뒤따른다. 두 손을 모두 그렇게 해 준다. 그러면서 여자의 손은 수없이 남자손님의 가슴을 더듬어댄다. 그때마다 거시기가 일어섰다 쓰러지고를 반복한다. 그것도 거시기 성능이 훌륭해야 그리된다. 그러나 마음 약한 남자나 진정으로 자기 부인을 사랑하는 남자는 오히려 주눅이 들어 번데기가 되어 오그라진다.

이제 양팔이 끝났다. 엄지손가락으로 이마를 눌러준 후 귀밑 급소도 문지른 다음 양손을 합장하여 이마를 따다딱 리듬소리가 나게 살살 두드린다. 소리는 합장한 두 손바닥이 가볍게 닿을 때 나는 소리다.

이제는 허벅지 순서이다. 사타구니 바깥 안쪽으로부터 시작하여 주물러대면서 계속 아래위를 왕복하며 거시기 바로 곁까지 손이 닿는다. 남자의 입에서 마른침 넘어가는 소리가 난다. '빌어먹을 년' 거시기를 만져주면 좋을텐데……. 계속 근처에서 알짱거리기만 하니 미칠 지경이다. 그네들이 일부러 그런다는 것을 손님은 모른다. 약을 잔뜩 올려야 아가씨의 요구를 잘 들어주게끔 되어 있다. 한쪽 다리가 끝나면 다른 다리도 시작한다. 역시 하는 짓이 손님 약 올리기다. 이번에는 텐트를 바치고 있는 거시기 위로 손길이 살짝 닿기도 한다. 대단히

노련한 작전이다. 맛사지를 받을 동안에 거울 앞 선반에 빨래판 크기의 판자로 의자를 연결해 놓았으니 흡사 침대에 누운 자세다. 다리 맛사지도 끝났다.

이번에는 엎드리란다. 엎드리니 거시기가 배긴다만 그런 것에 아랑곳하지 않고 초봄 못자리 조성하듯이 밟아댄다. 허리부근이며 엉치뼈며 마치 도공이 흙 속의 공기를 빼듯이 자근자근 밟아준다. 엎드린 채 다른 생각을 해야 된다. 이 년의 가시나 발은 씻고 날 밟는 거야? 허리를 다칠까봐 대충 밟기를 끝내고 바로 뉘운 뒤 무릎으로 손님 허벅지를 지근지근 눌러가다가 거시기 근처에서 멈춘 후 드디어 손님 거시기를 만져주며 손님 귀에 대고 속삭인다.

"널뛰기를 해줄까요? 쭈쭈바를 해 드릴까요? 아니면? 써니텐을 드릴까요?"

열에 들떠 정신은 없지 너무 작은 소리라 잘 들리지도 않고 무슨 소린지도 모르고 그래서 마음대로 해라 했더니 얼굴에 붙은 도배지를 떼 준 후 스킨을 발라주면서 일단 자리를 옮겨진다. 따라가 보니 밀실이 있고 싱글베드가 놓여 있다. 여자는 남자를 뉘이고 다짜꼬짜 바지를 벗기고 올라탄다. 그리고 너울너울 거시기를 노젓는다.

여기서 써니 텐은 앞에서 언급했듯이 손으로 흔들어주는 것이고 입으로 해주는 것은 쭈쭈바이다. 말 그대로 르윈스키와 클린턴의 부적절한 관계로 보면 된다.

풍정시↔風情詩 연유삼장↔嚥乳沈章

부유기상父嚥其上↔사내는 그 위를 빨고
부연기하婦嚥其下↔계집은 그 아래를 빤다.
상하부동上下不同↔위와 아래가 서로 다르지만
기미즉동其味則同↔그 맛은 매한가지로다

지아비夫 · 삼킬 연嚥 · 거기其 · 위상上 ·
아내 부婦 · 삼킬 연嚥 · 거기其 · 아래 하下 ·
위상上 · 아래 하下 · 아니 불不 · 한 가지 동同 ·
거기其 · 맛 미味 · 법 즉則 · 한 가지 동同

『현시대의 오럴섹스를 빙자한 것이다! 일명 쭈쭈바라고오럴섹스하는 섹스는 미국 클린턴 대통령이 변소에서 여직원과 그 짓을 하여 더 유명하지 않는가? 소설을 쓰는 내가 생각해도 너무 음란하다. 널리 알려지고 전해진 김삿갓 시의 특징이 풍자와 해학을 주류로 한. 시』

"아저씨 쭈쭈바는 3만원인데 하실 랍니까?"

고개를 끄덕이더니? 엄지와 검지를 붙여 오케이 사인을 한다. 여자는 입에 고려은단을 5개정도 넣고서 남자성기를 빤다. 어이쿠! 이게 어인일인가 여자는 남자의 정액이 나오면 비위가 상할까 봐! 은단을 먹은 채로 남자성기를 빠니 은단의 기운으로 성기는 박달나무 방망이처럼 단단해진 것이다. 남자는 도저히 못 참고 여자 치마 속으로 손이 들어갔는데 여자는 노 팬티차림이었다. 결국 10만원으로……. 관계 후에는 한숨 잠을 잘 수도 있다. 잠이 깨면 피로회복제 한 병을 마개 따서 준다. 마시고 나면 사인하란다. 아마 쌀 한 가마니 값이 수월하게 나간다. 쭈쭈바는 반 가마니 써니텐은 반에 반 가마 값이다. 초창기의 이발소 퇴폐행위는 기구를 사용하지 않았고 장화도 신기지 않아 성병에 걸리기도 했다. 요즈음은 온갖 성기구들이 수입되어 전부 기계로 대치되었다고 하나 아직 확인해 볼 수는 없었다.

우리나라 부정부패는 아시아권에서도 중간 수준으로 그 서슬 퍼렇던 공화국시절에도 근절치 못한 것은 물론 정당의 정당성이 없는 부정한 방법으로 정권을 잡은 탓도 있지만 정치권 자체가 비리와 부정으로 하 세월인데 사회의 도덕성 회복은 요원한 것이 아닌가. 정권이 바뀔 때마다 국민은 부정과 비리 척결과 개혁을 바랬지만 철밥통 지키려는 정치인들의 온갖 술수가 국민의 염원을 막았고 통치권자의 권력조차 무디게 했는데 화류계 내지 성을 상품으로 영업하는 계통에서는 오히려 보다 다양한 묘수를 발전시켰으니 이제는 칸막이보다 비밀의 방이 생겼고 몰래카메라가 업소 경비에 도움을 준다. 그렇게 단속반원과 숨바꼭질을 하다가 공생공사의 악어와 악어새 관계가 되니 퇴폐향락산업은 그 기가 수그러들지 않는다. 길어야 1시간에 10만 원 이상의 수입이 생기니 일부 여성들은 꿩 먹고 알 먹는 셈이다. 관계를 가지고 씻어버리면 아무 흔적도 없는 것이 남자나 여자 똑같다.

이래서 사무실이나 가정집까지 출장 맛사지를 간다. 인쇄

술이 발달하여 명함만한 전단지가 주택가고 학원가고 골목을 가리지 않고 뿌려대지요. 주차되어 있는 차의 윈도우마다 전단 카드가 즐비하여 무심코 차문을 열다가 전단지가 되레 차문을 고장 내게 한다. 지금도 우리는 길을 가다가도 발에 밟히는 칼라판 명함 크기의 카드를 본다. 거기엔 반드시 미인의 얼굴 아니면 요염한 자세의 여인을 보게 되고 이런 문구를 읽게 된다.

"삼십분 안에 도착! 물이 있는 곳이면 어여쁜 아가씨의 멋진 써비스 맛사지에 당신의 피로를 싹 풀어줍니다."

그래 이 세상은 섹스산업의 절정기에 와 있다. 그 비싼 컴퓨터의 인터넷사이트에 쮸~쭈바는 예사고 동영상에 뇌쇄시키는 사운드의 음악이 마구 넘쳐난다. 그것도 우리나라 것이 아닌 전 세계의 나라들이 망라되어 있으니 집집마다 전화비 올라가지. 음화다운 받는다고 귀한 외화가 빠져나가는데 이 보고서를 tM고 있는 특파원 이제는 정말 힘이 다 빠진다.

"자네! 참으로 징하게 보고 다녔네!"

나의 리포트를 읽어본 사자가 고개를 절래절래 흔든다. 내가 왜 위로 보고 짓는지 알 것 같은 모양이다. 막연한 정보로 조물주를 욕하는 것이 아니라 확실하게 사실을 아니 몸으로 직접 부딪쳐 조사한 것을 토대로 불평불만을 해대니 할 말도 없을 것이다.

"안 그래유? 섹스라 하면 행위자체일 거고 성이라 해유.

고개 없으면 인류는 절멸할 것이고 있어서 번성하는 것은 좋은데 아무래도 말썽이 더 많으니 그게 문제 아닙니까? 아무래도 인간 구조는 태어날 때부터 잘못된 것 같지라?"

"또. 시작이냐? 왜 한 소리 또 하구 또 하고 그러나?"

"조물주가 인간의 성섹스 횟수를 지정을 할 때 잘못이라고 생각을 합니다. 왜인지 아십니까?"

"그 것은 모른다. 삼신할매는 아는지!"

"제가 천상에 불려갔을 때? 신들이 회의를 하는 중에 나는 천상을 두루 구경을 하는 중 아까 봐. 기록 저장소에서 지구의 생물들의 자손에 대한 법을 정하는 조물주가 기록한 영상을 다운을 받았지요."

"일마가! 간덩이도 크다! 나도 못 보았는데 한번 보자!"

"여러 소리 없기요?"

……조물주가 세상을 창조하고 동물에 대한 각자의 임무를 주는 법을 만들고 있었다. 각자의 임무를 담당조물주가 있었다. 자식을 가지게 하는 조물주造物主에게 섹스의 횟수를 정해 주는 임무를 하고 있었는데 마지막에 엄청난 실수를 하고 말았습니다. 여러 동물들을 만들어 놓고 각각의 섹스를 년 몇 번씩 해야 하는가 횟수를 정해주고 자식을 몇 명을 가질 수 있는 법을 정해 주던 날이었단다. 자!

……우주가 형성되고 조물주가 지구에 생명체를 만드는 그 때의 장면을 녹화해두었던 화면이 내 머릿속에서 재생되고 있다.

마지막으로 쥐·개·말·그리고 인간이 남았다. 조물주가

쥐의 성기를 유심히 내려다보고 만지작거리더니…….

"일마들이 잘 못 만들었나! 너무 적고 볼품없는데 이걸 어쩌나 허~허 그것참."담당조물주는 별 수 없다는 투로 말한다. 그러한 말을 들은 생 쥐는 조물주가 불쌍하다는 어조로 말을 하자. 생 쥐는 좁쌀 만 하게 작은 새까만 눈동자를 깜박이며 조물주의 입에서 다음 말이 나오길 기다린다.

"쥐야! 섹스는 한 달에 한번만 해라. 어찌했거나 한번은 억울할 것이다! 그 대신 새끼는 너희들 마음대로 가져도 된다."

그러자 쥐가 공손히 고개 숙이며 대답을 한다.

"알겠습니다. 조물주님! 정말로 고맙습니다."

쥐가 뒤로 물러나자 다음은 말이다. 말이 조물주가 생쥐에게 섹스 횟수와 자식을 마음대로 가져라는 말에 히죽거리면서 물러나는 생쥐의 표정을 보고 난 뒤 자기 뒤에서 순서를 기다리고 있는 인간과 개의 성기를 고개를 돌려 힐끔 쳐다보더니 혼잣말로 중얼 거린다.

"일마들아! 그것도 물건이라고 달고 다니느냐? 나! 같으면 자살한다. 자살해! 그러니 한 달에 한 번이지 내 거시기 정도 돼야 어디에 가든 수놈 대접받지."

자신이 대단한 물건을 가진 놈임을 확인시키면서 '크~흐~흐'하고 말은 윗입술을 크게 뒤집어 비웃고 있다. 그렇게 의기양양하게 으쓱거리는 말에게 조물주가 해주는 법 조항에 말은 기겁을 하고 있다. 말의 성기를 한 손으로 움켜쥐고 한참동안 만지작거리자? 공기압을 받고 부풀어 오르는 막대풍선처럼 점점 커져서 말의 성기 크기가 빨래다듬이 방망이만큼 커지자! 조물주는 부러운지 침을 꼴깍하고 한 번 넘긴 뒤 하는 말은?

"말아! 너는 일 년에 한번만하고 새끼도 한 번에 하나씩만 낳도록 해라."

"예~예! 지금 머라고 했어라? 일 년에 섹스를 한번해라. 고라? 그것도 모자라서 자식도 하나만 가져라 고라? 내가 잘 못 들었나!"

조물주의 황당한 말에 이성을 잃은 말이 입가에 거품을 물며 조물주에게 코를 씩씩거리며 대들기 시작한다.

"일마자석이! 귀가 시력이 없나! 내가 하는 말이 안보이나! 내가 방금 해준 말이 안보이게? 너는 성기가 너무 커서 1년에 섹스를 한번만 하라고 했다. 이제 내가한 말이 인제 보이나?"

조물주가 손바닥을 펴서 말의 궁둥이를 사정없이 후려갈기며 큰소리로 말을 하자.

"아니! 이럴 수가 저렇게 이쑤시개 보다 작은 물건을 달고 있는 쥐도 한 달에 한번인 것은 나도 이해를 해! 진짜로……. 그런데 자식은 마음대로 가져라하면서 왜? 빨래 다듬이 방망이 같이 큰 물건을 달고 있는 내가 일 년에 한 번씩 섹스를 하고 그것도 모자라 자식도 하나만 가지라고 하느냐 말이요? 그래서 나는 절대로 이해 못합니다. 다시 정해주세요."

화가 날대로 난 말이 이젠 조물주에게 반말로 대꾸하고 있다.

"일마가! 지랄용천을 떠네! 지랄병 하면 불구자로 만들어

버릴까보다."

"에이! 이런 너~으~기~미~씨 이~부 랄 놈의 새끼 봤나! 개 좆도 조물주고 나발이고 그 말 취소하지 않으면 뒷발로 사정없이 차버리겠어."

개 좆 도라는 말에 저승사자들의 경비병으로 창조된 개가 깜짝 놀라 왕 왕 짖어 대지만 그러거나 말거나 말은 쌍스런 욕을 계속 하면서 코 바람을 씩씩 불고 네발로 땅을 박차며 지랄발광을 한다. 그러나 조물주는 점잖게 고개를 좌우로 휘저으며…….

"일마가! 절대로 안 된다 안 카나?"

그 말을 듣고 말은 배고픈 쥐들이 먹게 쌀 창고 앞에 차려놓은 쥐약을 몰래 훔쳐 먹은 술에 취한 똥개보다 더 이성을 잃고 미친 듯이 날뛰더니?

"이런! 느~그~미~이 떠~그~랄! 이놈의 조물주 영감쟁이! 그 말 취소해? 안 그러면 절대 가만두지 않겠어?"

그러자 조물주가 말 머리를 점잔게 쓰다듬으며 타이르듯 설명해 주고 있다.

"일마야! 지랄병! 그만하고. 네 물건을 내려다봐라. 그렇게 큰 성기로 매일 밤 사용한다면 네 마누라가 힘들어 어떻게 견뎌 내겠느냐?"

조물주가 정색을 하며 타이르자 폭풍우 장맛비에 몇 날을 굶은 닭이 먹이를 찾는 것처럼 고개를 이리저리 가웃가웃하고 곰곰이 생각하던 말이 갑자기 한풀 꺾여 목소리를 낮추고 사정을 한다.

"그러면요. 나도 쥐처럼 한 달에 한번만이라도 하게 해주던지 아니면 마누라거시기를 내 거시기가 잘 들어가게 크게 만들던지 하세요. 자식도 많이 가질 수 있게 해주고요. 그렇게 안 하면 각오하세요?"

말 입에서 나온 침이 거품이 되에 대책 없이 흘러내린다. 잔득 찌뿌린 인상과 씩씩대는 소리는 화가 단단히 난 모양이다.

"나에게 아무리 위협을 해도 그것만은 절대로 안 된다 안 카드나?"

"물주님! 아니 조물주님! 제발 한 달에 한번만이라도……."

태도를 완전히 바꿔 무릎 꿇고 싹싹 빌면서 통사정을 했지만 조물주는 여전히 요지부동이다. 말의 입장에서 보면 애간장이 탈만도 하다. 아무리 생각해도 세상에는 자기보다 크고 잘난 물건이 없다고 믿는 말이었다. 자기에게 정해준 횟수가 너무나 불합리하여! 협박 공갈이 안 먹혀들자 어쩔 수 없이 애원을 하였지만 조물주는…….

"일마 자석이 정신이 있나! 없나? 절대로 안 된다 안 카나? 한번 결정한 것은 결코 반복할 수 없는 게 조물주의 법인기라."

"오냐! 조물주 영감탱이 너 오늘 한번 나한 태 맞아 죽어봐라. 내 뒷발질에 맞고도 그런 소리를 계속 지껄이나 어디한번보자. 고집을 부리다가 오늘 내 뒷발에 얻어맞아 즉사卽死하게 될 것이다."

말이 이성을 잃고 조물주를 공격하기 시작한다. 조물주는 말 뒷발에 맞을까봐 겁에 질려 이리저리 피하다가 어쩔 도리가 없는지! 조물주가 발바닥에 바람개비를 달고 줄행랑을 치자! 이 광경을 약간 걱정스럽게 지켜보고 있던 인간과 자기를 떼어놓고 도망치는 개가 짖어대며 사색이 되어 도망치는 조물주를 따라가며…….

"조물주님! 잠깐만요. 저희인간은요? 인간은 몇 번 해야 하죠? 아무리 급해도 그걸 말해주고 가셔야죠."

급한 마음에 인간은 득달같이 달려가 조물주의 한 손을 붙잡고 개는 바짓가랑이를 물고 늘어지고 자.

"일마! 들아. 나를 붙잡지를 말고 지랄병 하는 절마 좀 말려라."

"우리들의 섹스 횟수를 정해주지 않고 도망치면서 말을 잡고 있으란 말은 안 먹혀들죠. 조물주님! 성기를 쓸데없이 돌출돼있어 위험하기 짝이 없는 물건이고 거추장스러운 애물덩어리로 만들었소? 싸게 싸게 말해주고 빨리 도망치세요."

"이런! 시~러~비 헐~놈들을 봤나! 우리 조물주들이 만든 작품 중에 가장 성기와 불알고환 신경을 써서 만들었던 것이다! 세월이 흐르면 너희들이 귀 똥 찬 조물주들의 실력을 인정하고 우리들을 칭찬해 줄 것이다!"

"불알이 잘 만들어졌는지 잘 못 만들었는지는 세월이 흐르면 알 것이고 지금 가장 중요한 섹스는 몇 번씩 하라는 법은 알려주고 가야지요?"

악착같이 인간과 개가 조물주를 바짓가랑이를 붙잡고 늘어지자. 곧 말의 뒷발에 얻어맞을 위기에 빠진 조물주는 다급한 마음에?

"일마! 들이 급해죽겠는데 놔주지도 않고 이 급박한 상항에 별아 별것을 물으면 생각이 나느냐? 애라 개 좆도 나도 모르겠으니 너희들 좆 꼴린 대로 해라."

그 소리를 듣고 희색만면한 인간과 개는 조물주의 바지자락을 놔 주는 장면으로 머릿속 영상은 사라진다. 개 좆도 모르겠으니 너희들 좆 꼴린 대로 해라 하였으니 개는……. 이 같은 말 한마디 잘 못으로 개는 부모형제 등 아무하고나 거시기를 하는 것이다. 특히 마을 공동 우물터에서 그 짓을 하여 그 장면을 목격한 마을 여자들이 놀래서 물동이를 떨어뜨리기도 해서 수개를 키우는 과부 아줌마는 마을 여성들에게 원성怨聲을 듣기도 한 것이다. 자기는 거시기를 하지도 못하여 밤이면 밤마다……. 조물주가 도망치기 급급해서 말해버린 법에 의하여 인간은 성기가 꼴릴발기 때마다 섹스를 하여! 결국 섹스와 쾌락의 노예가 되었던 것이다. 그래서 몸을 파는 것이 인류의 최초의 여성들의 직업이 되었다고 한다. 그래서 세계적인 베스트셀러는 성경·불경·코란·섹스인 것이다. 조물주에게 고맙다고 해야 하나! 아니면 말에게 고맙다고 해야 하나 ……!!!!!!

"그래서 대한민국이 1997년에 IMF외한위기가 발생을 하여 중소기업 이 문을 닫고 수많은 사람들이 직장을 잃어 네가 하늘은 무었을 하느냐? 매일 욕을 해서……. 먹고 살려고 여성들이 성 노에가 되는 것을 보니 물이 날려고 한다. 허나 어쩌냐? 우리는 죄지은 자들을 벌을 내리고 착한 자는…….”

“여러 말을 하다 보니 또 그런 소리 나오네요. 하느님이 창조한 것은 아담과 이브일지 모르는 종족이고 또 그때에도 다른 종족이 지구상에 살고 있다는 걸 성경 어느 구석에서 봤는데 잘 기억이 안 나네요. 하여튼 인간은 진화하면서 성의 능력도 진화된 것 같다 말씀이지라. 아 생각해 봐유? 옛날에는 이렇게 목숨 걸 만큼 향락산업이 발달하지 않았단 말일시.”

“그래 맞는 말이야. 나도 심심해서 요즘의 성경책을 읽어보았는데 이런 구절이 나온다. 들어봐라 창세기 제4장 14절에 카인이 이런 말을 하지 ‘주께서 오늘 이 지면에서 나를 쫓아내시 온즉 내가 주의 낯을 뵈옵지 못하리니 내가 땅에서 피하여 유리하는 자가 될지라 무릇 나를 만나는 자가 나를 죽이겠나이다’ 또 있다. 15절에는 ‘여호와께서 그에게 이르시되 그렇지 않다 카인을 죽이는 자는 벌을 칠 배나 받으리라고 하시고 그다음 17절에 ‘아내와 동침하니 그가 잉태하여 에녹을 낳은지라’ 또 있지 제6장 1절이다. ‘사람이 땅 위에 번성하기 시작했을 때에 그들에게서 딸들이 나니 하느님의 아들들이 사람의 딸들의 아름다움을 보고 자기들의 좋아하는 모든 자로 아내를 삼는지라 여호와께서 가라사대 나의 신이 영원히 사람과 함께 하지 아니하리니 이는 그들이 육체가 됨이라 그러나 그들의 날은 일백이십 년이 되리라 하시니라 당시에 땅에 네피림이 있었고 그 후에도 하느님의 아들들이 사람의 딸들을 취하여 자식을 낳았으니 그들이 용사라 고대에 유명한 사람이었더라. 어때?"

"그 보시오. 카인이라면 아담과 이브의 장남인데 아벨을 죽였으니까 지구상에는 세 사람 뿐인데 아벨을 죽였다고 다른 사람이 카인을 죽인다 하고 또 카인 마누라는 어디서 생겠당가? 그러니 인류의 조상은 아담이 아닌데도 우찌 그리 믿는지 모르겠어라."

"성경은 아마 여기 저기 짜깁기한 모양이다. 그러니 앞뒤가 안 맞지."

"사자님 말씀이 맞지라. 같은 5장에서 이런 모순된 말이 나온다는 걸 다 알 텐데도 고치지는 않네요."

"그래. 누가 똑 부러지게 정의를 내려주어야지."

"이번에요 미국 어느 주에서 학생들에게 진화론을 못 가르치게 법을 고쳤답니다."

"아이고, 거기도 난리는 난리다. 그 노무 진화론 정리 한번 해 보거라."

"야! 그럽시다. 진화론은 1831년 영국의 생물학자 찰스 다윈이 영국 해군의 측량선 비글호를 타고 남태평양 각 처의 동식물을 관찰하기 위해 떠나면서 시작됩니다. 그때의 관찰기록을 바탕으로 1859년에 **종의 기원** 이라는 책을 발간했는데 그 주 내용이 진화에 관한 것으로 당시에 엄청난 파문을 이르게 하였지라. 다윈이 발표한 진화론에 의하면 인류는 원숭이와 같은 조상으로 시작되어 진화했다고 한 거이니께 난리가 날 수밖에요."

"그럼 너도 그 진화론을 믿느냐?"

"믿어야죠. 생각해 봐요 태초에 하느님이 만든 아담과 이브는 창조되었는지 몰라도 그들의 아들 카인의 마누라는 어디서 났다덥까? 그리고 하느님의 아들들이 사람의 딸과 같이 살면서 그 자손들이 자꾸 진화하여 문명이 발달했다고 그렇게 믿어야 속이 편하지라."

"그럼 카인의 마누라는 원숭이 상을 하고 있었을까?"

"인류는 3백 만 년 전에 이 지구상에서 살았지라. 그때 벌써 원숭이의 모습을 벗어났을 텐데 뒤늦게 아담과 이브가 사람이 창조되었을 때는 성경말로 하면 6천여 년 전이니 이미 지금의 인류의 모습을 하고 있을 때 아닙니까? 그라고 하느님이 창조했다는 하늘과 땅과 우주는 다른 곳 아닐까요?"

"다른 곳이라니?"

"지구별 아닌 다른 별! 그 별을 성경에서는 에덴의 동산이라 부를 겁니다. 그리고 그 별에서 아담과 이브가 쫓겨나와 지구로 온 것이지요. 아니면 지금도 인간의 출입이 금지된 낙원이 지구상 그것도 중동의 어디에 있다면 인공위성이 지구상의 신문활자까지 읽는 이 개명 천지에 왜 발견되지 않나 말입니다. 그곳도 강이 흐르고 그 강의 이름도 있는데 말입니다."

"김 대삼! 너 그러다 기독교인에게 맞아죽는다."

"제 팔자가 그러콤 안 되지라. 난 차가 급발진해서 요렇게 되었는데 그리고 찰스 다윈도 맞아죽지 않았당께. 그라구라 얼마 전 영국의 성직자들도 창조론은 안 믿는다는 보도가 있었지라."

"성직자라면 목사, 신부, 수녀 등 기독교와 가톨릭에 몸담은 사람들 아니냐? 그들이 안 믿는다는 게 나는 믿을 수 없네."

"영국 BBC방송국 제 4라디오 국에서 조사를 했대요. 20세기 말 기독교 신앙의 현실을 알아보기 위해 사회 지도층 인사 1천명을 대상으로 실시한 여론조사에서 나온 것인데 조사 결과에 따르면 성공회·가톨릭·개신교·감리교 등 103명의 성직자 중 **신이 육일 동안 세상을 창조했다**는 성경 내용을 글자 그대로 믿는 사람은 단 3명뿐이고 80명은 **믿지 않는다**고 답했고 나머지 20명은 **모르겠다**라고 대답했답니다. 또? **아담과 이브가 실제 존재했다**고 믿는 성직자는 13명에 그쳐 오히려 정치인들보다 더 낮은 믿음을 보였대나. 예수탄생에 직접 관련된 성모 마리아의 **처녀수태** 마저 4분의 1이 믿지 않는다고 답한 걸 본께로 성경책이 거짓말 같아서요. 그리고 예수의 부활과 십계명의 현대사회 적용가능성에는 성직자 대부분이 긍정적으로 응답하였고 정치인 과학자 교사들은 대체적으로 성경의 내용을 곧이곧대로 믿지 않는다는 반응이 나왔는데 특히 과학자 그룹에서 두드러졌다고 하네요."

"그거 새겨둘 만한 보고서이구나. 근데 정치인이 성직자보다 더 창조론을 믿는 것은 정치인들이 똑똑하지 못해서인가?"

"똑똑해서라우 일반 신도들이 압도적인 유권자들의 눈치를 봐야지요. 창조론 반대했다가는 우수수 표 떨어지는 소리가 날판이니."

"진화론 때문에 피해를 본 사람들이 많았지."

"그럼요, 미국 남부가 그래요. 1925년 테네시주의 생물학 교사 스코프스는 이 진화론을 학생들에게 가르쳤다는 이유로 체포되었지요. 재판이 진행되었을 때 어떻게 원숭이와 같은 동물에서 인류가 진화되었는지 논란이 일어났지요. 스코프스를 공격한 쪽은 원숭이를 인간과 동등하게 취급하라고 요구하기도 했지요. 판결은 벌금형으로 끝났지만 언론은 **『스코프스의 재판』『멍키 재판』**이라고 불렀지요. 이 재판으로 새로운 견해는 전혀 받아들여지지 않는 **『아메리카니즘』**을 상징하는 재판이 되었답니다."

"또 새로운 말 나오네! 나는 아메리카에 살아보지도 가보지도 못해서 모르겠는데 그 아메리카니즘이란 뭘 의미하느냐?"

"뭐! 미국 우월주의 정도로 보시면 될 겁니다. 지금 세계의 경찰이라며 이 나라 저 나라 간섭하기도 하고 자기네들의 습관과 전통은 절대적으로 지키는 나라라서 이민 온 민족의 전통을 철저히 무시하려는 나라이고 백인이야말로 미국을 이끄는 힘이라는 우월론 자가 판을 치는 그래서 한때는 노예제도를 현대에까지 끌고 온 나라이지라, 좀 심하게 말하면 저 악명 높은 나치즘이나 저들의 KKK단과도 사고방식이 일맥상통한 주의이지요."

"미국에도 반감을 지니고 있구나."

"새끼들! 민주주의니 인간평등을 부르짖으면서도 못된 일을 저지르는 것은 다반사이지요. 그들도 따지고 보면 영국의 종교 갈등 때문에 미국으로 도망쳐 온 이민들 아닙니까. 원래의 원주민인 인디언을 거의 말살시키고 광대한 대륙을 차지한 날강도들 아닙니까. 그짓도 모자라서 아프리카 원주민을 잡아와서 노예로 부려먹다가 이제는 흑인이라며 민족 차별하는 괴상한 나라입니다. 흑인이 들어가지 못하는 식당이 있는 나라가 미국이지요. 흑인의 지도자 마틴 루터 킹 목사는 1913년에 워싱턴에서 가진 집회에서 이런 연설을 했습니다. '내게는 꿈이 있다. 언젠가는 노예의 후손과 노예 주인의 후손이 다정하게 한 테이블에 앉을 날이 오리라는 꿈'이라고요. 근데도 몇 십 년 아니 거의 백 년 정도 지난 지금까지도 한 테이블이 아니고 같은 식당에도 못 앉는다니까요."

"대단한 아메리카니즘이다. 그래서 킹 목사는 살해되었겠구먼."

"잘 추리해! 뿌렀서라"

"근데 KKK단은 또 뭐냐? 삼진아웃 잘 잡는 투수들의 단체냐?"

"그건 틀려 뿌렀네! Ku Klux Klan의 3K단이라 불리는 비밀결사대입니다. 1865년 남북전쟁이 끝난 후 해방된 흑인들의 사회진출을 막고 북부사람들을 위압하기 위해 남부 여러 주에서 결성된 단체입니다. 신분을 감추기 위해 백두건에 하얀 장옷을 걸쳤고 흑인들의 집을 방화하는 등 아주 폭력적이었고 한때는 남부 전역에 400여 만 명이나 되는 많은 회원을 가진 단체였습니다. 아주 극단적이 되어 흑인뿐만 아니라 이민 온 백인도 공격했고요. 신교도들이 많아 카톨릭 교인들까지도 공격했지. 라."

"그래 아메리카니즘의 시동도 그때부터 걸렸겠다."

"아메리카니즘이 극성을 부리고 있다면 시방 독일에서는 신나치주의가 다시 활발하게 활동하고 있답니다. 아무래도 하느님의 종은 따로 있는 모양입니다. 그러니 인종 우월론자들이 지구 내 곳곳에서 상대적 인종을 말살시키려 드는 것을 보면 말입니다."

"무슨 말이 그리 앞뒤가 안 맞는가?"

"하느님이 창조한 아담의 후예는 따로 있고요 그 외 자생적으로 살아가는 민족들 말입니다. 일본의 아이누, 한국의 한겨레, 캐나다의 에스키모, 아프리카의 피그미족, 영국의 앵글로 색슨족, 아메리카 인디언들 그 중에서 제일 가격한 것이 독일의 아리안 족과 지금 미 본토의 백인우월론 자들일 것입니다."

"우리가 시방 무슨 이야기를 하다가 민족 간의 특성으로 빠지는가? 김 대삼 이와 함께 얘기를 나누다 보면 참으로 헷갈리는구나. 다음 이야기를 하려면 세계 각 민족의 문화적 특성도 짚어가야 하는데 그 원래 인간이 자꾸 진화하다 보니 성의 영역도 함께 발달하게 되었고 또 성이 개방되는 추세가 되고 보니 사회적으로 욕구불만의 분출구로 성을 이용하게 되었다. 뭐 그렇게 정의하려고 했나?"

"사자님! 말씀에 내가 헷갈리네! 인간이 진화하는 과정에서 제일 중요시하는 성의 발전은 제자리걸음이고 특히 인간의 번식능력에서 시스템이 잘못되어 사람들이 자꾸 향락에 빠진다고 정의해 보는 것입니다.”

“관두자. 너는 처음부터 끝까지 우주와 인간을 창조한 하늘의 잘못이라고 주장하는데 이제 듣기도 지겹다. 인간은 태어나면서 평등하지 못했기 때문에 인간은 평등하여야 한다. 라고 성문화시킨 법전이 존재하는 것 아니냐?”

“그래요, 평등하게 모든 것이 공평하게 하였으면 오늘날 같이 인간들이 갈등을 아니 느낄 것이다 이 말입니다.”

“야, 다 똑같이 생기면 그게 무슨 재미냐고 게놈 프로젝트 욕하던 네가 아니더냐?”

“히히히, 듣고 보니 그러네요! 그 참 인간사 요~로~콤 복잡하게 엉클어져 정답이 없네요.”

내가 좀 쑥스럽다. 언제는 이런 말로 불평하고 또 어떤 때는 저런 말로 불평하고 이 현령. 비 현령의 현명함도 지녀야 되나 보다. 사실 인간이 평등하면 겉으로는 참 좋을 것 같지만 안으로 들어가 보면 아무런 흥미 유발할 일이 없어 무위의 무료함만 있을 것이다. 똑같이 일하고 똑같이 페이PAY↔봉급·임금 받고 다 똑같은 차 몰고 다니면 그럼 정치는 누가 하고 물건을 파는 사람이 잘 났나 물건을 사는 사람이 잘 났나 목 따지니 쇼핑할 맛도 없겠다. 많이 팔아준다고 친절하지도 않을 터이니 말이다. 왜? 지나 나나 다 똑같은데 말이다. 사람은 그렇게 모순으로 사나보다……

하권에 계속…….

저승 공화국 신들의 재판
죄와 벌 ❶

2021. 12. 2. 1판 1쇄 인쇄
2021. 12. 13. 1판 1쇄 발행

지은이 강평원
발행인 김미화 **발행처** 인터북스 **표지디자인** 오동준 **편집** 조연순
주소 경기도 고양시 덕양구 통일로 140 삼송테크노밸리 A동 B224 **전화** 02.356.9903
팩스 02.6959.8234 **이메일** interbooks@naver.com **홈페이지** hakgobang.co.kr
출판등록 제2008-000040호 **ISBN** 978-89-94138-75-6 03800 **정가** 19,000원